銃と助手席の歌

エマ・スタイルズ

高校を退学になったばかりの少女チャーリーは、ある盗みをきっかけに姉の恋人と争いになり、抵抗の果てに彼を殺してしまう。その場に居合わせた見知らぬ大学生ナオの提案で、ふたりは死んだ男の車に乗り、死体を湖に捨て、ハイウェイを北へ走り出す。道中謎は尽きない。車を追ってくるのは何者か。ナオが死体処理に協力したのはなぜか。そして、車に積まれた大量の黄金はどこからきたのか——。やがて轟く銃声。炎天下のオーストラリアを舞台に家なき者の共闘を描く、ノンストップのクライムサスペンス！

ウィルバー・スミス冒険小説賞受賞作。

登場人物

チャーリー……十七歳の白人少女
ナオ……法律を学ぶ大学生。白人とアボリジニの血を引く
ジーナ（ジーン）……チャーリーの姉
ダリル……ジーナの恋人
リー……ジーナとダリルの仲間
ウォーレン……ナオの継父
ブルンズウィック……警官
ジェズ……車 旅《ロードトリップ》中の男
サム……休暇中の教育実習生

銃と助手席の歌

エマ・スタイルズ
圷　香　織　訳

創元推理文庫

NO COUNTRY FOR GIRLS

by

Emma Styles

銃と助手席の歌

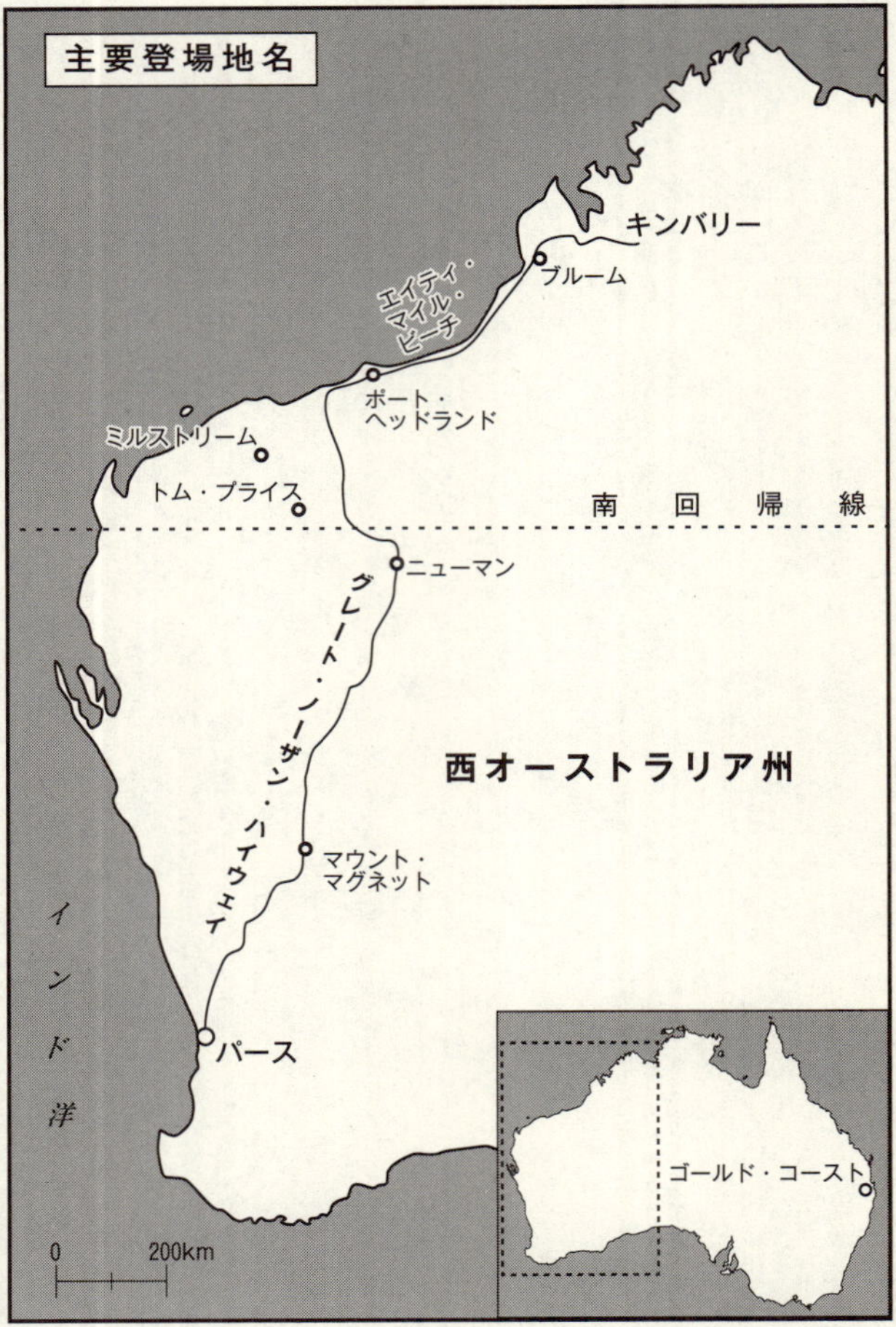
主要登場地名
キンバリー
ブルーム
エイティ・マイル・ビーチ
ポート・ヘッドランド
ミルストリーム
トム・プライス
南回帰線
ニューマン
グレート・ノーザン・ハイウェイ
西オーストラリア州
マウント・マグネット
インド洋
パース
0
200km
ゴールド・コースト

両親、そして育った地に捧げる

著者は、本作の舞台となった大地、水、空が伝統的な所有者と保護者のものであることを認めるとともに、アボリジニの長老《エルダーズ》たちの過去と現在と新たなる未来に敬意を表します。また〈心からのウルル声明（Uluru Statement from the Heart）〉を支持し、彼らの主権が失われることなく、これまでもこれからもアボリジニの土地であることを認めます。

ハイウェイはなめらかで、沈みゆく夕日に向かい、まっすぐな矢のようにどこまでものびている。そのせいだ。そして、バックミラーと助手席のバッグが、どうしても気になり目をやりすぎた。黒ずんだ藪《やぶ》から幽霊のような枝を伸ばしている木、ペンキを塗った半円状のトラック用タイヤ、白線をまたいで立つ、黄金に縁《ふち》取られた雄牛。それらが忽然《こつぜん》と、静的な物体として、まばたきをゆっくりとしすぎたかのように道路に飛び込んでくる。

急ブレーキを踏むと、車は進路をそれて、反対車線へ。

あの雄牛は幸運だったと、のちに彼はパブで会った見知らぬ人々に、安堵をもって語るだろう。なにしろ雄牛は突っ立ったまま目だけを動かし、車が自分をよけるのを眺めていたのだから。だが、もう一台の車については話が違った。

その事故の余波の中でも、それに続く年月の中でも、彼はその宝物を自分のものとみなしている。リスクには冒しただけの価値があったのだと。そしてこの不穏当な戦利品が、彼を男にしてもいるのだ。

結局この土地《カントリー》は、何かをつかむためにあるのだから。

日曜日

1　チャーリー

ダリルのボケナス

家まであともう少し。夜の八時を過ぎてあたりは真っ暗だけれど、空には半分しかない月が出ている。ずっと歩きどおしで足が痛い。木立《こだち》からは、もう夏だといいたげにユーカリの強い香りが漂ってくる。〈シエントン低木林地〉と〈カラカッタ墓地〉を突っ切ろう。あいつがユート（豪の小型ピックアップトラック。後部が屋根のない荷台になっている）で追いかけてくるとまずいから。

そりゃ、追ってはくるだろう。あのボケナス。いまのところ、まだ気配はないけど。

墓地の小道はひたすら平らでまっすぐだ。墓のまわりは土がむきだしになり、ガムナッツ（ユーカリの果実）がいたるところに落ちている。ずらりと並んだ墓が白い歯に見えて、とにかく気味が悪い。首にはヘッドホン。でも音楽は聴いてない——あたしだってバカじゃないんだ、ジーン。トングサンダル（親指と人差し指で鼻緒状のものを挟む形のサンダル）が生暖かいアスファルトの上で、ぴしゃっとん、ぴしゃっとんと音を立て、頭上の木の中ではオウムたちがやかましい。手に持っているのはダリルからちょろまかしてきた金の延べ棒《インゴット》だ。重みを確かめるように握り込むと、指の中に気持ちよくすっぽり収まる。

ショートパンツのポケットで携帯が震える。ジーンだ。もう二十回くらい無視してる。振り返って誰もいないのを確かめ、インゴットをポケットにしまってから、今度こそ電話に出る。

「だから返す気はないんだって。ほっといて」

ジーンの顔が目に浮かぶ。微笑みながら、なんとか自分を保とうとしているところが。こっちが小声で話してるのに、電話からはやたら大きな声が聞こえてくる。

「やっほー、可愛い妹。元気？　いまどこ？」

「しーっ、もうちょい声を落として。教えると思ってんの？　どうせ、あのボケナスがそばにいるんだろ？　いい加減、あたしを探すのはあきらめてくれた？」

「まさか」

「これスピーカーホンにしてない？　あいつに聞かせるために」

「そんなことしてないから。それに、あの人はまだ帰ってきてない」

あたしは首をさすりながら、また背後を確認する。大丈夫。ヘッドライトはどこにも見えない。反対側の門の扉が、まだ閉まってないといいんだけど。急がなければと足を速める。とにかくユートがどこかにいれば、エンジンの音が聞こえるはずだ。

「ダリルが帰ってくる前に、返す気はないの？」ジーンが言う。

「全然ない」

「いい加減にしなさいチャーリー。あれはあんたのものじゃないんだよ」

「勘弁して、ジーン！　母親でもないくせに」

「あんただって、もう十二歳の子どもじゃないくせに！」

あたしは携帯の画面を見ながら目を丸くする。あたしがダリルから何かをくすねたからって、それがなんだっていうんだろう。あいつを怒らせたかっただけなのに。親指を動かして電話を切ろうとしたときに、ジーンが声を荒らげながら悪かったと言う。

「戻ってきてよ、ね？」ジーンの声がやわらいでいる。「あのインゴットを持ってバスに乗るの。何も盗むつもりじゃなかったんだって、あの人にはちゃんと説明するから」

「盗むつもりだったんだよ。それがいやなら盗まれないようにすればいいんだ。どっちにしろ、バスに乗るお金なんか持ってない」

「ああもう」ジーンがそこで煙草を吸い込む。電話なら気づかれないとでも思ってるらしい。「明日は給料日なの。あんたにもお小遣いをあげるから、それでおいしいものでもなんでも、好きなものを買えばいいじゃない」

あたしは歩き続け、またひとつ小道を横切る。鳥たちもあとを追ってくる。まるでいたずらっ子みたいに、ユーカリの花やガムナッツを木の上から落としながら。

「いったい何がどうなってんの、ジーン？」

「あたしはただ、あれをダリルに返してほしいだけで――」

「そうじゃなくて、あいつんとこに入りびたって何をしてるのかって聞いてんの。家にはいつ帰ってくるつもり？」

ジーンがまた煙草を吸う。「すぐに帰るよ」

返事がひと呼吸遅れたのを感じて、携帯を握っている手に力がこもる。ガムナッツを蹴飛ばした勢いで、裸足《はだし》の指先が地面に刺さる。ジーンはこの一週間、ずっとダリルのところから帰ってきていない。例のことが学校であってからずっと。

正門のところで足を止める。門は閉まり、鍵もかかっている。少しうしろに下がって、影の中に身を隠す。歩道には街灯が水たまりのような黄色い光を落とし、トーマス・ストリートからは行き交う車の音がする。スミス・ロードのほうにも、待ち伏せしているグリーンのユートの気配はない。だけどあいつは、どこにいたっておかしくない。

「もう行くよ、ジーン」

「どこにいるの？　それはコカトゥー（豪に生息する鳥の名前）の声？」

「カラカッタだよ。もう少しで――」

「墓地ってこと？　あそこには行くなと何度言えば――」

「騒ぐなって。もう少しで家なんだし」

車が一台通りかかったけれど、ダリルではない。

「とにかく気をつけるのよ、ね？」ジーンはもう一服してから、声を潜めて言う。「あのインゴット、誰かに見せたりしてないよね？　なんたって――」

「わかってる」

「売ろうとかしちゃだめなんだからね」

「つまり、これは盗品？　あたしもバカじゃないんだけど。そもそもあいつはどうやって手に入れたの？　店から盗んだとか？」

「まさか！　違うわよ。そんなんじゃない」だけど、あたしはその声から聞き取っている。事の大きさまではわからないけど、ジーンには間違いなく、あたしに隠していることがある。

　ポケットから取り出したとたん、インゴットが街灯の光を受けて輝く。親指くらいの長さで、手の中にすっぽりおさまる。棒をはずしたアイシーポール（豪のアイスキャンディの呼称）みたいな形だけれど、もっと小さい。「じゃあ偽物って可能性は？」握ったときの感触がすごくいい。石ころよりは重たくて、なめらかな表面には片側にだけ文字と数字が彫り込まれている。

「偽物？」ジーンの声を聞いた瞬間、そうじゃないんだと確信する。

「誰かをだまして売りつけるんだ。そのほうがダリルっぽいし」別に本気で言ったわけじゃない。なにしろもう、本物なのはわかっている。

　どっちにしろ、ダリルに返すつもりはない。

「お願いだから」ジーンが言う。「これ以上ダリルを怒らせないで。ダリルは、あんたが口元を殴り飛ばした十一年生の子どもとは違うんだよ」

　ちぇっ、またか。月曜日から、話ときたらこればっかりだ。

「ねえ、チャーリー。もしダリルが現れたら――」

「あいつが現れても家に入れる気はない。そのでかい面《つら》を見せるなって言ってやる」

「とにかく気をつけるのよ、わかった？　それからインゴットは誰にも見せないこと。明日にはそっちに行くから。仕事のあとで寄るようにする」

ジーンが妙にそそくさと電話を切ったので、あたしは暗くなった画面をしばらく見つめてから、携帯をポケットに突っ込む。

ったく、ジーンは何を隠してるんだ？　もし、このまま家に帰ってこないつもりだったらどうしよう。


墓地の正門近くの柵を乗り越えてから、陰になった通りを横切る。車は見当たらない。グリーンのユートも。裏道を抜けて家のある通りに着いたところで音楽をかけ、ヘッドホンをつけ直す。母さんの好きな〈レックレス〉。でも、つまらない曲だ——テンポも遅いし——だからスキップして次の曲を流す。ハンターズ＆コレクターズの〈セイ・グッドバイ〉。

通りを半分くらい進んだところで、うちの前に太った女の子が見えた。街灯の下で、短距離走でも一本走ったみたいに門に寄りかかり上半身をかがめている。三つ編みにした黒髪はぼさぼさだし、ブラシノキの小枝が何本も刺さっている。どういうわけか、壊れて住所の「7」が逆さまになったうちの郵便受けをじーっと見つめている。あたしはヘッドホンを乱暴に外して、彼女に近づく。「あんた誰？」

彼女がぎくりと体を起こしながら振り返る。そんなに年上じゃない。せいぜい十八歳くらいだろう。殴られたらしく片頬が腫《は》れ、走ってきたのか、城形のトランポリン《バウンシーキャッスル》みたいに胸を上下させながらあえいでいる。その視線があたしを上から下へと滑り、水をもらえないまま茶色く枯れている芝生を横切り、玄関へと向かう。窓が暗くて廃屋《はいおく》のようだ。「ここの――住所は――二十七番地？」彼女が言う。

「だったら何？」両隣の大きくて四角い家は、このみじめな家を消し去ろうとでもするように煌々《こうこう》と光を放っている。顔がカッとほてる。サスが、はじめて迎えにきてくれたときもそうだった。「強盗に入るつもりなら、盗《と》るものなんかなんもないよ」

彼女は口を開いて、何も言わずにまた閉じる。重たげなまぶたをしているせいか、表情が読みにくい。それに白人でもない――アボリジニだ。その血の濃さまではわからないけど。あたしはなめらかなインゴットを手で包み込んでから、ポケットの奥の、携帯の下に押し入れる。こんなやつ、知らないよな？　誰であってもおかしくない。

あたしは通りの左右を確認する。ヘッドライトは見えない。彼女はいまにも吐きそうな様子で、うつむきながらあえぎ続けている。

ヘッドホンから糸みたいに細い音が漏れていたので、それを止める。「中に入りたいんだけど。あんた、喘息《ぜんそく》かなんか？　ここでくたばったりしないでよ」

彼女は首を振りながら、あたしのサンダルに向けて顔をしかめている。彼女のほうは――え、靴を履いてない。服はブランド物のデニムのスカート、クリーム色のシルクっぽいトップス、おろしたてらしいスエードのジャケット、それから髪には、地元の低木林地からもらってきた小枝の飾りをたっぷりつけている。足も――棘《とげ》、草、石のせいで傷だらけだ。もう一度背筋を伸ばした彼女は、思っていたより背が高い。肩に掛け直したメッセンジャーバッグは、ジャケットによく合うスエード製だ。「ここに住んでるの？」彼女が言う。

「あんたには関係ないだろ？」

彼女が、なんだか億劫そうに顔をしかめる。「わたし、あなたのことを知ってる？」

「いーや、知らないはずだけど」

なんなんだこの女。脳細胞がちょっと欠けてんのか？　そんなふうには見えないけど。どことなく、なんていうか、女王様みたいなオーラがある。それなのに、なんでこんなところにいるんだろう。しかも裸足で。

彼女は弱々しく一歩前に出ると、あたしの背後を見ながら、誰かを探すように通りの左右に目をやっている。首がひきつれるのを感じて、あたしもうなじをこすりながら振り返る。誰もいない。

そこでレイルウェイ・ロードからのサイレンが闇を切り裂き、彼女が派手に跳び上がったのでこっちまでつられてしまう。彼女はサイレンを追いかけるようにくるりと顔を向け、見開いた目をまんまるにしている。サイレンがやむと、彼女はまた、郵便受けに目を戻す。「わたし――中に入れてほしいの」

「うちはだめ。冗談じゃないよ。さっきも言ったけど――」

「お願い。このまま外にはいられない」彼女が片手を頭に当てると、その手には、黒い絵の具みたいな血がべっとりとつく。ジャケットの裾《すそ》のあたりにも黒っぽいシミが見える。怪我をした太っちょの世話なんか絶対にごめんだ。

「もしかして、なんかから逃げてる?」

彼女が目をまたたく。「いまは説明できない」

彼女をよけて進もうとすると門をふさがれてしまったので、通りのほうに顎《あご》をしゃくってみせる。「病院ならあっちだから。道はわかる?」

「いいえ」

「すぐわかるよ。トーマス・ストリートにある。なんだったら誰か呼ぼうか? 電話してあげるよ」

彼女がパッと目を見開く。「だめ! えっとその、わたしは事故にあったの。自分の車で。だから、ちょっと休みたいだけ」彼女は髪から小枝を抜き取り、撫《な》でつけている。「病院なんか必要ない。大丈夫なんだもの」

片手の側面には絆創膏《ばんそうこう》が貼られ、そこからも血がにじみ出ている。どう見たって大丈夫じゃない。

「わたしに必要なのはソファだけなの。そんなに大げさなことじゃないでしょ?」そう言って御大層《ごたいそう》に微笑んでみせるけれど、あたしにはあんまり効き目がない。それに、見た目のわりにはすかしたしゃべり方だ。信用できない。

「何それ、うちに泊まりたいってこと? なんで自分ちに帰らないんだよ」

「歩いて帰るには遠すぎるのよ」目をそらすのに合わせて、ふたつの瞳が虫みたいに動く。

嘘だ。顔を見ればわかる。あたしも嘘つきだからだまされっこない。「どいて。中に入りたい」

彼女はあたしの前に近づくと、もう一度あたしの足元に目を落としてから肩越しに家を振り返る。「お金を払うわ」

まるで、こっちが文無しなのを知ってるみたいに。まあ、そのとおりなんだけど。なにしろ、ダリルのインゴットを売り飛ばすわけにはいかない。いまはまだだめだ。ジーンも明日には会いにくるとか言ってたけど、ほんとに来てくれるかどうか。だから、あたしは二秒で腹を決める。

「わかった。ひと晩のソファに四十ドルだ」

彼女はあたしをじっと見つめながら唇を引き結ぶ。てっきり値切られると思ったのに、早速バッグのフラップを開けて中を探っている。「わかった」そう言って二十ドルのピン札を二枚差し出すと、門を開けてと言わんばかりに脇へよける。

ちぇっ。もうちょいふっかけとくんだった。

ポケットの中の、携帯のそばにお金を突っ込む。きしむ門を開けると、玄関までの小道を、彼女があとからついてくる。

鍵穴に鍵を挿《さ》し込んだところで、あたしはふと手を止める。「その手の怪我はどうしたの?」

「言ったでしょ。車で事故ったのよ」

「ならどこ?」

「え?」

「その車」あたしは通りのほうに顎をしゃくってみせる。「そばにいなくちゃ。事故の現場を離れちゃいけないはずだよね？」

彼女が、隣の家からの明かりの下で目をまたたく。「よく覚えてないの。頭を打ったのかも」

なんだそれ。胃が痛くなってきた。「あんたがうちのソファを使うつもりなら、あたしには知る権利があると思う」

「権利？」

「あんたの事情を知る権利」

彼女が唇を引き結ぶ。

「あるはずだよ。ここはあたしとジーンの家だ。ジーンは留守にしてるけど、あたしのお姉ちゃん。あたしも、ベッドで寝てるところを斧《おの》で殺されたりしたらたまんないし」

彼女が片手を差し出しながら言う。「斧で人殺しをするには、ちょっと疲れすぎているみたい。だけどもしあなたが四十ドルを返したいっていうんなら――」

いやな女。

「わかったよ」あたしは玄関を開ける。とりあえずは、この女があの四十ドルをどうやって手に入れたのかも、どんな面倒に巻き込まれているのかも考えないことにしよう。朝になれば、どうせいなくなるんだし。

彼女の名前はナオだという。発音はネィオウに近いらしい。どうだっていい――おそらくは偽名だろう。あたしのほうは、ろくに考えもせずに本名を伝える。ナオが、家の奥へと廊下をついてくる。朝に焦がしたトーストの匂いが残っていて、思わずおなかが鳴ってしまう。「スリープアウト（全体あるいは一部に覆いがついている、ベランダに設けられた予備の寝室）のソファで寝て」あたしは言う。「ジーンの部屋は使わせない」

キッチンを横切っている途中でスリープアウトに電気が灯《とも》り、あたしは足を止める。驚きに目が飛び出し、心臓が爆音を立てはじめる。

ダリルだ。図体がでかいばっかのボケナス。「よお、チャーライズ。ずいぶん遅かったな。街にでも行ってたのか、コソ泥のクソガキが」

ダリルのやつ、母さんの椅子に我が物顔で座ってる。裏手のドアが大きく開いていて、ジーンの風鈴がやかましく鳴り響き、港町フリーマントルからの潮風が網戸越しに吹き込んでいる。

「不法侵入だよ、ダリル。その椅子からどいて」

ダリルは動かない。動きっこない。体臭とバンダバーグ・ラムの匂いをガソリンみたいにぷんぷんさせて、その頭上ではランプシェードが、あたしの怒りを察知したように揺れながら、ダリルのずんぐりしたスキンヘッドのてっぺんを照らしている。アドレナリンのせいであたしの指先にたまりはじめた猛烈な癇癪《かんしゃく》は、このままダリルが出て行かなければ大爆発を起こすだろう。

こんなボケナスはこわくない。ほんとうだ。ただしジーンは、こいつがこわいくせに、そうじゃないふりをしている。「お姉ちゃんはどこ？　いつうちに帰ってくんの？」

「あいつはいまごろ俺のために晩めしを作りながら、自分をせっせと磨いてるとこだ」ダリルは、ジムでトレーニングするときのように太い首を伸ばしてみせる。「どうしても教えてほしいってんなら、そうだな、すぐには帰ってこないぜ。俺の金《きん》はどこだ、チャーライズ？」

ポケットのほうに動きかけた指を、意志の力でぴたりと止める。「あたしの名前はチャーリーだ、ボケ」そのとき、背後で空気が動く。ナオがキッチンで待っている。巻き込まないほうがいい。「どうやって入ったんだよ？　ドアを破ったわけじゃなさそうだし」あたしは部屋を横切って、そのドアを閉める。風鈴の音はやんだけれど、キッチンにある冷蔵庫がカチリと鳴ってからうなりはじめる。

開かれたダリルの片手からは鍵がぶら下がっている。ジーンの鍵だ。あたしがプレゼントした、サーファーズ・パラダイスのキーホルダー。両手を握り、まばたきをしてこらえる。ジーンがダリルを送ってよこすなんて。

ダリルがにやりとする。「インゴットさえ返せば、すぐに消えてやる」

「なんの話だかよくわかんない」

「へたな嘘はやめろ、チャーライズ」

「その椅子から立てって！　母さんの椅子なのは知ってんだろうが」

ダリルが、桃色の指をくねらせながら言う。「おまえが先だ」

インゴットがポケットの中で燃え、ナオがキッチンから呼びかけてくる。「ねえ、ソファはどこ？　わたしは――」

「ちょっと待ってて、いま片づけてるから」

ダリルが、ドアの隙間からナオに気づく。ナオはキッチンの長椅子にもたれ、いまにも倒れ込んでしまいそうだ。ダリルがいやらしい目つきでナオを見ている。「あのダチは誰なんだ?」

「友だちじゃない」あたしは言う。「ひと晩泊めてほしいっていうから」

ダリルが笑う。「そいつはまた、よっぽど追い詰められてんだな」ダリルがナオに向かって声を上げる。「跳び蹴りの届く範囲にいるかぎり、このガキは信じないほうがいいぜ。俺だったら、こんなとこからはとっととずらかるがな」

感情が両腕からわき上がり、肩へと注がれていく。ダリルにこぶしをぶち込んでやりたい。

「とっとと出て行かないと、あんたに跳び蹴りを食らわしてやる」

「俺は本気で言ってんだ、このクソガキ。あれはどこだ?」

「なくした」

ダリルが立ち上がり、あたしは二歩あとずさる。キッチンの向こうでは、ナオが上半身を起こしている。

「なめんじゃねぇぞ、チャーライズ。おまえ月曜に、喧嘩して退学になったんだって? スリー・ストライクで、はいおしまいか。残念だったな」

「黙れ」

さりげなくポケットに手を入れると、インゴットを指で包み、携帯の下、隅にできた穴のほうに押し込んでいく。穴が広がって、インゴットがするりとショートパンツの裏地の中へ。これなら見つかりっこない。こんなやつ、逆上したまま、すごすごと帰ればいいんだ。

「喧嘩っ早いのは嫌われるぜ。女ならなおさらだ」ダリルが一歩、また一歩と近づきながら、あたしをキッチンのほうに追い詰めていく。頭と太い首がますます伸びて見える。敵意で体をふくらましているみたいに。このひどい臭いにはラクダだって降参するだろう。「おまえ、親友にも口をきいてもらえないんだろ？　そいつの彼氏をぶっとばしたらしいじゃねぇか。それで親友にまで愛想をつかされた」

「黙れ！」ジーンのやつ、何をどう話したんだ？　こいつはなんにも知らないくせに。あたしは十まで数えようとするけれど、妙に両目がチクチクしてたまらない。

「姉ちゃんに捨てられるのも不思議じゃねぇな――」

「捨てられてない！」あたしはダリルに飛びかかる。だがそれは、悪臭を放つマック・トラックスの大きな車に、素手で殴りかかるようなものだ。

シャツの襟元《えりもと》をつかまれたかと思うと冷蔵庫に投げつけられて、ぶつけた後頭部がわんわん鳴りはじめる。「ふざけた真似をするんじゃねぇ、チャーライズ！」冷蔵庫に貼られたマグネットがたがた鳴り、ジーンの鍵が飛ぶ。

「おい、ヘッドホンに傷がつくだろ！」

「インゴットをよこせ」ダリルは顔を真っ赤にし、あたしの襟首をねじり上げながら、空いているほうの手で体の片側を探りはじめる。

ナオはダリルの背後で凍りつき、目をしばたたかせている。

「この変態野郎！」左手を背中側に押しつけられた状態で、万力《まんりき》のようなダリルの手が首を絞めつけてくる。殴ろうにも右手をうしろに引くことができないし、すねを蹴飛ばしてもダリルはびくともしない。だから爪を立てて、せいいっぱい顔を引っかいてやる。

「クソガキが！」ダリルが叫んで、あたしの顔を手の甲《こう》で殴りつける。口の中には血の味が広がるけれど、ダリルの頬には、狼男にでもやられたみたいに気持ちのいいみみずばれができている。ダリルは太い前腕で、上向きにしたあたしの右腕を冷蔵庫に押さえつけながら、襟首をつかんでいる手に力をこめていく。そのあいだにも片手であたしのショートパンツのポケットを探り、ナオからもらった二十ドル札を見つけてしまう。「なんだこれは？　あれはどこだ？」

あたしはにやりとする。見つけられるもんか。それでもダリルがシャツを絞り上げてくるので息が苦しい。なんとか息をしようと爪先立ちになる。冷蔵庫の上にあるものがガチャガチャ音を立て、いまにも上から降ってきそうだ。「売っぱらった」あたしはあえぎながら言う。

「嘘をつくな」

ナオが口を開く。「このままじゃ窒息しちゃう」無駄だ。

足が床から浮き、口が自然と開いていく。息ができない。押さえつけられている腕を伸ばし、冷蔵庫の上部をつかみながら急所を狙って蹴りを入れる。当たらない。

「その子を下ろして、お願い」ナオがダリルの腕をつかむ。それを振りほどくときにダリルの手がゆるみ、あたしは自由になった左手でシャツの首元をかきむしる。だめだ、まだキツすぎる。

「じきに下ろしてやるさ」

右手で冷蔵庫の上を探る。何がある？　中華鍋、パンこね台、パン焼きの道具。それから何か――なめらかなもの。長い握りがついている。

ナオがダリルのTシャツを引っ張っている。「やめて！　その子の顔が見えないの？」

Tシャツが破れて、ナオはうしろに倒れ込む。ダリルは首を回してから、あたしのもう片方のポケットを探り続ける。そこもハズレだけれど、このままだと放してもらえそうにない。頭には、血が一気に押し寄せているような圧を感じる。

唇が麻痺《まひ》しはじめる。視界に黒い点が浮かんでいて、ナオの姿はもう見えない。心臓が、メルボルンカップに負けた馬みたいにばくばく音を立てている。ダリルに殺意があれば、あたしはこれでおしまいだ。冷蔵庫の上にある何かに片手をかけ、もう片方の手もそこに添える。けれどどこかで引っかかっていて動かない。力をこめてぐいっと引くと、いきなり、ものすごい勢いで振り下ろされる。ダリルがあとずさる。カッと大きく目を見開きながら。

ぞっとするような音がして、あたしたちは一緒にどさりと倒れ込む。ふたりとも汗まみれで、ぬらつく腕と、ダリルの太くて不愉快な脚がもつれ合っている。視界の中では黒い点がバレエを踊り続けているけれど、首に指を当ててシャツをゆるめ、咳き込みながら呼吸を取り戻すと、ようやく視界が晴れてくる。頭の中で騒いでいた血流がおさまってくるにつれ、隠されたインゴットが太ももをえぐるのを感じる。「ったく、ダリル」あたしは言う。「あんたはつくづくクソ野郎だよ」

そこでようやく、ナオの声が耳に入る。「どうしよう。ああ、どうしよう」と、何度も何度も繰り返している。

その理由がわかったのは、片手を床から持ち上げたときだ。ぬるぬると濡れているのは、温かくて黒ずんだ赤いもの。それはダリルの下に広がり、あたしのシャツの前を染めている。汗じゃない。

「殴って、気絶でもさせればよかったじゃない」ナオが言う。「頭を叩き割るんじゃなくて」

「そんなつもりでやったんじゃない！」あたしはシンクに身を乗り出して吐こうとするけれど、唾液しか出てこない。声がしゃがれて喉も痛い。「冷蔵庫の上に何があるかなんて知ってるわけない。あんたならわかんの？　普段は使わないものばっかかなんだよ」

ナオはスリープアウトのドアのあたりで、ダリルの脚のそばにかがみ込んでいる。あたしは見たくもない。

「まさか――」あたしは息を呑む。「そうなの？」

「だと思う。自分で確認してみて」

あたしはかぶりを振る。頭が痛くて吐きそうだ。「絶対にやだ」シンクのそばに立ったまま、片手を喉に当てる。体が震え、フランネルのシャツが肌に張りついている。脈は落ち着いてきたけど――。

クソ。ダリル。ジーン。クソ。考えちゃだめだ。キッチンの長椅子に置いてあった電話をつかんで、番号を打ち込む。「この番号は緊急コールのトリプルゼロです。ただいま電話をおつなぎして――」

「録音メッセージだ」あたしはナオに声をかける。「トリプルゼロにかけたんだけど――」

ナオが部屋を二歩で横切ったかと思うと、電話を奪って床に叩きつける。電話はふたつにぱっくり割れる。「気は確かなの?」と、彼女は言う。

「これから話すとこだったのに!」

「あなたは――」

「そうだよ、あんなことするつもりじゃなかった! それにこいつはもしかしたら――病院に運ぶ必要があるかもしれないじゃないか」

「待って」ナオが片手のひらを、あたしの顔にぴたりと当てる。「ひょっとしたらまだ回線が――」それから半分になった電話の前側のほうを手に取ると、耳に当てて音を確かめている。

「よかった。切れてる」

ナオは大きく見開いた目であたしを見てからダリルを見つめる。あたしもダリルに目を向けて、とたんに口の中がつばでいっぱいになる。まるでスティーヴン・キングの世界だ――床に倒れたダリルの額には、ジーンの肉切り包丁が突き刺さっている。父さんがジーンにあげた包丁が。

「中華鍋だと思ったんだ」あたしは言う。

パニックのせいだ。警察にもそう言おう。だけど警察はきっと――。

むせているような音が聞こえて、顔を向けると、ナオがこぶしを半分口に突っ込みながら必死に笑いをこらえている。イカれてるとしか思えない。

あたしはナオの手から電話をもぎ取り、床に落ちていたもう半分を拾って直そうとする。

「ぶっ壊れてる。ジーンに怒られちゃうよ」いくらやってもうまくいかない。ケースの側面が少し欠けているし、あたしの手も震えている。

ジーンはなんて言うだろう？　ダリルはボケナスだけど、ジーンにとっては恋人だ。「なんで死んでるってわかんの？」

「自分で確かめてみる？」

「やだよ！　だけどもし死んでなかったら？」

「わたしが確認してくる」

あたしは電話を抱え込んだままで待つ。

ナオが戻ってきて言う。「やっぱり死んでる。息をしてないし、脈もない」

状況を知らなければ、彼女がほっとしたようにさえ見えたかもしれない。「ほんとに？」

「ほんとに」ナオは朝食用カウンターの前にあるスツールにまたがり、怪我をした手を、もう片方の手で包み込んでいる。あたしの手から乱暴に電話を奪い取ったときに、きっと痛みが出たんだろう。

「だとしても、やっぱ警察には知らせなきゃだろ？」

ナオはこたえずに唇を引き結ぶ。ジーンの鍵がオーブンのそばに転がっている。ジーンに打ち明けるところを想像してみる。今回のことは、あたしたちにとってどんな意味を持つんだろう。自分のせいでもないのに、こんなごたごたに巻き込まれるなんて最悪だ。

ジーンは今週、あたしの退学にがっくりきてた。「考えすぎないで、チャーリー！」とジーンは言った。だけどやっぱり考えてしまう。いまのひどいざま。母さんと父さんのこと。何ひとつうまくいかないうえに、十七歳で刑務所にぶち込まれるのはどんな気分だろうって。

「なんで電話させたくないの？」あたしはナオに言う。「いったい何がどうなってんの？」

2　ナオ

コレラ

野蛮な白人の少女が、尖った顎《あご》を持ち上げながらわたしをにらんでいる。チャーライズ、とあの男は呼んでいた。生活は苦しそうだ。自分が金持ちだというつもりはないけれど、彼女は貧乏だ。ショートパンツは切りっぱなしのデニムだし、チェックのフランネルシャツの下に着ているタンクトップも、もとは白かったんだろう。爪は短く嚙み込まれている。血に汚れた片手に握り締めているのは、この家の鍵の束。あの男が乱闘の中で落としたものだ。

耳鳴りがするし、部屋には血の臭いが充満している。銅のような臭いで、妙に生暖かい。吐かないように、口で呼吸を続ける。キッチンの作業台にスカートのウエストの上を押し当てながら、痛みを感じるまで体を前に倒していく。死体はもう見たくないし、その必要もない。例のものが額《ひたい》に突き刺さったところを忘れることはないだろう。まるで、カボチャを叩き割るような音がした。

「なんで電話させたくないの?」少女が、目を線のように細めながら繰り返す。隣の部屋の明かりを受けた瞳が、まるでインド洋のように青い。しゃがれてはいるが、執拗《しつよう》な声。口を開くと、二本の前歯のあいだに隙間が見える。このままにするつもりはないらしい。

絶対に。

落ち着いた呼吸と表情を崩さないようにしながら、ズキズキと痛む足元に目を落とす。スツールの金属部に置いた足には、乾きかけた血の筋がついている。そこでふと思う。そもそもこの家に来たせいでこんな目にあっているんだ。〝一晩のソファに四十ドル〟の領域はすっかり超えている。どうしてこんなことに？　いったいどこで間違えた？　ここで目撃者になるわけにはいかない。いろいろ質問されるだろうし、住所だって聞かれるはず。母さんとウォーレンに電話がいって、家まで車で連れ戻されてしまう。そのあとはどうなる？

いまは継父《ままちち》のことなんか考えたくない。

「煙草、持ってない？」わたしは言う。

少女が鍵から目を上げる。「ないに決まってんだろ。煙草は体に悪いんだ」

ひと箱買ってくるとか言って、このまま出ていってしまおうか。状況を考えると、それが賢明かもしれない。でも、こんな状態でどこまで行ける？　この子はきっと警察に電話をかけるだろう。そしてわたしのことを話し、わたしが床に残した血痕を見せるはず。ひょっとしたら、わたしに罪をなすりつけるかもしれない。結局わたしは、この子のことなんかなんにも知らないんだから。

それに彼女はここの住人だ。ウォーレンが電話に残していた住所の。あれが間違いだったとは、まだ言い切れない。

「あなたがかけた緊急電話だけど」わたしは言う。「誰か——電話口には出た?」

「録音の声。さっきも言った」彼女は震えている。華奢《きゃしゃ》な首は、あの男に絞められたところに痣《あざ》が浮いて、まだらになっている。フランネルのシャツはぐっしょり濡れ、身頃《みごろ》が体に張りつき真っ赤に染まっている。それもこれも、金《きん》のカケラのせいだなんて——せいぜい大きなやつだといいんだけれど。「このまま、床に転がしておくわけにはいかない」彼女が言う。

「そうだね」わたしは暗い窓に目をやって、耳をそばだてる。何も見えないし聞こえない——サイレンの音も、ピカピカ光るパトカーのランプも。わたしがここにいることは誰も知らない。

だとしても、電話をかけた記録は残っている。

「あの人は誰なの? つまり——」

「ろくでなし。だから気の毒だなんて思ってない」彼女はそれから、小さな町くらいなら焼き尽くせそうな視線を男の脚に素早く向け、「ジーン」と下唇を舐めながら言う。「ジーン——」

男は車を持っていたはずだ。ここには車で来たに決まっている。キーはきっとポケットの中だ。「ご両親は」と、わたしは言う。「その、いつごろ——」

「母さんは死んだし、父さんは一緒に住んでない」

「そっか。わかった。悪いこと聞いちゃったね」

彼女は黙ったまま、鼻をすすり上げる。両手には、しっかりとキーホルダーをつかんだままだ。安っぽいプラスチックの四角いキーホルダー。そうやって手の震えを止めようとしているんだろうけれど、全然うまくいっていない。

ここは慎重にいかないと。屋根から飛び降りようとしている人を説得するときのように。なにしろ、道連れにされる気はないのだから。「ねえ、あれは正当防衛だった。絶対にそう」わたしは言う。「でも、よく考えてみて。あの――斧みたいなやつがあるし――もしも警察が信じてくれなかったら？」

彼女がサッと顔を上げる。「包丁だよ！　それに、あそこにあるなんて知らなかった」

「もちろんわたしはあなたの味方をするけれど――」

「ならよかった。あんたは何ひとつ教えてくれてないし。その怪我は何？　誰から逃げてんの？　ジャケットに血がついてる理由は？」

息を半分吸って半分吐く。ジャケットを脱いで確かめたい。おそらくは手の怪我からついた血だろうけど、それでは説明のつかないシミもあるかもしれない。

「その傷には、絆創膏がもう一枚いるね」彼女が言う。

確かに。絆創膏は彼女のシャツのように血で染まっているし、傷口はドラムビートのようにズキズキ脈打っている。そのあいだにも、チクチクうずく足の痛みと同じくらいに、彼女の視線を感じてしまう。どうしてこんなにいろいろ聞きたがるんだろう。口を閉じてはおけないの？

「で、これからどうする？」彼女の震えはますますひどくなっている。「ジーンにはなんて言おう？」

「黙ってるのよ。決まってるじゃない」

「何それ？　ふざけんなよ」

「だったら打ち明ける？　本気なの、チャーライズ？　きちんと考えてみて」

「あたしの名前はチャーリーだ！　それにちゃんと考えてる。ジーンは、あたしのお姉ちゃんなんだ」

「それで、お姉さんはどう思うかしら？　あなたは彼女の恋人に襲いかかって――」

「襲いかかってきたのは向こうだ！」

「あなたが挑発したんじゃない。それに、あの包丁を見てよ――」

「人に罪を着せんなよ。あたしのせいじゃない！」チャーリーは口を開いたまま、まるではじめて見るかのように、シャツについた血を見つめている。それから手を開き、キーホルダーをにらみ、手から落とす。わたしは一瞬の間のあとに、この子は過呼吸を起こしているんだと気づく。痩せた肋骨のあたりが、浮き上がっては沈んでいる。

「ちょっと」わたしはスツールを下りて、彼女の肩をつかむ。「いいから落ち着いて。大丈夫？」

チャーリーは大きくかぶりを振る。呼吸がさらに速まり、首にかけたヘッドホンが上下に激しく揺れ、わたしの指の下では彼女の肩がカタカタ震えている。

パニック症候群だ。どうしよう。わたしは彼女に回れ右させると、一緒に男の足と冷蔵庫のあいだを抜け、廊下に出て、死体とその臭いから遠ざける。「大丈夫。ふたりでなんとかできるから。一緒に考えよう」まったく、パニックになりたいのはこっちのほうだ。そう思いながら電気のスイッチを見つけると、そこは茶色いタイルの敷かれたバスルームで、わたしは彼女をトイレの蓋に座らせる。コットンボールの詰まった紙袋があったので、中身を空にしてから、彼女の口にあてがう。チャーリーもされるがまま、紙袋に向かって呼吸を繰り返す。顔は汗で濡れているけれど、胸の動きは少しずつおさまっている。

「いい感じ」わたしは言う。「呼吸を続けて」

それからしばらくかけて過呼吸がおさまると、チャーリーは口から離した紙袋を手に持ったまま、ゆっくりと、まるで試すかのように息を吸っては吐き続ける。シャツを見下ろしたとたんに顔がゆがむけれど、呼吸は大丈夫そうだ。それからわたしに向かって目をまたたく。「ありがとう」

「どういたしまして。大丈夫だからね」

何も大丈夫ではないけれど。

バスタブの端から立ち上がるなり、お尻が麻痺していて、ふらりとよろめく。ひび割れた茶色のタイルには、わたしの作った血のシミが残っていて、ふたりの視線がそこに吸い寄せられる。

〝正式起訴犯罪の事後従犯〟。刑法のクラスで二学期にならった言葉だ。もちろん、テレビの犯罪ドラマの中でも数えきれないほど使われている。これからどういう行動を取るべきか。血に汚れたタイルを見つめ、その選択肢を前にしばらく逡巡《しゅんじゅん》してから、わたしはまばたきをして思いを振り払う。

「もうわかってるんでしょ？」わたしは言う。「お姉さんに知られたくなかったらどうしたらいいか」

顎のあたりをこわばらせながら、チャーリーはうなずく。

「あの男の車を見つけて、掃除をして、死体を捨てる」わたしは言う。「彼はそもそもこの家に来なかった。そんなふうに見せかけるの」


チャーリーはパニックにアドレナリンを吸い取られて疲労困憊《こんぱい》の様子だ。それでもシャワーを浴び、さっきまでと変わりばえのしない服に着替えると、男の車を探しにでかける。これならキッチンには近寄らなくて済むから、また過呼吸になることもないだろう。

わたしのほうも、アドレナリンが切れてしまったようで疲れがひどい。足を洗い、髪を撫でつけ、その両方から棘や小枝を抜くと、できるだけきれいに髪を編み直す。足の傷はそれほどひどくない。二、三か所の切り傷から出血している程度だ。だとしても明日には片目のまわりが痣になっているだろう。体の隅々にまで違和感があって、二度と元には戻らないような気がしてしまう。

シンクの下から掃除用具を引っ張り出す。黄色いゴム手袋、三種類の抗菌スプレー、それからクリーニングクロスのチャックスを山ほど。手袋をはめるときに、傷口に当たってぎくりとする。バケツにたっぷりお湯をためて、漂白剤を加える。映画で見た方法だけれど、ほんとうにうまくいくのだろうか。

手と足の傷には、チャーリーが絆創膏をくれた。手の側面に二枚貼ってみたけれど、やっぱり血は止まらない。廊下をバスルームまで戻って、自分の残した汚れをきれいにしていく。わたしのDNAが、チャーリーのと一緒に残っているはず。何度も繰り返し、同じタイルを拭き続ける。自分の痕跡を跡形もなく消し去りたい。それは無理だとしても、少なくともこうしていれば、奥の部屋で待っている作業を少しは先のばしにできる。

だが、いつまでも逃げてはいられない。重いバケツを持ち上げると、例の場所に向かう。男の姿を目の隅で色の塊《かたまり》のように見ながら、むかつくような甘い臭いをかぐ。男の両脚はキッチン側にあって、上半身は戸口から出ている。向こう側の部屋には、くたびれた籐《とう》の肘掛椅子が一脚と、そろいのソファが壁際に一台あるだけだ。わたしは部屋全体を確認しながらも、死体には目をやらないよう気をつける。上半身を載せた黄色いラグが、ほとんどの血を吸い取っているようだ。

チャーライズか。こんな夜にはできるだけ出くわしたくないタイプの子だ。あの闘志！　どう見ても栄養不足なのに、自分の倍くらいありそうな体格の男を殺してしまうなんて。あの男も言っていたように、指関節にできた痣は、学校の喧嘩で作ったのだろう。髪は――ヘッドホンからの電流で逆立っているかのようだ。それからあの指。正確には指の一本だけれど、なんにでも、誰にでも、立てて見せなければ気がすまないらしい。

ただし、偶然の出会いとは言えないだろう。ウォーレンがこのうちの住所を記録していたんだから。だけど、ウォーレンが間違えた可能性もある。あの子がウォーレンの金庫を盗んだとは思えない。そんなことをやってのけるには冷静さが足りなすぎる。

少なくとも、あの質問攻撃だけはとりあえずやんでいる。わたしの車なら、家の私道で門柱に衝突しているし、状況が変わっていなければ、玄関は開けっ放しのまま、家中の明かりが煌煌と灯っているはずだ。あとは時間の問題で——？

胆汁が喉をせり上がり、バケツの水を床にこぼしてしまう。バケツのそばに膝をつき、胆汁を必死に呑み下す。パニックに用はないし、ふたりそろって取り乱している余裕もない。

いまは一緒に決めたことをやるだけだ。ひとつずつ、着実に。

まずは最悪な、あの包丁からいこう。シンクの下を探して白いタオルを見つけると、血受けに敷いて、顔をそむけながら包丁の柄をつかむ。どっちに引いたらいいんだろう。眉間《みけん》の骨に刺さっていて外すのに苦労するかと思っていたら、波が引くときのような音と一緒にあっさり抜けたので、またしても吐き気が襲いかかってくる。

あのとき笑ったことが自分でも信じられない。本気で笑ったわけじゃない。あの子が中華鍋のことなんか持ち出すから。あれはショックのせいだったんだ。

包丁の刃には、血に濡れた肉片がついている。目を閉じたまま男のシャツで刃をぬぐうと、つやつやになるまでシンクで洗い、磨き、すすぐ。ふたりで決めたわけではないけれど、包丁は冷蔵庫の上に戻しておこう。そのときに冷蔵庫がカチリと音を立て、わたしはぎくりと跳び上がる。死体の頭に白いタオルを巻いたとたん、タオルはわたしの手の絆創膏と同じように、みるみる血に染まっていく。

これは夢なのだ、という思いが繰り返し頭をかすめる。目覚めたら自分のベッドにいて、時刻はまだ夕方前で、背中には窓から注ぎ込む太陽の光が四角く落ちていて、自分の身に起こった最悪の出来事は、金曜のテストの最後の問題でヘマをしたことだ。けれどそう考えたとたんに顔がひきつり、そのこわばりの下に潜んでいる恐ろしいものに思いをはせる。

そう、チャーリーが今夜のことをどう考えようと、両親にまつわる話や、姉に対する不安がどんなものであろうと、彼女はわたしほど決定的に、自分の人生を根幹から引きちぎったわけではない。

死体をラグの上に転がしてから、古びた床にモップをかけていく。こんなことをしたってどうにもならない。木材のひびに血の浸み込んでいくところが目に浮かぶ。だとしても、できるだけのことをしてから電気を消す。とても犯罪捜査に耐えられる掃除ではない。それどころか〝床の上に死体があって、朝になったら近所の人に窓から見られてしまう〟というのが現状だ。すでに見られているかもしれない。壁の三面についたカーテンのないよろい窓からは、水のような月光が注がれている。だけどいまは日曜の夜。両隣の裏庭は、真っ暗なまま静まり返っている。

死体は一トンくらいありそうだから、ふたりがかりでも、うまく運べるかどうか。

チャーリーはずいぶん時間がかかっている。掃除に使った雑巾とチャーリーの洋服を洗濯機に突っ込んで、今度もまた漂白剤をたっぷり加える。汚れ物を詰め込んだ洗濯機がスタートし、洗ってすすいで脱水するころには、胸に不安がつのっている。時計を見ると、十一時十八分。チャーリーは、死体を包むのに使えそうなものを見つけてくると言っていた。いったいどこに行ったんだろう？　またパニックを起こして、気が変わったとか？　心が折れて、警察か姉に電話をしたのかもしれない。きっと逃げたんだ。ひとりで行かせるんじゃなかった。サイレンが聞こえないかと耳をそばだてながら、逃げ出そうと身構える。けれど車がない以上、遠くまでは逃げられない。

どうしても車がいる。

男の車のキーは、ジーンズのおしりのポケットの、携帯の奥に入っていた。携帯はポケットから飛び出しているのに、これがなかなか引き抜けない。画面は片隅が粉々だ。それでも不在着信が五件、留守電が三件入っているのが確認できる。最新のものは二十分前。かけてきたのはふたり——ジーナ・Kと、リー・A。

つまりチャーリーの姉と、もうひとり。そう言えばあの男、ジーナは自分のところにいると言っていた。晩めしを作っているとかなんとか。彼女が、この家に探しにくるまでどれくらいあるだろう？

電源を切っておく？　いや、だめだ。わたしは携帯を男のポケットに戻す。そこで自分の携帯を思い出し、その形を手でなぞる。スカートのポケットの中で、太ももにぶつかっている。取り出して画面を確認したい。同時にやっぱりそうしたくない。そこでハッと気づく。

そうだ、携帯をこのまま持っているわけにはいかない。どこかで処分しなければ。

裏手のドアがいきなり開いたので、わたしは跳び上がるようにして死体から離れる。心臓が激しく鳴っている。誰だっておかしくない――警官、隣人、チャーリーの姉――だけど、現れたのはチャーリーだ。

「どうしてこんなにかかったの?」思わず声が震えてしまう。

チャーリーは死体にちらりと目を向けただけで、近づこうとはしない。月光の中に立つと肌が青ざめて見え、鼻のまわりに散ったソバカスが、ペンで描いたかのように浮かびあがっている。怯えているんだ。わたしが不安になったのも無理はない。とにかくチャーリーによると、男の車は、この家の並びの、裏手の小道にとまっているらしい。チャーリーはもつれたロープと、赤土の筋がついた青い防水シートを持っている。「あちこちの物置を当たってたんだ。これでいける?」チャーリーが防水シートを地図のように広げる。狭い床には大きすぎるほど大きい。

「うん、大丈夫」わたしは言う。

午前二時まで待って、男の車をスタートさせる。運転席にはわたしがついたけれど、これにはチャーリーがかなり反発した。車をぶつけたばかりなんだから信用できないと。事故を信じてもらう必要があるので言い返しはしなかったものの、彼女に運転をさせる気はなかった。十七歳で、免許も持っているというが、とにかく小柄だから、それを信じるのは難しい。それに彼女のほうにも問題はある。パニックを起こしてからは神経過敏になっているし、車内という狭い空間にいると、彼女の肌が、熱気を帯びた匂いを放っているのが感じられる。まるでマッチをつけては吹き消しているみたいに。

チャーリーの案内で小道を出て、通りを次々と進んでいく。「ここを左。突き当たりを右。それからまっすぐ」こういった言葉を除けば、ふたりとも黙りこくっている。

メタリックグリーンの車は、ホールデンのデュアルキャブレターのユートだ。シートは革張り。新しくはないけれど、異常なほどに清潔だ。バックミラーには、ラミネート加工された女の写真がぶら下がっている。ラナ・デル・レイのような髪型に、印象的な瞳。ソバカスと前歯の隙間がチャーリーにそっくりだ。そのうしろには、レモンの香りの車用芳香剤《マジックツリー》が貼られている。後部座席の床に置かれたダンベルのセットとジムバッグを見ているうちに、ウォーレンを思い出して不安がつのる。なるべく考えまいとしていたところでレイルウェイ・ロードの入り口に差しかかり、うっかりブレーキを踏み込んでしまう。

「気をつけてよ！」チャーリーが言う。「ダリルのせいでムチ打ちみたいになってんだから。もう一回なったらどうすんだよ」

「ムチ打ちになってるなら、それ以上ならないと思うけど」

「わかんないだろ」

わたしはこたえずに、角を曲がりながらゆっくりとレイルウェイ・ロードに入っていく。ほかの車は見えない。通りを歩いている人もいないし、明かりのついている家もほとんどない。郊外に暮らす人たちは、家の中で安全に過ごしているのだろう。ユートのエンジン音が、やけに大きく感じられる。頭には血が上ったまま、まだカッカしているけれど、だいぶおさまってはきた。この頭のほてりはいつ取れるんだろう。すべてが終わって、普通の生活に戻れるのはいったいいつになるのか。

戻れるとすれば、だけれど。

ダリルという男は自分の車の荷台に横たわり、いまやまさに見たままのもの——防水シートの上から縄でぐるぐる巻きにされた死体——になり果てている。太り気味で筋肉質な体を少しずつ引きずるようにして、裏庭から運び出したときのことは二度と思い出したくない。隣家から叫び声が上がるのでは、いきなり防犯灯がつくのではと恐ろしくてたまらなかった。手には汗がにじみ、やめようとしても繰り返しバックミラーに目をやってしまう。まったく、あの男が荷台からこちらにやってくるとでも？

チャーリーとは、ひとつだけ合意ができている。死体を海に捨てること。ウッドマン・ポイントに着いたら、チャーリーが近所の物置で見つけてきた土嚢《どのう》をくりつけて沈める手はずになっている。その前に携帯を処分しなければ。場所も決めてある。チャーリーが携帯を持っているのかについては、ふたりで荷台に死体をのせ、汗だくになってあえぎながら車によりかかっていたときに確認しておいた。チャーリーは警戒するような顔になって、あたしには携帯なんか必要ないと言った。おそらくは嘘だろうけれど、携帯を持つ余裕すらないとも考えられる。

とにかく彼女の状況はわたしとは違うし、わたしほど大きな影響を受けるわけでもない。これが済んだら家に帰って、自分の人生と姉のもとに戻るだけだ。わたしが携帯を捨てるつもりなのを知らせる必要はない。どうせまた、理由を知りたがるに決まっている。車に酔ったふりをして車を降り、湖に近づこう。

あとは死体を捨て、チャーリーを家まで送り届けたらそれでおしまいだ。車については、わたしが家に帰る途中で南のほうの川に捨てておくと言ってある。ガソリンはほぼ満タンだから、とりあえずは充分なはず。もちろん家に帰るつもりはない。

線路をくぐる道へと車を進めたところで、ハンドルを握っていた手に力がこもる。チャーリーがハッと顔を上げる。気づかれたか。「どこに行くの？　ウッドマン・ポイントって決めたはずだよ」

「ハイウェイに向かってるの」

「いーや、違うね」

「西海岸方面よ」

チャーリーが鼻を鳴らす。「ものすごい遠回りだ」ダッシュボードの明かりで、しかめた顔が見える。メーターを見つめながら手の甲をカリカリかく音が、エンジン音に重なって聞こえてくる。「いいからまっすぐ走って。スピードの出しすぎも、途中で止まるのもなしだ」

「落ち着いてよ。大丈夫だから」わたしはまた道を曲がる。車は一台もいない。片手をハンドルから離してポケットに入れ、太ももに当たっている携帯の形をなぞる。それから湖の駐車場で行きどまる道に車を進める。「どうしても止まりたいの」

くぼみをよけるのに合わせて車体が大きく左右に揺れると、チャーリーがドアハンドルをつかみながら叫ぶ。「何言ってんの？　時間がないんだよ」

「吐きそうなのよ」

「げ、じゃあ止めれば。ほら早く！」

「まだ大丈夫。いいからちょっと落ち着いて」

「こっちは完全に落ち着いてんだよ！」

　その道を突き当たりまで進んでから、ハンドブレーキをぐいっと引く。駐車場にほかの車はいない。わたしは車から跳び下りると、うつむいたまま木立の中を湖に向かって走る。吐き気に襲われたふりをして、それっぽい音を立てながら。

「ぐずぐずすんなよ！」チャーリーが叫んでいる。


　湖には光の気配もなく、墨を流したような闇に包まれている。水面《みなも》からは何本かの枯れ木が円を描くように突き出していて、闇の中でもそこだけがさらに黒い。何層にも重なるカエルの鳴き声、泥の悪臭を包み込むティーツリー（豪の常緑植物）の香り、湿った砂が足を吸う音。見えない何かが目の前ではばたいていて、腕に鳥肌が立つ。カラスか、アカオクロオウム《ブラック・コカトゥー》か。

　身震いしつつ、ポケットから携帯を取り出す。そしてつい、メッセージの通知で埋まった画面に目を向けてしまう。

　足元で大地が揺らぐ――母さんだ。きっと誰かが、バリにいる母さんに電話をかけたんだ。けれど最初の二通を読んで、そうではないとわかる。日曜日に期末テストの打ち上げがあり、わたしが顔を出さなかったものだからジェシカとエルタンとメルが心配している。わたしが自分の破滅を嘆いているあいだにも、みんなの励ましあいと報告とお祝いは続いていたのだ。

　喉が詰まる。みんなに電話したくてたまらない。

　携帯を放り投げると、くるくる回ってから、ぽちゃりという音が聞こえてくる。ここなら家からも遠くはないから、たとえ見つかったとしても変には思われないはずだ。

　両目を押さえ、口元を手でぬぐいながら茂みを出て車のそばへ。とたんにチャーリーが視界に入り、パニックになりかける。「なんの真似?」

「なんだと思う?」

　荷台の後方の側板が開けられ、車内の光が後部の窓からこぼれ出している。車は四角形の短い桟橋《さんばし》のところにまでバックしていて、死体も半分ほど下ろされた状態だ。「だめ」わたしはチャーリーが引き下ろそうとしている死体の端をつかんで、荷台に押し戻しにかかる。「計画と違う」

「だから?　計画は変更だ。死体は湖に捨てちゃおう。せっかくここにいるんだから。打ち合わせどおり、おもりをつけて沈めればいい」

「だめよ。それはだめ」なんとか死体を持ち上げて荷台に押し戻そうとするけれど、チャーリーのほうが力が強くてうまくいかない。こんな小さな子に負けるなんて。「死体は車に戻して、計画通りにするの。この湖は小さすぎる」桟橋は幅が狭く、わたしから湖面まではほとんど距離がない。死体が動きはじめる。ぎしぎしと重たげに。それからずるりと、頭の部分が荷台の端から下に落ち、わたしは手を放してしまう。

チャーリーが荷台に上がって言う。「目ん玉はついてんだろ？　こんなに暗いんだよ。ここで充分だ」

わたしは空に浮かび上がる木々の形や、星の輪郭《りんかく》に目を向ける。「この時間ならどこだって暗いでしょ」

「ビーチは違う！　明かりがあるし、釣り人もいる。みんな釣りをしに、わざわざウッドマンまで行くんだ。最初から、そこまで考えておくべきだった」チャーリーは死体の反対側を持って手前に寄せてから、金属製の荷台の上で土嚢を引きずっている。

「真夜中なら大丈夫よ」

「朝になったら大丈夫じゃないから！　月曜日の朝だ。何もかもわかってるような口ばっかきいて。何様のつもりなんだよ」

わたしはユートの端にもたれて、手の母子球のあたりをまぶたに押し当てる。その手を放したときにも、チャーリーはさっきの場所から動いていない。「どうしてわたしを待てなかったの？　ビーチは遠くないのよ。せめて川のほうがましなのに」

「そんなことないよ。ほんとなんにもわかっちゃいないな。川にだって、ボートとか釣りとかサーフィンとかの連中がいるし、クソ厄介なライフセーバーだっている。ここなら誰もいないし、いるとしたって犬の散歩をしてるやつらがちょこっとだ」土嚢はもう、荷台の端まで移動している。

わたしの携帯が。メッセージのたくさん入った携帯が、ここから数メートルのところに捨てられている。チャーリーには言えない。家であったことを教えるわけにはいかない。すべてが崩れ落ちてしまう。「ここに捨てるわけにはいかない。水の中に吐いたばかりなんだから。わたしのDNAがばっちり残ってるの」

チャーリーが握った両手を腰に当てる。「あんたのクソディナーがごっそりあそこに残ってたところで知ったこっちゃない。念のために言っとくけど、あたしらの指紋はこのクソシートにベタベタ残ってんだ。さあ、手伝う気がないんならそこをどいて」チャーリーが土嚢に片足を置く。

「手伝わないし、どく気もない」わたしは土嚢に体重をかけながら、背後の湖面にちらりと目をやる。「いちいち汚い言葉を使わないと口もきけないみたいね。その頭には悪態しか入ってないの?」

チャーリーがぴたりと黙り込む。喧嘩になるだろうか。怯えるべきところだけれど、どういうわけかこわくない。そこでチャーリーが突然噴き出す。「あんたは〝クソ〟って言うことさえできないんだ。ずいぶんお高くとまってんなぁ」

「ふざけたこと言わないで」思わず顔がほてる。

「下がってて」チャーリーの蹴りに合わせて土嚢がぐらりと前に出る。だめだ、止められない。

「チャーリー、やめて! 携帯が」わたしは慌てて脇によけながら声を上げる。「わたしの携帯があそこに沈んでるの」

チャーリーがわたしを見つめている。もう手遅れだ。土嚢が桟橋を叩く音を聞きながら、わたしはたじろぐ。死体が土嚢に引きずられていく。チャーリーは頭の中で、ふたつの情報の足し算をしているのだろう。

バリバリッ、ガタン、ズルズルッ。ロープがくるくるほぐれてからピンと張ったかと思うと、すべてが桟橋の端から滑り落ちていく。水音が二回。あとには不気味な静寂。

闇の中からコレラ（大型の白いオウム）の群れが、旋回しながら飛び立っていく。

帰りの車で、チャーリーはずっとむくれている。助手席で体を丸めている姿が、保護された子犬みたいだ。我を通して好きなようにしたんだから、こんな態度は絶対にフェアじゃない。

街灯の下を通り過ぎたところで、チャーリーが顔を上げる。「携帯をあそこに捨てたんなら、そう教えてくれればよかったのに。だいたい、なんで捨てたりなんか」

わたしは横目で、チェックのシャツとデニムのショートパンツにちらりと目をやる。「もう、どうだっていいことだから」チャーリーは肩をすくめてから、またうなだれる。

こっちは必死に考えまいとしているのに――湖の匂い、円を描いていた枯れ木、幽霊鳥のようなコレラ。カエルの鳴き声がぴたりと止まったかと思うと、死体はしばらく浮いてから、土嚢に引かれて水中へと消えていった。

わたしの携帯は、文字通り、あの死体のそばにある。

走っているのは、来たときと同じ道だ。暗い道はとても静かで、車も時折しか見ない。防水シートの指紋に関してはチャーリーが正しい。血の汚れを落としたあとは、手袋をつけて作業すべきだった。防犯カメラについては考えてもいなかった。もちろん、すべてを考えられたわけもない。そんなことくらい、わかりすぎるほどわかっている。

そういったさまざまなことが残りのすべてと溶け合いながら意識の下へ沈み、わたしは両手をハンドルに置いて、道路を見つめ続ける。

でも要は、あの死体が見つかりさえしなければ、なんの問題もない。

家に近づいてきたところで、わたしは口を開く。「ナビをお願いできる?」チャーリーが両目をパチッと開いて、あくびをする。わたしもそこで一気に疲れを自覚する。「最後のほうの道筋が思い出せないから」

ナビに従って最後の角を曲がりながらわたしは悟る。これでさよならだ。これっきり、二度とこの子に会うことはない。チャーリーも同じように考えているだろうか。

いや、たぶんそんなことはないだろう。

「ここだよ」チャーリーが言う。

わたしは二台の車をやり過ごして、通りの、家とは反対側に車をとめる。

チャーリーが伸びをする。「ほんとにこの車で行くんだ?」

「もちろん。打ち合わせたとおり、車体はきちんと掃除しておく」実際そのつもりだけれど、それはまだ先の話だ。ガソリンをチェックして――ほとんど満タン――背筋を伸ばす。「湖では取り乱してごめん。今夜のまだ早いうちに、ある人と喧嘩をしちゃったの」

チャーリーがわたしの手の傷を見てから、腫《は》れた顔に目を上げる。「ひどいやつだな。ぶたれたの？」

息が詰まる。もし、それだけだったら。

「それで車のそばに残らなかったの？」チャーリーが言う。

「車？」

「ぶっつけたあとにだよ」

「ああ。うん、そうなの」

「ひどいやつだな」チャーリーが繰り返す。「ダリルのボケナスもジーンを殴るんだ。四回は確実で、もっとやられてるかもしれない。一度なんかは針で縫《ぬ》った。ジーンは違うってごまかしてたけど、あいつにやられたのはわかってるんだ」

わたしは口元を引き結びながらうなずいてみせる。「でも、あの男にはもう殴れない。お姉さんにどう話すかは覚えてる？」

「ダリルには会ってない」

「それでいい」あの男の携帯に入っていた不在着信について、チャーリーには話していない。もうどうだっていいことだ。あの携帯は湖の底にある。「そして、わたしたちも会ったことはない」

「わかった」シートベルトを外したチャーリーは、ドアに手をかけたところで凍りつく。「うわ、なんだ？」彼女は正面の門を見つめたまま、わたしの袖《そで》をつかまえて握り締める。

玄関のまわりに落ちた影から、黒っぽいフードのついた上着姿の男がするりと出てきたかと思うと、低い門のほうへと近づいている。ゆっくりだった足取りを、するすると速めながら。

「誰？」

「わかんない」チャーリーが言う。

男が門の横あたりで柵をひょいっと飛び越える。黒っぽいジーンズに白いスニーカー。持ち上げた顔が、こちらを向いている。

「知らないの？　ほんとに？」思わず涙声になりかけて、耳の奥では今夜でも一番くらいに血がどくどく鳴っている。

「絶対に知らない」チャーリーの手にも力がこもる。

「ダリルを探してるのかな？」状況を把握しなければ。死体を相手に四苦八苦しているところを、あの男に窓の外から見られていたんだとしたら？　これまでの大変な苦労が、このまま無駄になってしまう。

でも、警察はどこ？

「チャーリー、痛いよ」チャーリーが手を放し、シートベルトを締め直す。

男が二台の車のあいだを抜けて、通りに出てくる。「見られたかな？」そう言ったとたん、チャーリーに腕をひっぱたかれる。「いたっ！」

「見られたに決まってんだろ。まっすぐこっちに来るよ。車を出して！」

「だけどもし——」

「早く！」

ぐいっとハンドブレーキを解除した瞬間、勢いあまってエンストしてしまう。車体の角度もよくない。男はどんどん近づいている。いったんバックしてから、ギアをドライブに入れ直そうとしたところでチャーリーが叫ぶ。「早く！」男の伸ばした手がユートの荷台の端にかかった瞬間、わたしはハンドルを切って、アクセルを踏み込む。

悲鳴のようなタイヤの音とともに車が走りはじめると、男が驚いたように足を止める。

「どっちに行けばいい？」わたしが言う。「いったいどうしろって――」

「どっちだっていいから！　とにかく走って」チャーリーはバックミラーをにらみつけている。

「クソ、あの男、自分の車を取りにいってる」

月曜日

3　チャーリー

チェリーライプ

目が覚めたのは太陽のせいだ。ひたすら暑くて、やたらまぶしい。これは夢？　だとしたら最悪級だ。ハイウェイのほかには、平らなオレンジの大地と、青い空しか見えない。

ちぇっ、夢じゃない。「街はどこに消えちゃったんだ？」体を起こしてナオを見てから、もう一度フロントガラスに目をやってまばたきをする。放牧用の原っぱやフェンスさえない。とげとげした灰色の茂みや茶色い枯れ草のほかには、何本かのゆがんだ木が大地に影を落としているだけだ。

ナオはこたえない。サンバイザーが下ろしてあり、前方を見つめたまま、大きなサングラスをかけている。あんなのどこで手に入れたんだろう？　ナオの運転は、お尻の下にヴァイオレットクランブル（豪の菓子）でも挟まってるみたいにぎこちなくて年寄りめいている。少しだけ開いた窓からは暑い大気とアスファルトの熱気が吹き込み、道路をこするタイヤの音が聞こえてくる。

法定速度をきっちり守ってら。一キロもオーバーしてない。

レモンの香料。黄色いマジックツリーと、バックミラーからぶら下がっているジーンの写真が目にとまったとたん、首筋にすっと冷たいものが走る。ダリル。飲んだくれのボケナス。やっぱり罪悪感はない。気持ちの変化も感じない。それっておかしいんだろうか？　いっそ、殺されたのが向こうじゃなくて自分のように感じてしまう。

でも考えないようにしよう。どうだっていいんだから。あいつが、いまいる場所にいてくれるかぎりは。

まばたきをして、サンバイザーを下げる。垂れていたよだれをぬぐい――ナオが見ていないのを確認してから――ショートパンツのポケットに手を突っ込んで、インゴットがきちんとそこにあるか、寝ているあいだにナオに取られたりしていないかを確かめる。

「いま何時？」あたしは言う。「ここはどこ？　おばさんのとこに行くんじゃなかったっけ」

「そうよ」

「北部の郊外だって言ってたよね」

「郊外だなんて言った覚えはないけど」

嘘だろ。どっかの僻地《へきち》とかじゃないだろうな。いや、もうすっかり僻地だ。平らな道路はひたすらまっすぐだし、まわりはがらんとしていて低木しかない。片側一車線の道路は灰色のアスファルトに白線が一本引かれているだけで、前もうしろも景色は同じだ。いまいるところから地平線までなんにもない。ほんとにゼロ。空だって見たこともないくらい大きくて、見ていると頭が痛くなってくる。

うちの前の通りにいた、背の高いあの男。あれからジグザグに走って、うまく撒《ま》けたとは思うけど。「ジーンに電話しなくちゃ」

ナオが横目でわたしを見る。「お姉さんには何も話さない。そう決めたはずよ」

「あたしの居場所がわからなかったら心配する」ナオには気づかれないように、シャツの下に隠したまま携帯をチェックする。いまは朝の六時三十四分で、ジーンからの着信は昨夜のうちに三回。ダリルの件の前に一回、あとに二回だ。例の四十ドルは携帯のケースの中だし、ヘッドホンは膝の上に置いてある。「起こしてくれればよかったのに」

「川を渡る前に、もう寝てたのよ」

「だから？　疲れてたんだ。こんなクソみたいなこと、毎日起こるわけじゃないんだし」首と腕を伸ばす。無事なのはありがたいけど、ダリルに感謝する気はないし、砂利でも食べたみたいに喉が痛い。手の甲《こう》がチクチクするので、ボリボリとかく。

ナオはバックミラーを見つめている。「わたしだって、こんなふうに一週間がはじまるとは思ってなかった。殺人に付き合わされたあげく、被害者の車で逃げるなんて――」

「殺人じゃなくて事故だから！　正当防衛。悪くても過失致死ってやつ」

ナオがふうっと息を吐く。「おまけに、ガソリンがなくなりそうなの」

「げっ。ほんとに？」あたしはダッシュボードの黄色い警告灯に目をとめる。

「四十キロ先にロードハウスがある。なんとかたどり着けると思う」

「ところでこれ、なんて道路？　おばさんの家まではどれくらい？」

「二百キロくらい。これはグレート・ノーザン・ハイウェイよ。もう半分ちょっとは来てるかな」ナオがこっちを横目で見ている。「北への幹線道路だけど。知らないの？」

「なんで知ってなきゃなんないの？」

ナオが髪を耳にかけ直す。残りの髪は、昨日の夜に編み直し、顔も洗ってある。頭の傷はたいしたことなかったけど、手の傷は血が止まらない。しょっちゅう傷口をいじるからだ。ナオは爪にマニキュアをしている。爪が爪らしく見えるだけのマニキュアなんて、塗る意味がどこにあるのかよくわからない。

「一緒に来ることを選んだのはそっちでしょ」ナオが言う。

「家に戻るのは危険だったから。こんな僻地に来るとは思わなかったし」あたしは首のうしろをさすりながら、車の前後に広がる、がらんとした大地に目を向ける。牛ひき肉の塊《かたまり》にしっぽをつけたようなものが、窓の横を通り過ぎていく。「あれは何？」

ナオがふっと鼻の穴を開く。「ロードキル（路上で車にはねられて死んだ動物）よ。カンガルーね」

その姿が、サイドミラーの中で後方へと吸い込まれていく。命のない肉の塊。「いつ引き返すの？」

「家の外にいた男のことが心配なんでしょ？」ナオがまたバックミラーを確認している。「当然よね。あの人はこの車を知ってるみたいだった。きっと、あなたのお友だちのダリルを探していたんだと思う」

「友だちじゃないから！」

「あっそう。で、あの男は何者？　ダリルがいなくなったら警察に通報すると思う？　あなたのお姉さんはどうかな？」

「知るかよ。だからこそ電話をかけたいんだ」あたしがポケットから携帯を出すのを目にした瞬間、ナオはあやうくハンドブレーキを引きそうになる。

「使っちゃだめ！」

大きな警笛の音。「気をつけろって！」

ナオが左側のレーンに車を戻すと、うしろからトラックが一気に追い抜かしていく。トレーラーをふたつもくっつけた、大きな連結トラック《ロードトレイン》だ。歯がガタガタ鳴り、頭にまで響いてくる。

「ったく」あたしが言う。「あんたの免許、シリアルの景品だったんじゃないの？」

「その電話は追跡できるのよ。だから持ってちゃだめ」ナオは首をしきりに動かしては、こちらに顔を向けている。

「前を見てよ。頼むから」

「それが理由で、わたしも自分の携帯を捨てたの」

「だったらそう言えばよかったんだ」

「言ってるわよ。いま言ってるじゃない。それに、携帯は持ってないって言ってたくせに」

「だから？　信じるほうが悪いんだ」だけどほんとは見せたくなかった。ジーンのおさがりで、画面はひびだらけだから。

「とにかく持ってちゃだめ。警察に追跡されちゃう」ナオがスピードを落としながら言う。「一応、警戒はしておかないと。警察があの死体を見つけるかもしれないんだから。さあ、捨てて」ナオが言う。「窓から投げ捨てて」

「やだ」あたしは画面のロックをはずす。「携帯を捨てたら、どうやってジーンに電話をかけるんだよ」

「いいから捨てるの」ナオが手を伸ばしてくる。

その手を叩いて払いのける。「やだってば！　ちょっと落ち着こうよ。あたしの音楽は、みんなこれに入ってるんだ」

「そういうことは、考えなければ気にならなくなる」

「つまりあんたはそうしてんの？」

視線がぶつかると、ナオの目の中にある曇《くも》った部分がするりと横へ動く。いったい何があったんだろう？　ナオはまだ何かを隠してる。「ほら」ナオが、シートのあいだに置いてあった自分のメッセンジャーバッグを探り、ペンを振ってみせる。「これで番号を書きとめておけばいい」

あたしは手のひらにジーンの番号を書くと、ＳＩＭカードを抜いて見つめてから、歯で挟んで噛み砕く。

「どうしてそんなことを？」ナオが言う。

「前を見てなって。ＳＩＭカード――壊したほうがいいんだろ？　テレビでもそうしてるし。

ナオも、自分のやつをそうしたんじゃないの？」

ナオはこたえずに目だけを動かして、あたしがＳＩＭカードと携帯のケースを窓から外に捨てるのを見守っている。ケースがアスファルトから土のほうに跳ねて、軽い土煙が上がる。平らな大地がどこまでもえんえんと広がり、太陽と、そのほかのすべてのものが、両目に突き刺さってくる。そのあいだにも携帯を、ナオには見られないように気をつけながら、ポケットにするりと戻す。

音楽が全部入ってるんだ——母さんの曲が全部。電源を切っておけばいい。ナオに教える必要はない。なんだかすべてが、これまでとは変わってしまったような感じがする。

ロードハウスに着いたのは午前七時ちょっと前。トタン屋根の、ほこりっぽくて白い建物が、どこまで続くのかわからない大地に立っている。それからふと、プレッシャーに負けそうになる。ここには人がいる。これから人前に出る。そして、ナオとあたしは人を殺した。いや、肝心なところはあたしがやったんだけど。

どこかがおかしく見えたりはしないだろうか。見た目でわかってしまうかもしれない。

車のエンジンが舌打ちのような音を立てながら熱を冷ましている。建物の前には、ひびの入ったコンクリート敷きの場所があって、ガソリンの給油ポンプがふたつ。その横にふたつある木製のピクニックテーブルには誰もいない。にぎやかな黒いオウムの群がる木が一本あって、地面には鋭い影が落ちている。ナオがイグニッションからキーを抜き、足元を見つめている。

あたしがあげた絆創膏《ばんそうこう》は汗で剝《は》がれ、傷口はひどいかさぶたになっている。あんな足で運転したら絶対に痛いはずだ。ナオの顔にちらりと目を上げる。ナオは見た目より、ずっとタフなのかもしれない。「靴がいるね」あたしは言う。

ナオがバッグをつかんで車のドアを開けたところで、あたしは彼女のジャケットの袖《そで》を引く。

「待って。誰かに話したりしないよね？」

ナオはうなずきながら「もちろん」と言ってドアを閉めようとするけれど、あたしは手を放さない。

「待って」あたしは言う。「話がある。説明しておきたい」

ナオが足を車の中に戻し、あたしを見つめる。「わかった」

ポケットに手を突っ込むと、インゴットをつかんで引っくり返しながら、刻まれた文字を親指でなぞる。この小さな金塊《きんかい》は温かい。ポケットの中でも外でも。太陽がいつだって温かいのとおんなじように。

「ダリルのこと」あたしは、ナオのうしろにちらりと目を向ける。給油ポンプのところには誰もいないし、一台いたトラックは道路のほうに戻っていく。まわりにも人気《ひとけ》はない。

「わかった」ナオが繰り返す。

「あたしのこと、通報したりしないよね？」

「しない」

「それが嘘じゃないって保証は？」

ナオが息を吐く。「だってそんなことをしたら、わたしまであそこに戻ることになるのよ。だいたい通報するつもりなら助けるはずがないし、いままでしてない理由もない」

「どうして？」あたしが言う。

「え？」

「どうしてこんなことしてんの？　町を出ておばさんのとこに行こうとしてるのはなんで？あたしのためじゃないよね？」

ナオは太陽を遮るように片手をかざし、まっすぐ前を見つめている。いつものように唇をへの字に引き結びながら。「ダリルの話じゃなかったの？」

だましてるわけじゃないようだ。もしそうなら、あたしにはちょっと見抜けそうにない。

「ダリルはジーンに暴力をふるってた」

「知ってるよ。そう話してくれたじゃない」

一気にユートの中が暑くなる。熱くなった車の匂い。シャツに熱がこもり肌がチクチクする。

「でも死んでほしいとか思ってたわけじゃない。ジーンとは別れてほしかった。痣《あざ》にも気づいてた──腕、手首、顎《あご》、それから目のまわりにも二回」あの大きなサングラスをはずしたら、ナオの目のまわりにも痣があるのだろう。「一度なんか、髪がごっそり抜けてて。一ドル硬貨くらいのハゲができてた。だからあたしは、ジーンのためになんとかしなくちゃならなかった」

ナオは妙に静かだ。サングラスのせいで目は見えない。「ときには、それで事態が悪化することもある」

「何それ。つまり誰かにやられても、やり返したらだめってこと？　あたしがダリルにしたみたいに」

「そうじゃない。でもあのときは、チャーリーのほうから突っかかっていったよね？　それにダリルは、あなたが誰かを殴って退学になったって――」

「そいつは殴られるだけのことをしたんだ。あたしの友だちにふざけた真似をしてくれたから」だけどあのあとあたしに向けられた、サスの目つきがいまだに忘れられない。頭と肋骨のあたりが、どんどん熱くなってくる。先週の月曜日も、昨日の夜もそうだった。

「ただ攻撃するだけじゃだめなのよ」ナオが言う。「話し合わなくちゃ」

「それでどうにかなると思ってんの！　ほんと、あんたはなんにもわかっちゃいない。ナオは昨日の夜、あたしを助けることができたんだ。ぼけっと突っ立ってるかわりに、何かできた。そしたらあたしたちはふたりともこんな目にあってないし、あいつだって死なずに済んだかもしれない」

　ナオは車を降りてドアを乱暴に閉めると、絞め殺したそうな勢いでフューエルキャップをガチャガチャはずしはじめる。うまく説明できなかったのが歯がゆくて、あたしは自分の顔を殴りたいし、わかってくれなかったナオの顔も殴ってやりたい。だから代わりに建物の横に回り込んで、女子トイレのドアにこぶしを叩き込む。ドアは内側に勢いよく開いたけれど、手はやたら痛いし、指関節の傷も開いてしまう。

それでも気分はよくなって、頭のもやもやも消えている。血のにじんだ手をわきの下に突っ込みながら店に入ると、たくさんの冷蔵庫から吐き出された冷気で肌がひんやりする。シェイプスのバーベキュー味、チェリーライプ、チョコミルクをひとつずつ買ったら、それでもうだいたい十ドルだ。ちぇっ。もらったおつりで公衆電話からジーンにかけると、留守電になってしまう。何を言ったらいいのかわからないまま電話を切ったから、お金を無駄にしただけだ。熱い風であたり一面にほこりが舞っているし、オウムのやかましい声が頭に響く。暑いせいか、手のひらに書きとめたジーンの電話番号が、こすれて消えてしまいそうだ。買い物のレシートに番号を書き写し、ポケットに突っ込んでおく。

ナオのいる車には戻りたくない。だけど、ほかに行く場所なんかありはしない。

ナオは支払いのため店に入っていく。相変わらず足を引きずってるけど——あれはフェイクだったりするんだろうか。よくわからない。あたしは車に戻ってチョコミルクを開ける。きっかり二秒たったところでナオが店のドアのところに戻ってくる。片手にサングラスを持って、顔をドアから突き出している。「チャーリー？　チャーリー！　ちょっと来てくれない？」チョコミルクの残りを優先して聞こえないふりをしてみたけれど、ナオはあきらめようとしない。

「何？」

「ちょっと来て。お願い、だから」

まったくもう。店に入ってみると、ナオの顔が真っ赤になっている。あの肌がこんな色になるとは驚きだ。「あげたお金はまだ持ってる？」と、ナオが言う。

寝言は寝てから言ってほしい。「どのお金?」

カウンターに立っている女のしかめ面ときたら、つぶしたジャガイモにそっくりだ。「だから、わたしがあげたお金よ」ナオが三つ編みの先を撫でながら言う。「ガソリンのお金を払わなくちゃ」

「なんであたしが払うの?」

そこでレジの女が声を上げる。「どっちが払おうとかまわないけどね、どっちかには払ってもらうよ」それからナオのことを、猫の吐いた夕飯でも見るような目でねめまわす。

ナオが、わかった? というように口パクしている。クレジットカードを指に挟んで、裸足《はだし》の爪先を床に押しつけながら。そりゃあ、ナオはお金を持っているはずだ。高そうな服に、ゴールドのネックレス。耳には、それとおそろいのイヤリングまでつけている。

「カードはどうしたの?」

「それがよくわからなくて」ナオが言う。「だけど現金だと、全部合わせてもまだ足りないの」

「カードは使えないよ」レジ係が言う。「ガソリンに三十ドル。あとはこれと水で三十八ドル五十セントだ」彼女は煙草の箱とチェリーライプに手を置いている。指関節の切れたあたしの手と、ナオの足の傷に、じろじろと疑いの目を向けながら。

「そんな態度はないだろ」あたしは口を開く。

「チャーリー、やめて」ナオが言う。

レジ係は、まるでもうあたしに殴られたみたいに口を開いている。「だって失礼だから」あたしは言う。「カードをもう一回試してみなよ。限度額を使い切っちゃったとか?」

「もう試したくない」ナオは、レジ係に取られたら大変とでもいうように、大きな水のペットボトルに両腕を回している。それでもやっぱり、レジ係は商品を取り返してしまう。

「三十ドル六十セントしかない」あたしは言う。

レジ係が煙草とチェリーライプをカウンターのうしろに戻しながら、あたしを見つめて口元をゆがめる。ここは一発お見舞いしてやろうかと構えると、ナオがあたしの前に体をねじ込んで言う。「お願いだからチャーリー、おとなしくお金を払って。ね? もう行かないと」ナオが、車のバックミラーを確認するときと同じ目で道路を見やる。昨日の夜、うちの郵便受けの前にいたときも、こんな目で肩越しにうしろを確認していた。

あーあ。あたしはポケットからお札を取り出し、カウンターに叩きつける。六十セントは取っておこう。どうせ水を買うには足りないし。

ナオは建物の横にまわってトイレに向かう。あそこはひどい臭いなので、あたしは少し待ってからユートに戻る。男がひとり、ビール、水、コーラのカートンをいくつもランドクルーザーに積み込んでいる。派手にパーティでもするつもりなのか、それとも自分のビールっ腹《ばら》を育てるつもりなのか。その両方かもしれない。男は肩と耳で携帯を挟んだまま、ずっと話し続けている。飼い犬が助手席の窓から頭を突き出し、こちらに眼《がん》を飛ばしてきたので、あたしも指を突き立ててやる。

チョコミルクを飲み終えて、シェイプスを半分くらい平らげたところで、ナオが車に戻ってくる。しっかり水道を使ってきたみたいだ。顔は湿っているし、ほつれた三つ編みもきれいに結び直されている。ジャケットは脱ぎ、シルクっぽいトップスの袖は、左右の長さをきっちりそろえてまくっている。まったくナオを見ていると、きちんとしすぎていてどうかと思う。あたしはチェリーライプをドアポケットに突っ込んでおく。あとで食べよう。どうせナオはいらないだろうし。なにしろ、あの体形なんだから。

「その手はどうしたの？」ナオが言う。

「なんでもない」あたしはまた、わきの下に手を隠しながら言う。「ところでカードの件だけど、電話で確認しといたほうがいいんじゃない」

「マーおばさんのところでなんとかする。大丈夫だから」

大丈夫なもんか。ナオだって苛立ってるくせに。エンジンを三回もかけ直している。

「待った」あたしはドアを開けながら言う。「ちょっとだけ」

「何する気？　もう行かないと」

あたしは熱い風の中にひょいっと降り立つ。ビールっ腹の男が、車のフロントガラスに貼りついた虫を水で洗い落としている。犬もそちらに気を取られて、車の中からスクイージーに噛みつこうと必死だ。車の後輪のそばには、水の五リットルペットボトルが一本。あたしは後部座席のドアを開け、ナオのしかめ面を無視しながら、何気ない動きでひょいっとペットボトルをあたしたちの車に乗せる。

「いま何をしたの?」ナオが体をひねって振り返りながら言う。「チャーリー?」

ドアを勢いよく閉めようとしたところで、そのバッグが目にとまる。

助手席の下に半分くらいまで押し込まれていて、ダンベルがそばにあるから目にとまりにくい。ダリルがしょっちゅう得意げに持ち上げていたダンベル。あいつにはもう、それもできないけど。死んでるんだから。大きめのバッグだ。ファスナーで開け閉めする硬い黒革のやつで、長めの持ち手がふたつ。これもダリルのだろう。ジム用とかで、現金が入ってるかもしれない。ランドクルーザーの男を確認すると——相変わらずせっせと洗車を続けている——あたしは身を乗り出してバッグのファスナーを開ける。

手を突っ込んで中を探る。小さな包みがたくさん。硬くて平らなものだ。指で包みの中を探ってから——片面はなめらかで、もう片面には溝がある——ぐいっと引き出してみる。クソッ。これはジム用のバッグじゃない。

助手席に戻ったあたしは、こぶしを固めている。ビッチ。

ナオはハンドルを握り締めている。「ちゃんと見てたわよ」

「あっそう。どうせ黙ってるつもりだったんだろ?」

「なんの話? 水を返してきて」

「ごまかすなって。ダリルのバッグのこと」ナオはとっくのむかしに、あの中身を知ってたんだ。だからこそ、こんなところまでやってきた。ユートを処分しなかった理由にも納得だ。

「いつ中を見たんだよ?」

「中って？」ナオは大きなサングラスを外し、シートのあいだから首を伸ばしている。「いったいなんの話だか――」

「ごまかすな！」あの大きな目にもとぼけた顔にもだまされるもんか。「昨日の夜に気づいてたんだろ？　あんたは中身を知って、あたしを置き去りにするつもりだったんだ――こんなふざけた場所に、すっからかんの状態で」心臓が暴れだし、感覚が乱れ、おかしな感じに揺らいでいる。「いつ逃げるつもりだった？　あたしがトイレに行ってるあいだ？」

「まさか」ナオが顔をしかめながら、サングラスをかけ直す。「なんの話だかさっぱり――」

「ひとり占めにするつもりだったんだ」

　だって、あたしならそうする。

「話がわからないんだけど」ナオが言う。「とにかく、あなたが返さないならわたしが水を返してくる」ビールっ腹が、後輪を見つめながら頭をかいている。

「だめだよ。あたしたちには水がないんだから」

「まったく、チャーリー」ナオはシートのあいだからペットボトルを手に取ると、車を降りてドアを閉め、男の足元にペットボトルを置く。ナオがあやまると、男がひょいっと顔を上げ、犬もあえぎながら見つめている。

　ナオは戻ってくるなり、カチリとシートベルトを締める。「余計な注目を集める必要はないでしょ」

「わかった、じゃあ出して。だけど早めにとめられそうなとこを見つけてほしい。うしろの床に、これとおんなじような金《きん》が詰まったヤバいバッグがあるんだ」あたしはポケットからインゴットを出してみせる。「あんたが知らないふりをしてるバッグがね」

ナオはハンドルを握り締めたまま運転を続け、ピクニック場に車をとめる。土の広場にはテーブルがいくつか並び、木立《こだち》が見える。ナオはエンジンを切って、あたしの手の中の黄金を見つめている。「知らなかった」

「そんなの信じない」

「そのインゴットは死体と一緒に捨てるはずだったでしょ、チャーリー。ダリルのものだったんだよ。自分でもそうするって言ってたじゃない」

「まあね。けどそれを言うならナオもユートを捨てるべきだった。捨てないわけだよ。こんな僻地まで来たのも、インゴットを売っぱらって儲《もう》けをひとり占めにするつもりだったんだろ。ところがあたしを厄介払いできなかった」

「言ったじゃない。インゴットのことなんか知らなかったって」ナオが唇の片端を内側に吸い込んでいる。あれは演技だろうか。サングラスのせいでよくわからない。「見てもいい？」あたしは少しためらってから、肩をすくめて、インゴットをナオの手に落とす。「お気の済むまで」

そうは言っても目は離さない。ナオが太陽に向けてかざすと、インゴットはフロントガラス越しの日差しを受けて、外の大地よりも明るく輝く。ナオの手にあると、あたしが持っているときよりも小さく見える。ナオがインゴットに顔を寄せる。「文字が書いてある。ロゴだわ」

「知ってる」

「重くない？ 百グラムって書いてある」ナオが顔をしかめる。「全部これと同じようなやつなの？」やっぱり演技じゃないのかもしれない。まだわからないけど。

ナオはインゴットをあたしに返すと、シートのあいだから体を伸ばし、勝手にバッグのファスナーを開く。片手で助手席のシートをつかみながら、もう片手をバッグに突っ込んでいる。

「うわっ。嘘でしょ。こんなにたくさん」

「うん、数えといたほうがいいかも」バッグに手を突っ込んだナオを見ているうちに、なんだか妙にいらついてきた。窓の外には低木しかない大地。地平線まで開けた視界。車のまったくいないハイウェイ。ったく、なんてとこだ。ナオのおばさんなんて、ほんとにいるのか？

ナオはさらに二回「嘘でしょ」を繰り返してから、バッグのファスナーを閉めて、上体を起こす。それから背筋をまっすぐに伸ばしたまま、両手をハンドルに置く。いまにも吐きそうな様子で口元を引き結んでいるけれど、頭は回転しているようだ。

「どうした？」

「何十ってある。バッグにはそれしか入ってない」ナオの息づかいがおかしくなっている。なるほど。ほんとに金《きん》のことは知らなかったのかもしれない。「だからそう言ったのに。で、どうやってあたしを厄介払いしようかって考えてんの？」

ナオがエンジンをかけ、車を道路に戻す。どちらの車線にも、ほかの車は見えない。スピードにのったところで、ナオがこちらをにらむ。「あなたのお友だちのダリルなんだけど――」

「だから友だちじゃないって」

「仕事は何を？　金《きん》の売買をしていたとは思えないし」

「警備員。ノースブリッジのクラブで働いてた」

「だったら――泥棒じゃないのね？」

「え？　違うよ」

副業で覚醒剤《スピード》なんかをちょっとばかし売ってたとは思うけど。それよりも、電話でのジーンの態度がどうも気にかかる。あのインゴットについては妙に口が重かった。金《きん》がもっとあることを知ってたとしたら？　ジーンと話したいのに、いまはその方法がない。

「宝くじにでも当たったのかも」あたしは言う。

道路からの熱い風がジーンの写真をはためかせ、ナオの髪を顔から払う。「あなたの家の外にいた男の人」ナオが言う。「きっとこれを探してたのね」

「そうとは言い切れない。ダリルを待ってたのかもしれないし」

「ええ、でもどうして？　なにしろ朝の三時に――」ナオがバックミラーに目をやって声を上げる。「うわ、大変」

ナオの視線の先に目を向けると、警察の大きなランドクルーザーが、赤と青のライトをこちらに向けてピカピカさせている。ほかに車はいない。「いったいどこから現れたんだ？　この車を止める気かよ？　冗談じゃない」

だけどナオは、ウインカーを出しながらすでに減速をはじめている。なんだか口の中が、セキセイインコのカゴの底にでもなったような感じだ。

「何やってんだか」あたしは言う。「バッグのファスナーはちゃんと閉めた？」ナオがこわばった顔でうなずいてから、路肩に車を寄せエンジンを切る。

あーあ、どうしてバッグを動かしておかなかったんだろ？　荷台に移しておくんだった。

「ナオのせいだからね。水を返したりするからだ」

「盗んだほうがよかったっていうの？」

警官はひとりきりだ。制服の色とおそろいの青いウエスタンハットをかぶっていて、顎には金色の髭《ひげ》を短く生やし、ミラーレンズのサングラスをかけている。警官はあたしたちの真うしろにパトカーをとめると、テレビの見すぎなのか、妙にカウボーイぶった歩き方でゆっくりと運転席側の窓に近づいてくる。

「免許はちゃんと持ってるんだよね？」あたしは言う。「余計なことは口にしないでよ。その足も見られないほうがいい。それから例のバッグは絶対に見せちゃだめだ。銃を向けられたってだめ」

「どうして銃を向けられるのよ？　いい加減にして、チャーリー」ナオは両手をスカートでぬぐってから、ハンドルに手を戻す。警官が近づいてくると、ナオはボタンを手探りして、窓を全開にする。

「やあおはよう、レディたち」警官が言う。「今日の暑さには満足かい？　そろって、どこかへお出かけかな？」まるでこっちが十人くらいいるみたいな口ぶりだ。

ナオが、魚を呑み込むペリカンみたいに息を呑む。だけど何も言わない。いくら待っても口を開かない。確かに余計なことを口にするなとは言ったけど。このままじゃ絶対にまずい。

「彼女のおばさんちに行くんだよ」あたしはナオに目を向けながら言う。「だよね？」ナオは顔をしかめながらも、うなずいてみせる。

警官が笑顔になる。ただし、サングラスのせいで目は見えない。「街から来たのかい？」

なんでわかるんだろう？「うん」あたしはお尻の下に両手を敷いたまま、道路に目を向ける。このまま車のドアを開け、バッグを持って逃げ出したい。だけどそんなことをしても、遠くまでは逃げらない。

「田舎を走るのには慣れてないんだろ？」警官が、ユートの前方を顎《あご》でしゃくってみせる。

「カンガルーバー（カンガルーなどと衝突したときの損害を軽減させるためのバンパー）もついてない。若い女の子がふたりきりなんだし、安全には気をつけないと。この先数百キロの道路には野生の動物が出てくるんだ」

「へえ」だからって逮捕はできないよな。カンガルーバーがついてないくらいで。ナオはまっすぐ前を見つめたままだ。警官が後部座席に素早く目をやる。床にはダリルのダンベル。それからあの革のバッグも。クソ。きっとあのビール腹が通報したんだ。でなけりゃあの店のレジ係かもしれない。ナオはあたしのことをチクるだろうか。警官にバッグを渡して、ダリルのことをぶちまけるかもしれない。あたしは指を太ももに食い込ませ、なんとか息をする。

「お連れさんがシートベルトをしてないことには気づいてるかい？」警官がナオに言う。

あたしは目を落とす。しまった。ナオが顎をこわばらせる。「いいえ、気づいていませんでした」

警官があとずさって、フロントガラスに目を向ける。「Pプレート（正式な免許の前の仮免のようなもの）は？」

「もう終了しています」

「シートベルトの未装着は違反になるんだ。切符を切らせてもらうよ。免許証を」

警官はなんだかちょっと申し訳なさそうだ。気のせいだろうか。でなければこいつは、ナオみたいな外見の人間が礼儀正しいことには慣れていないのかもしれない。どちらにしろ、切符を切るのをやめてくれるほどではない。ナオが免許証を忘れたと言うと、警官はうなずいてから、神妙な顔で緑の剝ぎ取り式パッドになにやら書き込んでいる。それから名前と住所と誕生日をたずね、ナオがこたえると、それも書き込んでから、紙を切り取ってナオに差し出す。四十八時間以内に、免許証を持って警察署に行くようにと。

それで終わった。冗談みたいだ。警官は車に乗り込んで、道路を走り去っていく。その一瞬だけはほっとしすぎてほかのことなんかどうでもよくなったけど、それからやっぱりナオの横顔をにらみつけてやる。赤くなるまでずっと。

「何あれ？」あたしは言う。「あんたの名前はいつからチェリー・ライブリーになったの？」

ナオは赤い顔のままシートベルトを締めろと言って、エンジンをかけ、ギアをドライブに叩き込む。

「だいたいその名前、どこから取ったのかなぁ？」あたしは、ドアポケットから顔をのぞかせていたチェリーライプを持ち上げながら言う。「ぜひとも教えてほしいや」

シートベルトの一件のあと、ナオはしょんぼりした顔で黙ったまま運転を続ける。だけどこれでおあいこだ。ナオはあの警官に嘘をついた。それが何かの役に立つかもしれないから、いまはやいやい言わないでおこう。

どっちにしろ、いまはジーンとインゴットのことで頭がいっぱいだ。ダリルはどこで金《きん》を手に入れた？ ジーンはそれを知っていた？ ダリルの死をジーンには内緒にしたまま、あの黄金を手に入れる方法は？

考えれば考えるほど、ジーンは知っていたとしか思えない。バッグの中のインゴットは、一本ずつ黒い巾着に入ってた。ジーンの働いてる宝石店でも使ってるようなやつだ。ジーンは店とは関係ないとか言ってたけど、もしそれが嘘だったら？ ポケットに手を入れ、指でぎゅっとキーホルダーを包み込む。そのそばには、ナオからもらったお金の残りの六十セントが入ってる。インゴットと携帯は反対側のポケットだ。

ジーンがダリルに家の鍵を渡して、あたしの盗んだインゴットを取り戻そうとした可能性は？ あたしに黙ったままダリルと逃げて、そのまま帰ってこないつもりだったとしたら？ ただしいま逃げているのはあたしのほうで、ダリルは死んでしまったけど。

道路を進めば進むほど、ジーンがろくでなしに思えてくる。ナオはたいして暑そうなそぶりも見せずに、おばあちゃんみたいに法定速度をきっちり守りながら運転を続けている。その様子を見るかぎり、おばさんとの再会は、それほど楽しみでもなさそうだ。

町に入ると、道路がますます平らになってくる。嘘みたいだけど、ほんとにそうなんだからしかたない。何本かある大きな木も、これ以上の暑さには耐えられないって感じだし、それに、うわっ、ハイウェイがそのまま目抜き通りにつながってる。まるで西部劇に出てくる町みたいだ。ガソリンスタンドをひとつ、パブをふたつ、パン屋をひとつ通り過ぎると、目的地はすぐそこだ。まわりの建物はどれもトタン板でできている。

ナオがバッグから取り出した紙は、ネットから印刷した地図のようだ。ナオはそれを確認しながら目抜き通りを外れていく。おばさんの家はその道を一ブロック進んでから、南の方角に一ブロック戻ったところにあって、あたしのうちと比べてもさらに貧乏くさい。石綿セメント造りの小さな家。ベランダに向かって傾《かし》いでいるトタン屋根が、こっちをにらみながら、あたしたちの訪問に腹を立てているかのようだ。倒れかけた低い金網のフェンス、がらんとした土の庭、節ばって樹皮のむけた木が一本。家の向こうには、さらにむき出しの大地が地平線まで続いている。見ているだけで頭が痛くなる景色だ。

ナオは私道に入り、錆《さ》びついた黄色いハッチバックのうしろに車をつけてエンジンを止める。ユートのうなりが消えると、あたりは静かすぎるほど静かだ。「おばさんはまだここに住んでるみたい。車も前とおんなじだし」ナオはあたしと似たような目つきで家を眺めながら、ハンドルを握ったままでいる。

「知らなかったの？」

「ずっと来てなかったから」ナオは畳んだ地図をバッグにしまうと、サングラスをはずして、それもバッグに押し込む。それから結局は落ちてくる髪を、また耳にかけ直す。「さてと。例の金《きん》のことだけど、おばさんには黙っていよう」

「わかった」

「あなたのお友だちのダリルのことも」

「だから友だちなんかじゃ——とにかく、そのことだったらあたしも話したくない」

「了解。それから、わたしの名前はチェリーじゃないから」

「んなこた、わかってるよ」

ナオは車を降りてドアを閉めると、小道をベランダのステップへと近づいていく。あたしも例のバッグを持って、のろのろとそのあとに続く。すごく重たい。犬の死骸でも入ってるみたいだけど、車に置いていくのはありえない。ナオがステップの上からバッグを横目で見ている。

「基本的に嘘をつくのは嫌いなの。だからあなたも——」

そこでドアが開いたので、あたしたちはふたりして跳び上がる。アボリジニの女の人だ。藁《わら》で編んだカウボーイハットをかぶっている。ものすごく小柄だから、百万年さかのぼったってナオと血がつながっているようには見えない。それでもナオの顔を二度見したあの表情を見るかぎり、やっぱりナオを知っているようだ。ナオが口を開く。「おばさん、こんにちは。えーっと、中に入れてもらえますか?」おばさんの視線が、ナオのうしろにいるあたしに向けられたとたん、その唇には、ナオがはじめてあたしを見たときとそっくりな何かが浮かぶ。あたしがステップの上で一歩あとずさったのを見て、ナオが腕をあたしの腕——バッグを持っているほうの腕——にからめ、しっかり引き寄せる。

突然親友にでもなったみたいだ。ほんとのとこ、あたしの頭には金《きん》と一緒にトンズラすることしかないんだけれど。

4　ジーナ

向《レ》こ《ッ》う《ク》見《レ》ず《ス》

携帯は夜中に電池が切れていた。だからジーナは充電をしつつ、煙草に火をつけ、コーヒーをいれる。弱々しい光の中で、ダリルのキッチンの窓から外を眺めてコーヒーを飲む。何ひとつ育たない黒い砂の庭には、カラーボンド社のスチールを使った真新しい小屋が立っている。こうなったら、あの小屋に入るしかないだろう。ダリルはチャーリーを探しにいったまま、ひと晩中帰ってこなかった。

うちの家の鍵まで持っていくなんて、とジーナは思う。わたしのバッグから勝手に取ったみたいだけど、今朝まで気づきもしなかった。しかも、これで三度目だ。

パニックになってもしかたがない。わかってはいても、パニックは肋骨の下のあたりにひそみ、罪悪感のそばで時が来るのを待っている。ほんの二分だけソファで頭を休める。何度も電話をかけているのに、チャーリーはまったく出ようとしない。

携帯の画面が明るくなる。三件の不在着信のほかにはリーからのメッセージ。まずはチャーリーにかけると、呼び出し音が鳴らないまま留守電に切り替わってしまう。昨日の夜は違ったのに。どういうことだろう？　きっと電池切れだ。そう思いつつも、ダリルの電話も同じ状態なのがわかると、ジーナの胸の中では、パニックが着々とミステリー・サークルを描きはじめる。

リーにかけると、ワンコールで反応がある。「ずっと電話してたんだぜ――」

「充電が切れちゃってて」ジーナは言う。「まだダリルの家にいるのよ」

「話せるか？　俺のメッセージは聞いた？」

「聞いてない。それに電話で話すのはやめたほうがいいよ、リー」

「ダリルはいるのか？」

「昨日は帰ってこなかった」

「まさかあいつは――」

「だから、電話では話さないほうがいいってば。車で職場まで送ってもらえない？　仕事に行く前に、チャーリーの様子を確かめておきたいの」

「自分の車はどうしたんだ？」

「ダリルが鍵を持ってっちゃった」

「なんだでよ？　まあいいや。とにかくメッセージは、聞いたら消しといてくれ」

ジーナは片手にダリルの小屋の鍵を持ったまま、煙草を吸い終える。煙草で気分が上がることを願いながら、大きく息を吐くたびに目を細めて気持ちを引き締める。ソファで目を覚ましたときからずっと、いやな予感を胸からぬぐえずにいる。なんだかこれから、すべてがめちゃくちゃになろうとしているような。いや、ひょっとしたら、もうはじまっているのかもしれない。

もう一度チャーリーに電話をかけてみたけれど結果は同じだ。ジーナは吸殻を蛇口で濡らしてから、ゴミ箱に乱暴に投げ捨てる。

庭に出るともう暖かくて、セミが鳴いている。ジーナは鍵を手に、レンガ敷きの小道にヒールの音を響かせながら小屋に向かう。雲のとばりの向こうからは夏がにじみはじめ、裏手のフェンスの上にそびえるユーカリ・シトリオドラの木からはカササギたちの歌声が聞こえてくる。この庭には大きすぎる木だ。郊外の家の裏庭にこんな木を植えるなんて、近所の人たちにどう思われていることか。

ヒールがレンガを蹴るカツカツという音が、ジーナの鼓動と響き合う。もとから速かった鼓動が、小屋の戸口に立って南京錠《なんきんじょう》に鍵をするりと挿《さ》し込んだところで、ますます勢いを増す。鍵は一瞬引っかかってからガチャリと音を立てて開いたけれど、爪が当たって折れてしまう。ああもう。仕事の前に整えておかないと。

ジーナは、髪か二の腕をダリルにつかまれるところを想像する。ダリルはわたしの体をくるりと回してから、俺の小屋に何の用だと迫ってくるだろうか。でも落ち着いて。あの人はいない。ジーナは小首を傾げて、耳を澄ませる。何も聞こえない。私道に入ってくるユートの音も、玄関の扉が荒々しく閉まる音も。それでも百パーセントの安心はない。ああ、ダリルの居場所がわかっていれば。

コンクリートの流し込まれた床に扉の下部を擦りながら、ジーナは小屋に入る。隅にある窓からの光でぼんやりと明るく、金属を燃やした臭いがまだ残っている。ダリルはここをホームジムか趣味の部屋にしたがっているが、この時刻でもうこんなに熱がこもってしまうのだから、その手の用途に使うのは無理だろう。ダリルはかたくなに認めようとはしないけれど。

金庫は金属製の箱型だ。四角い開口部があり、扉は開いている。思っていたよりも小さい。そばには、リーの溶接用の道具が置かれたままだ。ダース・ベイダーみたいなマスクに、道具類やケーブル。すべてがきちんと巻き取られ、まとめられている。昨日金庫を開けたあとで、リーが自分の作業場に持ち帰るべきだったのに。

目の前にすると、ジーナの胸に、これは現実なんだという実感が迫ってくる。ああ、わたしは何をはじめてしまったんだろう？　ふと、音楽が聞こえてくる。裏手にある家のほうからだ。オーストラリアン・クロールの〈向こう見ず《レックレス》〉――こんな早朝に聴くような曲じゃないのに。なんだか母さんに取り憑かれているみたい。チャーリーが繰り返し聴き続けている、母さんのお気に入りプレイリストの一曲だから。ジーナの腕に鳥肌が立つ。またしてもいやな予感を振り払いながら考えてしまう。自分のまわりにいるのは、どうしようもない木偶《でく》の坊《ぼう》ばかりなのではと。そう思うのははじめてではない。リーとダリルが、マウント・クレアモントにある大きな家から現行犯で逮捕されることなく金庫を盗み出してこられたことは、奇跡と言ってもいいくらいだ。

足音を響かせながら金庫のほうへ。近づくとともに足取りをゆるめ、身をかがめながら、うつろな暗がりをのぞき込む。

バッグはどこ？ ダリルから聞いた話だと、金庫には革のバッグが入っていたはずだ。ダンベルやイーベイの箱が並ぶ棚や、トレーニング器具の置かれた床に目をやっているうちに、ようやくジーナは理解する。バッグはここになく、金庫は空っぽなんだと。

ダリルが昨日の夜、持って出かけたんだ。

どうしよう。ジーナはまた煙草に火をつけると、小屋の中で堂々と吸い、煙を鼻から吐き出す。ダリルのいやがる吸い方だ。女らしくないから。だがジーナは、ダリルが戻ってくるとは一ミリも思っていない。

彼の言う〝女らしくない〟という概念には、脳みそがあることや、それを有効に使うことも確実に含まれている。だからダリルの頭には、女に裏切られる可能性などよぎりもしないと思っていた。間違っていたようだ。どこで気づかれたんだろう。それもこれも、チャーリーがからんでいるんだとしたら話が変わってくるけれど。

チャーリーには腹が立ってしかたがない。あの子にはドラマをかぎつける能力がある。チャーリーの太陽星座は獅子《しし》座で、いまは牡羊《おひつじ》座の影響が強まっている。おかげで先週は退学になり、今度はこれだ。ダリルが見せびらかした小さなインゴットをくすねるなんて。ダリルとしてはリーが金庫を開けたあとで、自分たちの腕前と、金庫に言ったとおりのものが入っていたことをジーナに証明したかっただけなのだろうが。

とにかくダリルは昨晩、残りの黄金を全部持って、チャーリーを探しにいった。

そして計画はご破算になり、ジーナは、ありふれた郊外にあるだだっ広いだけの不愉快な小屋に取り残されている。


ジーナが煙草の吸殻を爪先で踏みつぶし、ペパーミントガムを一枚口に放り込んだところで、リーの車がエンジンをふかし、うならせながら私道に入ってくる。ジーナは車が止まりきる前にドアを開け、助手席に飛び乗る。「来てくれたのね。もう、この靴ときたら」

リーはいつものギャングっぽいスポーツウェア姿で、ココナッツのヘアワックスの香りを漂わせている。リーがジョージ・マイケル風に唇を突き出してみせたので、ジーナはそこにキスをする。ステレオでガンガン鳴らしているのは八〇年代のヒップホップ。とはいえグランドマスター・フラッシュが歌いかけてくるメッセージは、いまのふたりが聞きたいものではなさそうだ。ジーンはするりと靴を脱いでから、ステレオのボリュームを下げる。

「煙草はやめたんじゃなかったのか、ベイビー」と、リーが言う。

「ストレスがひどくて。急いでうちに寄ってくれる？　仕事に遅れるわけにはいかないから」

リーが、空っぽの車庫を見て顔をしかめる。ハンドブレーキの上に手を浮かせながら、アビエイターサングラスの上のおでこにもシワを寄せている。「メッセージは聞いたのか？」

「消しちゃった。聞く前に」

リーがぽかんとした顔をジーナに向ける。「なんでだよ？」

「なんだか妙な感じがするのよ。今日は何もかもがおかしな感じで。移動しながら話してもいい？　ほんとにチャーリーのことが心配なの」

リーはバックミラーで髪型をチェックしてから、バックで車を出しはじめる。「俺が事故ったあげく昏睡状態になって、二度と話ができなくなったらどうするつもりだったんだ？」

「そしたら、メッセージの中身はわからないままになったでしょうね」

リーは車を前に向けると、片手でハンドルを握りながら早朝の通りを走りはじめる。まだ低い位置にある太陽の日差しを浴びて、焼けた肌がブロンズのようだ。リーの温かい左手は、仕事用のスカートの上からジーナの太ももにそっと置かれている。「乗り越えられるのか？　俺が昏睡状態になったとしても」

「いつかはね」リーが下唇を突き出したのを見て、ジーナは付け加える。「ところであなたが正しかったみたい。ダリルにやられちゃった」

「何を？」

「トンズラしたのよ」

リーは口を完璧なＯ《オー》の形にしながらも、スクールゾーンに入ったので徐行し、出口でまた速度を上げる。「例のブツも持ってったのか？」

「そんな言い方しないでよ。ドラッグか何かみたいに。ドラッグほど悪いもんじゃないんだから」ジーナはサンバイザーを下げると、その鏡で化粧を確認する。「だけどそう、ダリルは持ってっちゃった。小屋にはなかったし、家の中も確認した」ジーナはバイザーを戻し、空っぽになっていた金庫のことを説明する。チャーリーがインゴットを一本くすねたとき、ダリルが異常なほどの執着を見せたことも。「ダリルは何かに感づいてたんだと思う。それで全部持ち逃げしたのよ。なのにチャーリーを探しにいったんだから、わたしはあの子のことが心配で。ふたりとも電話に出ないの」

「ちくしょう」リーは一時停止の標識に合わせて速度を落としてからまたアクセルを踏み、ギアを入れ直すたびに、ジーナのスカートから手を持ち上げる。「昨晩、やつを見たんだよ。ユートに乗ってるとこを」

「ダリルを？　昨日の夜、ダリルを見たの？」

「おまえの家の外でな。実際にはものすごい早朝だ」

「なんで黙ってたのよ！　でも、ダリルが出かけたのはその何時間も前なのよ。それまでずっと、何してたんだろ？」

「知るかよ」車が家のある通りに入ったので、ジーナは靴に足を入れる。「おまえがいつもどおりにしろっていうから、俺はポーカーをやりにいったんだ」リーが言う。「なのにダリルは顔を出さねぇし、電話にも出やがらねぇ。あいつは何人かに借りがあったってのに、ダリルにもおまえにも連絡がつかなくてよ。だから俺はちょっとばかし慌てちまったんだ」

「わたしの携帯は電池が切れてたの。言ったじゃない」どうか、考えすぎでありますように、とジーナは祈る。わたしに出て行かれるのがいやで、ダリルが鍵を奪ったことなら前にもあった。ダリルも本気でチャーリーを追ったりはしないだろうし、仮にそうだったとしても、チャーリーがダリルを追い払うために突っかかっていくとはかぎらない。ダリルが金庫から黄金を持ち逃げしたことを除けば、悪いことなど何ひとつ起きてはいない。

家の前に車がとまると、ふたりは連れ立って降りる。ジーナはタイトなスカートにハイヒール、リーはトラックスーツに白いスニーカー。「ポーカーがお開きになったあとですぐに」リーが言う。「ダリルの家を見にいったあとで、おまえんとこに回ったんだ」リーが門を開けてジーナを通らせてから、そのあとを追いかける。「そしたら妙な感じがしたんだよ。家の正面が真っ暗だったし」

ジーナは玄関の小窓に顔を押し当ててみる。廊下の突き当たりに四角い光があるほかは何も見えない。「それは何時だった？」

「午前三時だ。ダリルの車が通りの反対側にいったん止まってから、また走りだしたんだ」

ジーナは、チャーリーの部屋の窓に近づく。中は洗濯かごをぶちまけたようなありさまだけれど、これはいつものことだ。だとしてもリーの言うとおり――チャーリーが家にいるときには、ひと晩中玄関の電気をつけっぱなしにしているはずなのに。それにダリルは、午前三時まで、いったいどこで何をしていたんだろう？

「なんだかこわいよ、リー。裏手に回ってみる」

ジーナが裏門のほうに向かうと、リーもあとからついてくる。ジーナは裏窓の右側のハンドルをつかんで開けてから、ルーバー窓のガラスを持ち上げてはずし、ひとつずつステップに積み上げていく。

「何やってんだ？　鍵はどうしたんだよ？」

「だからダリルに持ってかれちゃったの」ジーナは言う。「中に入るのよ、リー。なんだかすごくいやな予感がする」

家の中にもチャーリーはいなかった。冷蔵庫のマグネットは貼り直されているし、スリープアウトに敷いてあったはずの黄色いラグはなくなっている。チャーリーは、あのラグが大嫌いだった。

リーがイアン・ソープみたいな肩幅で裏口をふさぎながら、かがみそこなって頭をぶつける。背後でジーナの風鈴が鳴り響くなか、リーがアビエイターサングラスを片手に持ち、もう片手で髪をかきまわす。「学校に行ったのかもしれないぜ」

「チャーリーは先週の月曜、退学になってるの。期末試験の直前に。理由は聞かないで」ジーナのパニックは爆発寸前だ。貼り直されたマグネットの形からメッセージでも読み取れないかと冷蔵庫の扉を見つめるけれど、ありえないのは自分でもわかっている。「妙にきれいだと思わない？」少なくともパン屑《くず》くらいは落ちていてもよさそうなのに、キッチンの床にはゴミひとつない。シンクは顔が映り込むくらいピカピカだし、漂白剤の匂いも鼻をつく。「負のオーラを感じない？」ジーナが言う。「何か、とんでもなく恐ろしいことがこの場所で起こったみたいな」

洗濯機には、容量の半分くらいの洗濯物が湿ったまま放置されている。自分の部屋に汚れた服が散らかっているのに、昨日着ていた服のほうを洗濯するなんて。おそらくは、何か見つかったらまずいものをシャツとラグにこぼしたんだろう。だけどあの子なら、お酒を飲んだりはしないはず。うるさいくらいにアルコールを毛嫌いしているんだから。それにラグは洗濯機にも入っていない。ジーナはスリープアウトの、ラグがあった場所に戻ってみる。すると、漂白剤の匂いがより強くなる。それにこれは、光のせいでそう見えるだけ？　それともほんとにシミが？

「俺のせいだよな？」リーが無精髭をさすり、ジーナの視線を追って床を見つめながら顔をしかめる。「もっと早く見にきてれば。ダリルがポーカーに顔を出さなかったときに、とっとと動いてればよかったんだ」

「違うよ、リー。悪いのはわたし。金庫泥棒なんて素敵なアイデアを思いついたあげく、ダリルに持ちかけたりして。これは全部わたしのせい」

床板の隙間に何かある。白い木綿《もめん》の糸だ。ジーナは膝をついて隙間に爪を入れながら、その糸を引き出す。リーが近づくのに合わせて光の加減が変わると、糸の半分がピンクに染まっているのがわかる。「どうしよう、血だよ、リー」赤茶の床の木片が、爪の中に食い込んでいる。

部屋が傾き、ふいに、何もかもが異様に明るく感じられる。起こったことが目に見えるようだ。逆上したダリル。自衛本能に欠け、感情の制御など皆目できないチャーリーが、自分の二倍も大きな彼に突っかかっていく。そしてダリルが、思ったよりもほんの少しだけ強くチャーリーを殴ってしまう。

ジーナはピカピカに磨き込まれた床に手を当てながら、リーを見つめる。「ふたりはきっと喧嘩になって、ダリルがチャーリーに怪我をさせたんだと思う。それでダリルは――たぶん――」自分の震える声を聞きながら、ジーナは朝からずっと彼女の心臓を締めつけつつ隠れていたものが、外に出てきたのを感じとる。「ああ、もしもダリルが、死体をくるむのにラグを使ったんだとしたら？」死体を藪《やぶ》に運んで浅い穴を掘り、チャーリーを埋めたんだとしたら？

「それはちょっと結論を急ぎすぎてる」リーはまた顔をこすり、ジーナの視線を避けながら言う。「ユートにはふたり乗ってたんだ」

「え？　ダリルとチャーリーが一緒だったってこと？」

「さあな。ふたりいたってだけだ。追いかけはしたが、ヘッドライトの明かりではそれしかわからなかったから」

「追いかけたなんて全然言ってなかったじゃない！　車はどっちに向かったの？」

5 ナオ

マグネット

おばさんを見ているとワライカワセミを思い出す。素早い目の動きに、軽く前に突き出された顔。おばさんは裏口のそばのフックに麦わらのカウボーイハットをかけてから、シンクで手を洗う。記憶の中にあるこの家は、もっと大きくて明るかった。でも、あのときのわたしは何歳？　五つか六つだろうか。匂いだけは変わらない。ユーカリのオイルの香り。きっと何かに使っているんだろう。庭からの揺らめくようなセミの鳴き声がほかのすべてを圧倒し、トタン屋根が、金属の箱を閉ざす蓋のように熱気を閉じ込めている。

わたしに父方の家族についてたずねた人は、メルがはじめてだった。今年の大学の学期がはじまったころで、どうしておばさんと連絡を取らないのかとも聞かれた。結局わたしが真剣にそのことを考えるようになったのは、家庭の事情がかなり難しくなってからだ。わたしは母さんのアドレス帳からおばさんの住所を見つけだすと、地図をプリントアウトした。ほんとに使うことになるとはこれっぽっちも思っていなかったけれど。しかも、こんな展開になるなんて。

おばさんの家に行くと言ったのは、その場しのぎだった。あの男を撒《ま》いたあと、チャーリーから家には帰りたくないと言われ、つい口にしたのだ。けれど昨夜、運転を続けているうちに考えが変わってきた。眠っているチャーリーの隣で暗いハイウェイを運転しながら、睡魔に抵抗し、嵐のようにわいてくる思いを押さえつけているうちに、何もかもおばさんに打ち明けてしまおうという気になった。まかせてしまえばいい。おばさんはきっと警察に知らせる。それで、すべておしまいになるはずだ。

ところがどうだろう。実際におばさんの家に着いてみると、そんな気は失せている。わたしはおばさんのことをよく知らない。それについてはお互いさまだ。おばさんの存在など、わたしにとってはアドレス帳にのっていた名前と住所に過ぎない。おまけに床からの引っ張られるような感覚に裸足がむずむずするものだから、ますます車に戻りたくなってしまう。

「水をもらえますか、おばさん?」わたしは口を開く。「一杯だけでも。かなりの距離を運転してきたので」

おばさんは、袖のないオリーブ色のワンピースで両手をぬぐっている。何をしにきたのかとは聞かないけれど、考えてはいるはずだ。ジャケットについた血はチャーリーの家で落としてある。足と手と顔を洗い、髪も編み直した。けれど化粧は汗で落ちている。朝から目のまわりに浮きはじめた痣は色が濃くなっているだろうし、手に貼った絆創膏には、前ほどあっという間にではないものの、やはりすっかり血がしみている。おばさんも気づいているようだ。でも、それ以外にも何かあるのだろうか？　もしかしたら何か知ってる？　誰かから電話が来ている可能性は？　だとしても母さんからではないはずだ。母さんがおばさんに電話することはありえない。でも、警察はどうだろう？

おばさんの唇はカサカサで、暑さのせいか髪はひっつめにしている。背の高いグラスを差し出すときにも、鳥のような目をチャーリーから離さない。自分の家に足を踏み入れた白人の少女をまったく信用していない。お金のことは、どうやって切り出そう。頼んだところでもらえるとはかぎらないけれど。

チャーリーの目も、家の中をねめ回している。ソファ、テーブル、一脚の椅子、テレビ、金属の棚に置かれた観葉植物、黄色い光が漏《も》れ込むブラインド。チャーリーはインゴットの入った黒革のバッグを抱き締めている。見るからに重そうだし、中身がありふれたものでないことはすぐにわかるだろう。わたしが床に下ろすように小声で言うと、チャーリーは唇をゆがめ、ますますバッグを強く抱き締める。

この子は何ひとつ見逃しやしない。わたしがロードハウスで感情を爆発させたことにも気づいただろうか――トイレで涙が止まらなくなって、あやうく髪をごっそり引き抜くところだった。どうか気づかれていませんように。それもこれも、あのレジ係のせいだ。わたしを見ていたあの目つき。昨日あげたお金で払ってくれと頼んだときのチャーリーの目もつらかった。クレジットカードが使えなくなったことなんか一度もなかったのに。よりにもよって今日それが起こるなんて、いったいどういうことなんだろう？

警察がカードを止めたのかもしれない。

水道水は生ぬるかったけれど、お礼を言って一気に飲み干す。おばさんがグラスを受け取ろうと待っている。「ひどい暑さ」と、わたしは言う。「しかもまだ早朝なのに。よくこんな暑さに耐えられますね」

けれど口にすべきことではなかったようで、おばさんは黙ったままだ。

チャーリーは相変わらずヘッドホンを首にかけ、コードがほつれた糸のように垂れている。グラスを持つ手つきが、まるで爆発物でも扱っているみたいだ。かさぶたのできた指の関節が腫《は》れ上がっている。ロードハウスで何をしたのか知らないけれど、そのときに傷口が開いたのだろう。バッグの持ち手が腕に食い込んでいるので、見ているこっちまで腕が痛くなってくる。ほんとうに片時も放そうとしない。そう思ったとたんに警戒心が刺激されて、視線が廊下から玄関を抜け、外の通りへと吸い寄せられる。サイレンが聞こえてくるか、でなければ昨夜の男が追いかけてくるかもしれない。どちらがより恐ろしいのかは、自分でもよくわからないけれど。

あの黄金は、ウォーレンの金庫にあったものだろう。バッグも、ウォーレンがジム用に使っているものにそっくりだ。サイズも、形も、黒いソフトレザーのブランド名も同じ。ただしいまチャーリーが手放そうとしないバッグはオイルが塗られても使い込まれてもいないから、革が硬いまま、しなやかさに欠けている。まるでショーケースに置かれていたかのように、黒の色調も濃い。ウォーレンの金庫にずっとしまわれていたためだろう。それが盗まれた。だからこそ、ウォーレンの携帯にはチャーリーの住所が残っていた。ほかに理由なんか考えられない。

それにしてもウォーレンは、どうしてあれがチャーリーの家にあることを知っていたんだろう？

ふいに痛みを感じて、傷口を無意識に押していたことに気づく。絆創膏がまた湿りはじめている。怪我をしたときにはあまり痛みを感じなかった。きっとアドレナリンが出ていたせいだ。自分の手を切ってしまったことにさえ気づかなかった。

壁を眺めていると、テレビの上にピンでとめられた写真に目がとまる。十代後半の子どもがふたり。笑顔の女の子と、彼女よりも幼くて真面目そうな顔をした男の子。ふたりのうしろには赤い岩と黒っぽい水が写っている。ふと、以前学校で教えてもらった話を思い出す。いまいる土地が、郊外にある丘にちなんでマグネットと呼ばれていること——白人探検家とそのコンパスの話を。ほんとに磁石《マグネット》みたい、とわたしは思う。床の下から足を引っぱるような力を感じる。

おばさんが、廊下の中ほどにある部屋にわたしたちを連れていく。その中はさらに暑くて、二段ベッドが置かれている。「ここだよ」と、おばさんが言う。「ベッドもふたつある。ここでいいかい？」

「ありがとう」わたしは言う。「助かります。そうでしょ、チャーリー？」チャーリーは黙ったままだ。わたしにベッドの上段を使わせようとか思っていないといいのだけれど。「ありがとう、おばさん」わたしはもう一度繰り返す。

「タオルはタンスに入ってる。バスルームは隣だよ。だけどこっちのドアじゃない」おばさんが閉まっている片側のドアを叩きながら言う。「ここにはヘビがいるからね。あいつをこわがらせないにようにしておくれ」おばさんは責めるような目をわたしに向けてから、キッチンのほうへと部屋を出ていく。

「ヘビ?」チャーリーが口を開く。「家の中にヘビ?」チャーリーが二段ベッドをにらみつける。「クソ、寝られるかよ、こんな――どっちにしろもう朝なんだ。こんなとこで道草を食ってる場合か? このまま先に進もうよ」

「進むってどこへ? あなたはどうだか知らないけど、わたしには眠る必要があるの」わたしたちにそれ以外の選択肢があるなんて、本気で思っているんだろうか。この子はまるで、なんにも考えてないみたいだ。

チャーリーはぶつぶつ言ってからバッグをベッドの上段に置き、自分も早速上りはじめる。わたしもドアを閉めてから、ベッドの下段に体を休める。あちこちがやたらきしんで、いまにも壊れそうだ。「でかいケツをそんなに動かすなって」と、チャーリーが言う。この手のことを言われるたびに、恥ずかしくて死ぬほど悔しかった時期もあった。だけどいまはなんにも感じない。そんな自分はどこかに消えてしまったかのように。わたしが身動きをやめると、ベッドも静まる。

暑さにもかかわらず、シーツはひんやりしていて、ここにもやっぱりユーカリの香りが漂っている。おばさんの態度が気になってたまらない。この訪問が見るからに迷惑そうだった。予想外の反応どころか、わたしはその可能性を考えてすらいなかった。そこでまた、おばさんは何かを知っているのだろうかと不安になってくる。とにかく眠ろう。あとはニュースをチェックし、お金を無心し、もらえるだけのお金をもらう。北に向かって走り続け、チャーリーとは途中で別れればいい。北になら、自由に息のできる場所がありそうな気がするのはどうしてだろう。無法地帯だとでも？　その言葉を思い浮かべたとたんに、目がチクチクしはじめる。

昨晩運転をしているあいだ、ずっと同じフレーズが頭の中をループしていた。法にたずさわる人間は、優れた名声と人格を備えている必要がある。言い換えれば、それを失えば法にまつわる仕事はできないということだ。講義で聞いた言葉だろうか？　講義を受けはじめたころの記憶は、立ち上がって教室から逃げ出したいという思いばかりだ。なんとか踏みとどまったのは父さんのためだった。父さんは、そこまで進むことができなかったのだから。それに、ウォーレンが間違っていることを証明し、成功してみせたいという思いもあった。

法は人々を守るためにあるけれど、守られるのは正しい側にいるときだけだ。わたしのような外見の人間にとってはなおさらのこと。

「ジーンに電話しなくちゃ」チャーリーが言う。「かけてもいいかな？」

まったく。冗談じゃない。「やめといたほうがいいよ。何日か離れてたほうがいいって、チャーリーが自分で決めたんじゃない」

「そう言ったのはナオだよ」

そうだっけ？　よく覚えていない。

「ジーンに無事だって伝えなきゃ」チャーリーが言う。

「この家には電話なんかないと思う。以前もなかったし、わたしもおばさんの電話番号は知らないんだ」

「嘘だろ。電話を持ってないやつなんてこの世に存在すんの?」チャーリーの息づかいが少しだけ荒くなる。そのうちにあきらめて眠りに落ちるだろう。「あの人、ほんとにナオのおばさん?」

わたしは目を閉じたままでいる。

「あたし、嫌われてるよ」チャーリーが言う。

だから? わたしだって好かれてる自信はないけれど、そんなことはどうだっていい。問題なのは、これからの数日をどう乗り切るかだ。「わたしには睡眠が必要なのよ、チャーリー。六時間もぶっ続けで運転したんだから」

「自分が悪いんじゃないか。あたしに運転させればよかったんだ」

この子にまかせておいたら、脱輪でもされるのがおちだ。「運転できる年齢には見えないんだもの」

「ふざけんなよ——できる年齢《とし》だって言ってんのに。で、あの人は? ほんとにおばさん?」

「ええ、わたしのおばよ。さあ——」

「ちっとも似てないね。話し方とかも違うし。ナオはなんでそんなしゃべり方なの? 妙に気取ってて、いかにも西側の郊外に住んでますって感じ」

「どういう意味？　あなただってシェントン・パークに住んでるじゃない」

チャーリーが鼻を鳴らす。「あの家を見たくせに」チャーリーが寝返りを打ち、ベッドがきしむ。「ナオはアボリジニにも見えないし。その、見えるっちゃ見えるんだけど――要は、どれくらいアボリジニなの？　クオーターとか、もっと薄い？」

顎がこわばる。ほんとにこんな話を？　いま、死人が出ている常軌を逸した状況で？

これまでも、さんざんまわりの視線を感じながら生きてきた。みんなの目は、母さんからウォーレン、わたしへと移って、また母さんに戻る。この三人はどういう関係なんだろう、とでもいうように。母さんとウォーレンが喧嘩をするたびに、わたしの外見がひとりだけ違うせいだと思ってしまう。「わたしたちは黒すぎるか、黒さが足りないかのどちらかなのよ」というのはメルの言葉だ。メルが目を見開きながらそう言うところを思い出すと、ほんの少しだけ心が明るくなる。そこでふと父さんを思い、また気分が沈む。いまのわたしを見たら、きっと失望するだろう。とたんに盛り上がってきた涙をなんとかこらえる。チャーリーに泣いているところを見られたくない。「そんなことをずけずけ聞かなくちゃ気が済まないの？」

「あたしはただ――」

「聞かれたことの意味くらいわかってる。さあ、もういい加減にして」

「質問のひとつもさせてくれないのかよ」

それから三十秒くらいはチャーリーも黙り込む。

「こっちはいろいろ話してんのに、自分だけなんにも教えないのはずるくない？」

「それはそっちの問題でしょ。いやなら話さなければいい。もう寝るわよ」

「ヘビのいる家なんかじゃ寝られない。木の下で寝るほうがまだましだ」またチャーリーの耳障りな息づかいが聞こえてくる。クロバエが一匹、窓ガラスにぶつかってははじき返されている。「あんたがあのおまわりに言ったこと、おばさんにチクってやろうかな。嘘の名前なんか教えちゃってさ。ひょっとしたらナオってのも偽名だったりして」

とても本気だとは思えない。チャーリーが寝ている頭上のベッドをにらみつけると、薄い板の隙間からマットレスがはみ出している。しかも三番目の板にははっきりとひびが見える。

「質問はひとつだけにしてよ」わたしは言う。

「両親はどこにいんの？　彼氏と喧嘩したあと親に電話しなかったのはなんで？　車で事故ったときにだよ」

「質問がふたつになってる」何時間もこんな質問に付き合い続けるのがどんなにくたびれるものか、この子には全然わからないんだろうか。こちらとしては、極力情報を漏らさないようにしているのに。

質問には半分だけこたえてもいいし、こたえをでっちあげてもいい。

「死んじゃったとか？」チャーリーが言う。

どうしてそうなるの？　この子は、いつだってわたしの二歩先を歩いているみたいだ。「母さんはバリにいる。マザー・オブ・ザ・イヤーの表彰式があるの」

「だとしても電話くらいできるよね——って、それ、もしかして冗談？」

「仕事で向こうに行ってるのよ。母さんのことは話したくない」

チャーリーが黙り込む。しまった。そういえば、チャーリーは母親を亡くしたと言ってなかった？　昨日の夜、彼女の家でそう聞いたはずだ。動揺させてしまっただろうか。もう少し気をつかうべきだった。けれどそこでまたチャーリーが口を開く。

「父親は？　どこ？」

わたしは割れた板に目を据える。それなら話せる。チャーリーがこれまで口にした中では、一番直接的な質問でもある。「死んだわ。交通事故で」

「えっと、あたしは何も――」

「いいのよ。もう十二年も前のことだから。それ以来、おばさんには会ってなかったの。それに、わたしのほうこそごめん。あなたのお母さんも亡くなってるのよね。忘れてた」

チャーリーが鼻をすする。「いいよ別に」束の間、チャーリーが話をやめたのかと思ったところで、「家族みんなで車に乗ってたってことだよね？」という声が聞こえてくる。「その事故のときに。そういうことは教えといてくれないと」

わたしは目を丸くしながらも口をつぐんでいる。どちらにしろ、質問というわけではなさそうだ。

「もうひとつだけ」チャーリーが言う。「その彼氏――ナオが逃げてきた男だけどさ。そいつになんかしたの？　あの警官に嘘をついたり、出会ったときに血まみれだったのはそのせい？頭をぶん殴ってやったとか？」

部屋から一気に空気が吸い出され、手足が磁力に引かれてうずいている。話すんじゃなかった。そもそも会話をはじめるべきじゃなかった。「いいえ、誰も殴ったりしてない」それからわたしは言う。「もう寝て、チャーリー」彼女を黙らせるには低く静かすぎる声に思えたが、それでもチャーリーは口をつぐむ。

ふと気づくと、チャーリーの寝息が聞こえてくる。ヘビがいようがいまいが眠れたらしい。わたしは割れた板に目を据えたまま、できるだけ体を動かさないようにする。いまは眠りたくない。おばさんと話をして、ニュースを見るまでは。あの人が見つかったのかどうか、きちんと確認するまでは。

ウォーレン。

ウォーレンの死体が、階段の下に転がっている。

現実と向き合ったほうがいい。あの人とのあいだに距離ができたいまなら、少しは楽に考えられる。

キッチンは、汗が自然とにじみ出すほどに暑い。日没はまだ先で、ブラインドも開いている。家の裏手は日差しでぼやけ、外から聞こえるセミの鳴き声は勢いを失っている。わたしはシャワーを浴びてから目の痣に化粧を重ねる。それでも部屋に入ると、おばさんがわたしの目元を気にしているのがわかる。おばさんはわたしたちの夕食を準備している。網で焼いたベイクドポテトとソーセージ、それにサラダだ。肉を口にしないことは伝えていなかったし、いまさら言いたくもない。だからソーセージを一本だけもらうと、おばさんが見ていない隙を狙ってチャーリーの皿にフォークで移す。チャーリーは物問いたげに眉をひそめるけれど、とにかくソーセージは平らげる。それどころか、一か月くらい何も口にしていなかったかのように食べ続ける。

おばさんがヘビのことを話しはじめる。これまでを合わせたよりも口数が多い。何かを隠しているみたい。おそらくは緊張だろう。でなければチャーリーのいるところでは、わたしに何を話したらいいのかわからないのかもしれない。「キングブラウンスネーク（豪に生息する毒蛇）さ」おばさんが言う。「誰も捕まえるのを手伝ってくれなくてね。みんなこわがっているんだよ」

「駆除しちゃえばいいのに」チャーリーが食べ物で口をいっぱいにしながら言う。というよりも、いっそまき散らしている。そもそもおばさんの前で口をきくのはこれがはじめてで、言い終えるなり顔が真っ赤になっている。

「いいや、ほっといたほうがいい」おばさんが言う。それっきり、もう言うことがなくなったかのように、ぎこちない沈黙がどっしりと下りる。おばさんが横目でチャーリーを見てから、わたしに目を向け——そこにまた非難の色を感じて——ようやく理解する。おばさんが信用していないのはチャーリーだけじゃない。わたしも同類だと思っているんだ。

そう悟ったとたん、頬が熱くなる。どうしたらいい？　いますぐに出ていきたい。でも、夕食が終わるなり出ていくのでは失礼だ。

チャーリーがヘッドホンのコードをいじっている。明かりの下だと腫れた指関節が目立つ。

チャーリーは、わたしと寝室のドアにかわるがわる目をやっていて、おばさんはそれを観察している。例のバッグは、ベッド上段のシーツの下だ。この子は何を考えているんだろう？　わたしが寝室に駆け込んでバッグを奪い、そのまま玄関から逃げ出すとでも？　チャーリーには、もう少し冷静でいてもらわなければ。

わたしもこれ以上は座ったままでいられそうにない。おばさんに夕食のお礼を言って立ち上がり、食器を片づけようとしたけれど、おばさんが割り込んできて、座るように言われてしまう。テーブルに戻ってみると、チャーリーはもういない。

一瞬、黄金を持って逃げたのかもしれないと思う。それならそれでいいのでは？　いいえ、絶対にだめ。あの金《きん》をどうするかについては、まだ考えがまとまっていない。わたしたちのどちらかが捕まった場合、あれを持っていたら、まっすぐウォーレンにつながってしまう。けれど寝室のドアがカチリと閉まる音のあとに、チャーリーがベッドによじ登る音が聞こえてくる。

わたしは観葉植物の置かれた棚に近づくと、またテレビの上の写真に目をとめる。まだ十代の父さんとおばさん。少なくとも、わたしの目にはそう見える。写真の少女にはおばさんの面影があるし、ふたりは明らかに血がつながっている。父さんのほうが背は高い。父さんのことははっきり覚えていなくて、ぼんやりとだけ残っている安心感のようなものも、思い出そうとするたびに消えてしまう。常にフレームの外にいて、そこに存在はしていても、近づくことができないかのように。

写真は一枚もない。ウォーレンが許してくれなかった。母さんには、わたしが混乱するだけだからと説明していたけれど——要は、ウォーレンが勝手に決めてしまったルールのひとつだ。それを思うと、夕食の途中にも感じた恥ずかしさのようなものが蘇《よみがえ》ってくる。これまでだって父さんやその家族に興味がなかったわけではない。ただ、ウォーレンの意思に合わせておくのが、うつむいたまま平和を保つのが、一番楽な道だった。

「おまえは父さんに似ているよ」そう言われてわたしが写真から手を放すのと同時に、おばさんは食器のほうに向き直る。おばさんの言葉には、わたしの心を読んだかのような硬い輪郭《りんかく》があった。写真の中のおばさんは父さんよりも大人びていて、父さんを指差しながらにこにこしている。いまのおばさんとは別人みたいにやわらかな表情。Tシャツにジーパン姿の父さんは、いまのわたしと同じ年ごろだろうか。下唇に一本のシワを見つけたので、わたしはそこに二本の指を当ててみる。おばさんのよりもさらに離れた両目が、風景をまるごと受けとめているかのようだ。ほんとに似ている。わたしの目は、父さんの目だ。

ふたりの背後に広がる黒っぽい水面には岩でできた天然の桟橋《さんばし》が突き出し、さらにその向こうには渓谷の赤い壁が、淡い空へとのびている。見つめるうちに尾根と空の境界線がちらちらと揺らぎだす。わたしは慌ててあとずさり、ソファの木の脚にかかとをぶつけてしまう。

写真の隅には、フレーム下部から一部がはみ出す形で看板が写っている。**鉱区、関係者以外立ち入り禁止、ソルトウォーター・ゴールド・コーポレーション《SALTWATER GOLD CORPORATION》**。

あのインゴットに刻まれているロゴと同じだ。SGC。間違ってはいないはず。わたしはちらりとおばさんに目をやってから寝室に向かい、ドアを一度ノックしてから中に入る。

チャーリーはベッドの上段で膝立ちになっている。部屋の熱気で顔を艶《つや》やかに上気させ、前歯の隙間から舌をちょろりとのぞかせながら。バッグは開いていて、小さな袋に入ったインゴットがずらりと並べられたところは、まるで高速道路に連なる車のようだ。

「何してるの？」

チャーリーが跳び上がり、天井に頭をぶつける。「いてっ！　ノックくらいしなよ」

「したわよ。いったい何をしてるの？」

「数えてんの」

チャーリーは袋からインゴットを一本取り出すと、行列の先頭に置く。やっぱり、あの写真に写っていたロゴと一緒だ。ＳＧＣ。わたしは一歩前に出て、まじまじと見つめる。こんなことがありえるんだろうか？　どうしてこのインゴットがウォーレンの金庫に？

「いくつある？」

チャーリーが顔をしかめる。「九十九」

「あなたのポケットに入ってるやつは除いてだよね」わたしが言うと、チャーリーがこちらに鋭い目を向ける。「つまり、全部で十キロ」

「いくらになる？」チャーリーが言う。「これ一枚に、どれくらいの価値があんのかな？」

「さあ」

「きっとすごいよ。あのまぬけなダリルが盗んだなんて信じらんない。こんなでっかい仕事ができるとはね」

「なら、ダリルが盗んだっていうのね？」

「こんなもん、あいつには貯められっこない」ぼんやりした明かりの下で見ると、チャーリーの瞳は青い大理石のようだ。片手でバッグの持ち手を握り、もう片手はベッドの上に浮かせている。

「これは処分したほうがいい」わたしは言う。「捨てましょう。わたしたちのものじゃないんだから」

チャーリーがギラついた目をわたしに向ける。「正気かよ？　まあ、あんたは本気でお金を必要としたことなんか一度もないんだろうけど」

「それは盗品なのよ。出所《でどころ》もわからない」

必ずしも嘘ではない。なにしろ、ウォーレンがどうやって手に入れたのかまでは知らないのだ。

「だから？」チャーリーが言う。「どうせ、どっかの金持ちのもんだったんだ」

「でも、あの男はそれを追ってた。昨晩の男のことよ」

あの男がウォーレンとつながっていて、ウォーレンの携帯に入っていた情報を共有しているのかもしれないと思うと、頭がくらくらしてくる。でも、わたしたちはあの男をちゃんと撒《ま》いた。だとすれば、追ってはこられないはず。

チャーリーはインゴットを詰め直してファスナーを閉めると、重さを確かめるように持ち上げてから、自分の体と窓のあいだ、枕のそばにバッグを置く。わたしはある種の恐怖とともに、その様子を見つめる。チャーリーには自分のしていることがわかっていない。この子はまるで、不発弾を抱えた危険人物みたいなものだ。チャーリーはぽんぽんと二回こぶしで枕を叩くと、バッグの持ち手に腕を通して仰向けになる。

「何じろじろ見てんだよ」チャーリーが言う。「ナオはいらないんだろ」

けれど誰かが欲しがるだろう。その手の連中が探しにくるとすれば、わたしたちに勝ち目などありはしない。ウォーレンの仲間が。でなければインゴットの存在を知っている誰かが。

チャーリーから奪って逃げるしかないだろう。あとは途中で処分すればいい。

チャーリーがまばたきをすると、青い瞳がパチリと消えてからまた現れる。「おばさんのへビってもう見つけた?」

「十二年だ」おばさんが紅茶をいれて、ソファに座りながら、わたしににじり寄る。「十二年ものあいだ、ハガキも手紙もまったくよこさないとはね」

わたしはお茶から立ちのぼる湯気を見つめながら、ソファの上でお尻を動かす。「そんなになる?」しらじらしくそう言ってみる。

「そしたら今度はトラブルを連れてきた。母親とおんなじように」

わたしはハッと体を起こし、紅茶を少しこぼしてしまい、マグカップを床に置く。「母さんから電話があったの?」

「ここには電話なんか置いてないよ。隣の家にはあるけれど」

「でも、母さんは電話をかけてきたの？　それで隣の家から伝言が届いたとか」

おばさんが片眉を持ち上げる。「おまえは電話を待ってるのかい？　それにしては、ずいぶん遠くまで来たもんだね」

よかった。まだなんだ。つまり、あの人は見つかっていない。でなければ警察から母さんに電話が行って、母さんはすぐに飛行機で帰ってくるはず。まさか、わたしがここにいるとは思わないだろうけど。片手を額《ひたい》に当てる。ものすごく熱い。それをいったら何もかもが熱い。

「この家でもニュースは見られる？」

「は？　いいや。ニュースなんか見るには僻地すぎるからね」

「ほんとに？　ああ」おばさんなりの冗談らしい。「その――見てもいいかな？」

おばさんがわたしに向けて目をすがめる。なんのために？　とでも言いたげだ。それでもリモコンを手に取ると、チャンネルを変えてニュース番組を見つけてくれる。地方局だけれど、都心部のニュースも流れるはず。おばさんの視線をひたひたと感じながら膝の上で両手を握り締める。大丈夫、誰だってニュースくらい見るんだから。わたしの心臓は胸の中をせり上がり、そのまま口から飛びだしてしまいそうだ。天気予報のコーナーがはじまると、ようやく心臓も元の位置に戻ってくる。冒頭の数分は見逃したようだから確実とは言えないけれど――。

「もういいかい？」おばさんが言う。「天気に新しいこと《ニュース》などありゃしない。この暑さが続くだけさ」おばさんがテレビを消して、紅茶を飲む。

油断は禁物だ。いまはまだ、誰も警察に通報していないし、ウォーレンに関するニュースもない。だけどそのうちに、必ずウォーレンは見つかるはずだ。隣の家に行って、自分から母さんに電話をかけてみようか。そうはじめて本気で考えたとたん、肺から一気に空気が押し出される。母さんにはわたしを救えない。母さんは出張に行くと決めたことで、ひとつの選択をした。もう後戻りはできないんだ。

おばさんが、持っているマグカップの上に顔を突き出しながら言う。「どうして来たんだい、ノミ？」

その名前にハッとする。幼かったころのわたしを、両親はそう呼んでいた。だから、おばさんがそう呼ぶのは自然なことだ。わたしは床に置かれた紅茶を見つめる。飲まないのは失礼だ。

「自分でもよくわからない」お金を無心するなら、いまが絶好のタイミングだ。けれど恥の意識に胸がうずいて、どうしても切り出すことができない。

「理由もなしに来るには遠すぎるだろ」おばさんが言う。「テレビでニュースを見るために来たとも思えないしね」

「うん」わたしは写真に目を向ける。父さんとマーおばさんの写真。「あの写真、どこで撮ったの？　この近く？」

おばさんが目をすっと横に向ける。「北のほうだよ。キンバリーにあるソルトウォーターの《ソルトウォーター・カ》土地《ントリー》（ソルトウォーター・ピープルを自称するアボリジニの多くが暮らし続ける海岸地域）だ。そんなことはどうだっていいじゃないか」おばさんが、寝室のドアのほうへ顎をしゃくってみせる。「あの子とは友だちなのかい？」

「え、チャーリーのこと？」わたしもドアにちらりと目をやる。いまは静かだ。

「あの子はあんたとは違う。自分の liyan を聴きなさい、ノミ。きちんと耳を傾けるんだよ」

「わたしの何?」

「あの子はトラブルだ」

「え、そんなこと——」わたしは痣になったチャーリーの指関節、嚙み込まれた爪、革のバッグに対する執着、はじめてわたしを見たときの目つきを思い出す。「あの子なら大丈夫。おばさんが思ってるほど悪い子じゃ——」

「どうしてここに来たんだい、ノミ?」こう聞かれるのは三度目だ。「もう高校は出たの? いまは大学生?」おばさんは、なだめるように声を落としている。いまなら何もかも話してしまえるかもしれない。「単に通りかかっただけなのかい?」

「どうなんだろう。わたしはただ——探しているものが——」

「いいや、探しているんじゃない。逃げているんだ」わたしはぎくりとする。最後の言葉が宙を漂っている。チャーリーが起きていたら、この会話が聞こえるだろうか?

けれど、おばさんの言うとおりだ。わたしは写真を見つめる。ふたりの背後に広がる黒い水と、岩の壁と、淡い空を。キンバリーとおばさんは言った。かなり北だ。それだけの距離を、ウォーレンの死体とのあいだに作れたなら。あの部屋に、チャーリーと一緒にあるインゴット。あれを処分しなければならない。

「そこに行ってみようかな」

「どこへ行くって?」

「写真の場所」

「そうしたいのかい？」

「えっと、うん。そう、たぶん」

おばさんが顔をしかめる。「友だちと別れて？　それは考えなしってもんだよ」

「ううん、大丈夫」わたしは声を落とす。「あの子は友だちってわけじゃないから。つまり――」

「お母さんと喧嘩でもしたのかい？　それでこんなことを？」おばさんの視線がわたしの顔をかすめてから、手の傷へと移る。

「違う。母さんは留守だし。そういうことじゃない」

けれど母さんの話題が出たことによって、わたしはソファに押し戻されてしまう。母さんとおばさん――父さんの葬式の前の口論と、そのあとの沈黙。おばさんは、父さんの事故のことで母さんを責めていた。

「南に戻ったほうがいい」おばさんが言う。「お母さんのところに」

十二年もたつのに、まだ引きずってるなんてことがあるだろうか。父さんのことで、おばさんはまだ怒ってる？　わたしは背筋を伸ばして写真に目を向ける。「それよりも、あそこに行きたいと言ったら？」

「あそこにはなんにもありゃしない。わたしは手紙を書いたんだよ。そのことは？」

「ほんとに？　その、わたし――」

「ああ、あの女はおまえに読ませたくなかったんだ。どうせ受け取っちゃいないんだろ?」おばさんはソファから立ち上がり、わたしのマグを持ち上げる。

「ごめんなさい」わたしは口を開く。「その、手紙のこと」おばさんが唇を引き結ぶ。「事故があったとき、わたしはまだ六歳だったから」おばさんが母さんを責めるのはわかるけれど、わたしまで責められるいわれはない。そこでまた恥ずかしさに顔が赤らむのを感じてから、恥じる必要などないはずだと思い直す。

おばさんが、百五十センチちょっとしかない体をぴんと伸ばす。「あれが事故だったというのかい? 覚えてはいるんだろ?」おばさんの黒い目が例の鳥っぽさを失っていて、その静けさに、わたしは恐ろしくなってしまう。

「いいえ、全然覚えてないの。わたしはまだ小さかったから。それはおばさんも知ってるでしょ」

「ほんとうのことを知りたいの? あの女が、あんたから手紙を盗んだ理由を」

「別に盗んだわけじゃないでしょ。だって、わたしの母親なんだもの」わたしは立ち上がる。頭がくらくらして、口にはほこりが詰まっているかのようだ。「母さんは――その、わたしを守ろうとしていたんだと思う」

おばさんは唇の隙間からふっと息を吐いて、シンクのほうに向き直る。

「ねえ、教えて」わたしは言う。「いいでしょ? あの写真の場所はどこ? とにかく行ってみたいの」

おばさんは音を立ててマグをシンクに置く。「あそこにいる誰がそんなことを望んでいるだろうね、ノミ? あの人たちにとって、おまえが何者だと? おまえには父親の顔がある。だけど同時に、もう白人でもあるんだ。南に戻って勉強を続けなさい。母親のところに戻るんだよ」

わたしは夢から覚める。誰かが叫んでいる夢。わたしたちがダリルの死体を捨てた湖で、その誰かはおぼれかけている。ただそれはもう、あの湖ではない。写真に写っていた、あの湖だ。黒っぽい水が渦を巻き、わたしのシャツは重たく湿っている。わたしはベッドから、硬くて砂だらけの床に倒れ込んだ。シャツが濡れているのは、水ではなく汗のせいだ。肺いっぱいに空気を吸い込み、鼓動を落ち着かせようとする。叫んでいるのはわたしではなく、声がやむこともない。チャーリーの肩にふれてから、彼女がまだ眠っていることに気づく。

スカートをはいて、よろめきながら部屋を出る。暗い廊下を進むと、叫び声がますます大きくなってきて、わたしはおばさん、ウォーレン、ヘビのことを頭に浮かべる。叫び声の正体は鳥だ。裏庭にいるコカトゥーたちが、金切り声を上げながら喧嘩している。こんな中で、おばさんはどうして眠れるんだろうか。

裏手のドアを大きく押し開けても、鳥たちは鳴きやまない。けたたましい鳴き声の合間には、トタン屋根を引っかくような足音。あとは静かだ。まだ夜だから、あたりは暗く姿は見えない。鳥の黒い体は空の闇にまぎれ込んでいる。またユーカリの香りがして、まわりには広々とした自然の庭園が広がっていることに気づく。小さな木々が立ち並び、家から裏のフェンスまでの地面は植物ですっかり覆われている。家の正面からは想像もつかないような景色だ。

家の中に戻るとひどい熱さで、固まりかけたコンクリートのように空気を区切ることさえできそうだ。キッチンの隅の電気をひとつだけつけ、紅茶をいれる。父さんとおばさんの写真を壁からはずし、ポケットに忍ばせる。ふと見ると、ヘビの部屋のドアが開いている。そんなはずはないのに。

夢はもう消えている。どうだっていい。湖の死体が見つかる前に、警察はウォーレンを見つけるだろう。足が大地に引っぱられる。ここに来たときに感じたみたいに。出ていきたいという胸のうずきが、頭上からのひっかくようなコカトゥーの足音と響き合う。ユートで行けるところまで行ったら、車を売ってお金に換えよう。北への途中でチャーリーを厄介払いし、インゴットも処分する。ウォーレンとのつながりを断ち切るんだ。

だけどやっぱり気になってしまう。ウォーレンはあの黄金をどうやって手に入れたんだろう? それからあの写真の場所。おばさんがわたしをあそこに行かせたくない理由は? 昨夜の言葉が脳裏に蘇る。**liyan**。おばさんはその意味を教えてはくれなかった。

出発は、ニュースを確認してからにしよう。走りだす前にもう一度だけ。そのほうが賢明だ。

6　ジーナ

信用して

　仕事を終えたジーナは家に帰って電気をつける。あとはひたすら、部屋の中を歩きまわる。部屋を満たしている空っぽな印象と漂白剤の匂いに、頭がどんどん混乱してくる。ネットフリックスのドラマでならともかく、こんなことが自分の家で起きるなんて。あたりが静まり返るなか、裏庭ではワライカワセミ一家の鳴き声だけが次から次へとこだましている。食べ物が喉を通らない。眠る気にも、リーからの電話に出る気にもなれない。

　チャーリーが知ったらがみがみ言うだろう。ただしリーのことは別だ。チャーリーはまだ、リーには会ったことがない。もう二度と、会わせるチャンスは来ないだろうか。ゴールド・コーストへ移住する計画、できるだけダリルから離れるためにこの州を出てオーストラリアの反対側に向かうという計画は、あの黄金がなければ成り立たない。

　完全に失敗したことはもうわかっている。チャーリーのせいにはできない。なにしろ計画の存在すら知らなかったのだから。

ジーナは一日中、休憩のたびにチャーリーに電話をかけ続けたけれど、結果はいつも同じで——呼び出し音もないまま、留守電に切り替わってしまった。だからとにかく、伝言だけは山ほど残してある。

チャーリーは昨晩、キングズ・パーク・ロードで見失うまでユートを追いかけたと言っていた。チャーリーがダリルに連れ去られたのではと思うと、一日中、不安でどうにかなりそうだった。あれほど嫌い合っているふたりなのだから、どこのパラレルワールドに行こうと、そんな展開にはなりそうもないのに。黄金を手に入れたダリルにとって、チャーリーがなんだというのだろう。あの子はインゴットを、たった一枚持っていっただけなのだ。

なんにせよ、消えたラグ、漂白剤の匂い、洗濯機の服、残された血の説明はつかない。いまにも警官が現れそうな気がする。ノックの音がして玄関を開けると、誰かの死を伝えるために、帽子を脱いだ警官が立っているのだ。

午後九時過ぎに、携帯が鳴る。発信者は非通知だ。ジーナは一瞬凍りつき、母親の椅子に腰を下ろしてから、また立ち上がって電話に出る。

「ジーン?」

「え、チャーリー?　ああもう、髪の毛がなくなりそうなくらい心配したのよ」日中からの緊張が石鹼《せっけん》の泡のように、もこもことふくらんでは弾《はじ》けていく。

「心配ってダリルのこと?」

「あんたのことに決まってるでしょ!　どこにいるのかも言わないで」

「うん、それで電話をかけたんだ」

ジーナはため息をつく。残っているのは、もう優しさと疲労だけだ。「どこにいるの？　無事なのね？」

「あたしなら大丈夫。それを知らせときたくて。まだダリルんとこ？」

「いまはうちにいる。ダリルはひと晩中帰ってこなかった。チャーリー、いったい――」

「ジーン、これ公衆電話なんだ。手持ちが五十セントしかなくて」

「何それ？　携帯はどうしたの？　何度もメッセージを残したのよ」

「あの計画を覚えてる？　サーファーズ・パラダイスのやつ」声を落としながら早口でまくしたてるので、何を言っているのか聞き取りにくい。チャーリーは普段から早口だけれど、今日はひときわひどくて、口を受話器に近づけすぎているのか、あるいは誰かに盗み聞きされないようにしているのか、音がやけに揺れている。

「音がへんよ」ジーナが言う。「どうなってるの？　怪我でもした？」

「ジーン、ちゃんと聞いて！」このほうがチャーリーらしい。「ゴールド・コーストだよ。覚えてる？　あれが実現できそうなんだ」

ジーナは顔をうつむけて、また緊張が高まるのを感じながら、親指と人差し指で鼻の付け根をもみほぐす。チャーリーはあの計画を知らないはずだ。ジーナはチャーリーを信用できなかったのだ。「全然話がわからない。あの黄色いラグはどこ？　ダリルはどうしたのよ？」

チャーリーがぴたりと黙り込み、荒い息づかいだけが聞こえてくる。

「ダリルに代わって」ジーナが言う。「いったいあの人はどういうつもり？　まだ車で一緒なの？」

チャーリーが喉の奥から奇妙な音を響かせる。どこにいるのか、まわりの音に手がかりがないだろうか。そう思いながら耳をそばだてると、車の音のようなものが聞こえてくる。

「どこにいるのよ？」そう繰り返す。「ダリルを電話に出して。一緒にいるんでしょ？」

「やばい、ジーン、お金が切れちゃいそうだ。また——」

そのまま電話は切れてしまう。ジーナはかかってきた番号にかけ直すけれど、呼び出し音が鳴り続けるだけで、裏庭では威嚇《いかく》でもするようにワライカワセミが鳴きはじめる。五十セントあれば十分は話せるはずなのに、実際には二分くらいしか話せなかった。しかも得た情報はゼロ。いや、チャーリーが生きている、ということだけはわかったけれど。


チャーリーは決して悪い子じゃない。うまく生きられずにいるのは、母親の死に折り合いをつけられていないからだ。父さんと仲が良かっただけに、起きた出来事が受けとめきれないのだろう。

ジーナは時々、チャーリーがあと少しで大丈夫になりそうだと——何かに愛着を持ち、頭をしっかり使い、怒りを制御できるようになりそうだと思うのだけれど、結局は元に戻ってしまう。ゴールド・コーストの計画ではチャーリーを驚かせるつもりだった。母さんが育った土地に移住するというのは、これまでずっと、ジーナよりもチャーリーの夢だった。その夢に手を伸ばそうとジーナは例の計画を立て、実行に移し――結果はこのていたらくだ。

ジーナはノックの音にハッと目を覚ます。いつの間にか暗闇の中で、母親の椅子に座ったまま
うつらうつらしていた。もう夜は深い。膝の上の携帯にちらりと目をやると、すでに十二時を
回っている。あたりは夜の静けさに包まれていたから、あれは空耳だったのかと思いかけたとき、ノックがもう一度鳴り響く。

死を告げるノックではない。チャーリーの無事は、三時間前に確認できている。

靴を脱いで、影に包まれた廊下を静かに進む。チャーリーの部屋に忍び足で入り、窓から人《ひと》気《け》のない通りと玄関のステップを確認する。見えるのは、そこに立つ男の後ろ姿が半分だけだ。黒っぽいスーツと黒っぽい髪が、壁の端に切り取られている。

ひとりだけだし、制服は着ていない。いったい何者だろう。

三度目のノックが響き、玄関に忍び寄っていたジーナは、稲妻に足を打たれたように跳び上がる。

蝶《ちょうつ》番《がい》をきしませながらドアを開くと、男が目を細め、片手を宙に浮かせている。左手だ。右腕はかたわらに、おかしな具合に垂れている。チャコールグレーの上着に包まれた肩も、左と右で高さが違う。全身の比率からして腕と胴が長すぎるので、鏡に映ったゆがんだ像でも見ているみたいだ。金属を思わせる体臭と、セージを思わせる香水の匂い。男が手を開いた瞬間、ジーナの視線がそこに吸い寄せられる。玄関の明かりがそれを照らすなり、彼女は内側から崩れ落ちていく。警察のバッジを見ることになるとしても、こんなふうにではなかったはずなの

に。

警官の口が開いて閉じ、乾いた唇の端が持ち上がり、ゆがんだ口元に冷ややかな笑みが浮かぶ。「ジーナ・ケリーかな？　いくつか聞きたいことがある」

警官はジーナを、四駆《よんく》の後部座席に閉じ込める。横道の角にとめられていた黒いトヨタのランドクルーザーだ。ジーナはシートベルトを締めて待つように告げられる。供述を取りに戻ってくるからと。警官は角を曲がり、家のほうへ消えていく。

これが通常の手順でないことは、ジーナにもわかっている。もう深夜を過ぎているし、本来なら連れがいるはずだ。それでも車両は警察のものだし、無線もついている。どうして家に戻ったんだろう？　あいつが中に入って、漂白剤の匂いと血に気づいたら？　玄関をきちんと閉めたかも思い出せない。何もかもがあっという間で、気づくと腕を取られ、外に連れ出されていた。

なんの捜査なのか、説明があってしかるべきだ。警官はチャーリーのことも、ダリルのことも、盗まれた黄金のことも口にはしなかったけれど、関係があるとしか思えない。ジーナはこれまでに一度も法を犯してはいない。こんなことをするには捜索令状が必要なはずなのに、自分はそれを要求もしなかった。あの警察バッジだって偽物かもしれない。黙ってついてくるなんてどうかしていた。

煙草が吸いたくてたまらないのに、手元にはガムひとつない。あの警官がせかすものだから、玄関脇のフックからデニムのジャケットを外し、ウェッジヒールのサンダルを履くのが精一杯だった。ジャケットを手に取ったときに、携帯だけはポケットに忍ばせてあり、いまはブラジャーのカップの中に移したその平らな形状が胸に当たって温かい。充電の残量は三十三パーセント。だけどそもそも誰に電話を？　リーにはふたりで会うべきじゃないし、連絡を取るのもやめたほうがいいと伝えてある。それがいまは一番で、少しのあいだだけだからと言い含めておいたのだ。

いまごろはチャーリーがダリルを怒らせていることだろう。本気でダリルを出し抜いて、インゴットを奪おうとしている？　電話でサーファーズ・パラダイスがどうとか言っていたのはそういうことなんだろうか。何ひとつわからないままだ。

三十五分後に車に戻ってくると、警官はガソリンの臭いをまとっている。こんな臭い、さっきはしなかったはずだ。

シートベルトに右手を通そうとした警官はたじろいだように顔をしかめ、自分に据えられたジーナの視線をとらえる。ジーナは慌てて目を落とす。警官の手には、スーツの色に合わせたようなチャコールグレーの革のグローブ。甲の側の、指の付け根のあたりには穴がいくつも開いている。グローブをはめて運転する人なんてほんとうにいるんだ、とジーナは思う。なんだか気味が悪い。ちっともライアン・ゴズリング（俳優。映画『ドライヴ』の中でドライバーを演じている）ってタイプじゃないけど、自分では結構そのつもりなのかもしれない。車は静かな暗い通りをジグザグに進んでいく。角を曲がるたびに車がぐいっと乱暴に動くので、シートベルトをしていても体が左右に大きく揺すぶられる。バックミラーの中では、男の目が執拗《しつよう》にジーナを見つめながら、金属のようにちらちら光っている。それでも、必要に迫られないかぎり口を開くつもりはない。自分にその権利があることくらいはわかっている。

車は警察署を三つ通り過ぎてから町を出ていく。警察署が近づくたびに、ジーナは車が速度をゆるめ、ウインカーを出し、止まるのを待ち受ける。そして署内の取調室に連れていかれ、供述を求められ、自分の権利を読み上げられるのだろう。けれど男は警察署に目を向けようとさえしない。ジーナも最初はほっとした。まだしばらくは自由の身であり、囚人ではないのだと——が、それがさらに二回続くと事情も変わってくる。いや、自分をごまかしてもしかたがない。わたしはもう、囚人なのだ。

男はGPSに頼っておらず、消されたカーナビのスクリーンはぽっかりと黒く四角い。そこに窓の外の暗闇が映り込んでいて、ジーナはふと、空っぽになっていた金庫を思い出す。男は助手席に置いた携帯をたびたびいじっているけれど、その画面までは見えない。いったい誰と連絡を取っているんだろう。どんな内容で、それは自分にも関係しているのだろうか。

車が町の外れを爆走し、スワン・ヴァレーに入るのがわかったとき、ジーナの警戒心はさらにふくらむ。葡萄《ぶどう》畑、郵便局、鉄道のフェンスが流れていくなか、間を置いてガソリンスタンドが目に入る。都市部の名残《なごり》であるヘッドライトやテールランプの明かりも次第に少なくなり、いつの間にか通り過ぎていく車が、高い位置からまばゆいライトを放つ大型のトラックばかりになっている。

グレート・ノーザン・ハイウェイに入ると──後部座席にいても制限速度をオーバーしているのがはっきりわかり──レーンが減る。片側一車線の道路が続く。いまも、この先に進んでも、まわりには平《ひら》べったい田舎の景色が広がり続けるのだろう。頭上には夜空が広がり、都会からは遠ざかり、道路に沿った並木の向こうには、木々の伐採《ばっさい》された土地がどこまでも広がっているのを感じる。

道路照明が漆黒の闇に呑み込まれる場所まで来たとき、警官が質問をはじめる。

「仲間の名前が知りたい。何人いるんだ？」

ジーナはバックミラーの中で相手の険しい目を見つめ返すけれど、途中で耐えられなくなってワンピースの身頃《みごろ》を抱き締めながら、車のエアコンで鳥肌の立った両腕に目を落とす。「仲間って？　なんの件なのか説明を受けてもいないんだけど」リーのことを漏らすつもりはないし、ダリルを売ろうとすれば自分も巻き込まれてしまう。そしておそらくはチャーリーも。あの子だって、警官ともめるようなことだけは避けたいはずだ。

「よくわかっているはずだが。盗難物の件だ」男が言う。「若い娘を連れて車に乗っているのは誰なんだ？」

それはチャーリーのこと？　だけど、それならそうと言うはずだ。「そんな子知らないわ。何かの勘違いじゃない？」

「彼女を脅すか、無理強いでもしたのか？　それとも金《かね》で──儲けの数パーセントをやるとでも言って釣ったか？」

やっぱりチャーリーのことではない。「誰の話だかわからない。もう少し詳しく話してもらわないと。その子の名前は？」

でも、勘違いじゃないとしたら？　その子はどう関係しているの？　まさか、ダリルがどこかの女の子を連れ去ったとか？　チャーリーには友だちなんていない。少なくとも、ジーナの知っているかぎりでは。サスキアがたったひとりの友だちだったのに、それもチャーリーが自分でだめにしてしまった。

「あの家で何があった？」

ジーナはぎくりとする。「知らないわ」

男が目を細める。「言っておくが、今回の件はひどく匂う――いかにも出来心から手を出した素人《しろうと》の仕《し》業《わざ》だとな。協力しなければ関わった全員にとってろくな結果にならない。その娘が怪我をするようなことがあればとくにな」

この警官には妙に底意地の悪いところがあるけれど、言っていることはごもっともだ。ジーナはもう深みにはまりすぎているし、ヒーローを気取るつもりもない。だけどチャーリーとダリルが、例の黄金を持ってこの先のどこかにいる。少なくとも、ジーナはそうだと踏んでいるし、この男のいう女の子も一緒にいるのかもしれない。だから恐怖を呑み込むと、手持ちのカードでできるだけの勝負をする。

「これは逮捕なの？　規則があるはずでしょ。わたしだってそれくらい知ってるのよ」

男は無言のままウインカーを出すと、道路の暗がりのほうへと車を進め、トラックを追い越しにかかる。車が反応し、なめらかにパワーを上げながらジーナの体をシートに押し戻す。

「その子の名前は？　ひょっとしたら知ってるかもしれない。どこの学校に通ってるの？」ジーナは体を前に倒して言う。胸元に軽く谷間を作り、控えめな笑みを浮かべながら。

「質問しているのはこっちだ」

ジーナの胸など、まったく見えていないらしい。

車はトラックを追い抜いて走り続ける。黒っぽいグローブをはめた手がハンドルに置かれ、窓は閉ざされたまま夜を締め出している。木々や電線や電球のような星が、闇の中へと落ちていく。

いったいどこに向かってる？　街からはどれくらい離れた？　どうして警官があの黄金の盗難を知っているのか、どうしてわたしたちの家に現れたのか、電話で連絡を取り合っているのは誰なのか。そんなことはどうだっていい。理由はどうあれ、男は知っていて、その事実こそが重要だ。ここは、できるだけ損害を小さくすることに力を注いだほうがいいかもしれない。

「ねえ」ジーナが口を開く。「その盗難物のことだけど、わたしはどこにあるのか知らないの。その女の子の居場所もね。もし知ってたら、さっさと話せばあなたはそれを取り戻し、わたしも家に帰れるんだし。だからほんとに、ほんとうなのよ」だとしても、そう口にするのはやっぱりつらい。ゴールド・コーストへの夢が、砂漠に降る雨のように蒸発していく。

「そうなのか？　俺は、やつらの居場所を正確に知っているが」男が言う。「マウント・マグネットだ」

火曜日

7　チャーリー

ロードキル

ベッドの上段から窓を開ける。外のほうが涼しいけれど、それも長くは続かない。隣家のフェンスの向こうに太陽が見えて、まぶしさに目をまたたく。ポケットには携帯と一緒に、キッチンの缶からくすねたお金が入っている。見つけたのは昨日の夜だ。ガソリンとかのために、どうしたってお金はいる。だけどこれで、どこまで行けるんだろう。ナオはどこかに行ったらしく、下のベッドにも姿は見えない。よかった。なにしろうっかり眠り込んでしまったから。携帯の電源を入れるのは、さすがに危険だろうか。

ナオはおばさんと再会を果たしてハッピーエンドだ。まあ、それほど幸せそうには見えなかったけど、これから努力すればいい。ナオはインゴットにも興味なさそうだし、ダリルの車とだってなんの関係もない。両方とも必要なのは、あたしのほうだ。

ったくジーンのやつ、電話でダリルのことを聞いてくるなんて。せっかく目抜き通りまで行って公衆電話に最後の五十セントをつぎこんだのに。しかもあたしが、ダリルと一緒にいるとか思い込んでる。ありえない！　あのインゴットをさばいたお金でサーファーズの豪勢な家を手に入れたら、ジーンもダリルが消えたことなんかどうでもよくなるだろう。どこかに逃げたとでも思うはず。死んだという現実を、ジーンが知る必要は全然ない。

バッグを窓の外側にぶら下げる。痛みを感じても、できるだけ下まで腕を伸ばしていく。一瞬耳をそばだてて、何も聞こえないことを確認してからバッグを落とす。思わず目を閉じる。だけどバッグは、地面に落ちたときにもほとんど音を立てない。ベッドの上で体をひねり、窓から両脚を出したところで、ナオが部屋に入ってくる。

しまった。目と目がぶつかったとたん、ナオが顔をしかめる。「何してるの？」

「朝めしでも食べにいったのかと思ってたのに」

車のキーが、ショートパンツのポケットからするりとベッドに落ちる。きらきらした金属のキー。慌てて拾ったけれど、やっぱりナオに見られてしまう。ナオは目を大きく見開いてからこわい顔になって、あたしの枕のそばにあるはずのバッグを目で探す。「金《きん》はどこ？」

あたしはキーを握って窓から飛び降りると、バッグをつかんで一目散に走りだす。

体を半分車に押し込んだところで、ナオにつかまる。「なんの真似、チャーリー？」

「放せ！」心臓が爆走し、バッグはドアとあたしの体で押しつぶされている。ナオが両手で、二の腕をがっちりつかんでくる。肘鉄《ひじてつ》を食らわせるとやわらかいものに命中したので、ついでにすねにも蹴りを入れてやる。

「いたっ！」ナオは叫んだだけで放そうとしない。あたしは車から引きずり出され、そのままドアに叩きつけられてしまう。ナオのやつ、こんなに力が強いなんて。

「ちょっと、痛いってば！」あたしはわきの下に片手を突っ込みながら、バッグを抱え込む。ふたりともぜいぜいあえいでいて、ナオの髪の毛は昨夜にも負けないくらいぼさぼさだ。

「いったいどこに行くつもり？」ナオが言う。

「別に」

「バカ言わないで。それはあなたのものじゃないのよ」

「あんたのでもないだろ」

「車のキーは、わたしのバッグに入ってたはずよ！」

「声を落とせって、ほら」通りはしんと静まり返っている。ナオのうしろにある家は黒っぽくて、明るい太陽がオレンジの花火みたいだ。「そっちこそなんなんだよ。家の中をこそこそ嗅ぎまわってたとか？」

「そんなことしてない」その割には顔が真っ赤だ。

「嘘ばっかつきやがって。どうせあたしをさっさとお払い箱にしたいんだろ。だったら、こっちからおさらばしたっていいはずだ」

ナオが目をすがめる。「ねえ、もしもわたしが金《きん》を狙ってるんなら、あなたが寝てるあいだにいただいちゃったとは思わない？」

あたしは脇腹に押しつけるようにバッグを抱え込む。「寝てることには気づいてたんだ？」

「ええ。死んだように眠ってた」ナオは髪を耳にかけ直しながら、家のほうを振り返る。「話があるの」

「また話をそらしちゃって」

「真剣に言ってるの。じつは——」

「あの警官に嘘ついたことを黙っててほしいとか？　おばさんにはチクるなって？　空港まで送ってよ。これはあたしがもらって帰る」

ナオは引き結んだ口元をへの字にする。「その金《きん》を持ってくことはできないわよ。あなたのものじゃないんだから」

「あんたはいらないんだろ！」

「金《きん》ってなんの話だい？」

ふたりそろってくるりと家のほうを振り返ると、そこにはカウボーイハットをかぶったナオのおばさんがいて、玄関から出てくるところだった。手にした紅茶の缶は蓋が開いている。お金が入ってた缶だ。少なくとも、ショットガンを持ってる気配はない。あたしはポケットに両手を突っ込む。

ナオがにらみつけてくる。「何を盗《と》ったの？　いくら？」

「何も盗ってない」

おばさんが言う。「お金だよ」

「返しなさい」

バッグを地面に置いてポケットからお札の束《たば》を出すなり、ナオがあたしの手からひったくる。

あの見下すような目。驚いてさえいないみたいだ。「そうカッカすんなよ。これであたしらはすっからかんだ」

ナオは黙っててと言ってから、裸足《はだし》でおばさんにずんずん近づくと、缶にお金を戻して蓋を閉める。互いに顔を近づけちゃって、あたしのぐうたらぶりでもこそこそ話し合ってるのかもしれない。おばさんがナオの肩越しにこちらを見る。両手で缶を包み込んだまま、その目には小さな火花が煌《きら》めいている。ふたりはしばらくそのまま顔を寄せ合い、ナオのごめんなさいという声が聞こえて、おばさんが缶をナオに押しつける。そのあとにもなんだかんだ言い合ってるところは、ドラマの〈ホーム・アンド・アウェイ〉なんかに出てくるシーンみたいだ。おばさんが帽子を脱いで、ナオの頭にかぶせている。これでナオには帽子とサングラスがある。あたしにはなんにもないのに。ナオはスエードのバッグに缶をしまうと、大またで私道をこちらに戻ってくる。

「運転はわたしがする。乗って」

そうするしかなさそうだ。あたしはバッグを手に取って、おばさんの車の後部とユートの隙間に体をねじ込む。そのときだ。間違いない。視界にヘビが飛び込んでくる。

家の外に出てきたんだ。黒っぽい鱗《うろこ》が日差しにギラついている。あやうく踏みそうになって悪態を叫びながら飛びすさると、ヘビはユートの助手席の下へくねくねと入り込んでしまう。

「早く乗って」ナオは乱暴に運転席のドアを開く。「汚い言葉を使わないの」

「だって――」

「乗れって言ってるでしょ!」

あたしは助手席の側に回り、バッグを地面に置く。四つん這《ば》いになってのぞいてみるけれど、ヘビは見つからない。ユートの下にも、おばさんの車の下にも。だけど、轢《ひ》いちゃったらいやだしな。

「早くして、チャーリー!」

フェンスのそばには藪《やぶ》があるから、あそこに逃げ込んだのかもしれないけれど、やっぱり姿は見えない。あたしはバッグを持ち上げて、ユートに乗る。「あのヘビが家から出てきてたんだ。見なかった?」

「ええ。いいから黙って。バッグは足元に置いて、シートベルトを締めてちょうだい」ナオは震える手でキーを取ると、エンジンをかけ、バックで車を出しはじめる。土の私道にもヘビの姿は見えない。おばさんは片手で太陽を遮りながら、あたしたちふたりを見つめている。

「あのヘビ、どこに行っちゃったのかな」あたしは言う。

ナオはギアをドライブに突っ込むと、横目でおばさんのほうを見てから通りを走りはじめる。ハイウェイに出たところでナオが口を開く。背筋を伸ばし、帽子の下からは、髪が熱い風にたなびいている。「さっき言いかけてたことなんだけど――」ナオが言う。「今朝のニュースで見たの。あなたの家が焼け落ちたって」

「あたしの家が？　何それ？　なんでわかんの？」

ナオがこちらに顔を向ける。「ニュースでやってたのよ」

「だけど、あたしの家だって保証は？」

「見覚えがあったから。消防車が一台、家の前にとまってた。両側には大きなタウンハウスが立ってたし」

手が自然とポケットの携帯に伸びる。でも役には立たない。ＳＩＭが入ってないんだから。

「おばさんのとこに戻ろう。電話を借りなくちゃ」

「無理よ。おばさんは電話を持ってないし」

「ならある場所に行け！」町は背後に遠ざかり、窓から見えるのは平べったい僻地——似たような低木と、赤い土だけだ。バックミラーから垂れたジーナの写真が、風にぱたぱたひらめいている。「なんでもっと早く教えないんだよ？　ジーンは無事？　誰かが——」頭がパンクしそうだし、呼吸も早すぎる。

「お姉さんとは一緒に住んでないはずよね。あの家にはいないと思ってたんだけど」

「昨日の夜はいたんだ！」

ナオの目が丸くなる。「どうしてそれを——」

「電話をかけさせてよ、ナオ！」

車が道路沿いのロードハウスに入ったのは五分後だ。緑のトタン屋根をのせた大きな建物。ばかでかいトラックが二台給油をしているそばに、公衆電話が一台ある。あたしは車が止まるのを待たずにドアを開ける。「ここに電話があったおかげで、あんたも殴られずに済んだね」

バッグを持って電話に半分ほど近づいたところで、手持ちが十セントしかないことを思い出す。

「クソ！」胸が爆発して、血や内臓が飛び散りそうだ。振り返って、まっすぐナオのほうに戻る。

「ほら」ナオはおばさんからもらったあの缶を取り出すと、あたしを見もしないで十ドルを差し出す。「マーおばさんのお金なんだからね」嚙んで含めるように言う。「まずはお店でくずしてもらって」おばさんが一生かけて貯めたお金ってわけでもあるまいし。なにしろ三百ドルもない。

言われたとおりにしてから電話をかけると、ジーンはすぐに電話に出る。「チャーリー？」

「生きてたんだね！　ったく、ジーン――」

「いまどこにいるの――」

それはこっちの台詞だ。すると携帯を落としたような音がして、電話は切れている。何度も硬貨を電話に入れ続けるけれど、そのたびに留守電に切り替わるだけだ。メッセージを三回残した。

「ジーン。いったいどうなってんの？　家には帰っちゃだめだよ。すぐこの番号に折り返して。公衆電話なんだ」

電話のそばで待つ。砂利の上に置いたバッグを両足で挟みながら。影はくっきりと鋭く、気温はだんだん高くなり、首のうしろが焼けつきそうだ。ナオはガソリンを入れてお金を払うと、大きな水のボトルを二本持って戻ってくる。それからフロントガラスをきれいにしてユートに乗り込み、全開にした窓の枠に腕を置いて、あたしのほうに顔を向ける。

ジーンは電話をかけてこない。声からじゃ、大丈夫なのかわからなかった。携帯はどうしちゃったんだろう？　ナオは例の大きなサングラス越しにこちらを見つめている。あの顔、公衆電話のそばで何を待っているのかと言わんばかりだ。それでも、あたしは待つ。ナオが口を動かすけれど、何を言っているのかはわからない。いまいましい小さなハエが、次から次へと鼻の穴や目の裏にはいずり込もうするので、顔をこすっては追い払う。

さらに二台のトラックがやってきて、ガソリンを入れては、また出ていく。ドライバーの白人はどちらも、ユートの中のナオを見ていた。なにしろあの車は目立つから。派手なメタリックグリーンの車体に、ダリルがつけたピカピカのマグネシウムホイール。

気にすんな。ジーンは生きてる。無事なんだ。家なんかどうだっていい。どうせ金《きん》を持ってサーファーズに行ったら、しみったれた貸家なんかじゃない自分たちの家を買うんだから。あれには何千ドルってものすごい価値があるはず。ひょっとしたら百万ドルくらいになるかもしれない。あたしはバッグを持ち上げて、ユートに戻りはじめる。ナオさえ厄介払いできれば、あとは何もかもうまくいくはずだ。

ロードハウスから三十分くらい走ったところで、警察の大きなランドクルーザーとすれ違う。あたしはサンダルを両足とも砂に汚れたバッグにのせる。熱い風が吹き寄せ、エンジンがうなり、窓はどちらも開いたままだ。ナオはあたしのシートベルトを確認してから、緊張した顔を前に戻す。帽子をかぶっていて、背筋はまっすぐだ。肩のうしろから照りつける太陽に、ほつれた帽子のふちが金色に浮かびあがっている。

「昨日と同じ警官かな?」あたしは言う。

「思い出させないでよ。違うといいんだけど」ナオがバックミラーに目をやっている。ランドクルーザーはそのまま進んでいき、引き返してくる気配はない。制限速度は百十キロだし、ナオは百キロをきっちり保って運転している。昨日の警官にPプレートを終えていると言ったナオの言葉を信じてるわけじゃないけど、それを問いただすつもりもない。

ほかの車は一台もなくて、太陽がユートの影を低木の上に投げかけている。前方の地平線には雲がいくつか並び、なんだかどこかへ急いでいるみたいだ。

「なら、お姉さんは無事だったのね」

「うん」隠したってしかたがない。ナオにはどうせもう、いろいろ話してあるんだから。あの家はきっと、枯れ木みたいによく燃えたはず。ちょうどそのとき枯れ木のそばを通り過ぎ、ついでにぺたんこになったロードキルが助手席の窓から見える。二羽のカラスが、その上でぴょんぴょん跳ねながら戦っている。看板が目に入る。カンガルーと牛の絵がひとつずつ。「あの看板は何?」

「この先の道路には、家畜や野生の動物が出てくるってこと」

またあの警官を思い出す。このユートにはカンガルーバーがついてないとか言っていた。動物はこんな土地でどうやって生きてるんだろう。あたしは手の甲《こう》をポリポリかく。暑くてチクチクする。ナオが買った水を軽く口にふくむと、やけにぬるい。「追い詰められたら、ナオはきっと自分のおしっこだって飲むんだろうな」

「確かめたくはないけど」

「うん、でもそれで命が助かるとなったら――危ない！」どこからともなく、三頭の大きなカンガルーが目の前に現れる。陽光を浴びて赤味がかった金色に輝きながら、一頭、また一頭と、まるでスローモーションのようだ。あたしは両手をダッシュボードに叩きつける。

ナオはよけるどころか、速度を落とそうともしない。カンガルーは一度だけハイウェイで跳ねると、軽い砂煙とともに道路の外へ。三頭目はぎりぎりで、脇腹を車体でこすられながら、そのまま道路を横切っていく。

「見えなかったの？　最後のやつを轢くとこだった！」あたしは口をあんぐり開けたまま、シートにどさりと沈み込む。

「でも轢かなかった」ナオはハンドルを握り締めたままで、もう藪の中に消えたあとだ。

「そうだけど――ふうっ」あたしはうしろを振り返る。「でかかったな。巨人みたいだった。あんたはろくに見てなくて残念だったな」

ナオは横目であたしを見る。「あら、はじめて見たの？」

「んなわけないだろ！」

ナオが片頬に舌を突っ込んでいる。「へえ、じゃあ、どこで見たの？」

あたしは両手の指をわきの下に突っ込むけれど、とにかく暑いので、またすぐに引っこ抜く。

「どこだったっけな」

「テレビで見たってのはなしよ」

「わかってるよ！　どっかの自然公園だったかなぁ」

「やっぱり見たことなかったんだ」

あるもんか。動物園になら小学生のときに一回行ったことがあるけど、覚えているのはペンギンだけだ。サスが大好きだったから。窓の外に目をやると、道路の先にはさっきと同じ雲が浮かんでいる。黄色い標識がもうひとつ。〝放水路《フラッドウェイ》〟だって。カンガルーの看板はもうない。

なんでこんなに腹が立つんだろう。まるでナオが何かを台無しにしちゃったみたいだ。

サンダルをこすり合わせながらラジオをつけると、ガーガーいうだけで全然チャンネルが見つからない。

「使えないの」ナオが言う。「わたしもこの前の夜に試してみたから」

いちいちなんでも知ってるみたいに。携帯になら母さんのプレイリストが入ってるけど、携帯があることをナオに教えるつもりはない。グローブボックスの中にも、音楽が聴けるようなものは見つからない。

ナオが、シートの上でお尻をもぞもぞさせながらこちらに目を向ける。「誰かの仕業《しわざ》だと思う？」

「何のこと？」

「あなたの家の火事」

「まさか。なんでまた」

ナオはバックミラーを確認する。「よく考えてみて。日曜の夜、あなたの家の外には男がいた。もし、あいつの仕業だとしたら?」

「なんでだよ? 自然発火だって。もうすぐ夏だから空気もカラカラだし」

ナオが頰の内側を嚙んでいる。「両隣の家はなんともなかったのよ」

「だから?」

「あの男はダリルを探してた。ダリルはインゴットを盗んで――」

「そうと決まったわけじゃない」

「でもわたしたちは、そうじゃないかと疑っている」

へーえ、いきなり〝わたしたち〟ときたか。いったい何が狙いなんだろう。「なんであいつがうちに放火すんの? あんたはなんにも知っちゃいないくせに」

「あの男はあそこにいたのよ。ならあなたは、ほかに何を知ってるの?」ナオは、あたしと目を合わせてから素早くそらす。「火事によって証拠は消えた。あなたがダリルを殺した証拠がね。わたしたちが死体といるところを、あの男に見られてたとしたら?」

それからの三十分、ナオはバックミラーにしつこく目をやり続ける。あのときの警官か、家の外にいた男が、いつ現れてもおかしくないとでも思ってるみたいに。まるでパラノイアだ。

太陽が空を昇りながら腕を焼いてくるので、タンクトップの上にシャツをはおる。グローブボックスには日焼け止めも入っていない。

「チャーリー」ナオが口を開く。「計画があるの」

計画ならあたしにもある。ただ方法がわからない。黄金とユートを手に入れる方法が。ついでにナオのバッグからはお金の缶をいただいて、彼女も厄介払いしなくちゃならない。

「空港に行きたいんだよね？」ナオが言う。「お姉さんのところに帰りたいんでしょ？」

あやうくサーファーズのことを口にしかけて、自分を抑える。「うん。一番近い空港は？」

「ニューマン。五時間か、ひょっとしたら六時間かかるかな」

「最悪」

ナオはスカートのポケットからシワだらけの地図を取り出し、あたしに押しつける。「ロードハウスでもらったの。マウント・マグネットからはもう一時間ちょっと走ってる。北への道路は一本しかないから」

地図を見たってどっちが上かもわからない。だから広げもしないでバッグに突っ込んでおく。そもそも迷うはずがない。道路は一本だけなんだから。

「計画はこうよ」ナオが言う。「まずはこれを売って――」

「金《きん》を売るってこと？」あたしは足元のバッグに目を落とす。「ナオはいらないんだと思ってたのに」

「金《きん》じゃなくて、このユート。売って飛行機代を作るの。都市部への飛行機なら何本も飛んでるから――フライイン・フライアウト《FIFO》。鉱山労働者のための便よ」

「FIFOくらい知ってる」あたしはナオをちらりと見てからジーナの写真へ視線を上げ、バッグのほうにまた落とす。「で、ナオは何がほしいの？」

「小さな車とガソリン代。それがあれば、北への旅を続けることができるから」

信じても大丈夫だろうか。とりあえずはいいだろう。どっちにしてもいまはナオから離れられない。「空港までガソリンは足りる？」

「給油できる場所が何か所かあるから。地図を見てみて」

「電話のある場所があったらとめて。もう一回ジーンに電話する」あたしは生ぬるい水を少しだけ口に含む。「暑さでプラスチックの毒が溶けだしてそう」

「そんな毒ないと思うけど」

「あるんだって。ナオだって、ニュースばっか見てるんだから知ってるはずなのに」

「何が言いたいの？」

西部劇みたいな町をさらにふたつ――ガソリンスタンドや、テラスのあるパブや、駐車中のトラックやユートを見ながら通り過ぎる。どちらの町でもジーンに電話をかけてみたけれど、電源を切っているのか全然つながらなくて、またメッセージを残しておく。ナオはふたつ目の町でガソリンを補給し、ふたり分のロールパンと、あたし用にチョコミルクを買って、さらに先へと進み続ける。

そしてまた一時間が過ぎる。巨大なロードトレインが猛スピードでそばを通り過ぎていったときには肝が冷えた。うしろに三つもトレーラーをくっつけて、土ぼこりや砂利をがんがん巻き上げていくんだから。あんなトラックを見るのも昨日がはじめてだった。もちろんナオには内緒だけど。

同じような景色が続くなか、大地や岩の赤だけが濃くなっていく。灰色の丘のような藪が、たくさん見えたかと思うとまばらになる。地平線に何かが見えて、丘だろうと思いながら近づいてみると結局何もなかったり。町やガソリンスタンドは気配もなくて、車の中はオーブンみたいだ。窓が開いているから、ファンつきのコンベクションオーブン。おかげで、芳香剤のレモンの匂いだけは外に追い出されていく。

あたしはダッシュボードを指差す。「エアコンがあるのに」

「ガソリンを節約しないと」

「え、そうなの？」メーターを確認すると、ガソリンはまだ三分の二も残っている。「空港まではあとどれくらい？」

「ずっとその質問を続けるつもり？」

またロードトレインと、ワーゲンバスが一台、反対車線を走っていく。あのワーゲンバスにだってエアコンくらいはついてるはずだ。ナオは水を飲む量にも気をつけろだって――バカバカしい。あたしは熱い風に顔をあおられながらヘッドホンに顎《あご》をのせる。ポケットの中で携帯の電源を入れて、母さんのプレイリストでも聴こうかな。ディヴァイナルズの曲とか。それで気は晴れるかもしれないけど、携帯を見たらナオはブチギレるだろう。

またロードキルが転がっていて、鳥たちが艶《つや》やかな黒い翼をはためかせながら飛び立っていく。鳥がくちばしをロードキルに突っ込んで死肉を食らうところを想像すると、湖の底に沈んでいるダリルの姿が頭に浮かぶ。胃がよじれるのを感じながら唇を舐め、また窓の外に目を向ける。道路は死ぬほど真っ平らで、ひたすらまっすぐで、先のほうが陽炎《かげろう》で揺らいでいる。地平線の雲もいまはない。

「ナオはよくこんなとこに耐えられるよね。むちゃくちゃ気味悪いし、〈ウルフクリーク〉とかに出てきそうだし」

ナオは顔をぴくりとさせてこちらを向く。「その映画も観たことはないんでしょ？」

「あの映画を観てないやつがいるの？」

ナオの口がへの字になる。「ここにいるけど」

「でも言いたいことはわかるだろ？」あたしはジーンと観て、一緒に震え上がった。

ナオは黙ったままメーターを見つめている。ガソリンはあと半分。水もだ。「渡したお金なんだけど、おつりはあとどれくらい残ってる？」

「八ドル。なんで？ ちゃんとたどり着けるんだろうな」

ナオはつばを飲み込む。「もちろん。ひと口水をもらっていい？」

あたしが渡した水をナオが飲み、返してよこす。さらに三十分が経過する。

ここは恐ろしく危険な土地だ。死んだっておかしくない。ナオも同じようなことを考えているんだろうか。そう思いながら彼女に目を向ける。ナオは、相変わらずバックミラーをチェックしている。帽子とサングラスのあいだに、うっすらとシワを寄せながら。

ナオにずっとこんな顔をされると、無性にいらいらするし、ダリルを湖に落としたときのことを思い出してしまう。死体を捨てようと言いだしたのはナオで、あたしじゃない。ナオがあんなことをする必要はなかった。携帯を湖に捨てる理由もなかった。あたしは無意識にナオの横顔を見つめていて、「何？」という声で我に返る。

「ナオがここにいる理由がわかった」あたしは言う。「わかったんだ。なんでおばさんの家に残らなかったのか。どうしてこの車を売って先に進みたいのか」

ナオがシートに座り直す。「チャーリーがおばさんのお金を盗んだからよ。あんなことをされたら、あの家にいられるはずがないでしょ？」

「あたしのこと、どんだけバカだと思ってんの？　ナオは今朝、起きたときからあの家を出るって決めてたんだ」

ナオはバックミラーに向けて顔をしかめる。

「道路じゃなくて、バックミラーばっか見てるね」あたしは言う。

「当然でしょ。あなたは人を殺したのよ。おまけにあなたの家は放火された」

何もかも人のせいにしやがって。パラノイアになってるのは自分のくせに。「ふざけんなよ。あんたがサツを気にしてんのはあたしのせいじゃない。自分の心配をしてるんだ」

「忘れてるのかもしれないけど、わたしたちはこの車で死体を運んだのよ。いまごろは警察が追ってきてるかもしれない」

そう言われると不安になって、首のうしろがむずむずしてくる。

「話をそらすなよ」あたしは言う。「ダリルのことがあったあと、あたしの通報を止めた理由は？　やたらニュースを気にしてるのは？　警官に嘘の名前を教えたのはなんで？　おばさんの家に行こうと必死だったわりには、着いたら着いたでおかしな態度ばっか――」

「おかしくなんかない」

「いーや、おかしいね。おばさんだって気づいてた。ナオは出会ったときから、やたらまわりをうかがってる。ダリルのことの前からだ。つまりあたしもダリルも関係ない。あんたは家で何かをしでかしたんだろ。それがほんとの理由なんだ」

ナオは背筋をすっと伸ばしている。熱い風が髪をはためかせているけれど、ほかはぴくりとも動かない。

「好きなだけ嘘をつけばいい」あたしは言う。「だけど、あんたは何かをやらかした。誰かを殺したのかもしれない。となると、あたしと同類だ。事と次第によっちゃ、あんたのほうが悪人だったりして」

助手席の窓から大きなロードキルが見えて、うしろに流れていく。カンガルーの描かれた標識もまた現れはじめる。ますます暑くなるいっぽうで、コンベクションオーブンの温度を限界まで上げたみたいだ。ナオは黙りこくっている。やったことを認めるつもりはないようだけれど、あたしの推測は正しいはずだ。

ガソリンメーターを見つめるナオの目つきが気に食わない。あたしも体を前に倒してメーターを確認する。もう四分の一も残ってない。「うわっ、給油はちゃんとしたのかよ？　あとどんくらいで着くの？」

「もう少しだから」

嘘ばっかり。また一時間が経過する。すれ違ったのは、南に向かうロードトレイン二台と、行き先表示に〝パース〟と出ていたバス一台。ブラック・コカトゥーの群れが見える。ねとねとする小さなハエがいたるところにいて、汗と赤い土があらゆる隙間に入り込んでくる。手の甲は相変わらずチクチクする。ジーナの写真がばたばたはためき、コカトゥーと一緒に飛び立ってしまいそうだから、バックミラーからはずしてポケットの携帯の隣にしまい込む。

「あとどれくらい？　おしっこがしたいんだけど」

ナオがぎくりとして、あたしを見る。口元をおかしな具合にゆがめながら。「我慢してもらったほうがいいかも」

そこで、ガソリンメーターの黄色い警告灯が目にとまる。「これ、いつからついてんの？」

ナオはこたえない。息が苦しくなる。ここでナオを怒鳴ったところでどうにもならない。結局大丈夫かもしれないいんだし。

エンジンの音がちょっとおかしくなり、また元に戻る。だけど、あたしに車の何がわかるだろう。メカニックってわけじゃないし。さらに二十分進んだところで車の速度が落ち、がたがた揺れ、またスピードアップする。「いまのって運転のせい？」あたしは言う。

ナオは前かがみになり何度もアクセルを踏み込んでいる。あたしはダッシュボードに両手を押し当てて、パニックになりそうな自分を抑え込む。それから足の下でパワーが抜けるのがわかり、車は砂利の上を這いずってから止まってしまう。

「嘘だろ?」あたしは言う。

「もう、この、ポンコツ」エンジンが止まりゆくなか、ナオはハンドルを両手でばんばん叩いてから、そこにがくりと頭を落とす。

リアウインドー——空っぽな道路。フロントガラス——空っぽな道路。カラスの鳴き声が脳みそをかきむしる。半分だけ残った生ぬるい水のボトルが一本と、溶けてしまったチェリーライプが一本。「こんなのはクソありえない。こんなの——」

「黙っててくれない?」ナオはハンドルから、濡れてゆがんだ顔を持ち上げる。サングラスは上にずらして髪にさしている。「なんでもいいからクソ黙ってて」

ナオが両目をパチリと見開き、あたしたちは目を合わせる。なんだかおかしくなってしまう。いや、このまま追い詰められて死ぬかもしれないんだから、面白いわけがないんだけど。「ごまかそうとすんなよ」あたしは言う。「まるであたしらが友だちみたいに。友だちなんかじゃないんだから」

車を降りると日差しが金釘みたいに頭を刺し、開いたドアが土に黒々と鋭い影を落としている。右手の指関節がうずいて車のケツを殴りたくなるけれど、後輪を蹴飛ばすだけで我慢する。ナオからは見えないうしろに回って、おしっこを済ませよう。でなけりゃ道路を離れてするしかないけど、わざわざ行かなくたって藪がカサコソいうのが聞こえてくる。何が脚を這い上がってくるかわかったもんじゃない。ガス欠で立ち往生中の可哀そうな誰かから、二年ぶりくらいに血を吸おうとしている何かが潜んでいるかもしれないんだから。

熱い尿が砂利にほとばしり、足とサンダルにもひっかかる。

用が済んだところで、前方にある標識に砂利を鳴らしながら近づいてみる。目を細めて見ると、白くまぶしい板の上で揺れていた文字がようやく止まる。小さくひょろっとしたトカゲが、あたしに向かって目をむいている。

ユートの前方に近づくと、死んだ虫が点々とこびりついていて汚れがひどい。フロントガラスにもラジエーターグリルにも、一面についている。ダリルがこれを見たらキレるだろう。車の中に戻ると、自分のサンダルからおしっこの匂いがする。ナオも鼻にシワを寄せているから、たぶん気づかれている。「五キロってどれくらい？」あたしは言う。「歩いてってことだけど」

ナオがあたしを見つめる。涙はもうぬぐってあるけれど、顔は赤くなり汗で汚れている。

「五キロがどれくらいの距離か知らないの？」あたしは、ナオがまばたきをするまでじっと目を動かさない。「ごめん。でもどうして？」

「それが空港までの距離だから」

「空港にになら電話くらいあるし」あたしは言う。「ちょっと歩いていってきてよ。あたしは車で待ってるから」

「どうしてあなたが残るの？」ナオは落ちかかった髪を帽子に押し込んでから、すぐにずり落ちてくるサングラスを持ち上げる。「わたしには靴もないのよ」

「サンダルを貸したげる」

「ツーサイズくらい小さいじゃない」

「だったら、もっといい考えでもあんの？」

「ええ、あるわ。車の中で待つの。ふたり一緒にね。そのほうが安全でしょ。それで、誰かが来たら止まってもらう」

あたしは腕を組む。「本気で言ってる？　そいつにはなんて言うつもり？　それに、〈ウルフクリーク〉に出てくるみたいな変質者につかまるかもしれないんだよ。金《きん》を盗《と》られたらどうすんの？」

「世の中の誰もが性犯罪者かシリアルキラーってわけじゃないのよ、チャーリー。助けを求めるだけ――予備のガソリンを積んでる人にね。なんだったら金《きん》は隠しておけばいい。言っとくけど、一日の一番暑い時間帯に五キロも歩くつもりはないから。外は四十度を超えてるのよ」

「外？　車の中はそうじゃないって？　このままじゃ死んじゃうよ。水だってなくなる。自分のおしっこを飲むしかなくなるんだ」

「そんなことにはならない」

「なんでわかるんだよ？　知りもしないくせに。だいたい誰のせいで――」

「もう一度それを言ったら大きな声で叫ぶわよ」

「好きにすれば。まあ、そんなもん聞きたくはないけど」

熱い風に吹かれて四十分待ったけど車は一台も来ないし、窓から入ってくる空気は、土をバーベキューで焼いたみたいな匂いがする。あたしはポケットに手を突っ込んで、一ドル硬貨をコツコツとインゴットに当て続ける。首と太ももに日差しが当たらないよう上半身をねじっているけれど、何をどうしたって燃えるように暑い。ナオの気取ったシルクのトップスも汗で湿っている。三つ編みはほどけかけて、ほつれた髪が顔に貼りついている。「歩いてればもう着いてたのに。あたしが自分で行けばよかった。そしたらいまごろは空港にいて、助けを呼んで、ジーンにだって電話できた」

胃がむかむかする。渇きのせいなのか暑さのせいなのか、それともその両方か。「次に来る車がパトカーだったら？　それでも止まってもらう？」

「役に立つことが言えないんだったら、お願いだから黙ってて」

「なんであんたを信用しなくちゃなんないんだよ」あたしは言う。「人を殺したやつなのに」

ナオの口から音が漏れる。うっかり出てしまい、止められなかったみたいに。ナオはまたずり落ちたサングラスを持ち上げてから、どさりとシートに体を沈める。

「否定しないんだ？」

ナオは体をひねると、開いた窓に両腕を置いてそこに頭をのせる。

「日に焼けちゃうよ」

しばらくして、あたしはナオの肩が震えていることに気づく。だけど泣き声は聞こえない。あーあ。ナオがやばいことをやらかしたのはわかってたんだ。

飛行機のような影がユートに落ちる。あたしはぶるりと体を震わせ、空に向かって目を細める。鳥だ。ものすごくでかい。

ナオもやっぱり鳥を見ているみたいで、頭と帽子のつばがそっちに傾いている。ナオは黙り込んだままだ。静かすぎる世界には、静寂の音が存在する。おかげで耳がおかしくなってくる。こんな音があるなんて、いまのいままで知らなかった。

ナオのやらかしのせいで、あたしたちはどれくらい追い詰められているんだろう？　どこの誰を殺した？　ナオは警察に追われてるんだろうか？

「悪かったよ」あたしは言う。「でも、そうだとは思ってたんだ」

「どうだっていい」

「何があったの？」

ナオは振り向くと、サングラスをはずして目をぬぐい、かけ直す。「わたしは自分の人生を、取り返しがつかないくらいめちゃくちゃにしちゃったの。あなたは知らないほうがいい」ナオはそう言いながら、また手の傷を押し、絆創膏《ばんそうこう》をいじっている。あの癖をどうにかしないと。

「じゃあ、あたしらはおあいこだね」あたしは言う。「死んだボケナスがひとりずつだ」

ナオが顔をしかめる。「どうしてボケナスだってわかるのよ？」

「心配すんなって。あたしにはわかるんだから」

ナオは絶対にハンニバル・レクターってタイプじゃない。ついでに、あたしとも違う。あたしにはずっとわかってた。自分はいつか、きっと悪いことをするんだって。なにしろ父さんにそっくりなんだから。まあ、こんなに早く起きるとは思ってなかったけど。

これからどうしよう。計画を変更したほうがいいかもしれない。そう思っていたところで、ナオが甲高い声を上げながらドアを勢いよく開ける。道路に降り、両手を振りまわしている。あたしにも近づいてくる車が見える。それからナオが、レンガの壁にでもぶち当たったみたいにぴたりと動きを止め、一歩二歩とあとずさる。

ユートのうしろにとまったのは、青と白のランドクルーザー。パトカーだ。

ちくしょう。あたしはサイドミラーで警官を観察する。帽子と制服、それにミラーレンズのアビエイターサングラスは同じだけれど、昨日の警官ではない。

警官は車を降りると、かがみ込んでユートの後部を調べている。まだ声はかけてこない。パトカーの無線から、パチパチいう音が聞こえてくる。

ナオが運転席の前に戻ってくる。顔が少し青ざめているようだ。

「自動車登録番号を調べてるのかな?」あたしは声をかける。

ナオは、熱い道路の上で足を片方ずつ持ち上げながらうなずいてみせる。あたしは、挿《さ》し込まれたまま意味もなく垂れているキーに目をとめる。

「別の車を待とうよ。家族連れとかさ」あたしは言う。「あいつには大丈夫だって伝えて」

「だけど大丈夫じゃないし」

警官はパトカーの窓から車に身を乗り入れて、誰かと話をしているようだ。パトカーには誰も乗っていないから、無線を使っているんだろう。違う。携帯だ。

あたしは身をかがめ、シートの下にバッグを押し込もうとする。だめだ、入りきらない。暑さで頭がくらくらする。「これ、どうしよう？」ナオに向かって声を荒らげる。

「普通にしてて。きっと助けてくれる。落ち着くのよ」ナオは背筋を伸ばして笑みを顔に貼りつけたまま、両手をスカートの横にこすりつけている。全然落ち着いてない。手に汗をかいてるし、息づかいだっておかしい。

あたしは地図を広げてバッグを隠す。「誰と話してんのかな？ もしあいつが――」

「しーーっ！」

「やあ」警官は砂利を踏んでナオに近づきながら、かさぶたのできた裸足と、手の絆創膏に目をとめて顔をしかめる。肩のほっそりした背の高い男だ。顎には大きなくぼみがある。警官がかがみ込んで、頭を傾けながらあたしのほうをのぞき込んでくる。サングラスで目は見えない。

「どこかへ行く途中かい？ 若い女の子が、ふたりきりで来るようなところ《ノー・カントリー》ではないんだが。なにしろ僻地《へきち》だ。困っているようじゃないか」

あたしは両足を、バッグにかぶせた地図の上に置いている。鼓動が激しすぎて死にそうだ。

「別に」

ナオは息を吐いて、あたしをちらりと見る。「ガソリンが切れてしまって。半タンクぶんくらいのお金ならあります。少しゆずってもらえないでしょうか？」

やめとけってのに。

警官はまたかがみ込んで、ユートの前とうしろを調べている。小首を傾《かし》げたところが、なんだかトカゲみたいだ。指をくるくる回しながらあたしを指差す。「車から降りてもらえるかい」

「え？　なんで？」あたしは地図とバッグに目を落としてから、また視線を上げる。

「何か問題でも？」警官が言う。

「まあね。彼女がさっきそう言ったはずだけど」

「チャーリー」ナオが言う。

警官は上半身を起こしてフロントガラスをチェックしてから、また身をかがめている。腰のベルトからはいろいろなものがぶら下がっている。横っちょにはホルスターにさした黒い銃。唐辛子スプレーやテーザー銃なんかもありそうだ。父さんを逮捕するときにも、警察は唐辛子スプレーを使ってた。あんなものを使う必要はなかったのに。父さんはもう、おとなしくなっていたんだから。

「Ｐプレートは？」警官が言う。

「運転してるのは彼女。Ｐプレートはもう終わったんだって」警官は、ガソリンを頼んだナオの言葉にはこたえていない。それに、あたしに話しかけてくるのはなんで？　ナオが目の前にいるってのに。

警官は、道路の上で足をもじもじさせているナオを見てから、またあたしに目を戻す。どちらの車線にも車が来る気配はない。鳥の鳴き声さえもう聞こえない。いったいなんの真似だ？　「車から降りろ」警官がホルスターの銃に片手をかけたままにする。「両手は見えるところに出しておけ」警官が言う。

何がなんだかわからないけど、何かがおかしいのは確かだ。警官は、あたしたちをユートのうしろに追い立てて車体に両手をつかせようとする。けれど車体はものすごく熱い。「あちっ！　火傷《やけど》しちゃうよ」シャツに両手を押し当てたとたん、胸の中で心臓が跳ねているのがわかる。ナオはおとなしく車体に両手を当てている。火傷してもいいらしい。「何してんの？　やめなよ」

「車のほうを向け」警官が言う。「腕は両脇に垂らしたままにするんだ」熱い道路からのゴムのような匂いと、警官の汗が鼻をつく。

刑事ドラマの〈ザ・ワイヤー〉でよくやるみたいに、警官があたしたちの体をぽんぽんと叩いていく。まるであたしたちが麻薬のディーラーで、ズボンのどこかに銃かナイフでも隠し持っているみたいに。警官は荷台をチェックしてから、ドアを全部開いて車内を調べはじめる。なんなんだこれ？　あたしはナオの視線をとらえようとするけれど、ナオはまっすぐ前を見つめたままだ。何ビビってんだと腹が立ってたまらない。最後に警官は助手席にかがみ込むと、バッグを隠していた地図を持ち上げシートに置く。バッグをつかみ、車の屋根に置いてファスナーを開いている。

「何してんの？　それ、あんたのじゃないよ」頭がふわふわして気を失いそうだ。

警官は石でも掘り返すみたいにバッグの中をかき回してから、口元をゆがめ、ファスナーを閉め直す。それから小脇にバッグを抱え、ユートのうしろにとめたパトカーへと戻っていく。

冗談じゃない。持ってく気？　ありえない。

「それはあんたのじゃないだろ、おまわりさん。ガソリンはどうなったんだよ？」

「その場を動くな」

「あんなのあり？」あたしはナオに言う。ナオは警官に言われるがまま体の横に両手を垂らし、ユートの車体を見つめたまま身動きもしない。あたしはこぶしを固め、警官のほうへ一歩踏み出す。「ねえおまわりさん、それあたしらのだよ。だから――」

「動くな！」

警官がパトカーのほうへ半分くらい戻ったところで、あのヘビが目に入る。けれど、すぐには理解できなかった。丸めた体が陰になったバッグの下から垂れていて、バッグの持ち手に見えなくもない。だけど本物の持ち手は、二本とも警官がしっかり握っている。

ヘビが動きだし、ゆっくり、ゆっくりと体を伸ばしはじめる。ずっとユートの中にいたのか？　どうしてあんなところに？　あたしはあのバッグにずっと足を置いてた！　あたしがナオの腕にふれると、ナオは噛まれでもしたようにぎくりと跳び上がる。「ナオ？」ナオにはヘビが見えていない。

あたしはもう一歩、警官のほうに踏み出す。「そのバッグを置いて」

「動くなと言ったはずだ！」

「こっちだって本気なんだ！」

もう一歩前に出ると、警官が道路を背にしてくるりとあたしに向き直る。「これは警告だ」ホルスターの留め金をはずしながら言い放つ。あたしは銃から目を離すことができない。胸に熱がこもり、パニックになりかけている。だけど例のヘビは、警官の動きが気に入らなかったようだ。バッグの上方へするりと首をもたげている。

「ヘビだ！」あたしは叫ぶ。警官は自分の腕にからみついたヘビに、女の子のような悲鳴を上げる。

バッグを落とし、よろよろとアスファルトをあとずさりながら、腕をばたばた動かしている。ヘビはそれも気に入らなかったみたいだ。体を波打たせながら警官の腕をくるくると肩まで這い上がり、襲いかかろうとするみたいに鎌首を持ち上げている。あたしは駆け寄って、警官の落としたバッグを拾い上げる。警官は銃を抜いて、ヘビに向かって二度発砲する。当たったのかはよくわからない。

ヘビが警官の腕から、横ざまに道路に振り落とされる。警官はよろめいて、両腕を大きく振りまわしながら、うしろ向きに、左車線へと倒れていく。

一瞬の出来事だ。銃がくるくる空を飛び、ヘビが警官から離れて熱い道路をするすると這う。あたしも警官もヘビばかり見ていて、近づいてくるロードトレインには気づかない。

すさまじい警笛が響き渡り、ロードトレインが土と石とほこりを巻き上げながら迫ってくる。耳が弾《はじ》け、車体の下に吸い込まれそうになり、気づいたときには過ぎ去っている。

死のような静寂。

しばらくして、ナオが息を吸っては吐く音が聞こえてくる。道路の先からは、ロードトレインのけたたましい空気ブレーキの音。

あたしはバッグを手に呆然と立ち尽くし、警官の姿を探す。どこにもない。

「何がどうなったんだ？」あたしは口を開く。「あの警官は――？」

「見ないで」ナオが震える声で言いながら、両手をこちらに突き出している。「バッグを持って車に乗ってて」

「だけど――あの警官は――」

「ガソリンがないかパトカーを見てくる。いいから車に乗るのよ」

「でも――」

「言うとおりにしてチャーリー！　運転はできる？　運転席に乗って」

ナオは、ふらつきながらもパトカーに近づいていく。あたしは道路に転がった、艶消しの黒い銃に目を吸い寄せられる。ヘビはいない。銃を拾い、手の中で重さを計る。思ったよりも重い。あのヘビが戻ってくるかもしれない。一匹だけじゃなくて、もっと大きなやつが。あたしは銃をバッグに突っ込んでファスナーを閉める。

ユートを振り返ると、道路に残された何かが目に入る。

黒っぽいものが広がっている。それから警官の青い帽子と、ブーツが片方。青い制服の残骸。クロバエが一匹ぶんぶんうなっている。まるで――。

口の中で舌が浮かびそうになる。見ちゃいけない。ナオに言われたとおりにするんだ。できるだけアスファルトを歩かなくて済むように、バッグを持って助手席のドアから乗り込むと、運転席まで這いずる。キーは車に挿さったままだ。

ナオはガソリンをどうにかしている。ジェリー缶をひとつ。ガソリンの臭い。ナオはさらにいくつかの缶を後部座席に積んでから助手席に乗り込んでくる。「何を待ってるの?」ナオが言う。「さあ、出して」

三度目でようやくエンジンがかかり、ギアをドライブに入れる。

反対車線には、路肩にとまったロードトレインが見えてくる。運転手は道路に降り、怒ったように口を開けて、こちらに両手を振っている。

通り過ぎるときには、叫び声が聞こえる。

それでもあたしはアクセルを踏み続ける。まっすぐ走れ。ひるむな。あたしたちのせいじゃない。あのヘビが——。

あたしは道路を見つめる。ナオが運転するときよりもしっかりと。

バックミラーに目をやると、ロードトレインはもう見えない。パトカーも。あの警官はもう追ってこない。

ナオがあたしに顔を向ける。「ちゃんと運転できそう?」

「あのヘビ、おばさんのとこからついてきたのかな」

「ヘビってなんのこと?」

「今朝、車の下に入ってってたんだ。それから見えなかったのに。バッグの中にもぐり込んでたんだと思う」

「ヘビなんて記憶にないけど。それで、大丈夫?」

あたしは少し荒い呼吸をしながらハンドルを握り締める。「何が?」

「運転できそう?」

大丈夫なわけがない。この道路の一キロくらいうしろには、ミンチ状のロードキルになった警官が転がっているんだから。おまけにこの車はあいつのガソリンで走っていて、後部座席に置かれたバッグには、黄金と一緒にあいつの銃がおさまっている。

8　ジーナ

あなたとふたりきり《アローン・ウイズ・ユー》

ジーナがびくりと目を覚ましたときにも、車は相変わらずどこかの田舎町を走り続けている。穏やかで慈悲深い一瞬のあとに、昨晩の出来事が一気に脳裏に蘇《よみがえ》り、胸が恐怖で満たされる。こわいよ、チャーリー。チャーリー、ダリル、謎の少女、そしてあの黄金。

一晩中車に乗っていたからトイレに行きたくてたまらない。口の中では舌がねとついているし、喉の奥がむずむずするのは、おそらく煙草に飢えているせいだろう。早朝の日差しがスモークガラスから差し込んで、カーステレオから流れているのはサニーボーイズの〈アローン・ウィズ・ユー〉。なんだかほんとうに母さんが取り憑いているみたいだ。

あいつはどこに向かってると言ってた？　マウント・マグネットだ。町の標識は見逃してしまったから、ここがどこなのか確信はない。とにかくハイウェイは下りて、住宅の並ぶ幅の広い通りをゆっくり走っている。ときどきは家の前にユーカリの成木が見えるけれど、たいていは土ばかりだ。

男がスイッチを押してステレオを切る。日の光の中で見ると、左分けにした髪は濃いキャラメル色で、リーの髪色と似ていなくもない。汚い肌は子どものころのニキビが原因だろう。もちろん、そんなことを口にするつもりはないけれど。今朝の彼はサングラスをかけている。長方形のフレームはマットブラックだが、レンズは淡いグレーなので目が透けて見える。助手席には二リットルの水が一本。あとはスーツの上着と携帯電話があることしかわからない。昨晩はあれっきり、何も聞いてはこなかった。あのこたえで満足したのだろうか。この男がほんとうに警官なのか、その点だってまだ怪しい。

規則に従っていないのだとすれば、たとえ本物だとしても、まともな警官ではないはずだ。ブラジャーの中で携帯が鳴りはじめる。しまった、サイレントモードにするのを忘れていた。ジーナは慌てて携帯を取り出すと、できるだけ男から距離を取ろうとドアに体を押しつけながら電話に出る。非通知だ。「チャーリー？」

男はジーナのほうに手を伸ばすが、届かないのがわかると私道に乗り入れブレーキを踏む。

「生きてたんだね！」チャーリーが言う。「ったく、ジーン——」

「いまどこにいるの——」

男がまた腕を伸ばし、今度こそジーナから携帯を奪い取る。電話を切りながら、うなり、あえいでいる。なんだかちょっと苦しそうだ。男は携帯の電源を切ると、助手席に置いてあった上着のポケットにするりとしまう。「バカな真似を」

いやなやつ。でも、チャーリーはまだ生きてる。無事なんだ。男はウインカーを出して、携帯の画面をいじりながら車を通りに戻す。車は横道に入り、さらにそこから左に折れる。ダリルが育ったような町だ。どの家も、そばにある小屋のほうが大きい。車は縁石を舐めるようなスピードで、トタン屋根のついたコテージの前に差し掛かる。石綿セメント造りで、殺伐《さつばつ》とした前庭には花をつけたゴムの木が一本。男はブレーキを踏み、止まろうとするように家を見たが、どうやら考え直したようだ。チャーリーはここにいるの？　ジーナが背筋を伸ばすと、男も見られていることに気づいたのか、携帯をいじってから、また通りを走りはじめる。

ジーナはワンピースの裾《すそ》で太ももを覆い、髪を顔からかき上げてひとつに結ぶ。男がバックミラー越しに、独特の視線でジーナを見ている。まるで、こんな女は見るだけでもいや気がさすが、なんだったら身を汚《けが》して試してやってもいいとでも思っているような。ジーナは、男にこんな目で見られることには慣れていない。胸元を見せびらかすのはやめにして、ワンピースの上にジャケットをはおる。どちらにしろ車の中は、エアコンがきいていて寒い。

またグレート・ノーザン・ハイウェイに戻ると、スピードを上げながら北へと向かう。採鉱の町や、北西部の僻地への距離を示す標識がちらちらと目に飛び込んでくる。どうしてマウント・マグネットを離れたのか。これからどこに向かおうというのか。ジーナはこの土地の豊かさに思いをはせながら、学校で学んだゴールドラッシュについて思い出す。開けた大地で、こぶし大の金塊《きんかい》を当たり前のように見つけることができたという話を。

「チャーリーってのは誰だ？」男が口を開く。

「行き先と、その理由を教えてくれないかしら」ジーナが言う。「それから水が飲みたいし、トイレに行きたいからロードハウスに止まってほしい」この人にも、ガソリンを入れる必要があるはずでは？　まだ、逃げ出すチャンスはあるかもしれない。もう一度チャーリーは誰なのかと聞かれたけれど、ジーナはこたえない。とりあえず、いまは無理強いできないはずだ。

昨晩感じたガソリンの臭いは消えていて、記憶に自信がなくなってしまう。いまは別の臭いが鼻をつき、そのせいで胃のあたりがむかむかする。手当てに使う消毒薬と粘液と血の臭い。しかも時間がたつごとに強くなり、男のつけているコロンのセージの香りをかき消している。この人は、明らかにどこかがおかしい。そこでジーナは、男の首の右側が粘着包帯で手当てされていることに気づく。シャツの襟《えり》ぐりからはみ出した包帯が、運転席側の窓に反射している。医療用の白い包帯だけれど、茶色いシミが広がり、その真ん中が艶やかな赤い液体で濡れている。

「大変」ジーナが声を上げる。「ちょっと、血が出てる」

男は信じていないようだ。バックミラーの中でジーナの目をとらえたまま、視線を下げようともしない。赤いものが包帯からにじみ出し、シャツの白い襟へと広がっていく。「ほんとだってば！」ジーナは言う。運転の最中に気絶でもされたらたまったものではない。「怪我だかなんだか知らないけど、とにかく出血してる。お願いだから確認してみて」

男はちらりと目を落とし、肩にクモでも見つけたようにぴくりと頭を痙攣《けいれん》させる。男のうなり声とともに車体が大きく進路をそれたかと思うと、前輪が男を試すように揺れはじめる。男は車体を立て直しながら、グローブをはめた左手を首の右側に当てる。離すと指先が血で艶やかに濡れていて、男は静かに悪態をつく。「止まって」ジーナが言う。「傷を診《み》てもらわないと。この町にもお医者さんはいるんじゃない？」

けれど町は遠ざかっていく。男はなんとしても進み続けるつもりらしい。グローブボックスを探って救急セットを取り出している。そんなものでなんとかなるような怪我ではないのに。「よかったらやってあげましょうか？」ジーナは身を乗り出す。

「ありがとう。結構だ」

男が首にガーゼのパッドを当てると、血があっという間ににじんで、手にはめたグローブにまで広がっていく。このままではきっと事故を起こす。でも、そうなったらこの男から逃げられる。不安にざわめくジーナの心は、そのふたつの思いで分断される。「お願いだから。事故を起こしたいわけじゃないんでしょ。このままじゃ事故るわよ」

男は車を止め、知り合いの誰かに電話をかける。

何か頼み事をしているようだが、暗号でも使っているかのように会話の内容がつかめない。ジーナの視線が運転席と助手席の中間にあるダッシュボード上の、昨晩はついていたチャイルドロックのランプへと漂う。ああ、でもいまはついていない。きっとあの男が叩き壊したんだ。ドアをこじ開けて逃げようかとも思うけれど、ここがどこだかもわからないのに、ワンピースにサンダルという恰好でどこまで逃げられるだろう？　遠くまで行かないうちにつかまるだけだ。

男はブルンズウィックというその友人に、どこかの住所を携帯に送るよう頼んでから包帯を首に巻くと、ギロチン台を生きのびた人のようなありさまで運転に戻り、ハイウェイを走りはじめる。一時間ほどたったところで私道に入る。殺風景な場所だ。屋外郵便受けがぽつりと立ち、干からびたユーカリ・グロブルスの若木と、柱と横木《ポストアンドレール》だけの柵に挟まれた砂利敷きの私道がのびている。こんな乾いた土地にユーカリ・グロブルスは似合わない。私道の先の開けた場所には、ベランダのある広々とした家。こちらの木々は、水をきちんともらえているようだ。近づいてきた車に気づいて、犬たちがベランダのステップを転がるように下りてくる。男が向きを変えながら車をとめると、ワーキング・ケルピーの雑種二頭と小さなテリアがわんわん吠えながらまわりを駆けずって大変な騒ぎだ。ジーナは窓の開閉ボタンに手を伸ばす。窓がするすると開くのを見て、喉には心臓がせり上がる。きっと電動音に気づかれる。けれど男は首に手を当てたままだ。犬の声がうるさいおかげで聞こえていないらしい。

細くしまった体つきの、ウエスタンハットをかぶった老人がステップを下りてきて、愉快なゲームのように車のまわりを旋回していた犬たちを呼び戻す。警官のほうも犬に命令するような態度で、じっとしていろとジーナに言い残すなり車を降りてロックをかける。

結局は警告灯に気づいて振り返るかもしれない。だが男はよろめきながら老人と犬の待つベランダのステップに近づくと、老人と連れ立って家の中に消えていく。ジーナのそばの窓は全開のままだ。コーヒーと羊の糞《ふん》とユーカリの匂いが、温かな東風に乗り漂ってくる。

前の座席を調べてみたけれど、見つかったのは、男が置いていった水の二リットル入りペットボトルだけだ。それを手に取り、開いた窓から這いずりだし、車のうしろに身を隠す。あのふたりが、黒い窓のどれかから見ているかもしれない。車は、横に枝を伸ばしたイチジクの木の下にとまっている。真っ黒な塗料が、こびりついた虫の死骸とほこりで煌めいている。

ジーナは水をごくごく飲むと、脱走のチャンスに全身の神経をとがらせながら、背後の私道をじっと見つめる。車の中で思っていたよりも距離がありそうだ。道路に出れば通りかかった車をつかまえられるかもしれないけれど、うまくいかない可能性もある。自分の携帯を取り戻すか、新しいやつを手に入れなければ。なんとしても、チャーリーと連絡を取る必要があるのだから。

家の正面にはなんの動きもない。日陰に入った犬たちはやたら眠たげで、嵐みたいにあえいでいる。とても早朝とは思えない暑さだ。ジーナは車のうしろで排尿を済ませてからサンダルを脱ぐと、ペットボトルとジャケットを抱えたまま、忍び足で家の日陰側へ回り込む。柵に囲まれた放牧場があって、うなだれた馬が二頭、木の下でしっぽを振り、足踏みをしながらハエを追い払っている。犬たちはジーナの匂いを嗅いでいるが、吠え立てはしない。ジーナはもう、犬の縄張りに入り込んでいる。わたしは仲間よ——事実かはさておき、ジーナは犬たちにそう語りかける。自分でも驚くほど集中している。これからの展開にどれほど不安と恐怖を覚えようが関係ない。実際に起こってしまえば、どうせ考えていたようには反応できないのだから。

家の側面にはベランダに上がる別のステップがあって、窓とドアがひとつずつ見える。どちらも開いているが網戸がついている。廊下には閉じたドアがいくつかあって、その向こうからくぐもった声が聞こえる。漂ってくるコーヒーの香りが、現実とは思えないほど文化的に感じられて、煙草を吸いたい気持ちを痛いほどに刺激してくる。さらに家の側面を忍び足で進んだところで、ケルピーの一頭が立ちふさがり、顎を持ち上げる。「よしよし、いい子ね、何も侵入しようってんじゃないのよ。どちらかっていうとその反対」ジーナはなだめるように言うけれど、犬が鋭く見つめてくるので、あとずさりながらステップを上りはじめる。ケルピーがジーナと車のあいだの影に腰を落ち着けたとき、ジーナの目は、それまで気づいていなかったあるものをとらえる。家の廊下に椅子が一脚。その背には、チャコールグレーの上着が掛けられている。警官の上着だ。前側のポケットにジーナの携帯が入っている。

よし。落ち着きなさい。チャーリーとダリルは黄金を持ってハイウェイの先のどこかにいる。男がふたりを追っているのは、あれを取り戻すため。そうに決まっているし、チャーリーたちも引き渡すしかないはずだ。あの男は、ふたりを捕まえてどうするつもりなのか。おそらくは刑務所にぶち込むのだろう。もしもその邪魔をして、ついでにあの黄金を手に入れる方法があるとしたら?

廊下に面したドアのひとつが開いて、こぼれた光が椅子に掛けられた上着を照らしだす。ジーナが息を止めていると、老人が彼女には気づかないまま、木の床に足音を響かせながら別のドアへと向かっていく。

男の声が、老人に呼びかける。「何を探しているんだ?」

「局部麻酔薬だ」

「そんなものはいらない」男が言う。「動物用の薬などまっぴらだ」

「それなら、獣医ではない医者を見つければよかったな」

獣医に手当てを頼んでるの？　なるほど、かなり切羽詰まっているようだ。

獣医は廊下を戻って、また部屋の中に消える。万が一犬に嚙まれても、あの先生がなんとかしてくれるだろう。ジーナは抱えていたものをそろそろと下に置く。網戸を開けるのを犬が見ている。心臓の音が乾燥機ばりにやかましい。ジーナは家の中に一歩足を踏み入れつつ、犬が膝の裏に嚙みついてくるのではと身構えるけれど、犬が動くことはない。音を立てずに網戸を閉めてから、じりじりと前に進む。裸足についた砂のせいで床板がじゃりじゃりする。

家の中に入ったためか、半分開いた右手のドアからの声がさっきよりも大きく聞こえる。

「縫《ぬ》い直す必要がある。刺されたようだな」獣医の声だ。つらそうだとは思っていたけれど、まさか刺されていたとは。足音、戸棚が開く音、金属が金属にぶつかる音。「抗生物質は持っているのか？」獣医が言う。「鎮痛剤は？」

「町医者からもらったやつがある。動物用の薬も麻酔も不要だ。いいからやってくれ」

頑固な男。ジーナは男の上着に手を伸ばすと、すべすべした内ポケットから携帯を取り戻す。

「病院に行ったほうがいい」蛇口をひねってから締める音。「あの若い娘さんはどうしたんだ？」

「彼女なら大丈夫だ。あんたにはやましいところがあるんだろ？　でなけりゃ、ブルンノが俺をここに送り込むはずがない」

ブルンノ。ブルンズウィック——車から電話をかけていた相手だ。数秒のあとにジーナはそう気がつく。なるほど。この警官はやっぱり腐っている。だとしても、この緊張が消えるわけではない。ジーナは携帯をサイレントモードにすると、話し声のほうを向いて足を止める。携帯を取り戻しただけで大丈夫？　どこだかもわからない場所で、お金もないまま、悪党のそばにいるのよ。チャーリーの居場所もわからないし、警察に通報することもできない。

ジーナは静かに椅子へ戻り、上着のポケットを探りはじめる。急いで生地をまさぐっているうちに息づかいが荒くなってしまう。出てきたのは警察のバッジホルダーだ。あの男が昨晩そうしたように、手の中で開いてみる。青と銀の星にWA POLICE（西オーストラリア警察の略）の文字。本物に見えるけれど身分証はついていない。男の名前や階級を示すものは見当たらない。ジーナはバッジを戻してから、また別のポケットを探ってみる。前側のポケットには同じようなシルバーのペンが二本と、コーヒーショップのスタンプカード。カードには十個ある枠にスタンプが三つ押されていて、コーヒー豆のロゴが。小さな電球のような光がジーナの記憶をつついたけれど、はっきりとは思い出せない。ほかには何も見つからない。財布も現金も車のキーもついてない。ジーナはドアに近寄る。

話し声は続いている。「胸に痣《あざ》が浮いているな」獣医が言う。「おそらくは肋骨が折れている。いったい誰にやられたんだ？」声に恐怖がにじんでいる。「ブルンノのかかわっている悪党どもじゃないだろうな？」

「あんたには関係ない」

「胸のレントゲンは撮ったのか?」

「いや」

「痛みは?」

「ないと思うか?」男がうなる。

「息切れや、めまいはあるか?」

「どうしてだ? あったらどうなる?」

「血胸《けつきょう》や気胸《ききょう》のおそれがある」

「わかりやすい言葉で頼む」

「肺の損傷による内出血だ」獣医が言う。「肋骨の骨折はその原因になる。だとすれば病院に行って、胸腔《きょうくう》ドレナージをする必要がある」

表にいる犬が、前足に頭をのせたまま肉々しい息を吐いている。ジーナはするりと網戸を開ける。

「必要な処置を手早く済ませてくれれば、俺もさっさと出ていけるんだが」男が言う。

ジーナが外に出た瞬間、無法者のネッド・ケリーでも見つけたかのように犬が歯をむき、吠えながら飛びかかってくる。「こら、しーっ、ほら、いい子ね」勢いよくステップを下りたところで、スカートの裾に噛みつかれてしまう。裏切者。網戸が勢いよく開く。逃げ場などどこにもない。

戸口には男が立っている。怒りの表情で、シャツの前ははだけたままで。何度も死線を越えたような筋肉。そしてやはり、腕と胴が妙に長い。上半身は紫の痣でまだらになり、首の傷からは血がにじんで痛々しい。片手で銃を構え、もう片手からは警察仕様のホルスターを垂らしている。

銃を持っていたなんて。いや、当然だ。警官なのだから。きっと、ダッシュボードかどこかにしまっていたのだろう。

「その携帯を渡してもらおうか」男が言う。

新車の匂いがするエアコンのきいたランドクルーザーの中で、ジーナは自分に腹が立ってたまらない。脱出の機会を無駄にするなんて。もう二度とチャンスなど来ないかもしれない。しかも携帯を取り戻したのに、チャーリーに電話することも、あの子の居場所を突きとめることもしなかった。いまジーナの携帯はグローブボックスに入っている。男が、ジーナが電話をかけていないことを確かめてからしまったのだ。しかもそれだけでは足りなかったらしく、ハイウェイを一キロ弱走ると人気《ひとけ》のないピクニック場で車をとめる。並んだゴムの木が干上がった小川に影を落としている。男は、助手席の足元に置かれたバックパックから警棒をするりと取り出す。

ジーナは動揺に胸をざわめかせながらピクニックテーブルや木立《こだち》の下に目をやるけれど、人の気配はどこにもない。男はジーナには目もくれず金属製の黒い棒を組み立てはじめ、持ち手の三倍の長さになると手の中で重さを確かめる。グローブに包まれた指をほぐすあの手つき。

「この武器に威力を与えるのは、接触時の力よりも目的物に到達するまでのスピードだ。スカッシュの要領と同じで、手首の動きが重要となる」男はまぶたをピクピクさせているが、ジーナのほうは見ていない。「スキルは必要だが、利点は相当の痛みとダメージを相手に与えながら、目に見える傷を残さずに済むところだ。おまえに関するかぎり、そんな気遣いも無用なんだが。なにしろおまえは処分可能だ」

ジーナの中で内なる自分が縮こまる。エアコンのきいた車内はやけに寒い。この男には妙に抑制のきいたところがある。ダリルとは大違いだし、さっきの言葉も本気なのだ。男は警棒を軽く動かしてから分解し、銃と一緒にしまってファスナーを閉める。その作業さえどこかつらそうだ。軽く歯を食いしばり、呼吸も荒い。縫い合わせたばかりの傷口には清潔な白い包帯。あの獣医は、肋骨が折れていると言っていた。内出血と感染症の危険もあると。そうなればいい。いまの自分にはそれくらいしか慰めがない。

ジーナは上着のポケットに入っていたスタンプカードを思い出し、この男がコーヒーを買う列に並ぶごく自然な姿を想像してみるがうまくいかない。どうしてわたしはこうも運が悪いんだろうと一瞬泣きそうになるけれど、表情を硬くしてジャケットをまっすぐに直す。この男に恐怖なんか見せてたまるか。自分のためにも、チャーリーのためにもがんばらなくては。白熱の空を背にほっそりと並ぶ電柱が、低木の上に影を落としながら行進するように次々と遠ざかる。時と距離を刻み、その一本ごとに車は目的地へ、そこへ到着したときに起こる何かへと近づいていく。

マウント・クレアモントに二階建ての家があり、その書斎の床下に八十万ドルに相当する黄金の入った金庫が隠されていることをダリルに教えたのは、彼のポーカー仲間だ。てっきりでたらめだと思っていた。ダリルが別の〝信頼できる筋〟から同じ情報を仕入れてくるまでは。〝信頼できる〟といっても、しょせんダリルの人間関係なのだから、あくまでも相対的な話でしかない。ジーナはそれまで、ダリルのすることなど知りたくないと言い続けてきた。だが今回の件は、いつもの怪しげな品々の売買とは話が違う。それでどうしても気になったのだ。

だからダリルと一緒に、何度かその家を偵察にも行った。通りの向かいに車をとめ、大きな四角いブロック壁と鉄の門、クリーム色に塗られた外観、バルコニーのある二階の窓を眺めながら、いつ、どうやって成功させるかを空想した。

けれど実現するはずではなかった。ほんとうにやるはずじゃなかったのに。

いまとなっては、ダリルがポーカー仲間にハメられたのは確実だ。なんらかの失敗か、踏み倒されている借金の腹いせに、ダリルを陥《おとしい》れようとしたのだろう。あまりにも簡単すぎるというジーナの勘は正しかったのだ。裏口の鍵は開いていたし、金庫は情報通りの場所にあって、捕まることもなく盗むことができた。それにしても、昨日男にたずねられた女の子というのは誰なんだろう? これにはもっと深い話があるはずだ。

男は、相変わらず携帯の画面に気を取られている。昨晩からそうだから、裏で糸を引く誰かから情報をもらっているのだろう。行き先もわかったうえで運転しているようだ。ジーナの頭の中では、カウントダウンを告げる非常ベルのような音が一秒ごとに大きくなっていく。ここは何か、違った攻め方が必要だ。

ジーナは息を吸うと、指先で眉毛を撫《な》でつけてから下唇を舐める。「順調に来てる?」まるで、ピナクルズへの日帰り旅行でもしているみたいに言う。

男がうなる。〝地元警察スピード違反取締中〟という看板が現れ、消えていく。残念ながら、いまは取り締まっていないようだ。どのみちこの男は警官なのだから、交通違反をしたところで捕まったりはしないのだろう。刺されたり殴られたりしたことを知られたくなくて病院に行けないときに頼れる獣医や医者など、必要な人間もいちいち押さえているようだ。電話の相手はどんなやつなのかと想像してしまう。もっと始末が悪い男かもしれない。充分にありえる。

「えっと、車に一緒に乗ってる女の子のことを聞いてたでしょ?」ジーナが言う。

バックミラーの中で、男の目が鋭くなる。

「つまりその子は——あなたの探し物が積まれた車に乗ってるのかしら?」

男の目元の筋肉がひきつる。「なぜそう思う?」

「前にも言ったけど、その子のことは知らないの。だけどその子が例のものを持ってる誰かと一緒だっていうんなら、わたしはその誰かのほうを知ってるかもしれない」

男が携帯にちらりと目をやってから、ジーナに目を戻し、「だったらいますぐに吐け」と、うなるように言う。

「知ってる男なの」

「男か」

「ダリル」

「ダリルだと?」男の顔の筋肉がまたひきつる。

「そう。その、わたしの——元恋人」

「なるほど。チャーリーではないと?」

非常ベルが大きくなる。「彼女はなんの関係もない。なんにも知らないんだから。あの子のことはほっといて」

「ほう、チャーリーってのは女なのか」男の目つきが鋭くなり、ジーナは車の速度が上がるのを感じる。

ジーナは何かを失ったか、大事なチャンスをだめにしたか、あるいはその両方だ。


男たちは暴力を、乱暴であることを魅力的だと思っている。だがそれは間違いだ。でなければ、ジーナがダリルの元から、彼の友人であるリーの腕の中に移るわけがない。ジーナは教訓をしっかり学んだということだ。

車は快調に走り続けている。エアコンから噴き出す風と、ステレオから流れてくる静かなクラシック音楽の底に、やわらかなエンジンの音が響いている。とても文化的。そんな状況ではないのに。ジーナは、十八歳のときに買ったサンゴのネックレスに二本の指をかけている。ちょうど母親が亡くなる前の月で、両親の仲も珍しく落ち着いていた。ジーナが寝たふりをしているところへ、男の声が聞こえてくる。「グレート・ノーザン・ハイウェイに、人をひとりやってもらいたい」

　ジーナはまぶたをパチパチさせながら持ち上げて、白い光がふたりのあいだに広がるのを感じ、また目を閉じる。男は電話中だ。ハンズフリーではない。またしても交通違反。

「ピルバラの南東だ」男が言う。「近くにパトカーで巡回しているやつはいないか、ブルンノ？」またこの名前。「俺から電話がいくと伝えておいてくれ」

　空っぽな静寂。車のうなり。ジーナは口を開いたまま目を閉じ続け、男はもう一本電話をかける。

「いまグレート・ノーザンにいるんだな？　そう、メタリックグリーンのホールデン・ロデオ、ツインキャブエンジンだ」男が言う。「ナンバープレートは西オーストラリア《WA》のものをつけている」

　ダリルのユートだ。チャーリーも一緒に乗っているはず。緊張の糸が張る――ジーナの望みと、警官の望み。男は、自動車登録番号をすらすらと言ってのける。どうしてそんなことまで知っているのか。

「場所もわかっている。空港から五キロの地点で止まっているはずだ」

　どういうこと？　止まっているのはどうして？

「ああ、かもな」男が言う。「車の連中はそこにとめておけ。通常の取り締まりを装えばいい。俺も三十五分か四十分で合流する」

　ジーナはこれまでよりも大きく目をまたたき、男がハンズフリーで話していない理由に気づく。使っている携帯が、これまでずっと画面を見ていたものとは違うのだ。

つまり二台持っている。一台は使い捨て。

「盗品が積んである。個人的なブツだ。車の中を調べたりはするな」男が言う。「乗っている連中を警戒させたくない。捕まえたら電話をくれ。それだけで充分だ」

車の速度が落ちて、ウインカーがカチカチ鳴りはじめる。ジーナは、この道路の先のどこかで止まっているはずの、チャーリーとダリルと謎の少女を思う。彼女の心は揺れ動いている。警官にあの黄金を渡し、すべてを清算してチャーリーを無事に取り戻すか――でなかったらどうなる？　きっと、とんでもないことになるだろう。

ダリルの暴力性はジーナにもよくわかっている。暴力自慢のろくでなしだからこそ、この一日半、チャーリーの身が心配でたまらなかった。それでもチャーリーがこの警官を相手にするくらいなら、ダリルと喧嘩をしてくれたほうがはるかにましだ。この男は武器を持っているし、恐ろしく危険だ。しかもまともな警官ではない。使い捨ての携帯を持ち、腐った仲間までいる。

この男をチャーリーに近づかせたくない。

路肩の砂利をきしませながら車が止まる。男がカチリとシートベルトを外すと、誰かがスイッチでも押したみたいにジーナは吐き気に襲われる。男が後部座席のドアを開け、ジーナは体を小さくする。「状況を変える頃合いだ、ジーナ・ケリー」

「いやよ」ジーナは言う。「そんなところには入りたくないし、その必要もない」

ふたりはハイウェイの路肩に立ち、車の荷台が開いている。男は燃料の入ったジェリー缶をいくつかと、水のペットボトルを何本か取り出すと、後輪のそばに積み直す。シャツの上から肩掛けのホルスターをつけていて、わきの下には大きな汗ジミができている。荷台に乗るなんて、絶対にいやだ。

「おかしな真似はしない。どうせもうなんにも思いつかないし」ジーナは言う。「ちゃんとおとなしくしてるから」

外に出ると、左右の空っぽな世界にめまいがする。知っているだけで現実には触れたことのなかった景色が、まるで地図のように、ジーナのまわりに開かれている。ふと、大好きな映画の中で、二番目に好きな台詞を思い出した。どこでもない場所には来ちゃいないけど《We're not in the middle of nowhere, but》、ここからはそれが見えるわ《we can see it from here》（〈テルマ＆ルイーズ〉より）。あれはマルガだ。灌木《かんぼく》で、そのあいだを埋めているのは乾いた大地。遠くのほうでは陽炎《かげろう》が揺らめいている。かたわらにいる男はこの景色に、重力めいた何かを感じてはいないんだろうか？　地平線まで真っ平らなまま続く、この広大な大地に。

ふたりのそばには、巨大なトラックのタイヤの残骸がある。裂け、いくつにもちぎれて、アスファルトの端に飛び散っている。その向こうには一本の木。重たげに梢《こずえ》を垂らした影が大地に輪郭《りんかく》を描いている。ジーナは歯に土の味を感じる。

熱い東風が、マフラーからの熱い排気ガスと混じり合う。どこかで一羽の鳥が鳴いていて、その細い声が太陽に向けて伸び、ジーナの肌は焼けるように熱い。まだ午後の早い時間のはずで、一日の中でも一番の暑さがふたりの首のうしろを焦がしている。男は調光サングラスに加えて、いまは帽子《キャップ》をかぶっている。日差しのせいで、サングラスのレンズがより黒く見える。顎にはほぼ一日分の髭《ひげ》がのび、キャラメル色にところどころ灰色のものが混じっている。

「言われたとおりにしろ」男が言う。

荷台は広いし、見た目よりは涼しいかもしれない。だけどチャーリーが近くにいるはずだし、荷台に押し込まれた女がろくな目にあわないことくらい誰でも知っている。

男が銃をホルスターからするりと抜く。

撃つつもりなら、わざわざこんなところまで連れてはこないはず。だが考えが足りなかった。甘かった。相手が警棒ではなく銃を抜いたものだから、かえって油断したのだ。ジーナは合図を見逃した——男が本気で怒りをぶつけてくる前の、電気を帯びた静寂を。「ねえ」ジーナが口を開く。「約束するから——」

男がジーナの顔を銃で横ざまに殴りつける。一瞬何が起こったのかわからないまま、燃えるような痛みを感じて頬に手を当てると、男がジーナの二の腕をつかんで荷台へ持ち上げる。ジーナのすねが火のような車体に擦れるのも構わず、最後に両手を押し込んでから、叩きつけるように荷台のドアを閉めてしまう。

両脚が焼け、口の中には血がにじんでいる。顔の骨は折れているに違いない。

漆黒の闇。エンジンと道路の振動が、痛む頬に伝わってくる。後部のドアが大きく上に開くタイプの荷台だが、上部に蓋のようなものが張られているので、ジーナは上半身を起こすことも後部の窓をのぞくこともできない。こんなところに閉じ込められる理由も、あの男がチャーリーとダリルを捕まえてどうするつもりなのかもわからない。黄金は渡すしかない。それだけははっきりしている。殴られる前にその意思を伝えて、約束しておくべきだった。

ジーナは丸めたデニムジャケットを枕にし、左頬を下にして横たわっている。右目の下が腫《は》れて肌がひきつれているし、頬の内側が切れ、口の中では血とほこりが混ざり合っているけれど、どうやら骨は折れていないようだ。右上の歯がぐらぐらするものだから、つい舌でつついてしまう。擦りむいたすねの傷が痛むし、頭の中ではサニーボーイズの旋律がループしている。それでもあきらめるつもりはない。チャーリーが無事なあいだは、絶対にあきらめたりしない。罪の意識が、臓器のようにぬるぬると体の内側を満たしていく。ダリルの虚栄心を焚《た》きつけて、強盗を決意させるのは簡単だった。軽く背中を押すだけでよかったのだ。ダリルには、自分の力を見せつけ、立派な犯罪に手を染めている仲間たちと肩を並べたいという欲求があったから。

こんなことになるとわかっていたら、そそのかすようなことは絶対しなかった。

後部座席とのあいだには隙間がなく、差し込んでくる光もない。カーペット状の敷物を指でいじり、折れた爪を引っかけながらほじくり返していると、敷物をつまみ上げられそうなへこみがあった。そこにまず爪を、それから指を突っ込んで引き上げてみる。硬い床にはハンドルがついていて、下にはスペースがあるらしい。ハンドルを引き上げるため後方に体を倒したとき、何かが背中にぶつかった。荷台の奥を斜めに支える棒状の金具のようだ。

ジーナの体勢では、下のスペースを完全に開くことはできない。それでもスペアタイヤの端とジャッキらしきものが確認できたし、そのほかにも何か――交差した、ひんやりとなめらかな金属の棒のようなものが見える。

ラグレンチだ。ジーナは全身を緊張にこわばらせながら、なんとか体を動かし、ラグレンチを固定されていた場所から引き上げる。これがなんであれ役には立つはずだ。頭を叩き割ることも、手から銃を叩き落とすこともできる。この不愉快な車から脱出するときにも、力になってくれるだろう。

自分にあの男の頭を叩き割ることができるだろうか？　わからない。ジーナがじっと横たわっていると、男が運転を続けながらまた電話でしゃべりはじめる。内容までは聞き取れないが、男は怒ったような声で短い会話を済ませて電話を切る。大きなトラックの音が通り過ぎていく。ほかの車とすれ違うのも久しぶりだ。ランドクルーザーは、キャトルグリッド（家畜の脱走や侵入を防ぐために地面に敷かれる格子）の上をがたがたと走っていく。そのまま三十分ほど走ったところで、ジーナは車の速度が落ち、砂利敷きの路肩にタイヤが乗るのを感じる。息づかいが荒くなる。車が止まり、車体が揺れたかと思うと、男がドアを乱暴に閉める音が聞こえてくる。

ラグレンチを強く握りすぎて両手が痛い。ジーナは待つ。だが男が荷台を開けにくる気配はない。耳をそばだてても何も聞こえない。きっとチャーリーたちが外にいるんだ。

ジーナはラグレンチを持ち上げると、手あたり次第にまわりの金属の部分を狙って叩きはじめる。大きな音を出すには、後部ドアの内側を叩くのが一番のようだ。ジーナは力のかぎりに叩き続ける。「チャーリー、ここよ！　わたしはここよ、チャーリー！　誰かいないの？　助けて！」

荷台のドアがいきなり開いて、男の怒った顔が現れる。銃を左手に持ち、低い位置で構えている。「ここよ！」ジーナは叫ぶ。

男はラグレンチをジーナの手からもぎ取ると、肩越しに道路へと放り投げる。ラグレンチが道路を滑って跳ね、白い光がそこに反射する。ジーナは声が嗄《か》れるまで、チャーリーの名を呼び続ける。

けれどチャーリーは現れず、ジーナの声は小さくなっていく。チャーリーはここにいた。いたはずだ。男は立ったままで待っている。「チャーリーはどこ？」心拍数が下がるのを感じながら、ジーナは言う。「あの子に何をしたの？」

「静かにしろ。叫んだところで誰もいない」男がゆがんだ肩で日差しを遮りながら、ジーナをにらみつけている。息をするたびに、うめき声に似た小さな音を漏らしながら。男の姿には、どの角度からでも痛みが見てとれる。

「出して」ジーナは言う。「お願いだから」

「生きていたほうが俺の役に立つとでも思っているのか？　笑わせるな。ここまで連れてきたのは、頭にぶち込んで始末するためだ」

ラグレンチは遠くのアスファルトの上で、死骸のように転がっている。耳を澄ましても、あの鳥の鳴き声をのぞけば何ひとつ聞こえない。ここで止まったのは、チャーリーがいるからだと思っていたのに。「水を飲ませて」ジーナが言う。「喉がカラカラなの」

男のまぶたが痙攣している。どうやら何か問題が起きているようだ。「いまはだめだ」男が荷台の蓋を閉めようとしたところで、また音が聞こえてくる。ガーガーとはぜる無線の音。男がまばたきをし、ジーナは叫ぶ。「助けて！　ここよ！」

男が乱暴に蓋を閉める。漆黒の闇。砂利の上を足音が遠ざかっていく。

あれは警察の無線だった。もう一台、別のパトカーがいるんだ。本物の警察の車が、ジーナには見えない前方のどこかにとまっている。裸足でドアを蹴ると、鈍い音がする。

男は運転席に戻ると、二分くらい走ったところでまた車を止める。車体が揺れるのを感じ、運転席のドアが音を立てて閉まる。それから、男の大きな声が聞こえてくる。「ここで何があったのか話してくれ。グリーンのホールデン・ロデオに乗っているふたりの少女を見なかったか？」

誰と話してるの？　本物の警官？　それともチャーリー？　叫ぼうにも、声が嗄れている。手の平で覆いの内側を叩いているときに、背後にあった棒状の金属が動く。車の部品ではなかったんだ。片腕を背後に動かしながら長さを確かめて、その正体を悟る。

ジーナは男がさっき口を滑らせて、ジーナに生きていてもらう必要があることを、そのほうが目的にかなうことを認めたのだと思っていた。だが背後にあるのはシャベルだ。しかも真新しくて、塵《ちり》ひとつついていない。浅い墓穴を掘る必要がある人にぴったりの道具。金属の面が、指先にひんやりと冷たい。

銃声が一発、二発と続いて、その音がジーナを殴りつける。
男は車に戻り、また運転をはじめる。

9　ナオ

バックパッカー

熱い風が窓から吹き込み続けていたけれど、トム・プライスにたどり着いたところで、ようやく暑さもやわらぎはじめる。太陽が空の低いところに落ち、底のどっしりした雲が、立ち並ぶ鉄の屋根の上に集まっている。ふたりとも道路ばかり見つめている。でも、チャーリーの目には入っただろうか。あのロードトレインが止まっていた場所から一キロくらいのところにロードハウスがあって、その名前が地図上に引かれている線を示していた。〝南回帰線〟だ。峡谷にスピニフェックスが生えている場所を抜け、雲が車を追いかけてくるのを見ながら、わたしは自分たちが、雨季の北部に向かっているのだという現実を思い出す。

チャーリーは速度制限の標識を見ても、スピードを落とすことなく走り続ける。明るい目を大きく見開いて、前歯の隙間に舌先を突っ込んだままで。わたしは彼女にちらりと目を向けて声をかける。「チャーリー」

チャーリーがぴくりとする。「何?」それからスピードをゆるめてあくびをする。今日一番のありきたりな仕草だ。

「このあたりにモーテルがあるはずだから」わたしは言う。「そこに泊まろう」

「了解」

ガソリンがまた減っている。パトカーから拝借したジェリー缶はあとふたつ。あんなことをするべきではなかったけれど、あそこにずっといるわけにもいかなかった。考えてはいけない。でも、そんなのは不可能だ。あの道路には、いま何が残っているんだろう？　静寂の中でうなるハエの音。通り過ぎたときに見えた、ロードトレインの運転手の顔。

犯罪リストに、新たな項目がまたひとつ――警官殺し。

車はゆっくり町を抜けていく。広い通り、スプリンクラーのある芝生、縁《ふち》が水に濡れた井戸。野生のコレラの群れが、悲鳴のような声を上げながら飛び立っていく。いかにも〝郊外〟の雰囲気だけれど、もう二度と、郊外に普通の日常を感じることはないだろう。

チャーリーは最初に目についたモーテルに近づくと、車をとめるため裏手にまわる。そのあいだにも、やけにまわりの視線を感じる。庭の芝生に水をやっていたおじいさんが、わたしたちの車が通り過ぎるのに合わせて左から右へと頭を動かしているし、自転車に乗った少年も、ふらつきながら速度をゆるめている。よそ者が珍しい土地なのだ。

受付には、ピンクがかった赤いネオンで〝空室〟の看板が出ている。「ここで待ってて」わたしは言う。「受付でクレジットカードを見せれば、支払いは明日の朝まで待ってもらえると思うから」

ヘッドライトの明かりで見るチャーリーはフクロネズミのようで、ハンドルから手を放そうともしない。でも、わたしたちは大丈夫なはずだ。ここには、わたしたちを知っている人などいない。ひと休みして、食事をして、眠って、計画を立てよう。ユートを売る場所を見つけて、チャーリーのための飛行機代を手に入れるんだ。

なまぬるい水のような大気を泳いで受付に向かう。熱気と静寂が小さな町を締めつけている。あの少年とおじいさんが見ていたものを目にした瞬間、わたしはほとんどすべてにおいて、自分を欺《あざむ》いていたことを思い知る。運転席のドアには、血しぶきがべったりと。

警官殺し。

受付の女は、蛍光ピンクのスラッシー（フローズン ドリンク）を飲んでいる。ちょっと寒いくらいにエアコンがきいていて、カウンターの隅のテレビで流れているのは〈CSI：科学捜査班〉の古いエピソードだ。頭上の壁にはヤモリが貼りつき、向こうが滑らせてきた用紙にわたしが記入を済ませるあいだも、彼女はずるずるとストローを吸い続けている。名前と住所。もちろん、ほんとうのやつじゃない。あの顎にぶつぶつあるニキビ、スラッシーの色にそっくりだ。つい見つめてしまい、向こうにも感づかれる。

記入した用紙を戻すと、受付はなんだか不満そうな顔だ。「自動車の登録番号」そう言いながら空欄をペンで強くつつくものだから、紙のその部分が破れてしまう。「ふたり以上いるなら、その人の名前もいるんだけど」

わたしは、登録番号を確認してくるとかもぐもぐ言いながら引き返す。

そういえば、あの警官は車のナンバーを書きとめて、電話の相手にそれを教えていた。どうしてあんなことを？　無線を使わなかった理由は？　車の中を探して黄金を持ち去ろうとしたけれど、あれはもとからあることを知っていたとしか思えない。電話で誰と話をしていたんだろう？

あのパトカーからは無線の音が、静寂の中でガーガー鳴っていた。だから無線が故障していたわけではない。チャーリーも聞いていたはずだ。

受付から外へ出るときに、ひとつの記憶がのしかかってくる。ウォーレンが抑制のきいた冷ややかな態度で、階段を上り、書斎へとわたしを連れてゆく姿だ。わたしは身震いをして、その記憶を振り払う。すべてがつながっているなんてありえない。わたしたちは運が悪かった。それだけだ。

車に戻ると、チャーリーがバッグを抱き締めたまま車体の側面を見つめている。かげりゆく光の中で鮮やかなメタリックグリーンの塗料が輝き、飛び散った血がほとんど黒に見える。

「こんなのがついてるなんて」チャーリーが言う。「気づかなかった――」その声はしゃがれていて、いまにも消えてしまいそうだ。

「見ないで。わたしがきれいにしておく。どこかに水道があるはずだから」

「つくとこは見なかったのに」

「あのロードトレインはものすごいスピードを出してたから、たぶん――」わたしは唾を呑み込む。「チャーリー、もう見るのはやめよう。わたしたちは大きなカンガルーを轢いただけ。そんなふうに見えるはずよ」

「嘘だ。見えっこない」

「いいえ、見えるわ。バッグを持って中に入ってて。十四号室よ。わたしは、駐車場の隅に車を動かしておくから」

受付には嘘の登録番号と、でっち上げたチャーリーの名前を伝えておく。どうせ、確認するとは思えない。

モーテルの部屋は、隅にある冷蔵庫と壁についた小さなテレビをのぞけば、何もかもが茶色一色だ。わたしは空《から》になった数本のペットボトルと、おばさんの缶をしまってある大学用のバッグを部屋に持ち込む。スイッチをつけてもエアコンには動きだす気配がなくて、天井についたファンが熱い空気をスープのようにかき回している。

チャーリーは、ドアから遠いほうのベッドにバッグを置き、そのそばで背中を丸めている。

「受付のオフィスに公衆電話は?」

「ドアの内側の右手にあった」

「ジーンに電話をかけにいっても、あんたがこのバッグとトンズラしないって保証はあるかな?」

あのバッグはとにかく重いから、漫画でキャラクターをぺたんこにする金床《かなとこ》でも入ってるのかと思うくらいだ。「そんなの持って、わたしがどこまで行けると思うの?」それにチャーリーはいまのところ、わたしがあの金《きん》に執着しているとは思っていないはずだ。

チャーリーは鼻を鳴らす。

「それから、お姉さんには——話さないでよ」

「何を?」

「何も」

チャーリーは部屋を出て、乱暴にドアを閉める。わたしは閉ざされたカーテンの隙間からチャーリーを見守る。明るい金髪、首にかけたヘッドホン、モーテルの屋根の上に垂れ込める大きな暗い灰色の雲。チャーリーは、角をまわって受付のほうに姿を消す。

ベッドそばのランプをつけてから、おばさんの帽子を脱ぎ、缶を取り出して、残ったお金を数えてみる。今朝のおばさんは物問いたげな目をしながらも、どことなくやわらかな表情だった。そして三度も、わたしは父さんに似ている、一族の顔立ちを受け継いでいると繰り返した。「それを大事になさい、ノミ」おばさんは、わたしたちには水が必要になるだろうと言っていた。たくさん必要になるし、虫よけも手に入れたほうがいいと。その言葉と、帽子とお金をくれたことには、何か意味があると思いたい。次におばさんの家を訪ねたときには、もっと喜んでもらえるかもしれない。もしも、そんな日が来ればの話だけれど。

自分のバッグに残っているのは、一ドル硬貨が三枚と、危険すぎて使えないクレジットカードが数枚。あとはテストの前に使ったノートが数冊と、ほとんど空《から》になったSPF15のファンデーションのチューブが一本。戻ってきたチャーリーはまた勢いよくドアを閉めると、どさりとベッドに横たわる。

「どうしたの?」わたしは言う。「早かったじゃない」

「また留守電」チャーリーはヘッドボードにもたれながら、ヘッドホンのコードの先をひょいと払う。

意味のないヘッドホンをずっとつけているなんて、どうも気になってしかたがない。「どういうことなのかな――」

「わかんないよ。呼び出し音ひとつしないなんてさ」

「なら、電池が切れてるのかも。あとは電波の届かないところにいるとか、ほかの電話に出てるとか。またあとでかけてみればいいでしょ。ほかに連絡の取れそうな人は――」

「いない」チャーリーの視線が、わたしのベッドに置かれた缶の上で止まる。「なんかまともなもんが食べたいな。あのパトカーから――お金を取ってきたりは?」

「してない」

「ちぇっ。お金がいるのに」

「お金ならユートを売れば手に入るでしょ。こんな小さな町なら大丈夫だとは思うけど、やっぱり急いだほうがいい。ぐずぐずしてると――」

「何?」

「あそこで起きたことについての情報が出ちゃう」おばさんからもらったお金の残りは、八十ドルと少し。わたしはそこから四十ドルを取って言う。「あいてる薬局を探して、カラーリング剤を買ってくる。わたしたち、できるだけ目立たないようにしないと。カードを試して使えなかったりすると目につくでしょ。カードは、番号を教えるだけにしようと思うんだ」

チャーリーは固く腕を組んで、こちらをにらみつけている。「あたしの考えなんか聞こうともしないくせに、いちいち〝わたしたち〟って言うのはやめてくんないかな。それから、髪の色を変える気はない」

「あの――ロードトレインの運転手が、わたしたちの外見を警察に伝えてるかもしれないのよ」わたしはおばさんの缶を閉めて、四十ドルを財布にしまう。チャーリーはそのあいだもずっとわたしを見つめている。「あなただってもう、空港に行けないことはわかってるんでしょ？　あんなことがあったからには――」

チャーリーは肩をすくめる。

「とにかく空港はだめ。警備も厳重だし、防犯カメラもたくさんある。家にはバスで帰るのがいいと思う」

チャーリーは手の甲と首のうしろをかいてから、ベッドのバッグに目をやる。「家には帰らない」

「でも、お姉さんが――」

「サーファーズ・パラダイスに行く。ゴールド・コーストだよ。どうせ、もう家だってないんだし。ナオのせいで何もかもめちゃくちゃだ。だけど、なんとかしなきゃ。お金さえ手に入れば、ジーンだって飛行機で来られる」

この新たな行動計画で状況はよくなるのか、それとも悪くなるのか。チャーリーには、黄金を持ち続けることも売ることもできないと、どこかの段階で理解してもらわなければ。絶対にだめだ。あの警官は黄金の存在を知っていた。ほかにはどれくらいの人間が知っているんだろう？　そしてあの金《きん》は、まっすぐウォーレンにつながっている。そう考えただけでも胃が痛くなってしまう。

「どうやってそれを実現するつもり？」

「まだわかんないってば。とにかくやるだけ。あたしはここで計画を練ってるから」けれど、チャーリーがバッグに向けているあの視線。さっき電話をかけにいったときをのぞけば、一瞬だって目を離そうとしない。

「わたしたちは警官を殺しちゃったんだよ、チャーリー」

「殺してない！　あれは、あたしらのせいじゃない！」

「うん、それはそうなんだけど」

「誰かのせいだとしたら、あんたのせいだ。あの間抜けな警官を呼び寄せたりして」

「呼び寄せたりしてない。あの人は警官だったんだよ。どっちにしたって止められてた」

チャーリーは、茶色のベッドカバーから出た糸を引っぱっている。「あのヘビは、ナオのおばさんの家にいたやつだ。車にもぐり込んでたんだ。あたしはあのバッグにずっと足を置いてたし、嚙まれたら死んでたかも」

「だったらあの警官のおかげでヘビを厄介払いできたんじゃない。チャーリーがおとなしくしたまま叫び出したりしなければ、たぶん――」

「ふざけんな！　だいたいなんでナオは、あいつの言うとおりにしたんだよ？　あいつは金《きん》を奪おうとしてた。だからあたしは空港まで歩いて、ガソリンは自分たちでなんとかしようって言ったのに。悪いやつだった。だけど、あれもだめこれもだめ――あんたはいつだってあたしより正しいんだから。そしたらあの警官は、とんでもない悪党だった」チャーリーが強く糸を引き、ベッドカバーの生地がテントみたいに持ち上がったので、わたしはやめるように声をかける。「だけど、なんであの警官は金《きん》があるのを知ってたんだ」チャーリーが言う。「電話の相手は誰だったんだろう」

チャーリーの引っぱっているのがベットカバーの糸ではなく、わたしの一部であるように、おなかの奥がうずくのを感じる。ファンの音がやけにうるさい。まわりの熱い空気が、頭の血液と一緒にすりつぶされているかのようだ。わたしは二日前のウォーレンの書斎に戻り、金庫があったはずの空間を見つめている。

「そんな話はしないほうがいいと思う」わたしは言う。「誰かに見られる前に、洗車してくる」

空《から》のペットボトルに水をくみ、カートにのせて運んでいく。空ではブーゲンビリアみたいなピンクの夕日が沈みかけている。あたりが一気に蒸してきたところをみると嵐でも来るんだろうか。洗車を済ませ、ジェリー缶の中身を燃料タンクに移したけれど、誰かに見られた気配はない。ほかの車は、駐車場に一台だけだ。

残った水をうなじにかけると、むかむかしていた気分が落ち着く。チャーリーに自分のことを話す必要があるとは思えない。走っている途中で、うっかりウォーレンのことを口にしたのも間違いだった。これからは気をつけなければ。振り返らずに前だけを見て、いまの計画に集中しよう。ユートを売って小さな車とお金を手に入れたら、黄金を処分し、チャーリーとは別れればいい。

ペットボトル二本に水をくみ、車内に積んでから車を移動させる。受付であいている薬局をたずねると、女は目抜き通りの先を指差してみせる。ヤモリはさっきのところに貼りついたままだけれど、テレビに映っているのは実録犯罪のドキュメンタリーに変わっている。わたしはカウンターを見つめたままで口を開く。「あの――この町のどこかに、車の売買をしているところはありますか？　つまり一台を売って、別の車を買いたいんですけど」

女はスラッシーを置くと、わたしの頭から足へ視線を滑らせ、血に濡れた絆創膏と、傷だらけの足のところで少し目をとめる。わたしは片足でもう片足を隠したい衝動を抑えながら、顔がほてるのを感じる。チャーリーの言うとおりだ。靴を手にいれなければ。サングラスはかけていたけれど、受付に戻ってくる前にシャワーを浴びておくんだった。この格好だってなんとかできればよかったのだけれど。

「ここには車のディーラーなんかないよ」受付が言う。「ヘッドランドまで行くか、インターネットで取引するかだね。その手のウェブサイトがあるから」

「ネットの使えるパソコンはありますか？」わたしは唾を呑み込む。「つまり、泊まり客用の」

「え？　携帯持ってないの？」受付がデスクから身を乗り出し、脳裏に焼きつけようとでもするかのように、わたしの服、顔、髪を見つめている。「どこから来たのか、もう一回聞いてもいい？」

わたしは一歩あとずさるが、逃げ出さないように自分を抑える。「南に向かう途中なんです」

女が目をすがめる。「カフェがあるよ。薬局の先に。開くのは明日の七時だけど、客が自由に使えるパソコンが一台ある」

わたしは転がるようにしてドアから出る。通路にこすれている足が、なんだか自分のものではないみたいだ。窓越しに女の視線を感じながら、角を曲がって通りに出る。

薬局から戻ってみると、鍵がかかっていて十四号室のドアが開かない。ノブをがたがた鳴らしてから通路に目を走らせる。両手を筒状にして窓をのぞき込むと、カーテンの隙間から、狭くて細い室内と二台のベッドが見え、天井ではファンがゆったり回っている。だけど、あのバッグがない。パニックが泡立つ。チャーリーはどこ？

背後では天気が変化し、誰かがいきなり扉を開けたかのような突風が、わたしの髪を窓に貼りつけている。ふと振り返ると、チャーリーが通りの角を曲がって現れた。片手からレジ袋をぶら下げている。

「どこに行ってたのよ？　それは何？」

チャーリーはわたしを押しのけて鍵を開けると、ひょいっと中に入る。

レジ袋からは温かな食べ物の匂い。「それ、どこで買ってきたの？　部屋にいるように言ったじゃない」

チャーリーが、わたしの持ち帰った薬局のレジ袋に目をとめる。「はぁ？　ナオだって出かけてたくせに」チャーリーはベッドの上にプラスチックの容器を出していく。それからエビ煎《せん》餅《べい》の袋と、紙ナプキンと、プラスチックのフォークも二本。「一軒しかやってなくてさ。特売になってた麺とチャーハンなんだ」チャーリーが、反対側の壁を指差しながら言う。「あのドア見た？　隣の部屋――十三号室とつながってんだよね。クソありがたいことに、隣には誰もいないみたい。こっち側から鍵をかけといた」

熱にのった香りが部屋に漂う。例のバッグはチャーリーのベッドの下だ。わたしは自分のベッドに腰を下ろし、おばさんの缶に目をとめる。もう底のほうに、一ドル硬貨と二ドル硬貨がひとつかみ分あるだけだ。わたしは文句を言おうと口を開きかけてまた閉じる。言い合ったところでどうにもならない。

「野菜はないの？」わたしは言う。

「は？」

「ヴィーガンなの」

「ちぇっ、そうだった。これなら、肉も入ってるけど野菜もあるよ」チャーリーがチャーハンとフォークを差し出す。「ナオにはダイエットコーラを買っといた。どっちがいいのかわかんなくてさ――」顔を赤くしながら渡してくれた缶は、冷たくてつるつるしている。チャーリーが自分に買ってきたのは、砂糖たっぷりの普通のコーラだ。

「それでいいよ、ありがとう」ほんとうに飲みたいのは、大きなグラスにたっぷり注いだシャルドネだったけれど、わたしはコーラをごくりと飲み、チャーハンの中からベビーコーンとブロッコリーをつまみ上げる。「中華のお店にはどれくらい人がいた？」

チャーリーが肩をすくめる。「二、三人かな。みんなオレンジ色の、採鉱場のユニフォームを着てた」

「何か聞かれたりはしなかった？」

「たとえば？」

「こんなところで何をしてるんだとか。どうやってここに来たのかとか」

チャーリーは、わたしと視線が合ったとたんに目をそむける。「なんにも」

わたしは容器を置いて窓に近づく。通りの向かいに立つ二軒の家の明かりと、一本の街灯をのぞけば外はもう暗い。ヤシの木の梢が大きく揺れている。「風が強くなってきたね」わたしは部屋のほうを振り返りながら言う。「インターネットを使えるカフェがあるんだって。明日の朝まで開かないみたいだけど――とにかく、このまま先に進んだほうがいいと思う。次の大きな町のポート・ヘッドランドまで」

チャーリーは鳥のような恰好で容器の上に覆いかぶさり、口を閉じきらず咀嚼《そしゃく》している。

「知るかよ。まだ着いたばかりだってのに」

「だってここはちょっと近すぎるから。その、例のことが起こった場所に――」チャーリーは、たっぷりの麺をぶら下げたフォーク越しにわたしをにらみつけている。「その話はしないんじゃなかったっけ」

「そうなんだけど、受付の人に――」

「何?」

「まじまじと見られちゃったから。よくわからないけど」

チャーリーが目をくりんと開いてみせる。「その恰好じゃしかたないって」

「それに、車を売りたいんならポート・ヘッドランドに行ったほうがいいって言われた。それなら例の場所からも離れられるし、あなただって北に向かうバスに乗れる。北部を抜けてクイーンズランドまで行けばいい。そのほうが飛行機よりも安全だし、安く上がる」チャーリーはがつがつ食べ続けている。わたしはカラーリング剤の箱、くし、傷あてパッドの箱をベッドに並べる。それからハサミを手にしたとたん、気分が悪くなってしまう。「髪を染めたら暗いうちに出発しよう。お姉さんには、また電話してみた?」

チャーリーの肩がひきつっている。「やっぱり呼び出し音が鳴らないままなんだ」

「何か理由があるはずよ」

「ないと困る」チャーリーがレジ袋を探っている。「忘れてた――これをもらってきたんだ。中華屋の外で男の人が吸っててさ」よれよれの煙草が二本と、金の龍の絵柄が入ったブックマッチ。チャーリーが、わたしの目を見てそれを差し出す。「ジーンが、ストレスでまいってるときに吸うんだよね」

喉が詰まって、泣きだしてしまいそうだ。わたしは立ち上がって煙草を受け取る。「えっと――ありがとう、チャーリー」

チャーリーは眉をひそめて、顔をそむける。「だけどやっぱり体にはよくない。箱にだってそう書いてあるし。やめたほうがいい」

「ヘビースモーカーってわけじゃないから。ありがとう、ほんとに」わたしは煙草とマッチを持ってドアに向かう。

「煙草をくれたやつに金《きん》の価値を聞いてみたんだ。そしたらなんて言ったと思う？　一グラムあたり、だいたい八十ドルだって。だとしたら、いくらになるよ？」

わたしはくるりと振り返る。「つまり――」

「そう、八十万ドル。インゴット一本につき八千ドルだ。数学はむちゃくちゃ苦手なんだけどさ」

人生を変えてしまう金額だ。そしてそれは、チャーリーの人生にかぎらない。こうなったら、ますますあの黄金を始末しなければ。

部屋の外に出ると、背中で風をよけるようにしながら、三本目のマッチでようやく煙草に火をつける。煙が肺に荒々しく広がり、きしりながら、あっという間に脳へと達する。煙が、風に暴れる髪と一緒になって目に刺さる。それでもチャーリーの読みは正しくて、だいぶ緊張がゆるんだようだ。

片足をうしろに折って壁にもたれかかる。授業に早めに来たエルタンが、法科の建物の外でみんなを待っているときにする恰好だ。元クラスメイト。元いたクラス。いまさら、いくら考えたってどうにもなりはしないのに。

道路のはす向かいに黒っぽい四駆《よんく》が一台とまっていて、長方形の黄色い車内灯がついている。と思ったら消えてしまった。煙草はまだ半分しか吸っていなかったけれど、ざらざらしたレンガの壁に当ててもみ消す。誰かが車から出てくるのを待つこともなく、わたしは部屋の中へと引き返す。


バスルームで髪をざくざく切り落としていると、ハサミの小ささに手が痛くなってくる。消えた髪の重みについては、できるだけ考えないようにしよう。ブリーチ剤を塗り終えると、切り落とした三つ編みと、拾い集めたひと握りの髪の毛を、薬局でもらってきたレジ袋に詰め込む。北へ向かう途中のどこかで捨てればいい。

シャワーを使って、思いつくかぎりのものを洗いまくる。シルクのトップスはもちろん、ブラジャーやショーツまで。洗ったスカートや下着は濡れたまま身につけるしかない。いくらこすっても爪はきれいにならないし、マニキュアの端も剝《は》がれかけている。手の傷をきれいにすると、買ってきた傷あてパッドをその上に貼る。顔には小さなかさぶたと痣ができているけれど、一番気になるのは目のまわりの青痣だ。あとは、壁にぶち当たったときにできた頬の腫れ。チューブに残ったファンデーションで、できるだけカバーする。あとは帽子とサングラスで隠れるだろう。どちらも、いまのわたしには頼みの綱だ。

バスルームのドアから顔を出してみると、チャーリーはベッドに横たわり、空《から》になったテイクアウトの容器に囲まれて眠り込んでいる。唇が動いているのは、何か夢でも見ているんだろうか。もうしばらくはこの髪についていやなことを言われずに済みそうだ。わたしの髪は黄土《おうど》色の、ふさふさした短いものに変わっている。この土地の太陽の色だと自分に言い聞かせてみるけれど、冗談じゃない。ひどい色。泣くか、わめくか、ののしるかしたくなる。せめてこれで、少しくらいは普通に戻ったような気分にさせてほしい。だけどもう、わたしの人生に〝普通〟なんてものはないのだろう。

部屋は熱い空気を詰めた箱のようなのに、表では風が吹きまくり、枝が壁を叩いている。洗ったトップスが肌の上で乾きはじめているのを感じながら、ベッドに上がってテレビをつけ、消音《ミュート》にすると、スカートのポケットから父さんとおばさんの写真を取り出す。部屋の茶色っぽい明かりの下だと色があせ、ふたりの背後に写っている岩や水は混じり合って見分けがつかない。それでも看板の――ソルトウォーター・ゴールド・コーポレーションという文字ははっきり読み取れる。キンバリーにあると、おばさんは言っていた。ブルームにならこの場所を知っている人がいて、行き方を教えてくれるかもしれない。

いまのわたしの中には、ただ逃げているだけではない自分がいる。どうやってウォーレンが黄金を手に入れ、金庫に隠すことになったのか、その真相を突きとめたい。金庫が盗まれたときの反応を見るかぎり、合法的に入手したものではないだろう。

こんなことを考えるなんてどうかしているのかもしれない。現地に足を運んで、話を聞いてまわろうなんて。いますべきことからはかけ離れている。だけど、人を動かすのは常に好奇心だ。知りたいと思うのが自然ではないか。この写真が何かの蓋を外してしまったようだ。写真を盗んだ気持ちを、おばさんが理解してくれるといいんだけれど。わたしを写真の場所に行かせたくなかったことはわかっている。

ほかにも何かある。わたしから、父さんの事故を覚えていないと聞いたときの、おばさんの口調。すべての裏に何かがある。この写真の背景のように、色あせて、ぼんやりとかすんでしまった何かが。おばさんはわたしたちが家にいるあいだ、母さんについてはいろいろ言っていたのに、ウォーレンにはひと言も触れなかった。おばさんは、ウォーレンを恐れている。だからこそ、わたしを家に入れたくなかったのだ。

視線を動かすと、チャーリーが子犬にでもじゃれるような恰好でバッグに片腕を回している。あれを持っていてはいけない理由を、どうにかして説明しなければ。チャーリーが黄金の価値を知ってしまったいま、あきらめさせるのはますます難しいだろう。

写真をポケットにしまい、ニュースを探してテレビのチャンネルを変える。

もう二日がたとうとしているのに、ウォーレンについてもダリルについても、パースで死んだという情報がまったく出てこない。何かがおかしい。おかしいとしか思えない。わたしのクレジットカードを止めたのが警察ではないとしたら、いったい誰？　誰かに肩甲骨の中心を見つめられているような、棒でつつかれているような感覚がある。

てっきり母さんが泣きついてくるだろうと思っていた。記者会見のような場から訴えかけてくるだろうと。「何も心配することはないのよ。あなたはただ、血のつながっていない（冷たくて抑圧的で警官でもある）父親を殺しただけ。お願いだから帰ってきてちょうだい」いまごろはきっと、母さんも家に戻っている。誰かがあの人を見つけたはず。

だけど、見つかっていないとしたら？

「なあに？」チャーリーが、起き上がりながら目をパチパチさせている。

「何も言ってないよ」心臓が勢いよく跳ね、気づくとまた傷口をつかんでいて、新しいパッドに血の線が浮かびはじめる。

「何してんの？」

「ニュースを見てるの」

チャーリーがプラスチックの容器をまき散らしながら、上半身を前に突き出す。「ふうん」

ニュースの内容が切り替わる。州政府が、警察の汚職調査に取り掛かったという報道だ。

「心配いらないわ」わたしはそう言いながら、散らかったチャーリーのまわりに目をやる。「特別なニュースは何もない。パースに関するニュースもない」テレビを消して、リモコンを置く。

「もう一回つけて」チャーリーは蒼白な顔で、テレビの画面を見つめている。わたしの髪についてはふれようともしない。

「え？」

「テレビをつけて！」

暗い部屋に画面の明かりが灯る。赤土を背景に、三台のトレーラーを連結させたロードトレインが映っている。画面下部に、文字ののった帯が現れるのを見たとたんに胃がよじれる。

〝速報〟。

「あれってまさか――」わたしは言う。

「うん、そうだ」

グレート・ノーザン・ハイウェイの辺境で死者二名。

二名？

わたしは吐き気を呑み込む。画面にはテロップが流れ続ける。悲劇的な事故か、二重殺人か。

西オーストラリア警察の巡査部長が複数の外傷により死亡。もうひとりの死者は貨物自動車の運転手。

「ボリュームを上げて」チャーリーが言う。

わたしはリモコンをいじる。

「――三連結のトレーラーを引いていた貨物自動車の運転手については、銃弾により死亡したとの確認が取れています。地元警察は、現在のところ、これ以上は憶測の域を出ないとし、死者の氏名も伏せたままです。しかし、これだけははっきりしています。これはふたつの死をもたらした残虐な事件であり、西オーストラリアのイースト・ピルバラ地区には、銃で武装した危険人物が野放しになっている可能性があるのです」

そこでニュースは終わり、次の話題に切り替わる。天気——サイクロンの情報だ。映像と言葉が部屋に押し寄せる。外では風が壁を叩き、木がまともにぶつかっているような音を立てる。

銃で武装した危険人物。

チャーリーはテレビの光の中で胸を波打たせながら、画面に据えていた目をバッグへと移す。

「誰かがあのロードトレインの運転手を撃ち殺したってこと?」チャーリーが言う。「何がどうなってんだ」


風がさらに強まり、雨は地面を叩きながら水しぶきを上げ、窓にぶつかってははじけている。わたしは薄い木のヘッドボードに頭を押しつけて、カーテンの隙間から外を見つめる。例の四駆は通りの向こう、街灯の光輪の外にとまったままだ。車体はダークグレイか黒。チャーリーがテレビを消したあとは、二組のヘッドライトがその側面を照らしている。

チャーリーがバスルームから出てくると、ピクシーカットになった髪が別の色に染まっている。彼女に渡したパッケージによれば〝ナチュラルダークブラウン〟。

「髪、切ってあげようか?」チャーリーが言う。

何キロも離れた水中から話しかけられたような気分で、わたしはくるりと顔を向ける。

「え?」

「その髪。よかったら直したげる」チャーリーが、タオルとハサミを手にベッドを回り込んでくる。「あたしたちじゃないよね。あのロードトレインの運転手。あたしらはやってない」チャーリーが妙にゆっくりした口調で言う。まるで、わたしの頭の調子を疑ってでもいるみたいに。

わたしはチャーリーを見つめてまばたきをする。タンクトップが濃い紅茶のような色に変わっている。それを言うなら、わたしが着ているシルクのトップスもそうだ。着たまま乾かすのは今晩で二回目。ロードトレインの運転手のニュースを見たあと、カラーリング剤で服を染め、わたしのトップスの袖《そで》を切り落とし、スカートを短くしようというアイデアを出したのはチャーリーだ。

「誰かの仕業よ」わたしは言う。「わたしたちのうしろを走っていた誰かの」

「あたしらは、その誰かに見られたと思う？」

「わからない」わたしはまた窓に目をやり、黒っぽい輪郭を確認する。単に車がとまっているだけだ。でも、わたしが見ているあいだに車内灯が消されたはずだ。

誰かがあの中で待っている。

「チャーリー、わたしたち、出発したほうがいいと思う」

「はぁ？」

「いますぐに。裏口から出て、車に乗って」

チャーリーは両手のこぶしを腰に当てている。片手にはハサミを持ったままだ。「それってなんかの冗談？」

「あの四駆が見える？　通りの向こうにとまってるでしょ。最初に見たときは車内灯がついてたの。あなたがくれた煙草を吸ってたときには。でもいまは消えている」

「だから？」チャーリーが窓に近づいていく。「いったい何が――」

「カーテンにさわらないで！　向こうに見られちゃだめ」

「落ち着けよ、ったく」チャーリーが隙間から外をのぞく。「何、あのランドクルーザー？　友だちにでも会いにきたんじゃないの？」

「車内灯が消えたのに、車からは誰も出てこなかった。あの車には誰かがいる」

「いないって。何も見えないし。ナオは考えすぎなんだよ」

　ぎざぎざしたシルエットが、街灯の放つ光の中でくるりと回る。ばか。ただのヤシの葉だ。突風に窓を叩かれて、チャーリーがあとずさる。「それに、こんな天気の中に出てく気はない」

「聞いてもらいたいことがあるの。パースでのことよ。そしたらあなたにもわかるから。出ていかなきゃならないって」

　チャーリーが窓とのあいだに立っているので、わたしからは外が見えない。チャーリーは、事の重さを計っているのか眉間《みけん》に一瞬シワを寄せる。「わかった。話したいんなら話せば。とにかく、髪はあたしにまかせて」近づいてきたチャーリーが、たゆたわせていた手をわたしの肩にのせる。わたしはぎくりとするけれど、チャーリーはタオルをヘッドボードとわたしのあいだにするりと入れて肩を包み込む。チャーリーが切りはじめると、黄色い毛の束がタオルに落ちていく。「ジーンに教わったんだ」チャーリーが言う。「そこまでうまくはないけどさ」

いや、上手だ。わたしには、チャーリーのしっかりした手さばきが驚きだ。慣れた手つきでわたしの頭を傾けては、ハサミやくしを入れていく。すごく地に足がついた感じ。ほかのことではとにかく動転しやすくて、やることがばらばらなのに。「継父のことなの」わたしは言う。「問題っていうのは」

わたしはチャーリーに打ち明ける。眠っていたところをウォーレンに起こされて、二階へと連れていかれたことを。強くつかまれた手首が痛くて、書斎に入ったときの緊迫した静寂から、なんであれ、よくないことなのはわかっていた。わたしの着るものとか食べるものとか、その程度の問題じゃない。ウォーレンはわたしが大学生になったいま、いろいろな〝考え〟をもらってくるのではと極端なまでに心配し、わたしが意見を持つことの一切を毛嫌いしていた。けれど、そんなことよりももっとたちの悪い何かだ。めくり上げられたラグと、あらわになった床下の空間が見えて、ウォーレンの言葉を聞きながら鼓動が速まった。おまえは警報器を点《つ》け忘れたあげく、裏口の鍵も閉めなかった。俺の金庫がおまえのいる真上の部屋から盗まれたというのに、何も知らなかったなんて言葉を信じられるとでも思うのか？

「自分でも、泥棒に気づかずに寝ていたなんて信じられなかった」わたしはチャーリーに言う。「だから冗談だと思った。でもその週は毎晩、遅くまで勉強していたの。宿題のほかに最終試験もあったから。前の日の夜は打ち上げで友だちと何杯か飲みにいった。それで昼前まで寝ていたんだけど、午後にもまた眠り込んでしまって。ウォーレンは一日中外出していたし、わたしにはいつ金庫が盗まれたのかもわからなかった。とにかくウォーレンは、冗談を言うような人じゃないの、全然」

わたしの髪をいじっていたチャーリーの手が止まっている。

「カットを続けて」わたしが言う。「ね？」チャーリーがまた、リズミカルに髪をつまんで、カットし、撫でつけ、またつまんでと手を動かしはじめる。わたしはカーテンの隙間に目をやる。変化はない。

ウォーレンは自分の机の前に立っていた。その端を強くつかみ、体を支えながら。床下の四角い空間はウォーレンと壁のあいだにある。部屋を出ないよう脅されたのかと、ウォーレンはわたしに聞いた。違うとこたえた。泥棒が家にいることさえ知らなかったと。おまえは怯えていて、自分の意思で部屋から出なかったのか？　警察に連絡は？　していない、とわたしはこたえた。物音ひとつ聞いていないと。

ここまで語ったところで、チャーリーの手がまた止まる。指が凍りつき、ベッドサイドランプの明かりを反射してハサミが煌めいている。わたしは重い口を動かして、母さんが去年、三度も〝事故〟にあったことを打ち明ける。そのたびに母さんはそれらしい言い訳を準備して、わたしがそれを信じたことも。手の骨を折ったのは鉢植えが落ちてきたせいだし、頬骨に浮いた痣は暗い洗面所でキャビネットに突っ込んでしまったせいだ。わたしは自分の手にできた傷を押す。なんとかして逃げ出さなければ。こんなことのすべてから。

「ウォーレンは机を真っぷたつにしそうな力でつかんでた。そのくせ、負けを認めるつもりなんかまったくなくて、自分のしてることも正確にわかっているようだった。手の腱がくっきり浮いて見えたわ」わたしはちらりとチャーリーのほうに目を上げる。チャーリーは目のまわりをこわばらせ、口をうっすら開けている。「母さんには話したのかと聞かれた。バリにいる母さんに電話したのかって。金庫がなくなったことを、母さんが知っていると思うかって聞くの。それからウォーレンがこっちを向いて、わたしの目を見たときにわかった――母さんの怪我は、みんなこの男がやったんだって。そしてウォーレンのほうも、わたしが気づいたことに気づいた。わたしは逃げたのよ、チャーリー。逃げるべきじゃなかった。階段の上でウォーレンに追いつかれた。髪をつかまれたの」

早く終わらせたくて、最後のところは一気に話してしまう。わたしは顔から壁に叩きつけられた。アドレナリンが出まくっていた。ウォーレンに髪をねじり上げられた恰好で、階段のほうに突き出された。「なんだか自分に起きてることじゃない気がした。階段はすごく急なの。母さんも一度落ちたことがあって――」わたしはそこで唾を呑み込む。「それが三度目の事故だった。階段の上にはテーブルがある。わたしは手を伸ばして、そこにあったものをつかんだ」

ふいに寒くなって、タオルを引き寄せる。チャーリーの顔を見ることはできそうにない。「そのハサミでウォーレンを刺したの。あの人は首にハサミが刺さったまま、階段を下まで落ちていった」

風が立てた音に、ふたりともぎくりと跳び上がる。「ものすごい血だったし、ウォーレンは動かなかった。だからわたしはパニックになって逃げ出したの」わたしは両手で顔を覆う。

「でも最悪なのは、あの人が、まだ生きているような気がしてきたこと」

暗い部屋に浮かぶチャーリーの瞳が青白く見える。口は相変わらず開いたままだ。「確認しなかったってこと？　救急車は呼ばなかったの？」

「息をしてなかったから。首もおかしな角度になってたし」

「ダリルのときには確認したのに。脈を取ってた」

「あのときは、あなたにそうしろって言われたから」

「あんたは人を刺して階段から突き落としたあげく――」

「突き落としたりしてない！　自分で階段から落ちたのよ」

「たいして変わんないよ。ナオは確認しなかったんだ」

「言ったでしょ。パニックになってたの。自分が刺したのはわかってたし、ウォーレンは動かなかった――」

「さっきは息をしてなかったって言ったのに！」

「どっちもよ。それに――ものすごい血だった。見たこともないくらい。とても現実だとは思えなくて――髪は切り終わったの？」

チャーリーはうなずくと、わたしを見つめたまま、ハサミとくしを片手で持ってうしろに下がる。「ダリルのときと一緒だ。ナオは警察に電話させてくれなかった」

わたしは首にかけられたタオルの中で指をよじる。「それはまた別の話でしょ。一緒に死体を見たじゃない。通報する意味はなかった。それにあなただって、お姉さんに知られたくはなかったはずよ」

チャーリーにはわかっていない。わたしの置かれている状況が。わたしみたいな人間が、ベテランの警察官であるウォーレンのような男を殺したらどうなるだろう。わたしとチャーリーはたいして違わないのかもしれない。片親を亡くし、もうひとりは不在。とても母さんに電話をする気にはなれなかった。母さんはウォーレンの暴力性を知っていながら、あの男のもとにわたしを残していったのだ。そしてそのまま、帰ってきていない。

片手をさし入れて、髪を確認する。耳のまわりや、うなじのあたりまで。チャーリーよりも短くて、なめらかな仕上がりだ。「うまく切ってくれたのね」

チャーリーが目をすがめる。「なんでそいつに死んでほしかったの？　ほんとはやっぱ盗んだとか？　その金庫を」

「いいえ、わたしはやってない」やったのは、あなたのダリルよ。金庫には、そのインゴットが入ってた。わたしは頭の中でつぶやきながら考える。ウォーレンが盗まれた金庫のありかを知っていると言い、彼の携帯にはチャーリーの家の住所が入っていたことも話しておこうか。だけどあの不信感丸出しの表情。いまはやめたほうがよさそうだ。わたしはタオルをベッドカバーの上に置くと、チクチクする髪を、湿ったトップスから払いのける。「死んでほしかったわけじゃない。ただ、こっちが突き落とされると思ったから。一瞬の出来事だった。あなたと同じ」

チャーリーが鼻を鳴らす。「あたしと同じときたか。それでいまは、そいつが死んでないと思ってるわけだ。だったらよかったんじゃないの？」

ウォーレンだって慌てて動いたりはしないだろう。少なくとも病院に行って輸血をしてもらう必要があるはずだ。窓に近づいてみると、例の車は、相変わらず闇の中にとまっている。

「チャーリーはあの人を知らないから」

「何、そいつがあたしらを追ってきてるとでも言いたいの？　ないよ。ていうか車は？　そいつもあんなランドクルーザーを持ってんの？」

「そんなこと関係ない。あの人には人脈があるから。別の誰かを送り込んでくると思う」

チャーリーがベッドにハサミを置く。「ナオの思ってたとおり、たぶん死んでるって」

窓枠が鳴り、木の枝が窓を叩いている。「わたしたち、この天気の中を運転できると思う？」

「冗談だろ。発作みたいな天気なんだよ。サイクロンだってニュースでも言ってた。サイクロン・バートランドだって」

「でもそれは北部の話だから。このあたりは嵐の端っこだと思うんだ」風雨《ふうう》が少し弱まったせいか、隣室から、深くて規則正しいイビキの音が聞こえてくる。「隣の部屋には誰もいないと思ってたのに」

チャーリーが悪態をつきながら隣室へのドアに近づくと、ノブを確認し、動かないように、部屋の反対側から持ってきた木の椅子を噛ませる。それからベッドカバーを剝がして顔をしかめると、もう一度ぴんと張り直し、枕をぽんぽんと二回叩いてから、タンクトップにショーツという恰好でベッドに横たわる。

雨が屋根を激しく叩き、窓も、金属のゴミ箱の蓋も鳴っている。「話はまだ終わりじゃないの。継父のことなんだけど、たぶん、ハイウェイに現れた警官を送ってよこしたのはあの人だと思う。だからあの警官は車の中を調べて、金《きん》があることも知ってたのよ」

「え？　なんでそういう話になんの？」

「わたしの継父は――刑事《ディテクティブ》だから」

チャーリーがガバッと体を起こす。「それって、探偵《プライベートアイ》ってこと？」

「違うわ。警察官なの」

「新手の冗談？」

「いいえ」

「それを言っとくべきだとは思わなかった？　もう少し早くにさ」

「だから話してるんじゃない。いま、こうして話してるでしょ」

「で、ナオはそいつを殺そうとしたの？　やべーな」

窓から顔をそむけようとしたそのとき、雨の向こうでちかちかと光るものが目に入る。赤と青のライト。パトカーが右から左へと、ヘッドライトで濡れた道を刷《は》きながら、受付のほうに曲がり建物の向こうに消えていく。

誰が呼んだの？　ウォーレンが――あの四駆の援護として呼んだ？

「チャーリー」激しい鼓動を聞きながら部屋に目をやる。テイクアウトのプラ容器、コーラの缶、仕上げにわたしの髪の毛でベッドの上はぐちゃぐちゃだ。「裏口はある?」

「バスルームに窓があるけど。ナオが通り抜けるのはまず無理だな――あれ、つまんなかった?」チャーリーがわたしの異様な目つきに気づいて、大きく目を見開く。「何?」

「警察よ。表の受付にいる」

チャーリーが跳び上がる。「クソ、クソ、クソ」それからシャツをつかむと、ベッドの下からバッグを引きずりだし、サンダルに足を突っ込む。「ぼんやり突っ立ってないで、自分のバッグを持つんだ!」

できる気がしない。このまま逃げ続けられる気もしない。

そこでノックの音がする。雨にくぐもった音が。「警察だ。開けてくれ」

「ナオ!」チャーリーが、ジャケットとバッグをわたしにつかませる。自分もバッグをしっかり小脇に抱え込むと、十三号室へのドアノブの下に噛ませた椅子を乱暴にどけて、鍵を開ける。

「警察だ! 開けなさい」

「チャーリー。こうなったら向き合うしかないのかも」けれどわたしが言い終える前に、チャーリーがドアを開け、隣室へとわたしを引き入れる。「ねえ、この部屋の人って――」転がり込むなり、すぐにドアを閉める。「どうするつもり?」

十三号室の泊まり客はベッドで上半身を起こし、眠りの中で何かを噛むように口元を動かしながら目をパチクリさせている。「これは夢なんだよ、お兄さん」チャーリーが言う。「あたしらはいない、わかった?」

チャーリーはわたしの手を引いて部屋を横切る。間取りは十四号室と同じだ。バスルームと窓とドアがひとつずつ。わたしが足をひきずっていることにも、チャーリーは気づかない。隣からはまたノックが聞こえてくる。「警察だ！」

「まずいよ、チャーリー。この部屋のドアも、さっきの部屋と同じ側にあるんだから」

ベッドの男が眼鏡をかけ、写真を撮ろうと携帯を持ち上げている。

「余計なことやらせんな、ボケ」チャーリーがバッグを振って男の手から携帯を叩き落とすと、壁にぶち当たって画面にひびが入ってしまう。「殴られたくなかったら、じっとしてな」チャーリーはいきり立ったウサギのように息が荒い。男は固まったままだけれど、出口など、どこにもない。ノックの音。くぐもった声。チャーリーがわたしの腕をつかんで言う。「こっちだ」

十三号室は角部屋だ。だからドアが正面ではなく、側面についていた。チャーリーはわたしよりも頭の回転が速い。

チャーリーがノブを回してドアを開ける。雨が垂れ幕のようにベランダから落ちている。風もすごい。「クソ、象の小便みたいな雨だ」チャーリーがぼやく。

左手の角を曲がったところには受付が、右手には小道と駐車場がある。

「警察が来るなんて！」別の誰かの声だ。「なんかおかしいとは思ってたのよ。普通のバックパッカーじゃないって」

「受付の女の人だ」わたしは声のほうに顔を向けながら言う。

「ナオはこういうの得意じゃないんだろ？」チャーリーが受付とは反対方向にわたしを引っ張

って、小道から駐車場へと連れていく。そこでぴたりと足を止め、くるりと体を回す。ゴルフボールみたいな雨が、濡れた地面に跳ね返っている。「車はどこ？」チャーリーが風にかき消されないように声を上げる。

「何？」

「車だよ、ナオ！」

「動かしておいた」

わたしたちは駐車場を出て走る。よろめき、あえぎながら。右、左、それからまた右。少なくとも、わたしの覚えているかぎりではこの道で合っているはずだ。「なんでこんな遠くまで動かしたんだよ？」チャーリーは相変わらずバッグをしっかり抱えたままだ。声が風に流され、顔と髪には雨が幾筋もの小川を作っている。

「心配だったから」

「あとどれくらい？」

「一ブロック」一軒の家に差しかかると――カーテンの向こうには暖かくて乾いた部屋があるのだろうに――丸く落ちた明るすぎる光を浴びながらその私道を横切る。わたしは肩越しに振り返る。

「なんか見える？」

「何も」

「あいつらはどこかな?」

そう、わたしもいまかいまかと——けたたましいサイレンと、にじんだライトを待ち構えている。けれど通りは暗いままだ。「あそこ」道を半分ほど行ったところにユートが見える。「キーを貸して」わたしがキーを渡すと、ふたりして車に転がり込む。濡れた服が肌に貼りつく。チャーリーは顔の水滴を払ってから、バッグを座席の下に突っ込んでいる。わたしはバックミラーを確認する。何も見えない。雨が屋根を、フロントガラスを、窓を打っている。走りだす前から風が車を叩きつけてくる。

「ついてきてる?」チャーリーが言う。

「きてないと思う」

チャーリーがエンジンをかけ、ワイパーを全開にする。「ライトはつけないでおくから」

「え?」

「まわりには誰もいないだろうな」車が縁石から離れはじめる。「ったく、なんも見えない」

「送風機をつけなよ。ほらここ」わたしはスイッチを押す。

真っ暗な通りをくねくねと進んでいく。窓を閉めているので車内は蒸し暑い。雨がすべてを包み込んでいて、現実世界ではないみたいだ。ワイパーが耳の奥を流れる血のように、うなりながらリズムを刻んでいる。

わたしは顔を上げたまま、バックミラーやリアウインドーに目を配る。郵便箱、家の明かり、私道にとまった車。「どっちに行けばいいのかわかんないよ」チャーリーは濡れた指で、ハンドルを固く握り締めている。

左へ一度曲がり、今度は右へ。それから視界の中で赤と青が混じり合い、胃のあたりが硬くなる。「あれ」わたしは言う。「パトカーだ。この道に入ってくる」

チャーリーが悪態をつく。

パトカーが通りに入ってきたのは、ちょうどこちらが出るタイミングだったけれど、そこでユートが大きく横滑りする。「気をつけて!」左に曲がって、街灯の並ぶ橋を渡りはじめる。これでは丸見えだ。車は風に押さえ込まれるような抵抗を感じてから、解放されたように走りはじめる。「ひょっとすると」わたしが口を開く。「嵐のほうに向かってるのかも」

「冗談じゃないよ。いまどっちの方角に向かってんのかわかる?」

「北に行きたい。とにかくこの町を出ないと。でもわかんない」

「持ってた地図は?」

「ここでは役に立たない」

「クソッタレ。なんで追いかけてこないのかな? それともついてきてんの?」

わたしはうしろを確認する。「見えないのは確かだけど」

交差点に差し掛かったけれど、暗くて標識が読み取れない。「どっち?」チャーリーが言う。

「わからない。標識が見えない」

「あたしひとりじゃ無理なんだよ、ナオ! どっち?」

「右。大きな道路だし。右が北だと思う」

湿った重たい何かがフロントガラスにぶつかってくる。チャーリーがハンドルを切り、車輪が滑る。「何いまの？」

「なんでもないわ」わたしは言う。「死んだ何かよ」

風が横からなぐりつけ、湿ったタイヤがきしんでいる。長い丘を越え、町の明かりが消えていく。

チャーリーはわたしを横目で見ながらヘッドライトをつける。「なんも見えない」衝撃的な明るさが広がり、わたしたちふたりは暗い道の上で照らしだされる。チャーリーがフロントガラスのほうに身を乗り出す。「この車って、売っても平気なのかな？　ロードトレインの運転手が撃ち殺されちゃったけど」

「わからない」

「売れないとなったらお金はどうすんの？　あたしはどうやってサーファーズまで行けばいい？」

「だからわからないってば、チャーリー」

わたしたちは北へ向かう。国立公園に至る分岐点のほうへ。風はおさまってきたけれど、窓は相変わらず曇《くも》っていて、チャーリーは制限速度の十キロほど下を保って走り続ける。町の境界線を出ようとしたところで、ヘッドライトの明かりに標識がひらめく。辺境の地に入ることを告げる、お決まりの標識だ。〝これより水とガソリン入手不可。医療機関及びフェンスなし（よって、野生動物が入ってくるので注意するようにという意味）〟。

車はこれからいくつも現れるだろうキャトルグリッドの最初のひとつをがたがたと進む。チャーリーはまばたきひとつしない。わたしはバックミラーとサイドミラーを確認する。あたりにほかの車はない。少しだけ呼吸がしやすくなったみたいだ。まともな頭をしている人なら、こんな天気のときにこの道を走ったりはしないだろう。

町をあとにして一時間ほどたったとき、後方にヘッドライトが見えてくる。

水曜日

10　チャーリー

二度見《ダブルテイク》

「チャーリー？　ちょっと、まさか寝てないよね？　チャーリー！」

車が左に流されていた。タイヤがくぼみにはまり、また道路に持ち上がる。あたしは目をパチッと開くと、慌てて車体を立て直す。「んなわけないだろ」

ちぇっ、うとうとしてたみたいだ。少し前まで真っ暗だった空に、光の筋が見える。ったく、ずるずる滑る道路を徹夜で運転しろってのかよ？　あたしはあくびをしてから、ワイパーのスイッチをカチリと切る。「嵐はやんだみたいだね」窓からは暖かい風が入ってくるし、昨晩濡れたショートパンツとシャツも乾いている。

「もうちょっとスピードを出せる？」ナオが、バッグミラーを見つめたままで言う。「ううん、やっぱりいいや。あの木のところで車を止めて」

「どっちなんだよ」

そしてあたしは車を止める。ナオに言われてヘッドライトを消し、エンジンも切る。ナオは車を降りるけれど、わたしは乗ったままでいる。ナオがこちらを見ていないのを確認してから、身をかがめ、素早くバッグのファスナーを開ける。死んだ警官の銃が、四層になったインゴットの下に入っている。どこかに移さなくちゃ。でもどこへ？　ヘビにビビって拾っといただけなんだけど。

いわゆる反射的な行動。ジーンには、またバカなことをして、とか言われそうだ。

ジーンはどこにいるんだろう？　火事に怯えて、ダリルが姿を消したことを警察に通報してなきゃいいんだけど。

バッグのファスナーを閉めてから車を降り、顔と腕をこすって、足でとんとんと地面を踏む。まだかなり暗くて、不気味なほど静かだ。土からは蒸気が上がり、あたりにはいかにも雨のあとらしく湿ったユーカリの香りが漂っている。木はほとんどなくて、土の道の両側には、みすぼらしい小さな灌木《かんぼく》が生えているだけだ。サンダルには水気をふくんだ土の塊《かたまり》がくっついてくる。

ナオはおしっこかと思っていたけど違ったみたいだ。突っ立ったまま、来た道の先のほうを振り返って目を細めている。ナオの足も泥だらけだ。「この道、最悪だよ」あたしが言う。「ちょっと濡れたくらいでどろどろになっちゃうなんて」

ナオが爪先立ちになる。

「何してんの？」あたしもナオの視線の先に目を向ける。ぼこぼこした低木と空のほかにはなんにもない景色――いまだに慣れなくて、見ていると気分が悪くなってくる。すると横のほうで何かが動いて、驚きのあまり死にそうになるけれど、どうってことはない。ただのカンガルーだ。「なんか、やたら平《ひら》べったいとこだね」

「だから洪水が起きるのよ」

「そうなの？」あたしは首のうしろをこする。「なんでそんなこと知ってんの？　道路のことなんかさ」

ナオが顔をしかめる。「どうしてかな。小さいころに、何度か車で長旅をしたんだ。よく覚えてはいないんだけど」ナオは車を回り込んで荷台のうしろを開ける。登るのにちょっと苦労してから、荷台の上で爪先立ちになっている。

「何してんの？」あたしは声をかける。「星を見てるとか？　ジーンも好きなんだよね」

ナオがこちらに目を向ける。「ねえ、あなたの——その、ダリルは双眼鏡とか持ってなかった？　グローブボックスを調べてみて」

「あそこならもう見たって」

「でも、双眼鏡を探したわけじゃないでしょ」

もう一度確認してみたけれど、見つかったのはコンドームの空箱だけだ。気色悪い。ダリルのやつ、車で誰とやってたんだ？　だってジーンのはずはないんだから。「やっぱないよ」あたしはナオに向かって叫ぶ。

「こっちに来て」ナオが言う。「一緒に見てもらいたいの」

「なんで？」

「とにかく来て」

あたしはナオの隣に上がる。少しだけ明るくなった空に、星が点々と散っている。道路や灌木は真っ黒だ。でも、だからこそ円錐《えんすい》状の光がふたつ確認できる。かなり遠いけれど、こちらに向かってきている。「うわっ、警察かな?」

「違うと思う。あのヘッドライトには昨日の夜から気づいてたの。てっきりいなくなったと思ってたんだけど」

「あたしらを追ってんのかな?」

「ほかには誰もいないしね。ひどい道だって、チャーリーも自分で言ってたじゃない」ナオがまた、手に貼った絆創膏《ばんそうこう》を押さえている。「トム・プライスを出たところから、ずっとついてきてたんだと思う。たぶんモーテルで、通りの向こうにとまってた四駆《よんく》」

太陽の指先が灌木の上へと伸びてくると、あたしたちの見守る中で、ヘッドライトはまばたきをするように消えてしまう。「ちぇっ、もうなんにも見えない」あたしは荷台から飛び下りる。「もう行かなくちゃ。次の町は、ポート・ヘッドランドだっけ?」

「海沿いの町よ」

「わかった。そこでユートを処分しよう。さっさとほかの車を手に入れないと。あの車に乗ってるのは、昨日の夜の警官かもしれないんだし」

ナオはまだ荷台に立ったままだ。口元が軽くゆがんでいる。「違うと思う。ただ、ウォーレンじゃないかって。ウォーレンが誰かを送ってよこしたのかもしれない」

「おっ死《ち》んだはずの警官の継父が？」

「冗談じゃないのよ。もしもほんとに、ウォーレンが追ってきてるんだとしたらね」

「だからそんなはずないって。ほら、もう下りて。運転を代わっててよ。今度はあたしが見張りをするから」

そしてまた走りはじめる。タイヤが濡れた土に滑り、窓からはエンジンの音がやかましい。金ピカの朝日が光の破片を灌木にまき散らし、左手では小さなオウムの群れが、藪《やぶ》をかすめて飛びながら木々のあいだで騒いでいる。バックミラーには何も見えない。

首と手の甲《こう》がチクチクするのは、たぶんナオの様子がおかしいせいだ。「追ってきてるんだとしたらどんな手を使ってんだろう？」あたしが言う。「自動車の登録番号とか？」

ナオはヘッドライトを消したまま、シートベルトを引っ張るような前かがみの姿勢で運転している。「この道路には監視カメラがないから、それはないと思う。きっとテールランプを追いかけてるのよ」

「パースからずっとのわけないよ。おばさんの家にいたときにも追っ手の気配はなかったじゃん。だとしたら、あのモーテルにいるのがどうしてわかったんだろう？」

ナオが、真ん丸に見開いた目をこちらに向ける。「なんてこと、そのとおりよ。追跡装置《トラッカー》がついてるとしたら？　GPSか何かが、この車のどこかに」

「ダリルのユートに？　それはないっしょ。仕込みようがなくない？」

ナオがミラーにちらちら目をやっている。アクセルを踏み込むのに合わせて、エンジンがぶおんと鳴り、タイヤが滑る。「どうしよう。あのバッグだ。中を調べてみて」

冗談だろ。「なんで?」

「説明しておきたいことがあるの。そもそも、どうしてわたしがあなたの家に行き着いたのか」ナオは片手で髪を撫《な》でつけてから、ハンドルを握り直す。「バッグを開けて。トラッカーを探すのよ。あるとすれば、金《きん》と一緒にあるはずだから」

革のバッグを膝に置き、ナオからは中が見えないようにファスナーを開くと、インゴットの入っている巾着の中まで、ひとつひとつていねいに調べていく。ナオがちらちらこちらを見ている。「トラッカーなんかないよ」あたしは言う。「そんなもんあるわけが――」

「裏地の下もお願い」

「もう見た。ないって」念のため、もう一度確認する。銃の下も。それこそバッグを引っくり返すようにして。

「見落としてるのよ。わたしにやらせて」ナオがハンドルから伸ばしてきた片手を、あたしは叩いて払いのける。車が横へと滑っていく。

「運転中だろ!　道路を見てよ」

太陽が昇って気温もどんどん上がり、開いた窓からは日差しが腕を焦がしはじめる。両側に見えていた低木も消え、木々がすっかり枯れてしまったみたいな平べったい大地に戻っている。青い空にはちぎれたような小さな雲が点々と。「トラッカーは小さいはずだから。きっと見逃してるのよ」

「ないのかも」

「あるわ」

水たまりにタイヤが突っ込み、水が跳ね飛ぶ。「なんでわかるんだよ?」

ナオはあたしを見てから、道路に目を戻す。また例の大きなサングラスをかけているので、目のまわりの痣《あざ》は見えない。「ウォーレンとのことがあったからよ。あの人の携帯にはあなたの住所が入ってた。きっと位置情報。ウォーレンは、その住所に行けば金庫を取り戻せるって言ってたの」

「何それ? そいつは警官なんだろ。通報すればいいじゃないか」

「だってあの人は、どう考えたって汚職警官なのよ、チャーリー!」ナオは目を怒らせながら荒い息を吐いている。どうしてこんなに怒ってるんだろう? 「そうでしょ?」ナオが続ける。「あなたの言うとおり、ウォーレンは警察に知らせることもなくわたしに八つ当たりした。でも、あなたの住所を知っていた理由は? ダリルよ。ダリルが金庫を盗んだからよ」

「ダリル? あいつになんの関係が――」

まさか。あたしはバッグを見つめ、膝にその重みを感じる。

「これは、あんたの継父の金庫に入ってたってこと? ダリルは、あんたの父親から盗んだの?」

「金庫の中身についてはわたしも知らなかったけど、バッグには見覚えがある。それに、あなたの住所を知ってた理由がほかに考えられる？　トラッカーがあるはずよ。ダリルは日曜の夜、あなたの家にいた。そしてその金《きん》は、外の小道にとまってたユートの中にあったのよ」

「つまりナオは、だからうちにきたのか。ずっと黙ってたなんてひどいや。あんなに――」

「何をどう話せばよかったの？　じつは人を刺しちゃって、あなたの盗んだインゴットはそいつの金庫に入ってたものだとでも？」

あたしたちはにらみ合う。ナオの肩の向こうで、灌木の茂みがうしろへと飛ぶように流れていく。「そいつにずっと追われてたかもしれないのに、ナオは話してくれなかった」

「知らなかったのよ。いまのいままで」

「ちゃんと道路を見ろって」あたしに言われ、ナオは前に目を戻す。ほかには何を隠しているんだろう？　ナオは震える片手をハンドルから持ち上げて、もう一度握り直す。

「悪かったわ」ナオが言う。「でも、もう間違いない。これはウォーレンが生きている証拠よ。クレジットカードを止めたのもあいつ。死体のニュースがあれ以上は出てこなかったところで感づくべきだった」

「ちょっと――時間が欲しい。しばらく黙ってて。考えることが多すぎる」頭の中がおかしな感じで、うまく整理できない。ジーンがいてくれたら。そもそものダリルの件から、何もかもすっかりぶちまけてしまいたい。ここがパースで、ジーンが一緒で、こんなろくでもないことは何ひとつ現実でなければいいのに。

また〝放水路《フラッドウェイ》〟と書かれた黄色い標識を通りすぎ、道路を覆うシートのような水を左右に跳ね飛ばしながら走り続ける。

「そのランドクルーザーの色は？」あたしは言う。

「濃いグレーか黒。窓は黒っぽいスモークガラスだった」

あたしはうしろを確認する。ランドクルーザーは見えない。道路がすっかり濡れているから、土ぼこりも立ちようがない。あちこちにある大きな水たまりに空が映り込んでいる。「あたしたち、もう化かし合ってる場合じゃない。そうだろ、ナオ？　ほんとにヤバいんだから」

ナオが頬の内側を噛んでいる。「わかってる」

「ほかには？」

「ウォーレンはパースにいて、生きてるんだと思う。あの警官を使って金《きん》を取り戻そうとしたのにまずいことになったから、四駆で追ってきた男がロードトレインの運転手を撃ち殺したんじゃないかな。ウォーレンが、四駆の男にわたしたちを追わせているのよ」ナオがずり落ちたサングラスを持ち上げながら、ちらりとこちらに目を向ける。「っていうか、わたしを追わせているんだと思う。四駆に乗ってるのは、きっとチャーリーの家の前にいた男だよ。どうしてそいつがわたしたちに撒《ま》かれたあと、チャーリーの家に戻って火をつけたのかはよくわからないけど、どうにかしてまたわたしたちを見つけだした」

ナオの言葉の半分くらいは想像でできてるけど、どっちにしたって状況はヤバい。「わかった。運転を続けて。できるだけぶっ飛ばすんだ」

「この道じゃ無理だよ、チャーリー」

「わかってるけどさ」

そんなふうにして一時間が過ぎる。ナオは両腕を伸ばし、唇を引き結んだまま運転している。ガソリンがじりじりと減り、ふたりともバックミラーが気になってたまらない。またあの、小さくてやかましい緑のオウムみたいな鳥たちがいる。セキセイインコかもしれない。〝放水路〟の標識も繰り返し現れて、それを通りすぎるたびに、道路が水浸しになっている。一度なんか小川みたいになっていて、ナオもかなりスピードを落とすしかなかった。そういえば、ナオが洪水について何か言ってたっけ。なめらかなシートみたいな水は、道路わきの灌木のほうにまで広がっている。昨日の雨のせいだ。開いた窓からも、雨の匂いが漂ってくる。

そうだ、携帯――あの雨。片手で取り出し、電源を入れてみる。だめだ。何度かいじってみたけれど、画面は真っ暗なままで動かない。ナオに気づかれる前にポケットに突っ込むと、ジーンの電話番号を書きとめておいたレシートを取り出す。

「げ！　ジーンの番号、雨に濡れて消えちゃってる。どうやって電話すればいいんだよ」

「見せて」

喉の奥に、湿った砂の塊が詰まってるみたいだ。あたしはナオにレシートを差し出す。携帯が壊れたんだとしたら、番号は永遠にわかりっこない。

ナオがレシートを返してよこす。「すっかり消えちゃってるね。覚えてないの？」

「うん、全然覚えてない」ポケットの中でジーンの鍵を握り締める。サーファーズのキーホルダー。強く握り締めていると、硬くて四角いキーホルダーが手の一部みたいに思えてくる。また低木の様子が変わって——草に覆われた小さな丘がうねうねと続くなかに、数本の木が立っている。ガソリンはあと四分の一。「インターネットを使いたい。ジーンにメッセージを送ってみる。ポート・ヘッドランドまではあとどれくらい？」

「二、三時間ってとこ。もし道路が無事に通れればだけど」

無理っぽい。遠すぎる。だけど、口にするのはやめておく。「追ってきてるやつは、あたしたちを捕まえてどうするつもりなんだろう」

「追われてるのはわたしよ」ナオが言う。「ウォーレンは、わたしにメッセージを伝えようとしているんだと思う」

あたしは首を回してから、シャツで両手をぬぐう。「メッセージ？」

「自分は生きてるって伝えたいのよ。金《きん》は取り戻す。絶対にあきらめないって」

「あれ何？」あたしは言う。前方で、何か艶《つや》やかなものに日差しが反射している。ナオがブレーキを踏んで速度を落とす。道路に車が二台。「色が違う。あいつの車じゃないよな？」

車体を並べるようにしてとまっているのは、白のランドクルーザーと、黄色のワーゲンバスだ。ランドクルーザーは新車らしくピカピカだけれど、黒いタイヤには赤土がべったりついている。ワーゲンバスのほうは錆《さ》びていて、屋根にサーフボードが積んである。二台をよけて進むことはできそうにない。

ナオは帽子をかぶると、シートベルトを外して車を降りていく。「ここで待ってて」車のエンジンはかけっぱなしだ。

肩も腕も日差しで熱い。窓から頭を出し、首を伸ばす。一本の木と、国立公園の方角を示す標識が見える。道路の前方がくぼみ、小川《クリーク》と呼べるほどの水がたまっている。しかも、かなりの幅だ。バックミラーを確認する。まだ何も見えない。

かがみ込み、バッグを開けて銃を取り出す。はじめて手にしたときも思ったけど、やっぱり重たい。ショートパンツの前に銃を差してから、フランネルのシャツをかぶせておく。

「何してるの?」

ぎくりとして跳び上がる。ナオが開いた窓の外に立っている。

「別に。目につかないように、こいつをしまっておこうと思ってさ」あたしはファスナーを素早く閉めると、後部座席側からシートの下に突っ込んでおく。「通れそう?」

「どうかな。深そうだし。男の人がひとり、歩いて渡ろうとしてるとこ。わたしたちにはシュノーケルもないしね」

「え、シュノーケル? どんだけ深いの?」

ナオの口元がひくついている。「それ本気で言ってる?」

「泳ぐのはやだからね」あたしは言う。「何がいるかわかんないし。ピラニアとかヒルとか。それにユートはどうすんの?」

ナオがにっこりする。笑うとこなんかはじめて見た。でも、まばたきと一緒に笑みも消えてしまう。「ピラニアだなんて。シュノーケルは車用のやつよ。水の中を走るための装置」ナオが、目の前の車二台を指差してみせる。「運転席の横から、筒状のものが突き出してるでしょ？　あれがシュノーケルで、この車にはついてないの」

「いただいちゃうのはどう？」

ナオが口を開いて、また閉じる。顔にぴったり沿う流線形のサングラスをかけた男が、ナオの背後に近づいている。「グリーンのユートかよ。ぞっとしねぇな」男が言う。ドレッドにした金髪、薄汚れたサーフパンツ、日焼けした鼻。糸にでも吊られてるみたいに頭を揺すっている。皮のむけた鼻を突っ込むようにして後部座席をのぞく姿が気に食わない。「姉ちゃんたちはどこ行くんだ？」

「ここじゃないどこか」と、あたしは言う。「波のある場所《サーフ》からは遠くない？」

男がナオのそばを通り過ぎ、開いた窓に両手を置いて、あたしに体を近づけてくる。葉っぱの匂いがぷんぷんする。「車旅《ロードトリップ》ってやつさ」男が言う。「姉ちゃんたちと一緒だな」

あんたのはべつのトリップだろうけど。

「ふたりっきりか？　ヘッドガスケットがぶっ壊れでもしたらどうすんだよ？」男がサングラスを上げ、充血した目を見せてから、またかけ直す。「キャンプ地に向かうとこでさ。よかったら一緒にどうだ？　僻地《へきち》なんだから気をつけねぇと。どんなやからに出くわすかわかったもんじゃねぇぞ」

「それって、あんたみたいなやつ？」あたしは言う。

ナオが歩み寄り、とんがった目であたしをにらむ。「その子はお礼を言いたいだけなんです。

申し出はありがたいけど、わたしたちなら大丈夫なので」

男はナオの、短く切ったスカートから伸びる脚にいやらしい目を向けてから、傷だらけの足元を見て眉をひそめ、ナオの顔を二度見する。それからもう一度ユートに目を向けるけれど、今度見ているのは外側だ。「僻地に――グリーンのユートか。姉ちゃんたち、〈クライム・ストッパーズ〉は見たか?」

胃が縮み上がる。「見てないけど」

「昨日、銃撃事件があってよ。グレート・ノーザン・ハイウェイでな。サツが、目撃者の少女ふたりを捜してる」

肌の上で銃がひんやりと重たい。「たまたまだよ。この色のユートなんか珍しくない」

「法の手から逃げてんのか」男がひと呼吸置いて続ける。「だとしても歓迎するぜ。たいしたことじゃねぇ。食いもんは持ってんのか?」

前方から大声が聞こえてくる。「ジェズ! こいつはかなり深いぜ。こっから見てみろよ」

男はふらふらと引き返しながら、片手を振ってみせる。「けど、やっぱり姉ちゃんたちじゃねぇな。髪の色が違う」

男はワーゲンバスとランドクルーザーのあいだを抜け、ゆったりした足取りで水に近づいていく。「あれ、ほんとかな?」あたしはナオに声をかける。

ナオは口元を一直線に引き結び、ためらってから口を開く。「わたしたちと、この車のことでしょうね」

あたしは微笑もうとする。「髪の色が違うけど」

「警察は、車の持ち主を探すはずよ。つまりダリルを」

「だからって見つかるとはかぎらない」腰の銃にふれてから、車を降りる。「あたしたちを追ってきてたランドクルーザーは見える？」

ナオは爪先立ちになって、頭を振ってみせる。

「もう追いつかれてるはずだと思わない？」

ナオは帽子の下で目を細め、道路の先を見つめている。「そうかも」

「ここで待ってて。金《きん》が入ってるのとナオのバッグを持って、いつでも走りだせるようにしといてよ」

「どこに行くの？　あの水を渡るしかないんだよ。あの人も言ってたけど、ものすごく深そう」

「わかってるよ。シュノーケルをいただいてくる」もしかしたら、車ごと。

最初は計画に反対していたナオも、結局は乗ってきた。ありがたいこった。

あたしたちはユートを離れ、ランドクルーザーとワーゲンバスのあいだに向かう。二台とも水場からは数メートル離れた、なだらかな傾斜にとまっている。銃はまだ腰に差してあるけど、シャツをかぶせてあるからナオには気づかれないはずだ。だからって使うつもりはない。ナオはエミュー（翼が退化した豪最大の鳥）みたいに中腰になってお尻をつきだしている。あれで陸軍の予備役にでもなったつもりなんだろうか。ピカピカの白いランドクルーザーの助手席では若い女が携帯をいじっている。この車は無理そうだ。ついてない。

水場の幅は思っていた以上に広い。二十メートルくらいあって、水に流れがないのを別にすれば、小川《クリーク》というよりも立派な川《リバー》だ。向こう側には枯れ木が一本。ジェズと仲間がその真ん中くらいのところで、茶色い水に腰までつかっている。ジェズじゃないほうの男が棒を持っているのは、あれで深さを確認しているんだろう。

バッグはナオにまかせてある。あたしは肘でナオをつつく。「それを、あいつらに見られんなよ」

あたしたちは体を低くしながら、ワーゲンバスの両側につく。ナオの側には、サーフボードがでこぼこした影を落としている。キーがないか、ホイールアーチを確認してから車内をのぞく。首のうしろと腕がぞわぞわしている。

ナオがジェズのほうを顎で示す。「あの人のポケットに入ってるのかも」

「いいから探して！」

ジェズたちが作業をやめてちらりとこちらを振り返ったので、あたしは素早く身をかがめる。

あ、アシダカグモ。

あたしの手の平くらいの大きさのやつが、白いランドクルーザーのフロントガラスに貼りついている。助手席の女は気づいていない。あたしはナオに手を振ってみせる。「こっち来て。計画変更だ」

あたしはシャツの裾《すそ》でクモを払い、フロントガラスを女のほうに向かわせると、車を回り込んで窓を叩く。「開けて!」女は携帯を落とし、また手に取る。クモにはまだ気づいていない。車は内装までピカピカで、後部座席には真新しい道具が山ほど積んである。このぶんだと、予備のガソリンもたっぷりあるだろう。

女が窓をするすると開ける。髪をきっちりしたポニーテールにまとめ、鼻にはピアス。キーは挿《さ》されたままだ。エアコンに冷やされた空気が、窓から一気に吐き出される。「なあに?」

穿鑿《せんさく》野郎のジェズが、振り返って顔をしかめている。

「フロントガラスに、でっかいアシダカグモがいるんだ」あたしはクモを指差してみせる。毛むくじゃらの小さな足がガラスに貼りついている。「車を降りて、追っぱらったほうがいい」

女がクモを見ながら、金色の眉毛のあいだにシワを寄せる。「どうして?」

「車に入り込んじゃうかもよ。こいつらはそういうのが得意なんだ。降りてきなって。手伝ってあげるから」

女は無表情のまま、カイリー・ジェンナーみたいに涼しい顔だ。「ほっといて」女がヨーロッパ風のアクセントで言う。「クモなんか平気」

ちくしょう。

ナオが車の向こう側から口パクで何かを伝えようとしていたけれど、あたしは首を振ると、ナオから見えない位置まであとずさる。男たちは水場の向こう側に上がり、押し合いへし合いしながら小便をしている。クソッタレ。あたしたちには、あいつらよりもこの車が必要なんだ。

シャツをめくり上げて銃を見せると、女の顔が蒼白になる。「何もかもそのままにして車を降りな」あたしは言う。

女は銃から目を離すことができないまま、携帯を握り締めている。

「来週まで待たせる気かよ！　いますぐ降りろ。さもないと、その携帯もいただくよ」

女が車から転がり出るなり、あたしはその体を押しのける。

ナオと一緒に車に飛び乗る。車の中には、レザーシートと、ジューシー・フルーツのチューインガムの香り。ナオは困惑した顔だ。「いったいどうやって――」

「いいからバッグをちょうだい」あたしはナオからバッグを受け取って、足元に置く。

女は道路の上でくるりと回り、手をばたばたさせながら叫んでいる。「マーカス？　マーカス！」そいつはどこにいるのやら。

ジェズと仲間は叫びながら水場を引き返していて、水がもう膝にまで達している。

「ドアをロックして」あたしはナオに叫ぶ。「さあ出して！」

ナオがキーを動かしながら言う。「シートベルトを忘れないで――でも、これでいいのかな、チャーリー」

「いいから出せ！」

車が走りだし、傾斜の底に向かってゆっくりと進みはじめる。車の前部が水につかるのを見ながら、あたしはシートベルトに片腕を通す。「水をよく見て。スピードを出しすぎちゃだめだ」

「それくらいわかってる」

　タイヤがスピンし、また地面をつかむ。あたしはドアにしがみついている。地面は平らになったけど、車体の両側にどんどん水が上がってきて、エンジンが悲鳴を上げている。

「あの枯れ木を目指すんだ。四輪駆動にしてある？」

「うん。黙っててチャーリー」

　女はまだ道路から叫び続けている。野球帽をかぶった背の高い黒人の男が、背後の藪から現れてこちらに走りはじめる。きっとあいつがマーカスだ。ジェズも口を開けたまま水の中を近づいてきたけれど、よろめいて進路がそれる。もうひとりの姿は見えない。茶色い水がタイヤの上部に達し、車内にはその臭いが充満する。

「もっと早く」と、あたしは言う。

　ナオがぼやく。エンジンの音が変わり、ボンネットに水がたまる。車体が傾き、ドアの下部から水が入り込んでくる。

「スピードを落として！」あたしは言う。「深すぎる。ドアから水が入ってきてるよ！」運転席側のドアも同じ状態だ。

「黙っててチャーリー。気が散る」ナオがアクセルを踏み込むと、車がきしりながら前に進む。「もしもこのまま――」

　フロントガラスの下のほうには、洗車でもしているみたいに水のあぶくがつきはじめる。ジェズが仲間をうしろに連れて、車の側面に近づいてくる。

　枯れ木まであと半分というところで、ブスンとものすごい音がしたかと思うと、エンジンが止まる。

ジェズが、口の端から舌をのぞかせカンガルーバーをつかんでいる。「ねぇ、動かせないの?」声にパニックがにじむ。うしろから追ってきてるあの男。もし渡りきれなかったら、あたしたち、どんな目にあわされるんだろう?

ナオがエンジンをかけようとする。でも、だめだ。

ジェズがカンガルーバーに両手をかけている。仲間のほうもよろめきながら体勢を立て直し、車の前方に向かってくる。サイドミラーにはマーカスが。腰まで水につかりながら、どんどん近づいてくる。ナオは相変わらず苦戦中だ。

あたしは手で銃を探る。誰も撃ちたくなんかない。

マーカスが後部座席のドアに片手をかけ、手のひらで窓をがんがん叩きながら、ドアハンドルをつかんでいる。足が濡れている。水がさらに入り込んでくる。「ナオ?」

エンジンがかかった。

ナオは勢いよく車をバックさせ、ジェズの腕を引きはがそうとする。けれどジェズはあのクモみたく、カンガルーバーにしがみついたままだ。ジェズもマーカスもしつこい。あたしは銃を強く握る。誰かひとりの脚か手を撃てばいい。だけど、もし外れたら?

ナオが右にハンドルを切る。マーカスが後方へ引きはがされ、ジェズは水に浮き上がりながら足をばたつかせている。茶色い水が顔まで来ているのに、それでも手を放そうとしない。

ジェズの仲間が、反対岸への進路をはばもうと両腕を広げている。「殺さないでよ」あたしは言う。「轢《ひ》いちゃだめだ」

「殺したりしない」

ナオはそう言いながらも、アクセルを目いっぱい踏み込んで、彼のほうに突っ込んでいく。車の両脇に水流ができ、斜面を登るにつれ水かさが減る。ジェズが仲間に向かって叫び、手を放す。仲間のほうは車の進路から逃れるようにダイブし、ふたりとも水の中に沈んでいく。

「うわっ、どっちか轢いた?」

体をひねってシート越しに振り返ると、ふたりの頭が水の中からひょっこりと現れる。

車はそのまま水場を抜けた。ジェズは仲間を引っぱって立ち上がらせると、頭を振って髪から水を払っている。マーカスと女が携帯を構えているところをみると、どうやら写真を撮られているらしい。ナオは平らな土の道路に乗り上げ、さらにアクセルを踏む。

あたしは運転席と助手席の隙間から頭を突きだし、四人の姿、ジェズのくたびれたワーゲンバス、そしてダリルのユートが消えるのを見守る。ナオの息づかいが怪しい。あたしたちは車を止めると、両側のドアを開けて、水が車内から吐き出されるのを待つことにする。

「大丈夫?」そう声をかけながら、銃を突きつけたときの、あの女の表情を頭から振り払う。別に撃ったわけじゃないんだし。「うしろを調べてみてよ。でっかい冷蔵庫が積んであるんだ」

「警察に通報されちゃうよ、チャーリー」

「あのジェズってやつはラリってた。だからサツには通報しない」

「だったらほかの誰かがすると思う。でなきゃ追ってくる。これ、いい車だもの」ナオの不安そうな顔を見て、あのビールっ腹《ばら》の男に水を返していたことを思い出す。それももう、むかしの話だ。「ニュースになっちゃうかも」ナオが言う。

「あたしたちはもうニュースになってるし、〈クライム・ストッパーズ〉にまで出てるんだよ。とにかく北に向かおう。そしたらあたしはバスで州外に出るし、ナオだって追ってきてるやつから逃げられる。きっと大丈夫だ」


低いところまで落ちたオレンジの太陽が熱気に揺らめくなか、あたしたちはポート・ヘッドランドに到着する。いたるところにヤシの木が生え、通りはどれも広くて、大地とトタン屋根が地平線まで続いている。トラックなんかがどれも汚れまくってるのは乾ききった土の道路のせいだけれど、あたしたちの車のカーペットはずぶ濡れでひどく臭う。エアコンをがんがんかけてもやっぱり消えない。ラジオからは誰かのカントリーソングが流れていて、ナオはその曲を知っているみたいにハミングしている。

おかしな連中はついてきていない。いまのところ、見えるかぎりでは。

「でっかい町だとは思ってたんだ。バスターミナルはあるかな？」後部座席に積んであるものは確認済みだ。それからスタッズの煌《きら》めく女のハンドバッグ。財布と現金。例の銃は、ナオには見られることなくバッグの底に戻してある。

「あると思う」ナオは町の手前の道沿いにあったガソリンスタンドに車を入れて、ガソリンを補給する。あたしが女のものだった現金を差し出すと、ナオも黙って受け取る。それから町に入り、ウールワース（スーパーマーケット）の前の大きな駐車場に車をとめる。水をもらって青々とした芝生の端にはヤシの木が立ち並んでいて、車の入りは半分くらいだ。買い物客、ショッピングカート、子ども。あちこちにとまったユートの荷台では、暑い中、犬が舌を出してあえいでいる。淡い色か、シルバーの車ばかりだ。そして、どの車も赤土に汚れている。

ナオがエンジンを切り、顔の汗をぬぐってから、ぐるりと駐車場を見回す。

「なんで追いつかれないのかな？　もうあの水のとこを渡ったと思う？」

「たぶん、ほかのルートを取って回り道したのよ。だとしても、やっぱりトラッカーを見つけないと。忘れちゃったの？」

ほんとしつこいな。そんなもんないって。

「現金が七百ドル残ってる」あたしは言う。「もしこれでサーファーズまで行けるんなら、残りはナオにあげるよ。ピカピカのランドクルーザーに、食糧と予備のガソリン、それからキャンプ道具も全部。最高の取引だね。うしろには、結構なもんがどっさり積んであるんだしさ」

ナオはごくりと水を飲んで、口元をぬぐう。「チャーリーにはどれも必要ないだけでしょ」

あたしは肩をすくめ、膝の上のバッグを引き寄せながら想像する。これと一緒にサーファーズでバスを降り、ジーンに電話をかけて、自分が何を手に入れたか伝えるところを。「これはどうする気？　返したがってるようには見えないんだけど。そのくせ自分が欲しいわけでもないみたいだし」

ナオはバックミラーを確認してから、バッグに目を戻す。「あの人はあきらめたりしないよ、チャーリー」

「なら持ってないほうがいいんだろ？　ナオが持ってさえいなければ、そいつも追ってはこられない」

ナオはバッグに目を据えたままだ。片手を黄色い髪に当てていて、脳みその動いているところまで見えそうだ。「ポケットに入れてたインゴットはまだ持ってるの？」

なんなんだよ？　運転してるあいだに気が変わったとか？　「何、取っておきたくなった？　てっきり処分したいんだと思ってたのに」

ナオは唇をへの字に引き結んでいる。思ったとおりだ。これだけのことがあったあとでも、ナオはまだ、あたしに全部を話してない。昨晩はあのモーテルから連れ出してやったし、今日は今日であの女に銃まで突きつけて、なんとかここまでたどり着いたってのに。

喉の奥に違和感がある。あやうく聞いちゃうとこだった。一緒にサーファーズにこないかって。この州を出て、継父から逃げちゃえって。だけど、もうやめた。

「だったら半分持っていきなよ。ひとり四十万ドルだ」笑おうとしたのに、うまくいかない。

「これが最後のオファーだよ」

ナオがずり落ちたサングラスを持ち上げる。「そう単純じゃないの。その金《きん》の出所《でどころ》がわかったような気がしてて――キンバリーの、ある場所よ。ウォーレンは盗んだんだと思う」

「だから？」

「だから、それを取り戻したいと思っているのはウォーレンだけじゃないってこと」

「じゃあ返したいの？　褒賞金が出たりするとか？」

「いいえ。よくわからない。とにかくトラッカーを探さないと」

「だからそんなもんはないって――うわっ」駐車場の三ブロック先の手前に黒いランドクルーザーがいて、右から左へゆっくり進んでいる。とたんに胸がぎゅっとなる。「あいつかな？」

ナオが、血の気の失せた顔を素早く上げる。「どうしよう。運転手の顔は見えた？」

「スモークガラスだから、なんも見えない」ランドクルーザーは突き当たりで曲がって姿を消す。その向こうからはダークブルーのコモドアが駐車場に入ってきた。屋根の前方に大量のアンテナがついている。

あの車、どこかで見たことあるような。

例のランドクルーザーが、もうひとつ手前のブロックを折り返してきた。「なんでここに？ずっとうしろにはいなかったのに」

ナオは目を真ん丸に見開いている。「違う道を通ったのよ」そう言うなり、あたしの膝からバッグを奪ってドアを開ける。「トラッカーを探してくる」

あたしはバッグの持ち手をつかんで取り返そうとする。「だからそこにはないって。言ったろ。ちゃんと調べた」

「見落としてるのよ。ショッピングモールのトイレに行ってくる。個室に閉じ込もって探してくるから」

「やだ！　そんなのだめだ」あたしはシートベルトを外してバッグの持ち手を引っぱるけれど、

ナオも離そうとしない。「あたしがやる。ナオはあの車を見張ってて。運転手の顔を確かめてよ。また戻ってくるはずだから」

「あなたじゃだめなのよ！」ナオが車の外に出たことで、バッグがふたりのあいだでリコリス菓子みたいに伸びる。「適当にぐるぐる回ってて。走り続けるのよ。正面ドアのところで拾ってね」

持ち手が壊れて、振りほどかれる。ナオのシャツをつかもうとするけれど、うまくいかない。

「ナオ！」

ナオは勢いよくドアを閉めると、バッグを持ったままスーパーに向かう。あのバッグの底には銃があるのに。見つけたら、ナオはブチギレるだろう。

ナオがスーパーに入ると自動ドアがするりと閉まり、それからまた開いて、浅めの段ボール箱を持った男が出てくる。ナオはジャケット、帽子、財布の入った自分のバッグを置いていった。使えなくなったクレジットカードも。また呼吸がおかしくなってきて——首をちょん切られたニワトリみたいに息を吸っては吐く。ナオはまだなんかを隠してるのに、ひとりで行かせちゃうなんて。もしも戻ってこなかったら？

黒いランドクルーザーがやってくる。すごく、ゆっくりと。あたしと同じブロックをショッピングモールのほうに向かってくる。この車とのあいだには、もう空いた駐車スペースがひとつあるだけだ。ドライバーはサングラスをかけ、黒いキャップを目深《まぶか》にかぶっている。スモークガラスのせいでそれ以上は確認できない。

車が通り過ぎていくとき、後部座席の人が目に入る。その人が、窓ガラスにべったりと顔を押しつけていたから。スローモーションの世界みたいだ。日に焼けた肩と頬。陰陽魚《いんようぎよ》のタトゥー。うしろで結んだ濃いめの金髪。

心臓が宙返りをはじめる。あの髪。あの肩のタトゥー。女はこちらをまっすぐに見つめ返しながら、口を開けている。

「ジーン！」お姉ちゃんが捕まってるなんて。

11　ナオ

致命的《デッドリー》

端の個室に入って鍵を閉め、トイレの蓋に座ってバッグを膝にのせる。エアコンが顔の汗を冷やし、走ったせいで上がった心拍数も、ゆっくり、ゆっくりと落ち着いてくる。壁に頭をもたせかけると、機械のうなるような音と、遠くのクリスマスソングが聞こえてくる。まだ十二月にもなっていないのに。

頭の中はウォーレンで埋め尽くされ、振り払うことができない。思考と恐怖が、わたしの注意を奪おうと、争うように押しのけ合っている。三日前、階段の上に立っていたウォーレン。そして、現在のウォーレン。

ぎくりとしたとたん、バッグが膝からずるりと落ちる。

小学生だったわたしにとって、ウォーレンはじつの父親にかぎりなく近い存在だった。父親を亡くして、勉強にうまくついていけなかった最初のころ。ウォーレンの規則は当時からあったけれど、わたしはいい子でいようとがんばるあまり、それに気づいてもいなかった。母さんが忙しい日や仕事で留守のときには、ウォーレンが宿題を手伝ってくれたり、朗読を聴いてくれたりしたものだ。けれど成績が伸びてくると、ウォーレンは手を引いた。わたしの学力が向上して、大学に進むことなど望んでいなかったのだろうか？　どうやらそのようだ。

高校に入ると、わたしを見下す態度がひどくなった。着る物や知性、髪型にまでいちいち文句をつけてきた。家に友だちを呼ぶことも許されなかった。理由をたずねると、利己的だと叱られたあげくに、自分が母さんとわたしのためにどれだけのことをしてきたかを思い出させ、おまえは母さんに心配ばかりかけているとくさされる。

誰しもある環境で生きているうちは、それが普通だとしか思わない。けれど次第に、まったく普通ではないし、自分は大切になどされていないことを悟りはじめるものだ。最後の数か月はとくにひどかった。まるであの大切な金庫に何が起きるのかを、彼が予感していたかのように。そしてわたしは、あの日曜の夜までほとんどわかっていなかった。

おまけにウォーレンの悪行はその程度のものではなかったのだ。それは家庭内どころか世の中にまでしみ出しているし、じつはそちらのほうが先だったのかもしれない。ウォーレンは人を使っている。昨日の警官、四駆の男。そしてロードトレインの運転手は撃たれて死んだ。

あの人は汚職警官だ。母さんは知っているんだろうか。これまでウォーレンは何かというと、自分の立場をわたしたちに思い出させようとしてきた。母さんは、金庫の中身を知っていた？

死から蘇《よみがえ》ったウォーレンの存在が、振り払おうとしてもわたしにまとわりついてくる。おばさんのところに戻って、どうするべきか教えてもらいたい。わたしはあやまちを犯したけれど、このまま逃げ続けることはできないんだとすがりつきたい。けれどここはおばさんの家ではないし、ここでわたしが壊れたところでなんの役にも立ちはしない。

涙をぬぐい、額《ひたい》の汗を払うと、かがみ込んで、バッグのファスナーを開ける——静寂を切り裂く音。ファスナーが途中で噛んでしまったので、力を入れて引き開ける。誰かがトイレに入ってきた音がして、わたしは手を止める。

鋭い体臭。わたしは片手でファスナーをつまみ、もう片手の甲を歯に押し当てたまま凍りつく。隣の個室のドアがきしみながら開いて、また閉まる。隣との仕切りの下には広い開口部があって、ふたつの足が見える。ブランドストーンのブーツを履いたどっしりと大きな足。縫《ぬ》い目には赤土がしっかり入り込んでいる。

わたしは反対側の壁に寄って身を縮める。黒い四駆の男が追ってきたんだ。わたしは時間を無駄にしてしまった。もっと急ぐべきだったのに。バッグのある場所が、足の見える開口部に近すぎる。おまけに壊れた持ち手が、下のほうに垂れている。

布の擦れる音。足の動く音。それからバケツに降り注ぐ雨のような排尿の音。

息と一緒に恐怖が吐き出されて、安堵のあまり体から力が抜ける。バッグの持ち手をつかんで、自分の足のほうに引き寄せる。隣の個室の人は水を流してドアを閉めると、水道を使ってからトイレを出ていく。

軽快な音楽とエアコンの音が、またあたりを満たしている。

よし。しっかりしなさい。チャーリーが待ってるんだから。あの子、大丈夫だろうか。パニックを起こすとか、なんにせよあの子らしいことをしていませんように。お願いだから、冷静でいてほしい。

バッグをまた持ち上げる。とにかく重たい。たったの十キロ。小さな犬くらいの大きさなのに。おまけにハンマーでも入っているみたいに、膝の上でずるずる滑る。インゴットを一枚取り出すと――小さくて平たいわりにはずっしり重く――〝SGC〟というロゴマークが型押しされ、その下には歯のようにギザギザの線が刻印されている。

トラッカーはバッグの中ではなく、外れた持ち手の根元に縫い込まれていた。革と裏地のあいだだ。取り出すのは難しくなかった。涙形の黒いプラスチック製の機器で、SIMカードよりはほんの少し大きい。バッグを床に置き、機器の裏側を開けてみると、中からはまさにそのSIMカードが。

発信している。

これで希望が見えてきた。その思いが血流のように押し寄せてくる。このトラッカーがなければ、わたしたちを追うことはできない。うまくタイミングを計って、ほかの車に取りつけよう。物流で南に向かうトラックとかに。そういえば、ショッピングモールのすぐそばにバスターミナルがあるという看板が出ていた。

チャーリーとこのまま走り続ければ、もう、あの人は追ってこられない。

トラッカーをスカートのポケットにしまうと、重いバッグを持ち上げて個室をあとにし、洗面台の端に置いて落とさないようにしながら手を洗う。マニキュアは修復不可能なくらいはがれているし、いくら洗っても、爪には赤土が三日月みたいに入り込んだままだ。色を変えたシルクのトップスは汗で黒ずみ、下のボタンがひとつ取れている。トップスの裾を、短すぎるスカートのウエストに突っ込むと、サングラスを持ち上げて、目のまわりの痣を確認する。ファンデーションは使い切ってしまったが、痣は薄くなりはじめているし、黄色く染めた髪もチャーリーが整えてくれたおかげでだいぶましだ。こんな自分をあらためて目の当たりにしたら生々しい恐怖に襲われそうなものだけれど、意外なほど何も感じない。なんだか自分じゃないみたい。そんな感じがするだけだ。

トイレを照らす灰色の光の中で、新しい計画が閃《ひらめ》く。トラッカーを処分したら、ブルームまで行って道をたずね、あの鉱区を見つけよう。

どうしても行かなければ。黄金を取り戻すためとはいえ、ウォーレンが人を使って広い州内を半ばまで追ってきて、人ひとりを殺した理由を突きとめなければ。それがわかれば、これからどうすべきかも決められるはずだ。

トイレを出るなり、クリスマスソングが大きくなる。左に曲がってバスターミナルに向かう。ブルームに着いたら、チャーリーをトップエンド行きのバスに乗せてさよならしよう。いまとなっては、少しだけつらい別れになるだろうか——うまく想像できないけれど——そうするしかない。何も友だちってわけじゃないし。必要に駆られて、しかたなく一緒にいただけなんだから。

ゴールド・コーストの五十万ドルの家にお姉さんと住む夢はあきらめてもらうしかない。でも姉妹にはお互いがいる。それで我慢してもらわないと。

ショッピングモールの反対側の端は、夕方の買い物客でさらににぎわっている。オレンジと黄色の目を引くユニフォーム。どこかの採鉱地でのシフトが終わったところなのだろう。片手にトラッカーを握り、壊れていないほうの持ち手を肩にかけてバッグを小脇に抱え込む。モールの出口の向こうにバスターミナルが見える。駐車区画にはバスが一台。乗客が列を作っていて、運転手がチケットを確認している。出口のそばで、ハービー・ノーマン（豪の家電量販店）の前に差しかかる。ずらっと並んだテレビ画面の壁。なんだか一九五〇年代にでも飛び込んだみたいだ。

すべての画面に貼りつくざらついた防犯カメラの映像に、わたしはつんのめりながら足を止める。グリーンのユートの写真。マグネット郊外のロードハウスにいるチャーリーとわたし。わたしはまだ髪が長くて、おばさんの帽子をかぶっていて、ふたりとも犯罪者みたいにうつむいている。それからダリルの写真。

ああ、こんなのはフェアじゃない。チャーリーとわたしがこんなふうに扱われるのは。けれど、ダリルの死体についてはなんの情報も出ていないようだ。いまのところはまだ。

スカートの裾を引き下ろし、また歩きはじめる。鼓動が跳ね、視線が横に動く。画面が、例のロードトレインに関するニュースに切り替わる——トラック運転手銃撃事件——それから、盗難車に乗ってミルストリームから走り去るわたしたちの映像。警察はどうやって一連の情報をつなぎ合わせたんだろう？

あのユートだ。警察は、わたしたちが盗んだランドクルーザーの車検証も手に入れるだろう。いまあの車には、何も知らないままチャーリーが乗っている。ニュースが切り替わる。汚職犯罪対策委員会の捜査に関するものだ。西オーストラリア警察が組織犯罪にかかわっているという新たな証拠が出てきたらしい。わたしは頭を下げて足を速める。モール内はどこもかしこも白人の顔でできた海のようだ。ハービー・ノーマンの前に立つポニーテールの警備員が、顔をくいっとこちらに向ける。

けれどわたしの姿は、ロードハウスの前で録られた映像とはまったく違って見えるはずだ。警備員の視線はわたしの表面を足先まで滑ってから、また別のどこかへ向かう。靴を履いていないことで目立っているのか、それとも目立たなくなっているのかよくわからない。都会から離れれば離れるほど、まわりから見える裸足《はだし》の印象も変わっていくようだ。

表には熱帯の夜気《やき》が広がり、夕日の残光も消えかけている。バスの運転手がチケットの確認を済ませ、最後の乗客が乗り込んでいるところだ。バス正面のディスプレイに目をやると、行き先は〝パース〟。これから向かう方角とは正反対で、トランクルームの扉が大きく開いている。慌てて道を横切ろうとしたところに自転車が突っ込んできたけれど、ののしりながらよけてくれる。つまずきながら縁石にたどりつき、最後の数歩を駆け寄る。トランクルームに投げ入れたトラッカーが、リュックやスーツケースの隙間に滑り込んでいく。

「何してるんだ？」

片手を喉に当て、くるりとそちらを向く。

運転手がトランクルームの扉に片手をかけている。太鼓腹に引っ張られてシャツのボタンがきつそうだ。「なくしものかい？」運転手は積まれた荷物のほうに顔をしかめる。

「いえ、大丈夫です」わたしはバッグを肩に掛け直す。

「チケットは？　乗るのかい？」運転手がガムを嚙みながら、わたしの足に視線をやる。それからシミだらけの服と、壊れたバッグに。

わたしはかぶりを振る。

運転手が、とがっていた声をやわらげて言う。「なあ、旅をしたいんなら——チケットを買わないとな」まるでわたしが、バスの下の、暑くて暗い場所に隠れようとでもしていたみたいに。恥ずかしさに頰の熱さを感じた瞬間、運転手が勢いよくトランクルームを閉めて歩き去る。バスに乗った運転手は、吸い込まれるように閉まったドアの向こうで、行き先表示のディスプレイをぐるりと回す。バスは大きな音を立ててバックしてから走りはじめる。ヘッドライトがわたしの目をくらませ、道路やヤシの木の幹を照らし、通りへと出ていく。トラッカーを乗せ、安全なパースにではなく、北のブルームに向けて。わたしたちが次に向かおうとしている、まさにその場所へ。

チャーリーと落ち合うためモールの入り口に戻ったころには、すっかり暗くなっていて、案の定チャーリーは見当たらない。時間をかけすぎてしまった。でも、どこにいるんだろう?インゴットも持たずに、ひとりで逃げたはずはない。

わたしは待つ。待つしかないから。エアコンの通気口の陰に入って待ち続ける。あたりには食べ物と排気ガスの匂いが立ち込め、バッグの持ち手が肩に食い込んで痛い。駐車場には空きスペースが目立つようになったし、暗いせいでヘッドライトとテールランプ以外のものを見分けることは難しい。すぐそばで、自動ドアが開いては閉まる。買い物客の塊が出てくるたびに、車へ向かいながらこちらに視線を投げてきて、女の子がひとりきりでいると気づくなり慌てて目をそらす。

恥ずかしさが、痣のように顔に貼りついたまま消えそうにない。このトップスだって、もとは素敵な服だった。あの運転手にもそう言ってやりたかった。運転手が親切だったのがかえってつらい。わたしのクローゼットに並んでいる靴を見せてやれたらいいのに。母さんは、靴を選ぶのがとてもうまい。

母さんは、法律を勉強したいというわたしの味方をしてくれた。少なくとも最初のうちは。いま思えば母さんは、わたしが思っていたよりも深い意味で味方になろうとしていたのかもしれない。だがそれは逆効果で、あげくにわたしは、ウォーレンの態度が硬化した原因が、かたくなに自分を押しとおしたわたし自身にあると思い込まされてしまった。こうなったらもう、母さんに助けてもらおうとは思わない。

チャーリーは現れない。手元には水を買うお金すらない。バッグもジャケットも車の中だ。

モール内には戻りたくないし、バスターミナルにも近づきたくない。わたしはチャーリーが、あの四駆の男と消えたのではという恐怖を必死に押しつぶす。考えたってしかたがない。それにチャーリーは、黄金を置いてどこかに行ったりはしないはずだ。少なくとも自分の意思では。

待ちに待ち、人気《ひとけ》がなくなってもまだ現れないので、わたしはようやく歩きはじめる。疲労と治りかけの傷で足が重いし、全身が不安で張り詰めている。道路に出ると、ディーゼル車の排気ガスと潮《しお》の香りが鼻をつく。道路は南に弧を描いてから、北行きのハイウェイに合流する。勢いよく走り抜ける車。赤と白のライト。何時だかはわからないけれど、もう遅いのは確かだ。〈ウルフクリーク〉のことなんか考えちゃいけない。チャーリーはものすごく怖がっていたけれど。肌の黒い女の子が歩いているのを見て、わざわざ止まってくれる車はない。

こんなところを歩いている人もいない。

三度足を止め、バッグを反対の肩にかけ直す。バッグの底が脇腹に食い込んでくる。喉が渇き、闇が濃くなる。藪の中にふたつの目が見えて、その何かが姿を消すまで、わたしの呼吸は凍りつく。ディンゴ（豪の野生の犬）か、大きな野良猫か。ハイウェイ沿いに並ぶ背の高い照明がオレンジの列を作り、そのうちのひとつには巨大な蛾が群れている。鳴き声が聞こえたので目を凝らすと、蛾ではなくてカモメだ。道が変わり、光の列も遠ざかって、あとにはわたしの足を傷つける砂利道だけが残る。時折通り過ぎていく車。それから星。空には、はじめて見るような星々が輝いている。

ポート・ヘッドランドまでのドライブで最後に聞いた曲が頭の中に流れはじめる。ケイシー・チャンバーズの〈ラナウェイ・トレイン〉。両目が熱くなって、自分の足元も見えなくなる。それでも歩き続け、歌がフェイドアウトし、ちっぽけな自分の姿が暗い田舎の景色に溶けてしまったとき、最悪のシナリオが次々と頭をよぎりはじめる。

チャーリーは警察に捕まって勾留され尋問を受けている。盗難車のこと、ロードトレインの運転手のこと、ハイウェイで死んだ警官のこと、そしてなによりパースであったことについて。

チャーリーはあのニュースを見て逃げ出したんだろうか。でもインゴットを置いて逃げるなんてありえない。それよりも、わたしに逃げられたと思い込んだのかもしれない。だとしたら、さらに始末が悪い。あるいはわたしが闇の中で車を見逃して、チャーリーはいまも空っぽな駐車場で待っているという可能性もある。

最悪中の最悪のシナリオは、チャーリーがウォーレンの放った追っ手に捕まったというものだ。そうだとしたらわたしのせいだ。トラッカーに頼れない以上、追っ手は黄金を持ったわたしの場所を特定することができないまま、チャーリーの背中を撃って、どこかの茂みに転がしておくだろう。

赤いユートが走っていく。だがその車を意識したのは、少し前の路肩に止まったからだ。赤と白のライトを点灯させながら、バックでこちらに近づいてくる。

わたしは顔を上げるなり、振り返って灌木の中に入る。バッグがやたら重たくて、小枝や小石が足を突き刺してくる。

逃げなくちゃ。でもどこへ？　どっちに行けばいい？

タイヤのきしむ音。それからドアの閉まる音が銃声みたいに轟《とどろ》いて、わたしはつまずき、足首をひねってバッグが肩から離れる。その持ち手に腕を引っぱられて、体がぐるりと回転する。

「乗せてやろうか？」男の声だ。

激しい鼓動を聞きながらバッグをつかんで持ち上げる。一歩を踏みだした瞬間、炎のように痛みが閃く。

「おーい？　ごめんよ――」

わたしは立ち止まって、あえぎながら振り返る。ハザードランプの光の中には、背の高い黒人の青年。ウエストコーストシャツを着た肩が、フットボールの選手並みに厚い。爪先で立ちながら、両手にはツバなしのニット帽をパス前のボールみたいに持っている。「こわがらせたんなら悪かった。けど――その――」男が肩越しにうしろを振り返る。「ここは歩くようなとこじゃないから。ブルームまではなんにもねぇ。エイティ・マイル・ビーチをのぞけばな」男が内気そうに微笑んでみせる。「俺だってこんなとこ歩くのはごめんだし」

わたしは片手で顔を撫でる。足首に鈍痛があるし、足の裏もズキズキする。数日前なのか数週間前なのかはわからないけれど、このあたりで山火事があったようだ。わたしの目にも、次第に灰や、あちこちに転がっている炭や、黒く焦げた骸骨のような藪が見えてくる。「そうよね」

男が一歩だけ近づいて、足を止める。道路をやってきたトラックが走り去り、そのスリップストリームが、ざっくりとポニーテールにまとめられた男の豊かな髪をかき回す。

「すごくこわかった」わたしは言う。

「ああ、だな、悪かった」

男は爪先立ちのまま早口で言う。緊張している。ひょっとしたら、ニュースでわたしの顔を見たんだろうか？　でも、車には水があるだろう。座ることもできる。「ちょうどそこへ行くところなの。ブルームへ」止める間もなく、言葉が口から飛び出している。

男が眉を持ち上げる。「だったら一週間の一番いいとこが、歩いてるあいだに終わっちまうぞ。おすすめはできねぇな」

わたしは体を守る盾のようにバッグを抱き締めている。無意味なのに。もしこの人が何かをする気になったら、わたしにはどうにもできやしない。「ずっと歩くつもりじゃなかったの」わたしは足首の痛みを確かめながら言う。

「ああ、だよな。ならさ、乗せてやろうか？」男がわたしの表情を見て、一歩あとずさる。「いや――その――なんだったら荷台に乗るか？」そちらに目をやりながら顔をしかめる。「いや、だめだな。ブルームはちょっと遠すぎるし、荷台は泥だらけだ」男がわたしにうなずいてみせる。「荷物はそれで全部？」

わたしはごつごつしたバッグを強く抱き締めながらこたえる。「ええ」

「だったら車におさまるな。犬どもは運転席と助手席のあいだに乗せるよ。もし、その――」

男が眉をひそめて、まばたきをする。「犬が嫌いじゃないといいんだけど」

「犬？」

「二頭いるんだ」そこで甲高くひとつ吠える声と、クンクンいう鳴き声が車から聞こえてくる。男が肩をすくめながらにやりとする。

　わたしは藪から一歩出て、ハイウェイの路肩へと戻る。男は両目を見開いて、妙にビクついている。わたしの正体に気づいているんだろうか。よくわからない。このまま乗せてもらったほうがいいのか、それともひとりきりでいたほうがいいのか。

「ブルームだな」男がまた口を開く。「まっすぐ行こう。六時間かそこらだ。別に寝なくたっていいんだろ？」

　わたしはもう一歩車に近づく。これまで以上に悪いことなんて起こりうるだろうか。この人に通報される？　車が事故を起こす？　犬に襲われて死ぬまでほうっておかれる？

「ええ」わたしは言う。「ありがとう」

　犬の名前はゲッコーとガスだ。ゲッコーは茶色のテリア。ガスはオーストラリアン・ケルピーとの雑種で、鼻に傷があり耳が裂けている。男の名前はサム。くたびれた赤いユートの中は、犬の息とミンティーズ（豪のソフトキャンディ）の匂いがする。ゲッコーがさんざんわたしを嗅ぎまわったあとに鼻を舐めようとしたところで、サムが声を上げる。「ゲッコー、そこまで！　ごめんな」二頭は、運転席と助手席のあいだのベンチシートで、身を寄せ合いながら体を丸めている。ガスは青い片目を開いたまま、ずっとわたしを見つめている。わたしはドアに体を押しつけて太ももをスカートで隠しながら、痛む足首をいじらないように我慢する。例のバッグは足の下だ。運転していないときのチャーリーがそうしていたみたいに。

　サムがエンジンをかけたとたん、ヒップホップがガンガン盛大にリズムを刻みはじめる。「うわっ！」

「おっと、わりぃ！」ところがサムは、うっかりさらにボリュームを上げてしまう。

「大丈夫よ」わたしは言う。「この音楽、いいね」

　サムはうなずくと、路肩を離れながら、ハンドルをドラムのように叩きはじめる。「ブリッグスさ。すごい《デッドリー》んだぜ」サムがまた、小さな笑みを浮かべる。「聴いたことある？」

「いいね」わたしはそう繰り返す。ガンガンいう音を聴いていると気持ちが落ち着いて、頭も空っぽになっていく。わたしは、スピードとともに巻き取られていく道路と、ヘッドライトが照らし出す藪を見つめている。闇の中では、時折ウサギの目が光る。

　サムは教育実習生らしい。クリスマスの休暇で、ブルームに帰るところなのだという。窓を叩く風は暖かいのに、ニット帽をかぶったままだ。相変わらずピリピリした様子で、妙に目をパチパチさせながら水のペットボトルを差し出して言う。「これ、飲んでないやつだから」けれど、ニュースでわたしを見たと思わせるようなことはひと言も口にしない。ミンティーズの袋を差し出し（ふたつ取ってしまったのでひとつを戻そうとしたら、サムはあやうく袋を落としかけた）、エンジン音や音楽や風にも負けない声で、マシンガンみたいに話し続けている。かえってありがたい。こたえなくて済むから。もし口を開いたら、これまでの何もかもを一気にぶちまけてしまいそうでこわい。

わたしのうしろには、はるかかなたのパースまで、死者の眠る場所が続いている。いい警官と悪い警官。ウォーレン。母さん。おばさん。チャーリー。

最後の名前を、頭から振り払おうとするけれどうまくいかない。眼前の道路の白線がのびればのびるほど、わたしがチャーリーを最後に見た場所からは遠ざかっていく。あの子を見つけたくても方法は皆無だ。なにしろラストネームさえ知らない。チャーリーはこの闇のどこかにいる。けれどわたしにわかっているのは、あの子が恐ろしく黄金に執着していたことだけ。あんなにお金を欲しがっていたのに。

ふいに喉が詰まり、自分でも驚いてしまう。

サムが言う。「キンバリーには身内でもいんの？　やっぱクリスマス休暇で帰るのかい？」

言葉が出てこなかったので、黙ったままかぶりを振る。サムはそれを誤解したらしい。「家族ってやつは複雑だからな。俺、うるせーだろ。口をつぐんじゃいられないんだ」ちらちらとわたしを見ながら、サムはしばらく黙り込む。「このままずっと運転すっからさ」

わたしは喉の塊《かたまり》を呑み下す。「うん」

「ソルトウォーター・カントリーに戻るのは久しぶりなのか？」

「え？」

「だってカントリーに帰るんだろ？」

わたしはサムを見つめる。「どうしてそう思うの？」

サムは顔をしかめてから、道路に目を戻す。「いや、ただブルームって言ってたし――その顔立ちだから。あっちに身内がいるんだろ？　家族がさ」

わたしは指を、短くした髪にさし入れてから頰に滑らせる。この顔から、そんなことまでわかってしまうなんて。自分でもよくわかっていないのに。「行き先は決まってないの」おかしな言い草だけれど、事実でもある。わたしはいったい、ここで何をしているんだろう？　いったい何を見つけにいくつもりなのか。

「心配すんなって。話したくなきゃそれでいいんだ」サムは音楽に合わせて首を振っている。

「いつもはこんなにおしゃべりじゃないんだぜ」

「大丈夫だよ。乗せてくれたこと、感謝してる」

サムが見開いた目をこちらに向ける。「じつは俺――ちょっとばかしやってんだ。ここんとこ最終試験の準備が大変で。まともに眠れなかったもんだから、このままじゃ台無しになっちまうって。それで少しハイになってんだ」

シートベルトをつかんでいた手に力が入る。「ほんとに？　スピードか何か？」

「友だちが売ってくれて。バカだよな。勉強時間が足りなくてぎりぎりまでねばったんだ」サムの笑顔が、わたしの表情を見て硬くなる。「運転には問題ないって！　テストのためにちょっとだけだ。やばいことになる前には着いてるさ」

「やばいこと？」

「いや、事故るとかって意味じゃねぇ！　眠くなる前にってことさ」

わたしは犬にちらりと目をやる。不安になっている気配はない。「よくやるの？」

「いや。はじめてだ。嘘じゃねぇ」サムの顔に、また笑みが浮かびかける。「けど、おやじには言わないでくれよ！」

「お父さんに会うことはないと思うけど」

「ああ、そりゃそうだ」サムが顔をこすってからミンティーズの袋を差し出す。「サンドファイヤで休憩を取ろう。ガソリンを入れて、少し体を伸ばして。あそこまでなら、あと半分くらいだ」

わたしはミンティーズをひとつ取る。「大丈夫よね？　ほんとに眠くならない？　なんだったら運転を代わるけど――」

「いや、大丈夫だ」

サムが口をつぐんだので、わたしは窓の外に目を向ける。ダッシュボードの時計を見ると、もう十一時過ぎ。サムをしゃべらせておかないと眠ってしまうのではと心配になってくる。このあたりは藪もまばらだし、道路はどんどん海に近づいている。ヘッドライトに赤土が閃き、火に焼かれて黒ずんだ場所がさらに照らし出される。それから時折の標識。わたしはサムに質問をする。大学での専攻、大学のある場所。そしてもちろん、向こうもわたしに同じことを聞いてくる。わたしはエルタンが芸能関係の弁護士を目指していること、メルの先住民権限についての考え方を話す。自分のことよりも話すのが簡単だ。きみはどうなのと聞かれたときには、勉強をはじめたばかりだからまだ先のことは決めていないとこたえておく。半分はほんとうだけれど、何か話をでっち上げたほうがよかったかもしれない。わたしはサムがこの顔に、わたしが理解している以上のものを読み取ったことを恥じていたし、父さんのことは話したくなかった。わたしが父さんについて知っているのは、大学に戻って法律を学ぶつもりだったことくらいだ。それだって、母さんが口を滑らせなければ知らないままだった。それから頭の中のウォーレンが、予想通りのことを口にする。おまえになど、何も成し遂げられるわけがない。

わたしはスカートのポケットから、シワの寄った写真をゆっくりと取り出す。

「ここなの。ここに行きたいの。この場所に」わたしはサムのほうに写真を差し出す。ソルトウォーター・ゴールド・コーポレーションの看板。おばさんと父さん。サムは車内灯をつけて、まばたきをする。

「古い採鉱地じゃないか。本気かよ！」

「知ってるの？」

サムは小首を傾《かし》げ、長いまつ毛を頰のほうに落としながら、写真に向かって目を細める。

「これはきみの兄さんと姉さん？」

ガスまで両耳をピンと立ててまじまじと見ているので、わたしは写真を取り戻し、膝にのせる。「父とおばよ」

サムが犬にちらりと目を落とす。「ガス！　ひっこんでな」するとガスは、片目だけを閉じて体を丸める。「こいつのことは気にすんな。いっぱしの番犬のつもりなんだ。半島の上のほうにあるバルディ・ジャウィ族の土地《カントリー》だな。その写真に写ってるのは、ソルトウォーターの古い金鉱だろ？　あそこに身内がいるのか？」

「わからない」わたしは、おばさんに聞けばよかったのに聞かなかったさまざまなことを思う。チャーリーがいないと、わたしの計画からも気が抜けてしまったような感じだ。とはいえ、これはチャーリーにはなんの関係もないことだけれど。「その――どうやったらそこに行けるのかよくわからなくて」

「真珠養殖場の向こうの、町からはものすごく離れたところさ。ひでぇ道だけど、標識は出てる。道がなくなるまでひたすらまっすぐ。二時間くらいだ」目的地の場所さえ把握していないわたしを奇妙に思っていたとしても、サムはその気配を見せない。「写真に写ってるいい感じの湖は、古い採鉱地のすぐ外にあるんだ。だけど気をつけろよ。でっかいイリエワニがいる。泳ぐのはなしだな！」また早口になっている。「なんだったら連れてってやろうか――」サムがそわそわした様子でわたしを見てから、ガスのほうに目を落とす。「その、もし車がないんだったら」

「古い古いって言うけど、採鉱地はもうないの？」

「強盗事件があったんだよ。そのせいで会社は金鉱を閉めて倒産しちまった。けど盗まれた金《きん》は、まだあそこにあるってのが大方の見方だ。どこかに埋まってるはずだって」

足の下でバッグが動く。おばさんの家でも感じた、あの磁力のようなものをまた感じる。

「強盗？」

「ああ、どでかい金《きん》強盗があったんだ。いやな事件さ。しかも未解決なんだぜ」サムがまたわたしを見ている。「百キロの金《きん》が盗まれて、三人が撃ち殺された。しかもひとりは、その金鉱地の刑事だったんだ。犯人も関係者だって話さ。事件のことは知ってたか?」

耳鳴りがする。ダッシュボードに手をついて体を支える。金鉱地の刑事。ウォーレンが母さんと出会い、結婚した当時の配属先。カルグーリーの金《きん》盗難探知部隊。

あの黄金の出所《でどころ》がわかった。ウォーレンはそのために仲間を撃ち殺している。でも百キロ?足元にあるバッグの中身の十倍だ。

重さを想像してみる。手で運ぶのはまず不可能。脳裏に疑問が並びはじめたところへ、反対車線をトラックが轟音とともに近づいてくる。ヘッドライトがあたりのすべてを照らしたかと思うと、また闇に包まれ、トラックはもう消えている。

12　ジーナ

広く開けた道

　車は相変わらず開けたハイウェイを疾走し、窓の向こうでは地平線近くまで夕日が落ちている。左手後方に見えるから、やはり北に向かっているようだ。

　容赦のないドライブ。何時間も走りっぱなし。その間《かん》に止まったのはガソリンを入れた一度だけだ。場所は覚えていないけれど、まだ早朝で、車輪が泥にはまって立ち往生したあとのことだった。男は嵐の夜に、あるモーテルの通りの向かいに車をとめると、ジーナを荷台から出した。口をきかないこと、逃げないこと、余計な真似はしないこと。条件つきでこんな天気の中、どこに逃げられるというのだろう。男はようやく、この女が面倒を起こすことはないと判断したようだ。充分に怯えているから大丈夫だと。ハイウェイのかたわらで撃たれたのが誰であれ、ジーナはその音を聞いていたのだから。

　男の判断は、おそらく正しい。

　銃声は二発。リーによれば、ダリルのユートにはふたり乗っていた。一発の銃弾でひとりずつ。あるいは確実に殺すため、ひとりに二発を撃ち込んだのだろうか？

ジーナは一日中、後部座席で身を縮めていた。渡された水も、乾いて丸まったサンドイッチも口にしていない。頭が痛いし吐き気もする。煙草の禁断症状か、でなければ風邪でもひいたのか。だが、それがなんだというのだろう？　ジーナは荷台のシャベルを思い出しながら、次に撃たれるのは自分だろうか、そもそもどうしてまだ撃たれていないのだろうかと思う。いっそこちらから、次はわたしの番かと聞いてみようか。もしすでにチャーリーが死んでいるのだとすれば、何もかもわたしのせいだ。

いや、だからこそ聞けない。あそこで殺されたのが誰なのかを確かめることはできない。たぶん自分は、知りたくもないのだ。

いまジーナは西オーストラリア州の、人生で訪れたどこよりも遠い場所にいる。これまでは、学校の遠足で行った景勝地のピナクルズがせいぜいだった。そのことを思い、ふと哀しみに襲われる。チャーリーを連れて州外に出かけることすらできなかった。結局はサーファーズにも、ゴールド・コーストにも行けなかった。

そこでようやく、まわりの景色が変わったことに気づく。草原だ。こんもりしたスピニフェックスが道の両側を飛び去っていく。雨のあとなのに、もうカラカラだ。大地はどこまでも平たい。まるで誰かが巨大なハサミを使い、空を据えるために切り取ったかのようだ。道は完璧な直線で、ちらりとも横にそれることはない。運転席の男が、鋭い鉛筆と定規を使って地図に線を引いたらこうなるだろうか。こいつならきっと、そんなふうに線を引く気がする。道端には、五分おきくらいに死んだ生き物が転がっている。ときには道の真ん中にありさえするが——哀れなロードキルの残骸で——全体が残っていることはない。すれ違う車といえば鉄鉱石を積んだロードトレインばかりだけれど、それ以外の車をジーナが見逃している可能性もかなりあるだろう。

太陽はますます低くなり、地平線にはひだのような尾根がうっすらと見えている。車がキャトルグリッドを渡りはじめる。振動が響いて顔が痛いので、ジーナは窓から体を離す。ネックレスを指でつまんでねじりながら、男のうしろ姿に目を向ける。こわばった肩と荒い息づかい。いまのところ失血死することはなさそうだ。ついてない。この男は、おそらくもう単独行動をはじめている。昨夜のブルンノとの電話を聞くかぎり、あまりうまくいってはいないようだった。ジーナにとっては、不利に働くだろう。男の選択肢が狭まるにつれ、ジーナに残された可能性も減っていく。

男は丸一日、ひと言も口をきいていない。人を撃ち殺しておいて何もなかったような態度が取れるとは、いったいどれほどの悪党なのだろう。

ハイウェイの真ん中に、大きなロードキルが転がっている。まだだいぶ先のほうだ。車はどんどん近づいていくのに、男はスピードを落とそうともしない。見えてはいるはずだ。かなり大きいからよける必要がある。

すぐそこまで近づいたところで、その塊が蜃気楼《しんきろう》のように砕け、ジーナもそれが、鳥の群れであることに気づく。道路に転がった動物の亡骸《なきがら》をむさぼっていた鳥たち。その体が浮き上がり、翼がはためき、離れていく。奇妙なまでにゆっくりと。まるで今日が日曜で、誰もがドライブがてらランチに向かい、この世に心配事など何ひとつないみたいに。あまりにもゆっくりとした動きに、車が鳥の一羽をひっかける。きっとオナガイヌワシだ。それくらい大きい。鳥が車の上部に激突し、衝撃でジーナの体が揺すぶられる。男はアクセルを踏み込んだままだ。ジーナが振り返ると、鳥の体がスリップストリームの中でくるくる回っている。自分の住処《すみか》から水中に落とされ、波に呑まれたかのように。片方の翼ではばたこうとするけれど、もう片方はおかしな具合に折れていて、そのまま反対車線を走ってきたトラックに轢かれてしまう。目を三度またたいてから見ると、鳥の痕跡はどこにもない。トラックの走り去ったあとに土煙が上がっているだけだ。男はまばたきひとつしない。

男が気にもとめなかったからか、あるいは、車の後部座席に閉じ込められたまま何もできない自分があの鳥に重なって見えたせいか、ジーナは無性に腹が立ってくる。怒るのは悪くない。それどころか、とてもいい。

「あれが見えなかった?」ジーナは言う。「なんでスピードを落とさなかったの?」

男はこたえない。ろくでなし。上着のポケットに神経質なほど几帳面に並べて挿してあるペンにも、こぎれいなバックパックにも、水を飲むたびにペットボトルの口をぬぐう癖にも吐き気がする。

「だいたい、わたしを連れてきたのはどうして?」ジーナは言う。「まだ殺してない理由くらいは教えてくれてもいいんじゃない?　なんでほかの連中は始末したのに、わたしのことは撃ち殺さないの？」

男は道路に目を据えたまま、速度を落としはじめる。まわりに車が増えてきたからだ。電柱やヤシの木も見える。日没とともに、町に入ろうとしているのだ。だが標識が確認できなかったので、どこの町だかはわからない。

「教えられない理由なんかないはずよ」ジーナは言う。「どうせあなたは、金《きん》のありかを知ってるんだから。その携帯で追跡してるか、でなきゃ誰かに追わせてる。それくらいわかってるのよ。どうしてほかの連中を始末したあとに、わたしを撃ち殺さなかったの？」

バックミラーの中で、男のまぶたが痙攣《けいれん》している。

そもそも殺した理由がわからない、とジーナは思う。何が問題だったんだろう？「教えてよ！　あそこで死んだのは誰？」だがそこで声がかすれてしまい、最後まで続けることができない。ジーナは窓の外に目をやり、唇を嚙む。あれはチャーリーだったのか？

男は黙り込んだまま、いくつもの角を曲がり、携帯を眺め、まわりの車に目をやっている。どうやら話す気はないらしく、バックミラーの中でジーナをにらんでいる。おまえのようなクズは、いつでも荷台に閉じ込めてやるとでも言いたげな目つきで。それから男が口を開く。

「おまえの知ってる人間じゃない」車はショッピングモールの駐車場に入っていく。ショッピングカートを押している人や子どもや、ごく普通の日常で満ちあふれた場所。男は、駐車場にとまったセダンやユートやランドクルーザーの並びに目をやりながら進んでいく。

さっきの言葉を信じてもいいんだろうか。だけどチャーリーが死んだはずがない、とジーナは悟る。この男は黄金を追っているのに、まだ取り戻してはいない。となるとチャーリーとダリルと謎の少女は、まだどこかを走っているはず。

そしてチャーリーたちがまだ生きているのは、ジーナが生かされているのは、男がそれを必要としているからだ。昨日の読みは、大きく外れてはいなかったのかもしれない。こいつはわたしを取引の材料に使うつもりだ。少なくともいまのところは。ジーナは安堵とともに激しい恐怖を覚えるが、何もわからないよりはやはりましだと思う。

男は駐車場の空きスペースを素通りし、一ブロック、また一ブロックととまっている車を確認していく。駐車するつもりではない。探している。ダリルのユートを。チャーリーたちは追いつかれてしまったんだ。

ジーナも車を探しはじめる。グリーンのユートは見当たらない。見つけたくない。もう、この駐車場を出たあとでありますように。男は携帯をにらみ、ジーナは窓の外とサイドミラーに目をやりながら、車、空間、人を確認し続ける。

どうしてそちらに目をやったのかは自分でもわからない。おそらくは、フロントガラスに金色がかったオレンジの光が閃いたせいだろう。とにかくジーナには、とまっている白いランドクルーザーの助手席に少女が見えた。こちらの車とのあいだには、空いた駐車スペースがひとつだけ。心底腹を立てているようなハート形の顔。前歯のあいだの隙間。ふたりの目が合った瞬間、少女がまばたきをして、ジーナの目には、その子の唇がこう言うように動くのが見える。

ジーン！

まさか、そんな、チャーリーだ。でも、髪型は変わっていた。

ジーナは顔を前に向ける。心臓が肋骨の中から飛び出しそうだ。チャーリーで間違いない。生きている。車にはひとりきりだったけれど。あのランドクルーザーは盗んだということ?

車はモールに一番近いブロックの突き当たりまで進むと、左に曲がって、モールの入り口の前を通り過ぎていく。ジーナは視野の中に、バックで駐車スペースから飛び出してきた白いランドクルーザーをとらえている。タイヤをきしませ、あとを追ってくる。男は相変わらず携帯に集中していて、チャーリーには気づいていない。だが、気づけるはずがあるだろうか。この男はチャーリーを知らない。おまけに、この前の日曜とは髪型が違う。短くして、茶色に染めて。完全に変装している。

どうして変装なんかしているのだろう。家からここまでのあいだに、何か別の事件があったとは思いたくないし、事態がこれ以上に悪くなりうるなんて想像もできない。

男はモールの横を進み、チャーリーもついてくる。車間をぎりぎりまで詰めようとしている。ジーナは、振り返ってはいけないと必死に自分を抑え続ける。体を硬くし、前を向いたままサイドミラーを使ってうしろのランドクルーザーを確認する。下半分は赤土で汚れているけれど、上半分はまっさらで車体も新しい。ダリルのユートはどこにいったの?

男はモールの周囲をまわると、元の場所まで戻ってきたところでヘッドライトを灯《とも》す。窓の外は暗くなりかけている。チャーリーはうしろを走りながら、ヘッドライトを点滅させる。二回、三回。ジーナは、やめるように叫びたくてたまらない。

つまり、チャーリーの手元に黄金はない。でなければ、チャーリーのほうが追われているはずだ。どうか安全なところにいて、引き返してこの車から離れてとジーナは願う。だが、チャーリーに伝える手段などありはしない。男の注意をうしろの車に引かせないようにする方法もない。男はもう一度モールの周囲をまわってから出口に向かう。背筋がさらに伸び、グローブをはめハンドルを握った手にも力がこもっている。体からははぜるようなエネルギーが放たれ、獲物に近づいたのを悟り興奮しているのが感じられる。

うしろのランドクルーザーが警笛を大きくふたつ鳴らし、男が素早く顔を上げる。「ふざけやがって」ジーナは両手を尻の下に敷き、車は出口から通りに出ていく。

バスターミナルに着いたところで、通りの両側の街灯に明かりが灯る。男は、バスが自分の前に出てきたのを見ながら速度をゆるめる。バスの正面にはディスプレイが出ている。行き先はブルーム。ジーナはサイドミラーを確認する。チャーリーは、シルバーのセダンを挟んでついてきている。

こうして車は町を出ていく。男はバスを追い、チャーリーがセダンのうしろからそのあとを追ってくる。反対車線には安定したリズムで車が流れ、空はどんどん暗くなる。これではあべこべのカーチェイスだ。前のめりな男の姿を見ながら、ジーナは、二台うしろの車の中でチャーリーの隣にいられたらと思う。いまいましい携帯は、グローブボックスの中にあって役に立たない。チャーリーはいまのところおとなしくしている。警笛を鳴らしたのもあのときだけだ。

あきらめてくれた？　それともガソリン切れ？

だがジーナには、チャーリーはあきらめたりしないとわかっている。

男の車はバスについて、ハイウェイを北へと走りはじめる。まわりの車も減り、町へと戻る大型のトラックが何台か見えるだけだ。空港の横に差しかかり、白とオレンジのライトが弧を描くように並んでいる。それから線路の踏切を通り過ぎる。うしろのセダンが曲がって姿を消す。男は着実にバスを追い、白いランドクルーザーのヘッドライトも、安全な距離を保ってあとをついてくる。

ジーナは片手を、痛みのない左の頬に当てたまま、サイドミラーを見つめている。ランドクルーザーが近づいてくる。だめ、チャーリー。ジーナは座ったまま身を乗り出すと、「そのバスを追い抜いたらどう」と男に声をかける。「百キロも出てないわ」

男はうなりながら、教習所で教えられるとおりに、ハンドルの十時と二時の位置に置いていた両手に力をこめる。反対車線をトラックが一台走っていく。男は汗をかいていて、バックミラー越しにでも、額に浮かんだ玉の汗が確認できる。ジーナの視線が、出血のあとを探すように男の包帯の上をなぞるけれど、新たな出血のしるしはどこにもない。

うしろのランドクルーザーがじりじりと近づき、追い越しをかけるようにウインカーを出しはじめる。「ふざけやがって」男がうなる。「いったいなんのつもりだ？」

「やっぱりバスを抜いたほうが」ジーナが言う。

「黙っておとなしくしてろ」

「でも――」

「ひっこんでろ!」

ランドクルーザーが追い抜こうと近づいてくる。ああ。チャーリーはPプレートを持っているだけで、ハイウェイなんか走ったこともないのに。ジーナは下唇を嚙み、窓の外に目を向ける。あたりが暗すぎて、車内のチャーリーを確認することはできない。この車とバスのあいだに入り込むことなんかできっこないのに。

反対車線をひと組のハイビームが近づいてくるのを見て、ジーナの胸が恐怖にゾクリとする。トラックだ。チャーリーには見えてないの? このままじゃ正面から衝突してしまう。

チャーリーがぎりぎりまで車体を寄せ、横に並びかけている。トラックのヘッドライトが明るさを増す。まともな判断ができているとは思えない。

「路肩に寄るか、スピードを落とすかして」ジーナが言う。「あの車にスペースをあげて」

「黙ってろ」車が何かやわらかいものにぶつかり、男が悪態をつく。ウサギだ。

男がさらにアクセルを踏み、フロントガラスはトラックのヘッドライトに包まれる。「スピードを落として!」ジーナは叫ぶ。

「黙れ!」

ランドクルーザーが進路を変え、スピードを落としながらうしろに下がっていく。ジーナはくるりと振り返ってチャーリーを見る。ヘッドライトが遠ざかり、左のレーンに車体が戻ったかと思うと、対向車線のトラックが猛烈な勢いで走り去っていく。

ああ、チャーリー。ほんとに危なかった。うしろのランドクルーザーがオレンジのウインカーを点滅させ、続けてハザードランプが灯る。そのまま路肩に寄り、止まってしまった。何があったにせよ、チャーリーが無事なことだけは確かだ。

ジーナは顔を前に戻して、シートに体を沈める。男には、ジーナのパニックの理由がわかっていない。「あのふざけた野郎も正気を取り戻したようだ」男は言う。「でなければヘッドガスケットでも故障したか。たいした違いはないが」

冷血漢――ジーナが頭の中で男に与えた呼び名――は、ブルーム行きのバスにくっついたまま離れようとしない。車はダッシュボードの時計が午前三時に近づいたところで町に到着する。暗い中、ガソリンの補給で一度止まった以外はひたすら走り続けた。冷血漢には休憩など必要ないようだ。ジーナは途切れ途切れに眠っては水を飲んだ。頭もすっきりしてきた。たぶん風邪ではないのだろう。ニコチンの禁断症状が、少しずつ軽くなっているのかもしれない。

禁煙の方法としては最悪だが、チャーリーが知ったら大喜びするだろう。ずっとジーナに煙草をやめさせたがっていたから。

車はバスターミナルまで、しつこくバスを追い続ける。冷血漢がまた体を前のめりにして、浅い呼吸をせわしなく繰り返しながら、長時間の運転にこわばった首を回している。ヤシの木やボアブの木の立ち並ぶ通りには、低いトタン屋根や赤い提灯《ちょうちん》、それからチャイナタウンを示す標識が見える。妙に作り替え《アップサイクル》られた感じのする町だ。こじゃれたギャラリーや野外映画館があり、家々のベランダや窓の向こうからはお金の匂いがぷんぷんする。通りには誰もいない。酔っぱらった若い女も、夜遊び帰りにふらついている青年の姿もない。空には真珠のような星。ひと組のヘッドライトが、道を曲がるたびにうしろをついてくる。ジーナは背筋を伸ばして座り直す。チャーリーが追いついてきた？　でも、いったいいつからだろう？

　男はバスから半ブロックほど離れた場所に車をとめ、体をこわばらせながら、降りてくる乗客をひとりひとり確認している。正確には三人だ。スケートボードを持った少女、先住民の老人、薄汚れたバックパッカーの男。冷血漢は不満そうだ。顎《あご》をこわばらせているのは、折れた肋骨のせいばかりではないだろう。黄金の詰まったバッグを持った誰かが、バスから降りてくるのを待っていたのだ。

　スケートボードの少女は迎えにきた友だちのバンに乗り、老人とバックパーカーは通りへと歩きはじめている。うしろにとまっている車が動きだして、どちらかを乗せるのかもしれない。だがジーナの読みははずれ、うしろの車は止まったままだ。ジーナの乗っている車からは二台分のスペースを開け、ヘッドライトも消している。チャーリーの乗っていた白いランドクルーザーではない。暗くて色までは確認できないけれど、車体の形が違う。ジーナはサイドミラーでその車を見つめるが、車内は暗いままだし、誰かが出てくる気配もない。冷血漢は気づいていない。動揺した様子で携帯の画面を確認している。運転手が事務所へと消えたところで男は車を降りるが、うっかりしたというように戻ってきてグローブボックスからジーナの携帯を取ると、中からはドアを開けられないようにロックをかけたうえでまた降りていく。

かまうもんか、とジーナは思う。好きにすればいい。チャーリーは無事なんだから。道路で立ち往生したチャーリーは、誰かに助けを求めるだろう。それがどんなやつであれ、あの冷血漢よりはましなはずだ。

男が運転手のいる事務所の窓を叩き、一緒にバスへ向かってトランクルームを開けている。運転手がしっかり中を確認しているけれど、あのピリついた様子を見るかぎり、男の探し物は見つからないようだ。それでも男がバックパックの中から何かを見せると、運転手が四つん這《ば》いになってもう一度トランクルームを探しはじめたので、どんなやりとりが交わされたのか、ジーナにも大体の見当はつく。

だが見つからない。男が車に戻ってきたときに、ジーナは変化を感じとる。男はしばらくシートに座ったままでいたが、やがて包帯の巻かれた首の横をかきながらエンジンをかける。冷血漢が意図のない仕草を見せたのは、これがはじめてだとジーナは思う。

黄金の行方がわからなくなった。変化の原因はそれだ。

この分だとあとで八つ当たりをされるだろうか。だがいまは男も意気消沈し、煮えたぎるようなエネルギーも萎《しぼ》んでいる。車がチャイナタウンの通りを戻りはじめると、うしろの車もヘッドライトをつけ、あとを追ってくる。男はそれに気づきもしない。

冷血漢はまたミスを犯そうとしている。昨日の夜、モーテルの外で張り込みをしていたときのように。あれはかなりお粗末だった。ジーナのほうがよほど多くのことに気づいていたのだから。モーテルの駐車場に一台だけとまっていた車はグリーンのユートではなかったし、アボリジニの女の子が煙草を吸いに外へ出てくるまでは、ほかに人の気配もなかった。あの子が明かりの下にいたのは、部屋のドアを開けながら中にいる誰かに声をかけていたほんの二秒くらいだ。それから彼女は、闇の中で煙草を吸い、その赤い先端が丸く浮かび上がって見えた。けれど冷血漢はあの子の姿を見ていない。仲間のブルンノと電話で険悪なやりとりを交わしたあげくに医者からもらった薬を落としてしまい、足元を探すのに忙しかったのだ。

あのとき車の中にいたジーナは、自分もあそこで一緒に煙草が吸えたらいいのにと思った。そして、部屋にいるのがチャーリーであることを願った。ハイウェイで撃たれたのが、あの子ではありませんようにと。アボリジニの女の子には、なんだか見覚えがあるような気がした。外の壁にもたれていたあの姿勢。そしてようやく、ジーナはどこで見たのかを思い出す。

最後にダリルと偵察に行ったとき、あの子はマウント・クレアモントの家で、あれとまったく同じことをしていた。冷血漢が気にしていた謎の少女はあの子だ。盗んだ金庫があったのは、あの子の家。だけどそれだけじゃない。ジーナの頭に、家のまわりの情景が蘇る。家の向かいにあったカフェ、ダリルがユートをとめることにした、ペパーミントの木立があって目立たない小さな駐車場、朝のラッシュ。コーヒー豆の看板が、豆電球の光のようにその記憶をよぎる。男の上着に入っていたスタンプカード。同じマークだ。

そこでジーナは悟る。あの子は冷血漢の身内だ。カフェの向かいにあったのは彼の家。自分たちが盗んだのは彼の金庫であり、彼はずっと自分の黄金を追いかけている。

つまりこれは彼自身の問題なんだ。だとすれば、その点を利用しなければ。

チャーリーとあの子が一緒にいる経緯は謎だけれど、個人的な何かがなければ冷血漢があのモーテルの部屋を見張っていた理由がない。警察があの部屋に踏み込んだあげくに誰も捕まえられなかったあと、冷血漢があの場を離れて先に進んでいる理由も。常にひと筋の光はある。冷血漢が警戒を解く瞬間が必ず訪れる。疲労もあり、体調を崩すかもしれないし、単純に注意がゆるむかもしれない。その隙を狙って逃げ出そう。なんとしてもチャーリーのところに行かなければ。

うしろの車が街灯の下を通り抜ける。煌めくミッドナイトブルーの車体と、屋根には何本ものアンテナ。ちらりと見えた瞬間に、ジーナの心臓が押しつぶされる。嘘でしょ？

ジーナは黙り込んだまま顔を前に向ける。あの車を運転しているのは、私服警官でなければリーだ。彼のコモドアにフェイクのアンテナがつけてあるのは、警察に捕まらないようにするためなのだから。

パースからずっと追いかけてきたの？

そこでジーナの頭に、一日中考えまいとしてきた思いが蘇る。チャーリーを心配するあまり、希望と恐怖のジェットコースターに乗っている気分だったし、ストレスと罪悪感と煙草の禁断症状もあったから、考えずにいるのはそれほど難しくもなかった。日曜の夜、家から走り去るユートに乗っていたのはふたりだったはずだ。そのうちのひとりが謎の少女なら、いったいダリルはどこにいる？

木曜日

13　ナオ

ホワイト・クリーク

夜十二時を過ぎるころにはサムもわたしも黙り込んでいたけれど、音楽は相変わらず激しいリズムを刻んでいたし、わたしの見るかぎり、サムはきちんと目を覚ましている。金鉱強盗についてもっといろいろ聞いてみたい。でもどう切り出せばいいのか。それにこわい——死者が三人に、百キロの黄金、そしてウォーレンの関係していた金《きん》盗難探知部隊。直感が、三人を殺したのはウォーレンだと告げている。だとしても、残りの九十キロはどうなったのだろう。

路肩にとまった四駆《よんく》の車体が、闇の中から現れたとたんうしろに流れて、わたしの顔を振り返らせる。「いまの見た？」

サムのためらいに合わせて車の速度が落ちはじめる。「誰かがタイヤを替えてたよな」サムがバックミラーにしかめた顔を向けながら、さらに速度を落としてウインカーを出す。わたしはサムに、車を止めて、あの車のところまでバックしてほしいと頼む。

喉が詰まるのを感じながら、チャーリーのはずはないと思う。ポート・ヘッドランドからはもう一時間くらい走っているし、チャーリーがこんなところにいる理由がない。けれどサムが路肩に車をとめると、ドアを開ける手が思わずはやる。つまずいて、傷めた足首に体重がかかっても痛みさえ感じない。

短くした髪と青白い顔が目に入った瞬間、わたしはチャーリーに駆け寄っている。「よかった、生きてたのね。警察にも捕まってなかった。ものすごく心配したんだから」思わずハグをしかけてためらう。迷ったまきっかけを失ったうえに、なんだかチャーリーは怒っているみたいだ。

「そんなに心配なら、いったいどこに消えてたんだよ」チャーリーは後輪のそばに膝をついている。車に積まれていたものを全部転がしたようなありさまのなか、片手にはホイールブレースを持ち、顔には油の筋がついている。

「思ったより時間がかかっちゃって。そしたらあなたがいないから。二時間も待ったのよ」

「あっそう。とにかく大変なことになってんだ。早く出発しないと」チャーリーはホイールブレースをあてがいながら、顔を大きくしかめている。ナットが外れなくて」「そいつは誰?」

サムはニット帽を両手に持って、わたしのうしろにぼんやり立っている。その両隣には影に包まれた犬たちが寄り添い、温かい風に毛並みをそよがせている。「えっと、サム、この子は――」

「バッグはどこだよ、ナオ」チャーリーがわたしの背後をにらんでいる。

「あ、いけない。ちょっと待ってて」わたしは足を引きずりながら車に戻り、バッグを取り出す。二頭の犬が、わたしの体をくんくん嗅ぎまわっている。

「ったく」チャーリーがバッグを受け取ってそばに置く。「信用できないんだから」

「サムが乗せてくれたのよ、チャーリー。まさに命の恩人。そしたら車からあなたの姿が見えて。もう、驚いたのなんのって――」

「道路は一本しかないけどね」チャーリーが額《ひたい》に油の筋を残しながら汗をぬぐう。「話がある。すぐに出発したいんだ。いますぐに」

その声に差し迫ったものを感じて、わたしはこわくなる。「何があったの？」黒い四駆を思い出してハイウェイの両端に目をやるけれど、ほかに車の気配はない。チャーリーが黙ったまま、鋭い目をバッグからサムに向けたので、わたしもその意味を察する。

立ち去るのを渋っているサムに、わたしが、もう大丈夫だからと言いきかせる。ほんとうはちっとも大丈夫ではない。それでもサムを、赤いユートまで送っていく。「このまま行くのはなんだかなぁ」サムが言う。「俺ならタイヤをすぐに替えてやれるし。一緒に行かないか。そのほうが安全だろ？　とりあえずブルームまでさ」

「ありがとう。でも、ほんとに大丈夫だから」

「ナオ！」チャーリーが声を上げる。「ぐずぐずすんなって」

サムは顔をしかめて犬を車の中に追い立てると、窓から体を入れてグローブボックスに手を伸ばす。「これ」サムが車の屋根の上で紙切れに何かを書きつけてから、残ったミンティーズの袋と一緒に差し出してくる。「俺の電話番号。何かあったときのために――」サムはポケットに手を突っ込んで、足をもじもじ動かしている。「半島では電波が届かないんだ。けど、町にいれば通じるから」

もう金鉱についてたずねることはできないけれど、わたしはお礼を言い、携帯の入っているスカートのポケットに紙切れをしまう。サムはもう一度顔をしかめてから、ニット帽をかぶる。

サムの車が走りだすと、わたしは足を引きずりながらチャーリーのそばに戻る。

「手伝ってよ」チャーリーはホイールブレースをあてがい、足をのせて踏ん張っている。けれどぴくりとも動かすことができないまま足が滑ってしまい、悪態をつく。

「貸して」わたしはホイールブレースを手に取って膝をつくと、タイヤに当て直す。「サムに助けてもらえばよかったのに。いい人だし――」

「ジーンが、黒いランドクルーザーの男に捕まってる」

わたしはホイールブレースを落とし、チャーリーを見つめる。

「だからあたしはここにいるんだ。駐車場から、あの車を追ってきた」

「そんな、間違いないの？」わたしはまたハイウェイにぐるりと目をやる。

「間違えるかよ。ジーンは後部座席からあたしを見てて、運転席の男は黒いキャップをかぶって黒い手袋をはめてた。それにジーンは、ものすごく怯えた顔をしてたんだ」

胃がよじれる。「黒い手袋？」

「そう、何あれ？　なんのためにはめてんの？」

車に寄りかかって、なんとか吐き気を呑み下す。「革のドライビンググローブだった？」

「さあね。そうかも。よく見えなかった。え、大丈夫?」

息をしなさい。「大丈夫よ。一分だけ時間をちょうだい」わたしは顔に浮いた汗をぬぐう。

「大丈夫には見えないんだけど」

「大丈夫だってば」考えちゃだめ。わたしは背筋を伸ばすと、ホイールブレースをタイヤにあて、手が痛くなるまで思い切り力をかける。ナットが緩んできた。それからもうひとつ。「ジャッキはどこ? このタイヤを取り替えないと」

「だからいまやってんだろ」

「散らかしたものを車に戻しといて」

革のドライビンググローブをはめて運転する人なんて、ウォーレンのほかには知らない。はめたままカーナビの画面を操作できる特注品を愛用しているのだ。黒い四駆の男はウォーレンで間違いない。やっぱり死から蘇《よみがえ》っていた。あげくにチャーリーのお姉さんを拉致するなんて。

チャーリーに教えるわけにはいかない。

午前五時の少し前には明るくなりはじめ、前方には藪《やぶ》の紫が描くやわらかな線が見えてくる。バックミラーに目をやると、そこにはまだ、真っ黒で空っぽの空間しかない。エアコンを切り、風を入れて眠気を覚まそうと窓を開ける。夜中のハードなドライブのせいで、歯も目の奥も痛い。サムから聞いた場所で給油のために一度だけ止まったのをのぞけば、何時間もひたすら走り続けている。

境界を越えて別の地に入ったという感覚がはっきりある。小さな木々が立ち、草が茂り、全体に緑が濃く、大地も赤味をさらに増し、空は明るい。赤土の土地、ピンダンだ。その名の由来は知らないけれど、ここがそうなのは間違いない。

サムの車に乗っていた時間が、夢だったかに思える。それでもポケットには電話番号を書いた紙があるし、チャーリーの膝にはミンティーズの包み紙が散らばっている。チャーリーにちらりと目をやると、助手席で体を丸めたまま眠り込んでいる。その顔を照らす光の加減が刻々と変わっていく。チャーリーの両足は、この数日で定位置となったバッグの上に戻っている。彼女の様子は、あの日曜の夜に湖から引き返したときと変わっていない。ただし服の汚れはひどく、どこもかしこも泥で赤い。腕は日に焼け、鼻のソバカスは増えている。指関節の怪我はだいぶよくなって、切り傷はふさがり、腫《は》れも引いている。穏やかな顔。まだ起こしたくない。

ウォーレンのことは黙ったままだ。このひと晩、何度、車の進路を変えたくなったかわからない。南でも内陸でもいいから、ウォーレンとは別の方角へ向かいたい。それでもわたしの両手と両足は、北に向かうために動き続けている。ほかに選択肢はない。チャーリーのお姉さんを取り戻さなければ。そしてチャーリーには、わたしがどれだけウォーレンを恐れているかを知られたくない。

左の路肩にとまっていた薄汚いトラックの横を過ぎ去り、キャトルグリッドの格子を渡る。チャーリーがパチッと目を開く。「ジーン？」

「まだよ」わたしが言う。「これからふたりで見つけるの」

チャーリーは目をまたたいてからバックミラーを確認し、口の片側から垂れていたよだれを手の甲《こう》でぬぐう。「ここどこ？ あの車には追いついた？」

「エイティ・マイル・ビーチの北端よ」

レンガの壁にゆっくりとぶつかるような疲労に襲われて、少なくともこの一時間は、こんな状態でがんばっていたのだとあらためて気づく。速度を落とし、次の道を横に入ると、未舗装の道路にタイヤを滑らせてからグリップを取り戻す。

チャーリーが背筋を伸ばす。「あいつがこっちにいるの？」

「いいえ。気配もない」わたしは道に意識を集中させながら口を開く。「しばらくは追いつけないわ、チャーリー。ブルームまでは一時間くらいかかるし、少し眠らないと」

チャーリーがシートベルトに手を伸ばす。「あたしが運転するから寝ていいよ。このまま走り続けなくちゃ」

「だめ。いいから聞いて」わたしはあくびをしながら、チャーリーの腕に手を伸ばす。肌が熱い。「ふたりとも眠るの。ほんの二、三時間よ。眠らないと頭がうまく働かないし、わたしたちには計画がいる。どこであの車を捕まえるにしても、警察に出くわさないようにしないと」

チャーリーがシートに身を沈める。

「あの車はバスを追ってブルームに行き着くはずよ」わたしは言う。「あそこが終点だから」

「バスから金《きん》が見つからなくて、あいつがカッとなったら？ ジーンに何かするかもしれない」チャーリーが手の甲をかく。「電話できない？　金《きん》ならあたしらが持ってるって」

その言葉が、道路のくぼみのようになった胃に落ちてくる。「番号は携帯の中なの。もう持ってない」

「だったらお母さんは？　お母さんの番号なら覚えてるだろ？　お母さんからそいつに電話させてよ」

「それで、母さんに何もかも打ち明けるの？　母さんは警察に知らせるに決まってる」けれど、そもそも母さんが何もかも知っているとしたら？　金庫の黄金のことも、ウォーレンがしていたことも、あの黄金の出所《でどころ》についても。学費や服や休暇旅行のお金は、母さんが働いただけでは出せるはずがなかった。どうして一度も聞いてみようと思わなかったんだろう。

　道が細くなり、両側から濃い藪が迫ってくる。「ウォーレンには、あなたのお姉さんを傷つける理由なんかないはずよ。金《きん》を取り戻したいだけなんだから」その言葉を、わたし自身は信じているのだろうか。

　ごつごつした浜辺に出たところで、太陽が昇りはじめる。右手の小川の河口ではマングローブがもつれ、ハゴロモインコたちがその梢《こずえ》をかすめるように飛んでいる。さわやかな海と泥の香り。銀色の水路が一本、白い砂の上をうねり、流れてゆく。

　チャーリーが鼻を鳴らす。「海辺は嫌い」

　わたしはチャーリーを見つめて目をまたたく。「ゴールド・コーストで暮らしたいんじゃなかった？」

「それは別の話だから。あそこにはお金がある。はきだめなんかじゃない」

わたしはマングローブに囲まれた平らな岩場に車をとめる。ちょうど一台分の場所があって、道の後方も確認できる。

チャーリーがシートの中で体の向きを変える。「金《きん》は返すんだよな。あれをジーンと交換するんだ」

「そうよ」

「なめた真似はなしだ。しくじるわけにはいかないんだから」チャーリーが早朝の日差しに目をしばたく。「褒賞金欲しさに気が変わったりしない？」

大きく見開いた目。必死なんだ。ウォーレンのことを打ち明けてしまおうか。わたしはもう少しで話しそうになる。でも、打ち明けてどうなる？　それが役に立つとでも？

「褒賞金なんてない。あるわけないじゃない。わたしたちは追っ手と会う段取りをつけて、向こうの欲しいものを渡すだけ」


打ち寄せる波の音と鳥の声にハッと目が覚める。また暗い水の夢。どこにいるのかを思い出したとたん、ふわふわしていた恐怖が凝固していく。エイティ・マイル・ビーチ。ウォーレンと、チャーリーのお姉さん。日差しが寝袋のキャンバス地をあぶっている。時計を見ると、午後四時。しまった――十時間もたってる――寝過ごした。だけどウォーレンも、ずっと起きてはいられないはず。寝袋のファスナーを開け、日差しとハエの攻撃に固く目を閉じながらサングラスを手探りする。

車に近づくと、チャーリーは後部座席でぐっすり寝入っていて、小さなブッシュフライ（豪のハエ）が、むき出しの腕や脚をちょこちょこ歩きまわっている。起こそうとして、考え直す。頭をすっきりさせるのに、あと数分欲しい。チャーリーが寝言をつぶやきながら体勢を変え、その肌の下で革のシートがきしむ。チャーリーは車の屋根のラックから、ライムグリーンのリュックをひとつ下ろしたようだ。リュックの上部が開いていて、中に入っていた衣類が前の座席に散らばっている。

リュックの一番上にサロン（腰に巻きつける布）が入っていたので、わたしはハエよけになればと顔に巻きつける。おばさんの帽子をかぶり、チャーリーのサンダルを履くと、焼けるような砂浜を思い切って水辺へと向かう。深い砂の中で足首に鈍痛が走るけれど、だいぶよくなってはきているようだ。浜辺は見渡すかぎりまっすぐ続いていて、満潮が残した線には貝殻が転がっている。海面に反射する光は強烈で、肌が焼けていくのがわかるくらいだ。またルールを破ってしまった。物心ついてからというもの、日光に肌をさらしてはいけないと、ウォーレンに強く言い聞かされて育ったのだ。

ウォーレンの規則はいろいろあってややこしい。わたしには、母さんとは別のルールが設けられていて、数も多い。日光を避け、肌の色をできるかぎり薄く保つという特別な規則は、無益ではあるが、わたしにじつの父親を認めさせないための手段でもある。わたしだって努力はしてきた。家族にしっくりおさまるように努力はしたのだ。

チャーリーのサンダルを脱いで、海が足を洗うのにまかせる。水にふれた瞬間ゾクリとする。すべてを包み込む息もできないほどの暑さが嘘のように、とても冷たい。足の痛みが引いたように感じられるし、砂の肌触りも心地いい。ソルトウォーター・カントリー。わたしは北へ、ブルームとその先へ目を向ける。あそこには、わたしに関係のある何かがあるのだと思いたい。少なくとも、父さんに一歩でも近づける何かが。それなのにいま感じられるのは、あそこにはウォーレンがいて、わたしを待っているということだけ。手からパッドをはずし、傷口を海水で洗う。ハコクラゲも浅瀬にはいない。いないはずだ。念のため海中を確認するけれど、見えるのは自分の影だけだ。

この海の光はすべてを周辺に押しやっていく――思考も、記憶も、わたしの髪をねじっていたウォーレンの指の感触さえも。もうあの感触を味わう必要はない。ウォーレンは盗んだ黄金を、チャーリーは自分の姉を取り戻す。シンプルな取引。ほかの選択肢など存在しない。けれど、ウォーレンに黄金を返すことの裏側にあるものを想像してみようとすると、何もないぽっかりとした空間しか頭に浮かばず、それはそれで逃げることよりなんだか恐ろしい。ウォーレンは、黄金とジーナを交換するだけで満足するだろうか。チャーリーとジーナが、わたしのせいで罰を受けることになるかもしれない。

「ナオ?」チャーリーのかすかな声が、砂浜の向こうから聞こえてくる。振り返らずにいると、チャーリーがもう一度、さっきよりも大きな声で呼んでいる。

車に戻ると、チャーリーはドアを開けたまま、後部座席のシートの端にちょこんと座って足をぶらぶらさせながら、彼女の顔には大きすぎるデザイナーサングラスをかけている。「なんで起こしてくれなかったの？」

「わたしも寝すごしちゃったんだ。ごめん」

「サンダルを盗まれたかと思った」

わたしはサンダルを脱いで手に持ち、チャーリーに返す。「そのサングラスはどうしたの？」

チャーリーがリュックを顎《あご》で示し、受け取ったサンダルでハエを叩く。なんて痩せっぽちなんだろう。肘と鎖骨の骨が鋭く浮き上がっている。首の跡は、いまでは痣《あざ》なのか泥の汚れなのかわからない。

「あのさ」チャーリーが言う。「このまま暗くなるのを待たない？」

わたしは驚いてチャーリーを見つめる。

「町には警察がいるし、あたしらのことは、たぶんまだニュースになってると思うんだ。逮捕なんかされたら、ジーンのためにならないだろ。どっちにしてもあと数時間だし」

「わかった。何か食べて、日が沈んでから出発しよう。そのほうが車を特定するのも難しくなる。どこかでネットの使える場所を見つけたら、お姉さんにフェイスブックでメッセージを送ればいい」

わたしたちはボンネットに腰を下ろすと、車の冷蔵庫に入っていたチーズとパンをおなかに入れる。太陽が沈みはじめて、波を金色に染めていく。チャーリーはリュックの中から見つけた虫よけを体に塗りたくり、わたしはチャーリーにもらった煙草の残りに火をつける。冷静さを失ったとたんに、怯えているのを気づかれてしまいそうでこわい。海に近づいて両手を洗ってから戻ると、チャーリーがポケットから、お姉さんのものだというあのキーホルダーを出している。四角いプラスチックの土台に、黄金の太陽の写真。チャーリーがボンネットに座ったまま話しはじめる。

「東海岸って何が違うかわかる？　あっちでは太陽が海から昇るんだよ。沈むんじゃなくて」

チャーリーの手にあるのは、太陽を背負ったサーファーズ・パラダイスの看板だ。「そうね、知ってるわ」

チャーリーはわたしの肩越しに、海を見つめている。「ジーンとあたしには、どこか新しい場所が必要なんだ。ろくでもないことがついてきたりしない、どこかまっとうな場所が。だからサーファーズ。あそこは母さんが小さいころに住んでたとこで、いろんな話を聞いてるから。それに——あたしの父さんはカジュアライナ刑務所にいるんだ」

「え、そうなの」

チャーリーがハエを叩く。「何も言わなくていいから。たぶんそのほうがいい」

「わかった」

チャーリーは鼻をすする。「あたしとジーンがガキのころから、うちの親は喧嘩ばっかでさ。父さんが失業してからはずっと貧乏だった。お金があったところで、どっちにしろ父さんがＴＡＢ（豪の賭け屋）でほとんどすっちゃうんだけど。それでも母さんが四年前に殺されて、父さんが刑務所にぶち込まれるまでは、そんなにひどくなかったんだ」

ふと、チャーリーに身を寄せようかと思いながらためらって、彼女の感情を乱したくないいま、その一瞬は過ぎ去ってしまう。「ごめん。知らなかった」

「知ってるわけないだろ？　父さん、風呂場の茶色いタイルにぶつけて母さんの頭を叩き割ったんだ。けどきっと、そんなつもりじゃなかったんだと思う。とにかくあたしはダリルのせいで、ジーンが同じような目にあうのがこわかった。だからジーンとあたしは――」チャーリーが唾を呑み込みながら顔を叩くと、サングラスがわきにずれて、直す前に一瞬だけ、チャーリーの目に映り込んだ獰猛《どうもう》な太陽が見える。「大家《おおや》はあたしらを追い出そうとしててさ。あのボロ屋をぶっ壊して、新しい家を立てたがってたんだ。だから、あの家が焼き払われたところで誰も気にしない。とにかく、これでナオにもわかっただろ」

なるほど。ひとつのイメージが像を結んでいくようだ。モーテルのベッドに横たわり、黄金のバッグのそばで体を丸めているチャーリー。わたしはずっと、お高くとまったいやなやつだったかもしれない。結局わたしたちは、最初に思っていたほど違わないんだ。そしてどちらも、いまの状況から抜け出せずにいる。

チャーリーがウォーレンに会うのは止められないだろう。この子は決して折れないはずだから。何かほかの手を考えなければ。

太陽が沈んで蚊が群がりはじめると、食べ物とキャンプ用品をふたりで車の中にしまい込む。わたしはナンバープレートに泥をなすりつけてから、小川で両手を洗う。チャーリーがバックで車を出し、ターンを五回繰り返して、少しずつ向きを変えていく。

車がハイウェイをブルームの方角に向かいはじめたときには、あたりは暗く、どちらの車線にもほかの車の気配はない。タイヤが、舗装された道路の上で単調な音を立てている。そのなめらかな音が、なんだかもう耳について、土の道の音がなつかしい。

バッグの黄金から、これまでとは違うもの――おばさんの家でも感じた磁力のようなもの――が足に伝わってくる。いったいどういうことなんだろう。残りの九十キロも手元にあって、取引に使えたらと思う。だがその黄金は、とっくのむかしにウォーレンがさばいたあとなのだろう。いまごろはオーストラリア中に散らばっているかもしれない。

「チャーリー」わたしは、運転をしている青白い横顔に目を向けて声をかける。「話しておきたいことがあるの。だけど計画は変更しない。いい？」

チャーリーが眉をひそめる。「いいけど。どうせ変えられっこないし」

「そうよね。じつは――ウォーレンがどこから金《きん》を盗んだのかわかったの。サムから昨日の夜、それにまつわる話を聞いて。しかも金《きん》は、もっとたくさんある」

「え？」

「金《きん》はもっとたくさんあるの。百キロが盗まれたはずなのに、ここにあるのは十キロだけだから」

チャーリーがハンドルを握り締める。「それってなんかの冗談？」

「違うわ」わたしはサムから聞いた話を繰り返す。死人が出ていること、ウォーレンとのつながり、事件が未解決であること。チャーリーはわたしのほうをちらちら見ながらうなずいている。驚いた野生動物のような顔。それでもチャーリーが何も聞いてこなかったので、わたしも嘘をつかなくて済む。

「お姉さんにメッセージを送るとき、町の外で落ち合おうって伝えて。真珠養殖場に向かう道路の途中がいいと思う。わき道がいくつかあるから、ふたつ目のところで。標識が出ているはずだけど、行き方はわたしが説明する」

「どうしてそこなの？」

「辺鄙《へんぴ》なところだから。警察もいない」

「このあたりはどこもかしこもクソ辺鄙だけどね。向こうに拒否られたらどうすんの？」

「大丈夫だと思う。向こうも取引したいはずだから」

フロントガラスからこちらに向けられたチャーリーの目は、闇の中で大きく見開かれている。

「うまくいかなかったら？」

「どういう意味？」

「その男を殺さなくちゃなんないの？」

「え、まさか。そんなはずないでしょ。なんでそんなこと言うの？」チャーリーは、自分の言葉の意味がわかっていないのだろう。

チャーリーが道路に目を戻す。「だって、あたしは父さんによく似てるから。きっと父さんみたいになるんだ」

「そんなことない。そんなふうに考えちゃだめ」

「でもそうなんだよ。ダリルも、ハイウェイで会ったあの警官も。ろくでもないことばっか起こるのは、全部あたしのせいなんだ。あたしがカッとなるから。ナオだってそう言ってたじゃないか。あたしは父さんにそっくりで、自分ではどうすることもできないんだ」チャーリーが鼻をすする。「いざってとき、もしもジーンになんかあったりしたら、あたしはたぶんそいつを殺しちゃう。あたしが言ってるのはそういうこと」

「そんなことないよ、チャーリー。冷静でいさえすれば大丈夫。そしたらきっとうまくいく」

そう、うまくいくかもしれない。わたしが最悪のケースを考えているだけなのかもしれない。けれどわたしは目をそらす。押し寄せてくる景色のほうへ。そしてまた、すべての反対側にぽっかりと開いた穴の存在を感じる。チャーリーをそこに近づけない方法がきっとあるはずだ。

チャーリーが言う。「でもさ、ナオだってそんなには変わんないよ。自分の継父を刺しちゃってるんだから」そのときチャーリーがいきなりハンドルを切り、ブレーキを踏む。わたしは前方に頭をぐいっと押し出されたまま凍りついて、車はお尻を振りながら車線を横切りはじめる。

「無理に立て直そうとしないで！」わたしは叫ぶ。「振られてるのとは反対側にハンドルを切るの」

「無理だよ、轢《ひ》いちゃう！」

車は反対車線の砂利まで滑り、跳ね返され、きしみ、ヘッドライトが円を描き——その中には白く塗られたトラックのタイヤの半円、看板のついた門《ゲート》、白っぽい木の幹――それからタイヤが少しだけグリップを取り戻し、横滑りしながら止まる。舞い上がるほこりをヘッドライトが照らしだし、その向こうには一本の木が、白く明るく輝いている。わたしたちは同時に息を呑んで、チャーリーが空っぽな道路を見つめながら口を開く。「見えなかった？　道路の真ん中に、でっかい牛がいた」

　何かが記憶をかすめる。「何も見えなかったけど。少しだけ時間をくれる？」わたしは重たいドアを開けて外に出る。車がスリップしたせいなのか、足首が鈍痛にうずいている。空気は暖かいのに――溶けたアスファルトの匂いがして、日中にこもった熱が足元から上がってくるのに――肩甲骨のあいだに冷たいものを感じる。ウォーレンと一緒にいるときの〝監視されている〟というあの感じ。けれどここにはわたしとチャーリーしかいない。あとは、闇の中で羽音を立てている虫がいるだけ。それから頭上には、星の織り成す天の川。

　ハイウェイは前もうしろも空っぽだ。チャーリーはいったい何を見たんだろう。

　車に戻る途中で、わたしは木に近づく。スナッピーガム（ユーカリの一種）の古木が、道路と、五本の鉄がわたされたゲートのあいだに枝を広げているのだ。ヘッドライトの中で近づいてみると、樹皮には荒れた肌のようにぽつぽつ穴が開いている。チャーリーにちらりと目を向ける。車内は暗く、エンジンはかかったままだ。木の幹には、わたしのすねの高さに傷《スカー》がついている。誰かが斧を入れながら途中であきらめたような大きな傷。〝傷のある木《スカー・ツリー》（アボリジニがカヌーや武器などを作る目的で樹皮をはいだ跡の残っている木）〟という名が頭に浮かぶ。けれど、これはスカー・ツリーではない。かがみ込んで傷跡に手を当てる。ぬくもりがあって、なんだか震えているみたいだ。塗料が見えたので、さらに顔を近づけてみる。スカイブルーの塗料のかけら。肩甲骨のあいだに、またあの、見られているという感覚。首をねじってみるけれど何もいない。木から手を離したあとも、触れていた指先がチクチクしている。

チャーリーが窓を下げて言う。「まだかかる?」

「もう少し。ちょっと待ってて」

なんでもない。衝突の跡だ。誰かがこの木に突っ込んだんだ。

ふと、おばさんを思い出す。探るようにわたしを見ていたあの目――あれが事故だったというのかい?――それから母さんのこと。六歳のときに聞かされた、父さんが死んだ理由。どうしてこんなに気分が悪いんだろう。何もかも、知っていることばかりのはずなのに。

頭上から引っかくような音がして目を上げると、ブラック・コカトゥーがいる。闇の中に見えるのは、そのくちばしと両目だけだ。その目が、わたしを見つめ返したまま動かない。まるで何かを待つように。

また羽根のように軽く、記憶をかすめるものがある。思いが降りてくる。手が届きそうで届かない安心感。ソルトウォーター・カントリー。ピンダン。わたしは、ミルストリームの洪水地を抜ける道があることをどうして知っていたんだろう? 父さんから受け継いだ記憶だとしても、それにまつわる思い出はない。

自分の **liyan** を聴きなさい、ノミ。きちんと耳を傾けるんだよ。おばさんのあの言葉。いまだに意味がわからない。

チャーリーがエンジンをふかし、タイヤが地面を噛んでいる。まだ何かあるはずなのに。それが心の奥を引っかいていて、せかされることに苛立ちを覚える。そのとき、チャーリーがライトをハイビームに切り替え、光がゲートの看板を照らしだす。〈ホワイト・クリーク・ステーション〉。

そこでわたしは思い出す。木に衝突し、ボンネットが大きくつぶれた車。ふくらんだエアバッグと、ほこりの味。細かい塵《ちり》が金粉《きんぷん》のように宙を舞い、運転席にいる母さんが大丈夫かとわたしに聞く。母さんはハンドルを切る原因を作った対向車に腹を立てている。衝撃の数秒前には、ハイウェイの真ん中にいる雄牛と、その黒く湿った鼻が見えた。そして反対車線からは、黒っぽいステーションワゴンがこちらに向かって突っ込んできた。

わたしは振り返り、地面に吐く。浜辺でおなかに入れた食事が、酸っぱいミルク状のものになって吐き出される。血液が行き場を失い、出口を探すように押し寄せてくる。わたしは顔を持ち上げる。ブラック・コカトゥーが見えない。どうしてだろう。どこかに行ってしまった。

チャーリーのところに戻り、口元をぬぐい、車に乗る。

「大丈夫かよ」チャーリーが言う。

「うん。行こう」

大丈夫なはずがない。

父さんは、あのとき車に乗っていなかった。あの事故では死んでいない。

14　ジーナ

ラッキー・スター

ブルームにあるモーテルの硬いシングルベッドで目を覚ますなり、ジーナは男が部屋にいないことに気づく。体を起こしてベッドから出ると、カーテンのまわりから光が差し込んでいる。寝入らないようにしていたのに。いったいどれくらい眠っていたんだろう。

エアコンはやかましい音を立てながら、昨晩と同じように、網焼きチキンの匂いを放っている。バスルームのドアは開けっ放しだ。部屋の反対側に置かれていた男の持ち物がない——バックパックも、スーツの上着も、銃のホルスターも。ひょっとして、何もかも終わった？

部屋のドアに忍び足で近づき、口の中がカラカラなのを感じながらノブを押してみる。開かない。ノブを揺さぶってから引き、手の平でドアをガンガン叩く。「ねえ、誰かいない？」客室の清掃係がいるはずだ。隣の部屋にだって誰かいるかもしれない。「監禁されてるの！　お願い、出して。聞こえませんか？　お願いだから。わたしはここに無理やり——」

鍵がこすれる音。ジーナがあとずさった瞬間、ドアが勢いよく開く。冷血漢だ。

「静かにしろ」男が上着の前を開き、ホルスターにおさめた銃を見せながら、かすかな体臭をあたりに放つ。髪は脂と汚れで黒ずんでいて、汗もひどい。顔色は昨日にも増して灰色にくすみ、白いものの混じったキャラメル色の無精髭《ひげ》が首のあたりにまで広がっている。

ジーナはよろめき、膝の裏がベッドのへりに当たるまであとずさる。ベッドを這《は》い、できるだけ男から遠ざかって体を硬くし、壁と、かすれた赤いベッドカバーに身を寄せて小さくなる。

男はドアに鍵をかけ、ポケットにしまう。黒いプラスチックのタグがついた古臭い鍵だ。男の胸のあたりがなんだかおかしい。首に粘着包帯が貼られた側の右肩もこわばっている。包帯には血がにじんでいるが、茶色くなった古い血だ。息づかいは小刻みで浅い。傷が悪化しているのだろうか。「そんな目で見るな」男はバックパックを開けながら顔をしかめ、哀れな見た目のサンドイッチと水のペットボトルを、ジーナのベッドの端に落とす。

いつになく感じのいい態度だが、油断するつもりはない。ジーナはこの部屋にチェックインしたときから、男の反動が来るのを待っていた。黄金を見失ったときからずっと、男が爆発するのを、また銃で顔を殴られるのを覚悟していた。昨晩の冷血漢は、ひたすら自分のベッド側の部屋半分を歩きまわり、そうでないときは木の椅子に背筋を伸ばして座っていた。左手に銃を持ち、怪我のある右腕は体の横に垂らして。けれどジーナは、あのバックパックにはまだ、別のものが入っているのだと知っている。

ここはチャイナタウンの裏通りにある、だいぶくたびれたモーテルだ。男は金欠なのか、なるべく目立たないようにしているだけなのか。おそらくは後者だろう。ジーナは昨晩この町に入ったとき、男が警察署に向けた目と、それを避けるような回り道を見逃さなかった。

水は少し飲んだけれど、サンドイッチには手をつけない。煙草が吸いたい。

男は痛みを隠すように顎をこわばらせながら上着を脱ぐと、畳んで椅子の背にかける。銃のホルスターは、シャツの上につけたままだ。男がジーナのベッドの足元に近づいてくる。左手には携帯電話。一瞬の間をおいて、ジーナはそれが自分の携帯であることに気づく。画面には数件の着信履歴。鼓動が跳ねる。チャーリー。どこにいるの？ ジーナは窓のカーテンにちらりと目を向ける。

男が身をかがめ、ベッドの端にある、手つかずのままのサンドイッチの横に携帯を置く。返してくれるの？ 解放してもらえるってこと？ ジーナは、罠かもしれないと携帯を見つめる。

「妹に電話をしてもらいたい」男が言う。

しまった。チャーリーが妹だと口を滑らせただろうか。そんなはずない。勝手に見当をつけたのか、でなければ仲間の警官が突きとめたのかもしれない。

でも、だから何だというのか。チャーリーはハイウェイの路肩にいる。あの子はもう関係ない。携帯は捨てたか、道路のどこかでなくしているはずだ。でなければ月曜以降、あちこちの公衆電話からかけてきた理由がない。

ジーナは手を伸ばして携帯をつかむと、そのまま素早く壁際に戻る。

男はスピーカーモードでジーナに留守電を確認させる。火曜以降はそれさえなくて、役に立ちそうな情報もない。折り返し電話がほしいと、いくつかの公衆電話の番号を残しているだけだ。声が動揺していて聞き取りにくい。とにかく、チャーリーは安全なところにいるはずだ。ジーナは自分にそう言い聞かせる。やっぱり携帯はどこかで捨てたのだろう。

男が公衆電話の番号をメモし、ジーナにかけさせるが、ひたすら呼び出し音が鳴るだけだ。

「妹の番号にかけてみろ」

「出るはずない。だって――」

「いいからかけろ」またまぶたがヒクついている。

ジーナはちらりとバックパックを見やる。「ごめんなさい」声がかすれてしまう。冷血漢は、こんなふうに穏やかなときのほうが恐ろしい。態度がいきなり変わることもよくわかっている。チャーリーに電話をかけ、耳を澄ます。「留守電になるだけよ。自分で確かめてみる?」ジーナは微笑もうとしたけれど、顔の筋肉がうまく動かない。携帯を差し出した手も震えている。男はジーナにメッセージを残させる。一言一句まで指定され、ジーナもおとなしく従う。媚《こ》びを売っても無駄だ。それはもう確かめたし、ほかの手など思いつかない。ジーナは男の言葉を繰り返す。彼は自分のものを取り戻したがっている。時間の猶予はあまりない。折り返し電話がほしい。さもないと人の命が、なかでもまずはジーナの命が失われるだろう。男はジーナが最後の部分を口にするのを見て、どうやら楽しんでいるようだ。ゆがんだ口元にかすかな笑みを浮かべている。

男はジーナの携帯を持ったまま自分のベッドのほうに戻ると、椅子に座って背筋を伸ばす。閉め切ったカーテン越しに金色の日差しが輝き、ジーナはベッドから男を見つめる。男はテレビのチャンネルを次々と切り替えている。小さく平らな画面は、角度の関係でジーナの位置からは見ることができない。ジーナのものを含め、三台の携帯は充電中だ。だが、チャーリーは電話をかけてこない。

かけてくるわけがない。チャーリーはあの遠い道路にいて、メッセージを聞くこともないのだから。いまごろは冷血漢から何百キロも離れたところにいる。その状況を変えてはいけない。バスルームの水道がぽとぽと音を立てている。男が三度も蛇口を締めたのに止まらない。やむことのない、ぽとん、ぽとん、という音に、男が苛立ちをつのらせている。最初にバスルームに行ったときには、電気をつけた瞬間にたじろいで目をまたたいていた。あとの二回は、電気をつけようともしなかった。

冷血漢は痛みに苦しんでいるし、睡眠も足りていないはず。なにしろずっと起きているのだから。

男の忍耐がつきていくのがわかる。ぴんと張ったロープが擦り切れていくように。顔は青ざめ、汗をかき、息づかいは乱れ、ろくに眠ってもいない。それでも死にはしないかもしれない。そしてジーナには、はじめに何が起きるのかも予想がついている。忍耐の糸が切れるのだ。チャーリーが電話をかけてこなかったらどうなるのだろう?

ジーナは、男の浅い呼吸に合わせて動くホルスターの銃を観察している。男が数時間ごとに錠剤をシートからふたつずつ押し出しては、水なしで飲んでいることも知っている。それから荷台にあったシャベルを思い出す。モーテルの部屋で撃たれることはないだろう。面倒ごとを好むタイプには見えない。適切なタイミングを見計らって殺し、死体を藪に捨てるはずだ。部屋の鍵は、椅子の背にかけられた上着のポケットの中だ。ジーナの携帯は、テレビ脇の机に置かれている。

その両方を手に入れて、この部屋から逃げ出してやる。

窓の外では日差しがかげり、男がまた部屋をうろつきはじめる。隅では、音をミュートにしたテレビの画面がちらちら光っている。男はホルスターをはずし、上着と一緒に椅子の背にかけるが、グローブは相変わらずはめたままだ。左手に拳銃を持って、右手の指を、握り込みたいができないというように動かしつつ、行ったり来たりを続けている。時折右腕をにらんでは、肘を曲げ、また伸ばす。あの年老いた獣医はなんと言っていた？　ジーナは記憶を探るけれど、どうしても思い出すことができない。

男が歩くのをやめないので、ジーナは苛立ってくる。冷血漢は疲れを知らないのだろうか。ジーナには計画もない。わかっているのは、この部屋の鍵のありかだけだ。頭の中には、アレックス・ロイドの〈ラッキー・スター〉が流れている。これも母さんのプレイリストの一曲で、天秤の上で揺れるジーナとチャーリーの恐ろしい状況を要約したような曲だ。ジーナはまた眠りに落ちる。眠るまいとはしたのだけれど。そしてチャーリーと父親の夢を見た。チャーリーが小学校でまた喧嘩をし、父さんが校長室に押しかける夢。あのふたりはいつだって世の中を向こうにまわしていた。チャーリーはやはり電話をかけてこない。

ジーナはしばらく男を見つめてから、シャワーを浴びてもいいかとたずねる。意外なことに、いいと言われる。

男はバスルームをのぞき込み、内側についていたお粗末なスライド錠に銃身を叩きつけて使えなくする。この時点でシャワーの魅力はだいぶ失せていたけれど、体を洗わせてくれるからには、今日のうちに殺すつもりはなさそうだ。

バスルームに入りドアを閉め、その下に丸めたタオルを押し込んで固定する。それからシャワーを出し、忍び足で、網戸のついた細い窓に近づく。静かな外の通りが見える。車輪のついた大きなゴミ箱。裏手の小さな駐車場のランドクルーザー。ほかにはミッドナイトブルーのコモドアが通りの向こうにとまっていて、かすかな音楽が聞こえてくる。

リーのコモドアだと気づいた瞬間、痛む頬の皮膚が喜びにぴりつく。助けにきてくれたんだ。ただし、いまのところ行動に出る気はないらしい。音楽に聴き入っている。車の窓は閉まっているけれど、レモンシャーベット色の車内灯のおかげで、頭を上下に振っているのが見える。あれでは油断しすぎだ。コモドアは赤い扉の前にとまっていて、そのそばにはヤシの木が立っている。木の上の真っ黒な空には星が三つ。なかでも大きなひとつの星が、きらきら光を放っている。

ジーナはワンピースとサンゴのネックレスをつけたまま、できるかぎりの汚れを落とす。冷血漢がドアの向こうにいる状況で裸になる気はない。背中に垂らした髪から雫《しずく》をしたたらせつつバスルームを出ると、できるだけおとなしく穏やかな態度で感謝しているふりをする。まるで冷血漢が、大変な便宜を図ってくれたかのように。実際にそうなのだ。リーが表にいることが、いまではわかっているのだから。

男がこの部屋を選んだのは、自分の車と通りに一番近いからだが、それはジーナにとっても利点になる。屋根付きの通路は、ドアを出ればまっすぐ裏手に続いている。男の上着は椅子にかかったままだし、椅子の背の片側にはホルスターも引っかけられている。

男は、指でまた例の動きを繰り返しながら、テレビに集中している。ジーナは椅子の背のホルスターを観察しながら、男が身に着けていたときの様子を思い出そうとする。肩に掛けて、銃が腕の下にくるようにしていたはずだ。でも、どっちの腕？　ジーナはよく、右と左がごっちゃになってしまう。

ホルスターは右利き用だ。けれど男は左手に銃を持っている。それをずっと見逃していた。あのぶんだと、まともに撃つことはできないのかもしれない。少なくとも、狙いを外す可能性は充分にある。

ジーナは、策を弄せずに直球勝負でいくつもりだ。できるだけの不意をついて、鍵を奪い、逃げる。どうすれば一番効果を上げられるかと頭をひねっていたところで、男がトイレに向かう。どうやら、何かを仕掛ける必要はなさそうだ。

男は銃を持ってトイレに入ると、ドアを大きく開いたまま便座の蓋を持ち上げる。

「ちょっと」と、ジーナは声をかける。「そんなもの、お願いだから見せないで。あなたには銃があるんだし、こっちは部屋から出られないのよ。おかしな真似はしないから」

ほんの半秒くらいだが、デリケートな少年のような表情が男の顔をよぎって消える。男は、足の幅くらいの隙間を残してドアを閉める。

こんなチャンスは二度とこないかもしれない。

ジーナは机に駆け寄って携帯を片手でつかむと、もう片方の手で上着から鍵を取る。そのままドアへ。男はまだ排尿を続けている。両手が震える。挿《さ》し込んだ鍵がガチャガチャ音を立てる。

一度回った。だが開かない。排尿の音が止まる。ジーナはもう一度鍵を回し、ハンドルを下げる。

音に気づかれた。勢いよく開かれたトイレのドアが、枠にぶち当たって鳴る。ジーナが外へのドアを開けたとき、男が銃を持った手を前に突き出す。

男の指がジーナの肩をかすめ、ワンピースのストラップをとらえる。ジーナは体をひねって外に出ると、裸足《はだし》でドアを蹴りつける。ワンピースの布地が裂け、ドアがバリッと音を立てながら豪快に閉まる。苦痛のうなり声。蹴ったときのしびれを足に感じながら、ジーナは一目散に走りはじめる。

通路に出ると一気に左へ。緊張で頭が鳴っている。温かいレンガと熱い地面を必死で走る。男のランドクルーザーと別の車のあいだに飛び込んだ瞬間、肘をサイドミラーにぶつけてしまう。背後からは速く力強い足音が追ってくる。あえぐような息づかい。あいつはきっと銃を構えている。いつ撃たれてもおかしくない。

リーのコモドアは、道を渡ったところにとまっている。レモンシャーベット色の明かりと、鳴り響く音楽。

ジーナはコモドアのボンネットに両手をついたところで捕まってしまう。折れた爪を立ててかきむしるが、うしろに引き戻される。無我夢中で蹴りを入れ、暗闇の中で声を張り上げリーを呼ぶ。

だがリーには聞こえない。ヘッドレストに頭をあずけたまま動かない。眠っている。

ジーナは男の片腕で、気管がつぶれそうなほど首を固められたまま通りを引きずられる。鋼《はがね》でできた縄のような腕。いくら爪を立てたところでビクともしない。嚙みつこうにも、首をねじることができない。男は左手で、ジーナの喉に銃を突きつけている。ずっと問題なく両腕が使えていたのか、でなければジーナの思い切った行動が痛みを忘れる役に立ったのか。温かく湿ったものを背中に感じる。シャワーの名残《なごり》か、それとも血か。なにしろジーナが蹴ったドアに叩かれ、男の鼻はきっと骨が折れている。

繰り返し蹴りを入れてリーの名前を叫ぼうとするけれど、喉からは痛々しい悲鳴のような声しか出てこない。リーが顔を上げて、おかしな気配を察知したように首をめぐらせている。だが何も聞こえてはいない。カーステレオの音が大きすぎるのだ。張り込みの最中に大音量で音楽を聴くものじゃない。それくらいのことは誰にだってわかるのに。

暗い通路の下まで来ると、手遅れなのを悟ってジーナは蹴るのをやめる。今度こそ、殺されるかもしれないと思いながら。

男はジーナを部屋に押し込むと、ベッドの前の床に乱暴に投げ倒す。ジーナは尾骶骨《びていこつ》を打ち、喉に片手を当てながらあえぐ。まだ小さな希望はあるかもしれない。百万にひとつ、リーが自分たちの姿を見ていて、いまこの瞬間にも警察を連れて助けにきてくれるかもしれない。だがそもそも、この男は警官だ。そしていまは銃を手に、顔から血を垂らしながらこちらにかがみ込んでいる。銃を持った手の甲を鼻の下に当ててから離すと、そこについた血をにらみつける。呼吸も以前より深く落ち着いている。まるで、それさえも克服したかのように。

「おまえなど、いつでも、殺せる。それがわからないのか？」口の端には唾の雫がつき、顎の横の筋肉が痙攣《けいれん》している。「無駄に頭を使いやがって。おまえの妹もだ。俺は必ずそいつを見つける。見つけだして――」男が手についた血を、ジーナの嫌悪にも負けないほど嫌そうに払い落とす。「後頭部に銃弾をぶち込んでやる。それからおまえだ。おまえが消えたところで探しにくるやつはいない。気にかけるやつなど誰もいない」男の顎から垂れる血が、絨毯《じゅうたん》の上で、ぴちゃっ、ぴちゃっと音を立てる。「俺にこんな真似をさせやがって。このざまを見ろ」

銃を握る手が持ち上がったかと思うと、ジーナは顔の、前回と同じ場所を殴られ、今度は骨の折れる音が聞こえる。

男はジーナの体をバスルームの床に放り出す。ジーナは震え、目の前で閃《ひらめ》く星を見ながら、空気を必死に呑み下す。顔が痛みに燃えるようだ、すでに腫れているのか右目はまったく開かない。

冷血漢はいつも左手で殴る。だからジーナが殴られるのは顔の右側だ。前回もそうだった。ダリルが殴るのは決まって左側。ジーナは右と左がよくわからなくなる。

もっと早く走っていれば、とジーナは思う。チャーリーにも、リーにも申し訳ない。なんだか事態を、何百倍も悪くしているだけのようだ。

ジーナは泣く。当然だ。彼女は機械ではないのだから。

しばらくたったところで、男がバスルームのドアを開け、何かを話しかけてくる。ジーナはすくみ上がり、這って遠ざかろうとするけれど、また殴るつもりではないようだ。男の片手にはジーナの携帯が握られている。画面が明るい。男がジーナを見下ろしながら、画面を目の前に近づけてくる。メッセージが入っている。差出人の名前もはっきり確認できる。そして男が、これからすべきことの説明をはじめる。

15　チャーリー

ザ・パール

ブルームにあるキャラバンパークに着いたのは、夜の八時を回ったころだ。赤土の大地にぼろい建物が立っていて、看板には〈ザ・パール／ルーム、シャレー、キャンプ、エアコン完備〉と書かれている。建物の前には、町じゅうで見かけた木が一本。幹がぷっくりふくらんでいて、髪の代わりに枝を伸ばしたアフリカ系のおばあさんみたいだ。

裏手にはおんぼろの白いメルセデスが一台と、ジャングルのような庭。あたしは車をとめてエンジンを切る。ナオは眠り込んだままだ。車を降りるなり、熱と湿気が獰猛に襲いかかってくる。

受付にいた中国人の少年に、家族用のシャレーを一泊と頼む。料金は現金での前払いだけで、身分証はいらなかった。フリーWｉ－Ｆｉのパスワードは教えてくれたけど、パソコンが使いたいなら映画館のそばのホステルに行けという。受付の外に出てランドクルーザーに目をやると、車体の下半分には赤土がべっとりついている。ナオがナンバープレートに土を塗るまでもなかったかもしれない。ナオはもう起きていて、助手席のドアの外に立っている。「どこなの、ここ?」

「ひどいとこだろ。こっちだよ」黄金のバッグ、あの女から奪ったスタッズのついたハンドバッグと財布、残った現金を手に取ると、庭を抜けて裏手へと向かう。

実際にはシャレーというよりも、ベランダのついたトタン屋根の小屋だ。寝室がふたつに、キッチンがついている。ダブルベッドはナオに譲って二段ベッドのある部屋に入り、上段のベッドの羽毛布団でバッグを隠す。エアコンをつけるとチェーンソーばりの音がするけれど、とにかく動いてはいるようだ。

「ネットが使える場所に行ってくる」あたしはナオに言う。「メッセージをジーンに送らなくちゃ」

ナオは薄汚れたクリーム色のソファに腰を下ろしている。妙に静かで様子がおかしい。あたしが車を横滑りさせたときからずっとこうだ。

「道順を教えてくれるんだろ」あたしは言う。「向こうと落ち合う場所は? 真珠養殖場のどこかだっけ?」

ナオは目をまたたいて、ポケットからしわくちゃの紙切れを取り出す。盗んだハンドバッグからペンを出して渡すと、ナオが何かを書いて紙を差し出す。

「現金もまだ結構残ってる。なんか夕食を買ってこようか?」ナオは首を横に振ってからうなずく。全然聞いてなかったから、どっちでもいいようにしておこうとするみたいに。いったいどうなってんだ？——怯えるとしたら、ナオじゃなくあたしのほうなのに。蛇口でコップに水をくみ、二回捨てて冷たい水を待つけれど、ちっとも冷たくはならない。とにかく水を入れたコップをナオに持っていく。「大丈夫？」

「え？」

「大丈夫には見えないからさ。これ飲んで。ここ、むちゃくちゃ暑いし」

ナオはおとなしく水を飲むと、空《から》になったグラスを返してよこす。

「あのとき、ムチ打ちにでもなった？」

ナオはそんなことない、と言うと、両手で顔を撫《な》で下ろしてから、あたしを見つめる。何かを言おうとしているみたいだ。それから言う。「友だちになってくれてありがとう、チャーリー」

ぎょっとして、心臓がおかしな具合にでんぐり返る。「いいよ別に。じゃあ行ってくるから」

あたしはグラスを洗うと、ちゃらちゃらしたハンドバッグをソファから手に取る。「金《きん》はあたしの部屋。上のベッドね」どうしたらいいのかわからなかったから、銃はバッグの底に入れたままだ。ナオは中を見たりしないだろう。

ナオは座ったまま、身動きもせずにうなずく。「命をかけても、わたしが守るから」

小屋を出るなり表の庭でちょっと迷う。どっちに行ったらいいのかわからないまま、方向を間違えたらしく、角を曲がったらシダの中に出て驚いた。

水平線には昇りはじめた月――大きくて、ものすごく明るい――そして濃紺の空に、濃紺の水。とびっきりクールな絵みたいだ。月の下に並んだ銀の横縞《じま》が階段に見える。

あたしはナオを呼びにいく。「そんなおかしな顔してないでさ、すごいから見にきなよ」ジーンも一緒に見られたらよかったのに。

ナオも外に出てきて、あたしの隣に立つ。「月への階段ね」ナオが言う。

「な?」

それでもナオの顔は晴れない。海をしばらく見つめてから、シャレーの中に戻ってしまう。病気じゃないといいんだけど。

あたしは車で町に向かう。ぷっくりした幹の木を何本も見ながら、映画館への看板を通り過ぎる。とにかく人が多くて、パブ、カフェ、遅くまで開いている店からどんどん出てくる。目につかないように、車は置いてきたほうがよかったかもしれない。でも木曜の夜だし、暗いから大丈夫だろうと進み続ける。パトカーはどこにも見えない。

バックパッカー用のホステルは、受付の子が教えてくれたとおりの場所にあった。そこをいったんやり過ごし、車を細い裏道にとめる。表通りからは離れているから、街灯もない。バックパッカーたちはやたら陽気だし、せかせかしていて、香水と日焼け止めの匂いをぷんぷんさせている。日本からの観光客、ビキニのトップやサーフパンツやハワイアンシャツを着た若者たち。でもみんな、最高のものを見逃してないか? そう、あの月を。イギリス人っぽいしゃべり方をする若い女が、鼻にシワを寄せながら、十五分のパソコン利用料として五ドルを受け取り、パソコンの場所を教えてくれる。受付の脇に小さなスペースがあって、パソコンが二台。ほかには誰もいない。

あたしは木の椅子に半分だけお尻をのせる。シャワーを浴びて、服を洗っておくんだった。受付の女にひどい目で見られた。それでもお金は受け取ってくれたけど。

フェイスブックにログインするあいだにも、たくさんの人が行ったり来たりしてやかましい。だけど見える範囲にテレビはないから、あたしとナオの顔がいきなり画面に映ったりすることはないはずだ。みんな妙に浮かれていて、あたしのほうに目を向けることもない。

ジーンは、先週金曜のお昼ごろからフェイスブックもインスタも更新していない。ジーンがいま例の男のランドクルーザーにいることは知ってるけど、最後の更新が先週の金曜だって？ ジーンはSNSの世界で生きてるタイプだ。一日に五十回もアクセスしては、くだらない投稿ばかりしている。仕事中でさえ例外じゃない。それがどうして金曜日に止まってるんだ？

それに、もしジーンがログインしなければ、あたしからのメッセージを確認することもない。いや、あの男がインゴットを取り戻したいと思っているんなら、ジーンに携帯を使わせるはずだ。だからナオが書いてくれた道順を打ち込んで、メッセージを送る。こっちも今夜には出発して深夜までには着くようにするから、金《きん》とジーンを交換したいとそいつに伝えてって。ただしあたしたちがいま、ザ・パールにいることまでは知らせない。

ジーンがメッセージを受け取らなかったら？ パソコンを使えるのはあと九分。その九分が無駄に過ぎたのでログアウトし、外に出ようと受付の前を通りかかったところでマリファナの匂いが鼻をつく。浮かれた連中が仲間とつるんで、ありったけの現金を使い果たしているらしい。シルバーのキャリーバッグにつまずいたら、持ち主の若い女に気をつけろと文句を言われたので指を立ててやった。それから通りに出る。暑くてじめっとした夜、光、車。あたしは足を速める。

車をとめた裏道に入りかけたところで、うしろから足音が聞こえてくる。きしっ、きしっ。スニーカーを履いた誰かが気配を殺して歩く音——背筋が寒くなる。おまけに足音は、静かなわりに歩調が速い。前には誰もいないし、あたりはどんどん暗くなっている。足を速めると、うしろの足音もついてくる。

クソ。ホステルにいた誰かが、あたしをテレビで見たとか？　それともバッグ狙いの無差別強盗？

あたしは歩き続ける。鼓動が速まり、うしろからのきしっきしっ、という音のあいだでサンダルが歩道を叩く。裏道を横切ってそのまま進み続ける。月だ。ふたつのビルのあいだから、大きな銀色の月が見える。

足音が近づいてくる。靴のきしみに、荒い息づかいが混じっている。あたしはハンドバッグをぎゅっと小脇に抱えながら、さらに足を速める。前方には人気《ひとけ》がなく真っ暗だ。引き返したいけれど、それもできない。

あの足音、走りはじめた。あたしもサンダルを引っかけそうになりながら、慌てて駆け出す。右手に店がある。ピカピカした明るい窓には〝OPEN〟の文字。慌てて駆け寄り、乱暴にドアを開け、そのままカウンターへ近づく。呼び鈴が鳴り、汗に濡れた肌を、エアコンの冷気が一気に包み込んでくる。

カウンターの向こうにいた女が、顔を上げて眉をひそめる。「閉めるところなんだけれど大丈夫かしら？　九時には閉店なの」

あたしはうなずいて、黙ったまま、ディスプレイケースのうしろにかがみ込む。ガラスのケースには、ゴールドのアクセサリー、白い砂、真珠なんかが飾られている。それから窓を振り返り、息を整えながら待ち受ける。

誰も入ってこない。

店の女は、あえいでいるあたしを見ながらますます顔をしかめている。「十五分あれば大丈夫？」その人は、ナオのお姉さんかと思うくらいだ。黒っぽい髪に黒っぽい瞳——ただし痩せている。なめらかな髪を撫でつけてまとめ、四角い金縁の眼鏡をかけている。

「大丈夫」あたしはディスプレイをじりっと回り込んで窓に近づく。

人気《ひとけ》のない歩道、街灯、通りのあいだに浮かぶ月。通り過ぎていった車が二台。足音の主はどこにもいない。

誰かがいた。絶対に誰かがいた。いったいどこに消えた？　角の向こうで、あたしが出てくるのを待っているのかもしれない。

「閉店まで十分しかないけれど」店員が言う。「欲しいものでもあるの？」

なんだかジーンを思い出す。なんでもかんでも質問口調にするところがよく似ている。

店内は、あたしが手にしたこともないようなお金の匂いがぷんぷんしている。ディスプレイケースの品物を見ながら、からかわれてるんだろうかと考えるけれど、たぶん違う。きっと追い出そうとしているんだ。派手なハンドバッグを胸に抱き締めてても、あたしはひどい恰好だから。このハンドバッグだって、盗品だと思われているのかもしれない。

まあ、実際にそうなんだけど。

店内には、真珠、宝石、金銀細工のほかにもいろいろあって、何もかもがピカピカだ。壁には、貝殻、砂浜、海の大きな写真が何枚も。サーファーズに行けば、こんな店もたくさんあるんだろう。ジーンの働いている店の、うんと高級バージョンが。

そこであたしは、ジーンが金曜からフェイスブックとインスタグラムを更新していない理由に思い当たる。あの週末は、ずっと様子がおかしかった。妙にピリピリして、それを隠すように煙草ばっかり吸い続けていた。あたしがダリルのインゴットをくすねたときに、あんなに怒ってたのも納得だ。

ふたりの計画だったんだ。ジーンも共犯。ダリルと組んで、インゴットの入っていた金庫を盗んだんだ。

そう考えたとたん頭に血が昇り、いつもかいているところがチクチクする。ジーンはダリルとグルだったのに、あたしには話してもくれなかった。ダリルが死んだのを知ったら、ジーンはどう思うだろう？　それもこれも、あたしがたった一枚、インゴットをくすねたせいだなんて。あたしはポケットの中でインゴットを握り締める。なめらかで温かい。刻まれた文字のくぼみをなぞっていると気分が落ち着いてくる。この一枚だけはとっておけるかもしれない。相手の男だって気づきっこない。でなければ、なくしたとでも言ってやろう。

店員はあたしの頭の中を読んでいるかのように、こっちの動きを逐一見つめている。あたしがなんの価値もないクズで、このインゴット一枚が唯一の持ち物であることを知っているみたいに。

カウンターに近づく。閉店まではあと五分。あたしはインゴットを差し出してみせる。

「これが本物かどうかだけ確認してほしいんだけど」あたしは言う。「どれくらいの価値があるのかな?」

店員はインゴットを受け取りながら眉をひそめる。なめらかな額にもシワが二本。それから目を見開いて、あたしの姿をあらためるように見てから、またインゴットに目を戻す。ちらりとうしろを振り返ったところには奥の部屋へのドアがある。しまった、この金《きん》について何か知ってるんだ。

呼吸が速くなる。インゴットを奪い返したいけれど、それもできない。うまく話を合わせて、きちんと聞いてるみたいに相槌を打たないと。そのあいだもずっと、頭の中ではこう考えている。クソ、返せ、もういいから、出て行かせろ。

店員に電話をかける様子はない。あたしが表情を深読みしただけなんだろうか。でなければ、カウンターの下には銀行にあるようなボタンがついていて、この女はすでに押しているのかもしれない。そのカウンターの下から、店員は古臭い秤《はかり》を取り出すと、インゴットをのせる。

「重さは正確ね。寸法も。重さに対してぴったり合ってる」店員はちらりとあたしを見てから目をそらす。「光沢もいいわ。流し込みだから、見た目にも違いが出る」

「流し込み?」なんだそれ?

店員が眼鏡の奥で、透明感のある黒っぽい目をまたたく。「鋳型《いがた》に流し込むの。あとから刻印するんじゃなくてね。刻印シートなんかを使ったわけじゃないってこと」

なんだかよくわからないけど、まあいい。ポケットの中では指がイラついている。店員はもう閉店時間のことを言わなくなった。首がチクチクするのを感じて、通りのほうを振り返る。ドアにかかった看板は、内側に向けて〝CLOSED〟の文字。表には〝OPEN〟と出したままだ。

「それからここにシリアルナンバーがある」店員が指差しながら言う。「この番号は、あなたの持っている証明書のものと一致するはずよ」店員がもう一度目をまたたく。

あたしは息を呑む。「わかった。ありがとう」あたしが手を差し出すと、店員はためらう。

差し出されたインゴットをあたしがひったくるようにしたので、店員はぎくりとする。ポケットにインゴットをしまい、裏道に面したドアに目を向ける。そのドアを乱暴に開いたとき、店員が言う。「いまの価値ならネットで調べられるわ。常に変わり続けているの」

価値ならわかってる。八千ドルだ。あたしはただ、そんな目で見ないでくれと頼みたかっただけなのに、かえって十倍もうさんくさい目で見られている。

暑い外に出て、店員が表と裏と両方のドアを閉めるのを確認する。店員はカウンターの内側に戻り、電話を手に取っている。誰にかける気だ？　それとも考えすぎ？　心配しすぎか？　入り口に掲げられた看板を見上げる。〈ソルトウォーター・ゴールド・アンド・パールズ〉。通りの両側に目をやって、フードのついた服があればと思いながら背中を丸める。大きな通りは避けてあたしたちの車へと近づいていく。ポケットのインゴットに指をからめたまま、肘の下にしっかりとハンドバッグを抱え込む。

確認できるかぎり、誰かが街灯のうしろで待ち伏せしている気配はない。車内の真っ暗なワーゲンバスが、ずっと向こうに一台とまっているだけだ。

最初の角を曲がったところで、ブルーのコモドアが目に入る。ナンパでもするように歩道に沿ってゆっくり車を走らせながら、こちらに近づいてくる。あの車なら、どこで見たのかまで覚えている。あんなにたくさんアンテナを立てているんだから見間違えっこない。ポート・ヘッドランドにあったウールワースの駐車場で、黒いランドクルーザーのうしろにいたやつだ。

あたしは門に身を寄せて体を縮めながら、黄色いヘッドライトがアスファルトを呑み込んでいくのを見つめる。いったい何者？　私立探偵？　私服警官？　あのランドクルーザーを追いかけてたのはなんで？　運転しているのは暗めの金髪の男で、夜なのにアビエイターサングラスをかけている。運転しながら左右を確認しているのは──誰かを探してるんだ──あ、こっちにまっすぐ目を向けて──。

車はそのまま走り去る。

クソッタレ。あたしはつまずきながらも慌てて角を曲がり、一目散に車へ駆け寄る。

宿泊所の駐車場に戻ると、受付の少年が庭に水をやりながらホステルは見つかったかと聞いてきたので、うん、ありがとうとこたえておく。

ナオはバスルームだ。シャワーの音が聞こえる。満月が窓の真ん中に浮かんでいる。バッグを確認してから生ぬるい水道水を飲む。バスルームから出てきたナオは、頭にタオルを巻いて、汚れた服をまた着ている。しまった、食べ物を買ってくるのを忘れてた。

ナオにあやまって、車から何か取ってこようかと声をかけると、おなかはすいていないと言う。返事がどうあれあたしは車に戻り、後部座席からカップラーメンを見つけだす。中国人の少年がホースを使って、メルセデスの汚れを落としている。

小屋に戻るとラーメンに熱湯を注ぎ、ナオに半分いるかと聞いてみる。

ナオはかぶりを振る。

「メッセージは送っといたから」あたしは言う。「教えてもらった道順を書いて、深夜前に会おうって伝えた。そこまではどれくらいかかんの?」

「三十分くらい」

「これを食べてシャワーを浴びたら、もう出ないと」

「ニュースをチェックしておきたい。十時のやつ」

嬉しい情報があるわけでもないのに。「あたしがシャワーを浴びてるあいだに準備できる?」

「もちろん」

　ところが、タンクトップとショートパンツとヘッドホンをつけてバスルームを出てみると、ナオは相変わらず、小さなテレビの前に置かれたソファに座ったままだ。

「なんで見る必要があんの？　あたしたちがニュースになってるのはわかってんのに」

「新しい情報があるかもしれないでしょ。いいから待ってて」ナオはチャンネルをローカル局に合わせ、リモコンを持ったまま、キャメルトレッキングや釣りなんかのCMを見つめている。

「もう行かないと」あたしは上段のベッドからバッグを下ろし、その中にフランネルのシャツを詰め込む。銃は一番下に入ったままだ。「さっき外を歩いてるとき、誰かにつけられたんだ。ぞっとしたよ。ちょっとビビっちゃって、お店に逃げ込んだんだ」窓の月に目をやると、さっきより少しだけ高い位置にあって、ヤシの木の輪郭《りんかく》が空を背景に浮かび上がっている。

「なんのお店」

「ホステルを出たあとでさ。そこでジーンにメッセージを送ったんだ。そしたら誰かがつけてきたから、その店に逃げ込んだ」

　ナオはテレビを見ていて聞いていない。またCM。今度は真珠養殖場の見学ツアーだ。

「ジーンはログインしてなかった。だから、あたしのメッセージを見るかどうかもわかんない。でも、どうしようもないよな。行くしかない」あたしはキッチンに据えられたベンチ状の椅子からハンドバッグを手に取って、受付の子が書いてくれたWi-Fiのパスワードを確認する。

「ん、ちょっと待てよ」そう言ってポケットから携帯を取り出し、電源を入れてみる。どうせまたただめだろうと思っていたら、意外にも画面がついたので、あたしはそのままパスワードを打ち込む。

「ねえ、どういうこと？」ナオがあたしの携帯をにらみつけている。

「忘れてた。フェイスブックなら、あたしの携帯にも入ってたんだ。ジーンがメッセージを確認すれば、これでわかる」

「捨てたはずじゃない」ナオが言う。「最初の日に車の窓から。この目で見たのに」

騒ぎたいなら好きなだけ騒げばいい。いまは気にしちゃいられない。「音楽が入ってんの。だから捨てたくなかった。SIMカードを出して捨てただけ」

息を吸って吐くたびに、ナオの鼻の穴が大きくなっている。「追跡できるのよ。警察にはね。いまだって追跡してるかもしれない」

「いまさら気にしたってしょうがないよ、ナオ。チェックするだけだから」パスワードを打ち込むと、Ｗｉ‐Ｆｉにつながる。「警告がうるさいな。あ、メッセージが来てる！　うわっ、動画だ」

それは、ジーンの顔のアップからはじまる。腫れ上がった顔で泣いているのを見て、あたしは気が遠くなりかける。吐きそうだ。ソファにどさりと座り込む。

「ナオ」

「しーっ！」ナオはこっちを見ていない。膝に両肘をついて、テレビを見つめている。

動画を再生する。ジーンの顔は痣だらけで腫れている。片目はまぶたがふくれて閉じたままだ。背後には白いタイル。鼻からは血と鼻水を垂らしている。「チャーリー」とジーンは言う。「わたしなら大丈夫だから。見た目ほどひどくはないの、ほんとうよ。彼は、あなたの指定した場所から、二時間くらい離れた場所で会いたいと言ってる。ソルトウォーターの金鉱地。看板も出てるって。警察も目撃者もいないようにして」ジーンは怯えた様子で素早く視線を横に動かす。「この警官の指示通りに動いてほしいの。いいわね？　わたしたちふたりのためなんだから、絶対に――」

そこであたしの携帯が死んでしまう。

ちくしょう、嘘だろ。あたしはボタンを押す。何度も何度も。うんともすんとも言わない。充電器なんか持ってない。「ナオ？」内臓がコンクリートの塊になったみたいだ。「ナオ！」「あのインゴットを誰かに見せた？　これ見てよ。あのインゴットがニュースになってる」

あたしはナオを車に急き立て、バッグと一緒に運転席に押し込む。車の様子がなんだか前と違ってる。あの受付の子が泥を洗い落としちゃったのか。西オーストラリア州のナンバープレートもピカピカになって丸見えだ。クソッタレ。

ナオは、いったいこれをどうしたらいいのかわからないという顔でハンドルを見つめている。

「わたしにはとても――運転してもらえない？」

「だめだ。道を知ってるのはナオだろ」

ナオがエンジンをかけ、三回も両側を確認し、ちらちらバックミラーに目をやりながら、ザ・パールの私道へと車を出していく。

「もうちょいさっさとできない？」窓は全部閉めて、エアコンは全開だ。足はまたバッグの上に置き、痛いくらいに強く携帯を握り締める。

「人目を引いたらまずいでしょ」ダッシュボードの明かりに照らされ、ナオがこっちを見ている。「どれくらいひどかったの？　動画の、お姉さんの顔」

涙で目がチクチクしたけれど、鼻をすすってなんとかこらえる。「ぼこぼこだ。いいから走って。その場所に連れてってよ」

向こうに着いたら、バッグから銃を出して悪党を撃ち抜いてやる。

「お姉さんはなんて？」

あたしは息を吸い、両目をこする。「警察も目撃者もいないようにしろって。向こうに着いたら、取引をする」

来た道を引き返す形で道路と街灯の迷路を抜けながら、でっぷりした木々を横目に走り続ける。道路と歩道には、数台の車とわずかな人がいるだけだ。

「そいつが指定してきた場所は、真珠養殖場よりもずっと先なんだ。ソルトウォーターなんとかって言ってた」

「ソルトウォーターの金鉱地？　そんな、嘘でしょ」ナオは気分が悪そうな顔で、頬の内側を嚙んでいる。

「ジーンはそいつのことを〝警官〟だって。あの動画の中でそう言ってた」

ナオの視線が一瞬こちらを向いてから、また正面に戻る。

「あんたの継父なの？」

「わからない」ナオの声は小さすぎてよく聞き取れない。

「ナオは、継父の指示で動いてる誰かだとか言ってたよね」

「だからわからないんだってば」ナオがバックミラーを確かめる。「でも、うん、あの人の可能性は充分にあると思う」

携帯を握り締める。ナオは知ってたんだ。黙り込んだ顔にもそう書いてある。ナオはそいつについて何を言ってた？　死んだと思い込んでた警官の継父のことを。あの、トム・プライスのモーテルにいたときに。

車が左に曲がる。「裏道を通るようにして」あたしは言う。「ザ・パールにいたチビ助が、ナンバープレートをきれいにしちゃったから」

「ああもう、最悪。どうして宝石店に行ったりしたの？」

網目のような通りから、環状交差点に入っていく。反対側の角にあるのは警察署だ。署内には明かりが灯り、正面にはパトカーが二台とまっていて、一台のライトが点灯している。ものすごくゆっくりと。「ちぇっ、さっき見たときは消えてたのに」あたしは言う。「でも別に普通だよな。木曜の夜なんだから」

ナオが環状交差点に車を進める。「あのねチャーリー、テレビでは、もうひとつ別のニュースもやってたの。ダリルの死体が見つかった」

あたしはナオの横顔を、そしてその向こうにある警察署を見つめる。「そんな。死体が映ったの？」

「クレアモント湖で死体が見つかったというニュースだけよ。細かい情報はなかった」

「あたしらは防犯カメラに映ってたのかな？　その、ダリルと一緒のときに」その言葉が喉に貼りつく。

ナオはハンドルを握り締めたまま、環状交差点の出口を通り過ぎてしまう。「わからない。警察は、犯罪組織との関係を疑ってるみたいだった」車はそのまま交差点を回り続ける。「そのお店の人だけど、電話をしたって言ってたよね？」

「うん、なんか疑ってたみたい。あたしが店を出るなり電話してた」ったく、あれを店員に見せるなんてバカもいいところだ。ちょうど警察署の前を通り過ぎたときに、正面のドアが横に開いて、制服姿の警官がひとり出てくる。

「だったら、その店員はインゴットの出所《でどころ》に気づいて電話したんだと思う。ソルトウォーターは――地元の金鉱地だから。きっと事件の話を覚えていたのよ。でも警察がわたしたちを疑うことはないんじゃないかな。少なくとも防犯カメラをチェックするまでは」車がまたもとのところに戻ってくる。ふたりの警官が二台目のパトカーに乗り、バックしながら通りに出ていく。

あたしは携帯と、シートベルトのストラップを握り締める。パトカーが向かったのは反対の、ザ・パールのある方角だ。

「ちょっと話が大げさじゃない？　いくらなんでも早すぎるよ」

「金《きん》も事件も、この地元の話なの」ナオが言う。「だからみんな気にかけてる」ナオは横目で、あたしと、あたしの手の携帯を見る。「チャーリーはニュースをちゃんと見てなかったから。話の全体がわかってないのよ」

ナオは環状交差点から町の外に向かう道路に出ると、震える片手を持ち上げてから、またハンドルを握り直す。

「その金《きん》は、この土地の会社だったソルトウォーター・ゴールド・コーポレーションから十二年前に盗まれたものなの」ナオは言葉を切って、息をつく。「事件は、わたしの父さんが死んだ日に起こってる。三人が撃ち殺されて、金《きん》はそのまま消えた」

ナオは、次の環状交差点に入るために速度を落としてから、またアクセルを踏む。車体がぐんと前に進むのに合わせて、体がシートに押しつけられる。トラックが一台、反対車線を通り過ぎていく。「わたしの父さんは殺された三人のうちのひとりなのよ、チャーリー。さっきのニュースで父さんの名前が出てた。でも、わたしは知らなかったの。母さんはずっと、車の事故が原因だって嘘をついてた。父さんがあの日、あの場所で何をしていたのか、わたしにはそれさえわからない」ナオはあたしを見てから、バッグに目を落とす。「父さんを殺したのはウォーレンよ。そしていま、あの人は事件のあった場所で、わたしたちに会おうとしている」

16　ナオ

武装した危険人物

ガソリンを入れるために止まったのは、半島への道路に出る分岐点の手前だ。低く四角い建物があって、表に長方形の光がこぼれ出している。ウインカーを出しながら進路を変えると、二本のヤシの木を通り過ぎ、ヘッドライトが看板を照らす。〈デイヴ・バーラ・クロコダイルパーク〉。半島の道を五キロ進んだところにあるらしい。チャーリーもその看板を見つめているけれど、口はつぐんだままだ。息づかい以外は音も立てずに、膝の上の携帯を両手で握り締めている。

ポンプに車を寄せて、エンジンを切る。心が麻痺《まひ》しつつも、これからしなければならないことに集中はできている。チャーリーのお姉さんを取り戻す。こうなった以上、チャーリーをかかわらせないことは不可能だ。とにかく、なんとか冷静なままでいてもらわなければ。

わたしがガソリンを入れるあいだ、チャーリーは電池の切れた携帯をいじりながらうろうろしている。じめっとした暑い夜だ。あたりは虫だらけで、ガソリンの臭いもひどい。満月は天頂にあり、雲は、遠い北の空にかたまっているのが見えるだけだ。チャーリーはこうして止まるのさえいやがって――ピリピリしながら、携帯とハイウェイにかわるがわる目をやっている。でも、しかたないのに。ガソリンがなくちゃ走れないんだから。そしてここには、ほかに誰もいない。

「ウォーレンがこの土地の警察とつながっていることはないと思う」わたしは言う。「だから向こうも、わたしたちが警察に捕まるのは避けたいはずよ」

チャーリーが携帯から目を上げる。「だけど確実じゃない」

「まあね。でも、待ち合わせ場所を町からさらに離れたところに変えたのは、それが理由じゃないかと思うの」

「ものすごい僻地《へきち》だ」

「ええ」おまけに、ウォーレンのむかしの犯行現場でもある。わざわざ同じ場所を指定するなんていやな予感がするけれど、チャーリーには黙っていよう。

フロントガラスには、コオロギや甲虫や蛾、死んだ虫の跡が一面にこびりついている。きれいにしなければ。生きているのもたくさんいて、ガソリンポンプの上にあるライトに、暗い靄《もや》のように群がりながらぶつかっている。一匹が、わたしの持つノズルの先にとまってから、また飛び立っていく。

ガソリンはいくらたっても満タンにならない。どこかが壊れてでもいるみたいに、ポンプが止まっては、また動きはじめる。手が汗で濡れている。事故現場に最初に現れた警官がウォーレンだったと、母さんはいつも言っていた。それがふたりの出会いだったと。でも、それさえ嘘だった。父さんはすでに殺されていて、ウォーレンは車に黄金を積んで逃走中に、わたしと母さんの車に衝突しかけたのだから。

わたしはあの日からはじまったこと、母さんの嘘が可能にしたいろいろなことに思いをはせる。けれどいまのわたしにはあまりにも大きすぎて、心がそれてしまう。

「いつからわかってた?」警告するような声でチャーリーが言う。

「どういう意味?」

涙に濡れた目が、いまは険しくなっている。「いつ気づいたんだよ? ジーンを車に閉じ込めてるのは、ナオの継父なんだろ?」

わたしはメーターの数字の動きに意識を集中させる。「そんなこと――」

「嘘つくなよ。顔見ればわかる」チャーリーの声がかすれている。「いつからだって聞いてんだよ」

わたしは唾を呑み下す。「確信はなかった。でも――あなたからドライビンググローブのことを聞いたときに――」

「で、どう思った? こいつには黙ってよう。わざわざ話すまでもないって?」

「違う、そうじゃない」

「だったら何? ふざけんなよ、ナオ。なんで話してくれなかったのか、なんで自分のことをあたしより上等な人間だと思ってんのか、そこんとこを――」

「だから、そうじゃないんだってば」感じたくないもののすべてが、麻痺した感覚の下にもぐり込んで、わたしを脅《おびや》かそうとしている。

「そうじゃなくない！　くだらない嘘はつくなってずっと言ってんのに、ナオはやっぱりだましてたんだ。あたしが何かを知ったら暴走するみたいに、まるでこの頭には脳みそなんか入ってないみたいに――」

「あなたにも考えがあることくらいちゃんとわかってるし――」

「じゃあ、ないみたいに扱うな！　ちょっとくらい信用してくれたって――」

「あなたがどうこうってだけじゃないのよ、チャーリー！」満タンを示すカタンという音がして、ポンプの給油が止まる。わたしがノズルを引き出すと、チャーリーがうしろに跳びすさる。

「わたしはこわかった。そう、ほんとにこわくて、どうしたらいいのかわからなかった。チャーリーには自分の恐怖を知られたくなかったの。それが何かの役に立つとは思えなかったから」

チャーリーが鼻をすする。「だけどふたりでなら――」

「何？　ふたりでなら何？　何かが違ってた？　チャーリーがあの人の正体を知ったところで、なんにも変わりはしなかった」乱暴にノズルを戻すと、両手に不自然なこわばりを感じたので、そのままわきの下に突っ込んでおく。「あいつがここまで来たのはわたしのせい。気づいてないとでも思ってるの？　こうして追われてるのは、このわたしのせいなのよ」

声がひび割れ、わたしたちはふたりとも立ったまま、息を荒らげている。わたしはタンクのキャップを閉める。建物の中から、カウンターの向こうにいる男が、ガラスのドア越しにこちらを見ている。

「悪かったとは思ってる」わたしは咳払いをする。「もっといいやり方があったはずだって。でも、もう行かないと。いまは、チャーリーのお姉さんがからんでるんだし。お姉さんを無事に取り戻さなくちゃ」

チャーリーは黙ったままうなずくと、建物の外壁に設置された監視カメラにしかめ面を向ける。目立つ場所に長くいすぎてしまった。チャーリーはわたしを回り込んで、窓から車に体を入れると、必要な現金を手に取って言う。「先に乗ってて。お金を払ってくる。中のカメラに、わざわざふたりで映ってくる必要はないから」


エンジンをかけると、冷房の風が吹き寄せてくる。鼓動は落ち着いたけれど、やっぱり責任は感じているし、向こうに着いたときにどうすればいいのかもよくわからない。汚れたフロントガラスを見つめていると、いきなりチャーリーが飛び込んでくる。「すぐ出して！　あいつらが見えるだろ」

「誰？」慌ててバックミラーに顔を上げる。何も映っていない。

「あいつらだよ！　ロックをかけて！」

シートベルトを乱暴に引っ張り、ドアをロックする。「え？　なんにも見えないんだけど――」と思ったら運転席側の窓に顔が迫ってきてぎょっとする。怒りにゆがんだ口元にドレッドヘア。ドアハンドルをつかみながら手の平で窓をバンバン叩いている。ハンドブレーキを解除しながら目をやると、隣にはあの、グリーンのユートが。「どうしようチャーリー。まさか——」窓にはさらに顔がひとつ加わり、フロントガラスを叩く手も増えている。

「出して！」

一気にアクセルを踏み、ポンプのそばからぐいっと離れる。タイヤがものすごい音を立てながら、しがみついていた連中を引きはがす。

「あのジェズってやつだ」チャーリーが言う。「この車に乗ってたやつらだよ」

道路に出ながら目をやると、さっきまで建物の中にいた男のシルエットが戸口に浮かび上がっている。

「ありえなくない？」

「きっと追いかけてきたんだ」チャーリーはシートの中で体をひねり、息を整えながら、リアウインドーを確認している。ロードハウスの光がどんどん遠ざかっていく。

「え、みんないたの？」

「車は両方あった。グリーンのユートとワーゲンバス。もうちょっと速く走れない？」

黒っぽい藪が次々とうしろに流れていく。バックミラーには目のくらむようなハイビームの光。わたしはさらにアクセルを踏み込む。「ずっとついてきてたのかな」

「あのホステルからあたしを尾行してたのは、きっとあいつらのひとりだったんだ。あのときは撒《ま》いたけど。この車を取り返すつもりなんだよ」

クロコダイルパークと真珠養殖場の看板がまたひとつ。わたしは速度を落としながら、半島へとのびる道に車を進める。まっすぐで人気《ひとけ》がなくて真っ暗だ。ヘッドライトがついてくるのを見て、またアクセルを踏み込む。

「うまく撒けそうな場所はない?」チャーリーが言う。「こっちほど速くは走れないはずだし」

「ひたすら一本道なのよ。ほかにはなんにもない」

チャーリーが歯の隙間に舌を入れ、シートに膝をついてうしろを振り返ったまま悪態をつく。

「目的の場所まではどれくらい?」

「二時間か、もう少しかかるかも」サムはほかになんと言ってた? 確か路面が悪いって。だったら、これからさらに悪くなるんだろう。時計にちらりと目をやる。もうすぐ十一時。十二時までには着けっこないけど、落ち合う場所を変えたのは向こうだ。「ずっとその体勢のままでいるつもり?」

右への長いカーブが終わり、また道路はまっすぐに戻る。チャーリーは相変わらず携帯を握り締めたまま、むき出しの肩をポリポリかいている。「警察も目撃者もいないようにしろって――それがあの男の指示だった。あいつらをなんとかして追っぱらわないと、ナオ」

チャーリーの声が喉に詰まっている。さらにアクセルを踏み込むと、エンジンの回転数が上がり、車体がぐんと前に出て背後の車を引き離す。ライトをハイビームにしたユートだ。

まっすぐな一本道。その先では、ウォーレンとチャーリーのお姉さんが待っている。もう殺されているかもしれない。いくら考えまいとしても考えてしまう。ウォーレンにとって、彼女にどんな価値がある？　ウォーレンは黄金のためにもう人を殺している——三人の男とロードトレインの運転手を。犠牲者はほかにもいるのかもしれない。それなのにわたしは、チャーリーをあの人のところへ連れていこうとしている。

こみ上げてきた苦いものを呑み下すと、両手でシートにしがみついているチャーリーにちらりと目をやる。そこではじめて、ある疑問が脳裏に浮かぶ。盗んだ黄金は百キロもあるのに、ウォーレンはどうしてこの十キロにこだわるのか？　そうか、これは彼と犯罪をつなげる証拠なんだ。見つけたときにすぐ返すべきだった。そうしていたら、いま、こんなところにいることもなかったのに。

ヘッドライトの光がバックミラーを満たし、ほかには何も見えなくなる。ふと、上から見た絵を想像してみる。三台の車が暗い道に連なっているところを。白い四駆、グリーンのユート、ジェズのサーフボードを屋根に積んだワーゲンバス。わたしは両側の窓を開けて、エアコンを切る。

「何してんの？」

「外の音が聞こえるようにしないと」

「もっとスピードを上げて」

クロコダイルパークの入り口——月光で銀色に輝いている幅の広い土の道——が、あっという間にうしろへ消えていく。そして道路からはアスファルトの舗装がなくなる。デコボコで、タイヤも小石を巻き上げている。口の中には土の味がして、うしろの車のヘッドライトの中にも土煙が見える。ユートが近い。

「ちゃんと座って」わたしはチャーリーに声をかける。「シートベルトを締めて。何かがぶつかってきたり、急カーブを切ったりするかもしれないから」

チャーリーは言われたとおりにすると、両手で携帯を握り締めたままバックミラーに顔を上げる。

水たまりのようなヘッドライトが、前後の闇を、空っぽな風景を、飛び去っていく茂みを、かえって際立たせている。わたしは脇道でもないかと、道路の両側に素早く目を走らせる。何もない——明かりも、看板も。いっそ車を止めて、あの連中に引き渡してしまおうか。けれどガソリンは満タンにしたばかりだし、町では警察がわたしたちを探しているだろう。

「あきらめちゃだめだ」チャーリーが言う。

「あきらめるわけない」

「あそこ！」チャーリーが指差すのは看板だ。〈クリークバンク真珠養殖場〉。左手に入れる道がある。

急カーブを切るけれど減速が足りず、車体が揺れて横に滑りながらも、なんとかその土の道へ入る。

赤土の上り坂で、小石が巻き上げられ、車体に当たってくる。

赤土の上り坂で、道は穴だらけだ。サスペンションが激しく振動しているのを感じながら、ハンドルを握り締める。チャーリーはドアハンドルをつかみ、土ぼこりの中でまばたきをしている。バッグを膝にのせ、その上にかがみ込みながら。うしろのヘッドライトもこちらに折れ、追いかけてくる。「イカれてるよ、チャーリー。振り切れっこない。この道じゃ無理」

「いいから走り続けるんだ。こっちのがいい車なんだから」

植物が車体の下をこすり、何かが正面に衝突してくる。ウサギだ。さらにまた一匹。道が分岐したところで、右へと車を進める。

「このままじゃ追い詰められちゃう」わたしが言う。「この先は海だもの。逃げ場がない」

「だったらどうすんだよ？　ジーンのとこに行かなくちゃ！」チャーリーが早口になり、声も高くなっている。

丘のてっぺんで、また道が分岐する。高台で一気に視界が開ける――藪、浜辺、海、迷路のように入り組んだ銀色の道。「この車を返したほうがいいのかも」わたしは言う。

「何それ。ここに置き去りにされて、警察を呼ばれたらどうすんの？」

「そんなに悪くないんじゃない？　お姉さんのことは警察が助けてくれるよ。こうなったら――」

「だめだ！　あたしらはダリルだけじゃなく、あの警官とロードトレインの運転手も殺したと思われてんだ。武装した危険人物で、あの金《きん》を盗んだ犯人なんだよ」

「でも、ほんとうはそうじゃない」わたしはスピードを上げ、小石が車体に当たるのを感じながら、丘の反対側を一気に下りていく。雲が月をよぎるなか、斜面の一番下に木立《こだち》が見えてくる。

「あの木のところまで走って」チャーリーが言う。

「木があれしかないんじゃ隠れることなんて――」

「いいから！」チャーリーが叫ぶ。「あたしはジーンに行くって言ったんだ。じゃないとあの男に殺される。いいから走って」

うしろの二台が、ヘッドライトを上下に揺らしながら横に展開している。この車を回り込むつもりだ。脈が異様に速い。チャーリーは背を丸めてバッグを抱え込んでいる。うまくいかないことくらいわかってるはずなのに。

右側に出たワーゲンバスが、不自然なくらいジグザグに進路を揺らしている。いったい何をする気？

木立が一気に近づいてくるなか、下りの斜面で勢いがつき、さらにウサギ二匹が車体に当たる。「スピードを落として！」チャーリーが叫ぶ。「ぶつかる」

ワーゲンバスが何かに衝突した大きな音。片側のヘッドライトが消え、屋根からはサーフボードが落ちている。ユートは、左側の斜面に隠れて姿が見えない。

「木が！」チャーリーが叫ぶ。

フロントガラスにぶつかって木の枝が折れ、車体の側面を叩く。バンッ、キーッ、バキッ。わたしはブレーキを踏むけれど、すでに斜面の底に達しスピードはゆるんでいる。「こんなことしたって――」

「止まって！」

ブレーキを思い切り踏み込んだ瞬間、ハイビームが車内を一気に照らし出す。わたしもチャーリーも、そろって両手を上げている。車が一台、すぐそこの木立の前に斜めにとまっている。

「クソッタレ」チャーリーは両目をぎゅっと閉じている。「どうやって回り込んだんだ？」

「あいつらなの？」

排気ガスの臭い、走る足音、叫ぶ声。開いた窓から腕が伸びてきて、ドアが開けられる。

「抵抗しないで、チャーリー」わたしは言う。「何もかも引き渡せばいい」シートベルトを外されたかと思うと、片腕で外に引きずり出される。足がもつれ、膝から倒れ込んでしまう。

「わかった、やったことは認めるから、何も――」

「このアマ」という女のつぶやきが聞こえたかと思うと、頭の横を殴られて、顔から地面に倒れ込む。膝の下は石でごつごつしているし、鋭いシダの葉で頬が痛い。ドアが乱暴に閉められる音がして、白い四駆はバックしながら、明るいライトとともに消えていく。

「ナオ？」

「何？」

「頭を打ったりした？」

「大丈夫だと思う。ライトで目がくらんだだけ」痣になった目の上に痛みがあるけれど、たいした怪我ではなさそうだ。

「ほら」チャーリーがわたしの背中に手を当てて、腕を取ろうとしている。「行かなくちゃ」

わたしはまばたきをしてから、片足を体の下に引き寄せる。チャーリーがわたしの手を引く。

暗すぎて姿は見えない。顔に小枝が当たる。「あいつらはどこ？」

「しーっ。行っちゃったよ。ほら」チャーリーがわたしに手を貸して立ち上がらせ、車へと連れていく。「ナオのバッグはどこ？」

「なくしちゃった。あの車の中だと思うけど、よくわからない」

「ちぇっ」

「たいしたことじゃないよ」

チャーリーはエンジンをかけ、前進し、ブレーキをかける。ライトは消したままだ。わたしは助手席に乗っているけれど、車はさっきまでの四駆じゃない。レモンの香り。「何この車？」わたしは言う。

チャーリーがアクセルを踏むと、車はエンジン音を響かせて、木立から、下りてきた斜面のほうへと少しずつ這い出していく。毛布のような闇のせいで、道は目の前しか確認できない。

「クソッタレ」チャーリーの顔はダッシュボードの光で青白い。バックミラーからは、黄色い木の形をしたものがぶら下がっている。

「グリーンのユートに帰ってきたってこと？」

チャーリーがうなずく。

「あの女に殴られちゃった」わたしは言う。「どうしよう、チャーリー、インゴットが！」

「は？」

「あのバッグだよ！　持ってるの？」

「あったりまえだ」チャーリーは自分の手を叩いてみせる。シートのあいだにバッグがあるのを見て、わたしはふうっと息を吐く。

「よかった」

窓を開けて、海と藪の香りを入れる。斜面を半分ほど上がったときに、か細くうなるようなサイレンの音が聞こえてきて、チャーリーがブレーキを踏む。

「ハンドブレーキをかけてからエンジンを切って」

チャーリーは、言われるまでもなくそうしていた。片手をハンドブレーキに置いたまま、丘の上に現れた赤と青の光を見て悪態をついている。

「さっきの連中はどっちに行った？」

「あっち」チャーリーがハンドルを握り締める。「道をバックしていった」パトカーは丘を横切ってから、左手の道に入ってそのまま姿を消す。

「このまま待とう」わたしは言う。「木立に戻って、ライトは消したままにするのよ」

チャーリーはおとなしく従う。もうパトカーの光も見えなければ、車の音も聞こえない。けれどわたしはダッシュボードを確認しながら、チャーリーはこの警告灯に気づいているだろうかと考える。ガソリンが切れかけている。しかも、お金は全然ない。

「なんか聞こえる？」チャーリーがささやく。

「聞こえない」

「あたしも。まだいると思う?」

「動いてもいいかって意味なら、まだ動かないほうがいいと思う」

わたしたちはじっと座ったまま、聞き耳を立て続ける。車は道路わきの窪地のような場所にとめてある。パトカーが戻ってこないのを確認したうえで、〈ソルトベイ・パール〉という看板の出ていた道から、百メートルくらい車を進めたのだ。最初にこの場所に着いたときには聞こえていた車の音も、いまはすっかり消えている。

ここにはそよ風さえない。ペーパーバークの木がもしゃもしゃ生えた、茂みの一番深い場所を選んだ。聞こえる音といえば、カエルとコオロギの声だけだ。かすかな月明かりがすべてを包み込んでいて、あたりに漂うユーカリの香りがわたしを、おばさんの家の裏手に隠されていた庭へと引き戻していく。手の甲で額の汗をぬぐう。

「メッセージには深夜十二時って書いちゃったのに」チャーリーが言う。

「どうがんばっても間に合いっこない」

「待っててくれると思う?」

「向こうは金《きん》を取り戻したいんだよ、チャーリー。しかも、ほかの誰にも知られたくないはず」チャーリーのお姉さんに関しては、最悪の事態も頭をよぎっていたけれど、それをここで口にすることはできない。いまできるのは、とにかく到着して、成り行きを見守ることだけ。

チャーリーが親指の爪をかじっている。「頭の怪我は平気?」

「たいしたことない。痣ができてるくらいかな。そんなに強く殴られたわけじゃないから」

「水はある？」

わたしは後部座席を探る。「これだけ」トム・プライスのモーテルで、わたしがくんだ水のペットボトルが一本。三百キロ以上連れまわされ、ほこりで汚れた底にはへこみができていて生温かい。それでもあるだけましだ。あの連中のささやかな置き土産。わたしは少し飲んで、チャーリーに渡す。

「唾とか入れたりしてないかな？　あいつら、すっごい怒ってたし」チャーリーはひと口飲んでから顔をしかめ、ハンドルに目を落とす。「ガソリンを手に入れる方法がなんかあるはずだ。ほかの車からもらうってのは？」チャーリーはやけに落ち着いている。

「いいアイデアだと思う」わたしが言う。「ほかの車を見つけることができればだけど」

チャーリーはドアを細く開け、聞き耳を立てている。何も聞こえない。「ちょっと見てくる」

「誰かに見られないようにね」

戻ってくる足音が聞こえたのは、それから三十分後だ。

「事務所があるよ」チャーリーが言う。「開くのは朝の七時だって。あとはなんにもない。車もいない」チャーリーは運転席側のボンネットに腰を下ろして、開いた窓越しにしゃべりかけてくる。「事務所のトイレに窓があってさ、網戸がついてるだけなんだ。あたしならなんとか入り込めると思う」

わたしはカチリとドアを開く。「中に電話はあるの？」

「たぶん。けど、誰に電話する気？」

す。

「ちょっと前に渡した紙切れはある？　道順を書いた紙」わたしはチャーリーの隣に腰を下ろ

チャーリーが、汗に濡れてくしゃくしゃになった紙を差し出してくる。サムの電話番号はまだ消えていない。「それって、ナオを車に乗せてくれたやつ？」チャーリーが言う。

「あの夜、わたしたちを残して帰るのは気が進まなかったみたいだし。ブルームに家があるんだって。ガソリンを持ってきてくれないか頼んでみる」いまのわたしたちには、それしか方法がない。

チャーリーがボンネットからひょいっと下りる。「行こう。あたしがやんないと。あの窓を通り抜けるの、ナオには無理だから」

「いまはだめ。真夜中なのよ」わたしが言う。「サムに断られたら困るでしょ。夜明けを待って、事務所が開く前にやろう」

チャーリーは言い返したそうな顔をしたけれど、おとなしく引き下がる。「夜が明けたらすぐにだよ」

「わかった」わたしは水を少し飲んで、チャーリーに差し出す。チャーリーが飲んでから、また返してよこす。

チャーリーは助手席側の窓から体を突っ込んで車内を探ると、チェリーライプを手に戻ってくる。「半分食べる？」

わたしたちは溶けたチョコレートで手を汚しながら、その菓子を分け合う。食べてしまったあとになって、とっておいたほうがよかったかもしれない、と思う。包み紙を窓から車内に落とし、道路の反対側に立って藪の音に耳をそばだて、おばさんの家を思い出す。住みついているというヘビや、屋根の上にいたコカトゥーのことを。自宅から逃げたときの記憶も蘇ってくる。カラカッタ墓地を抜け、チャーリーの家まで走り続けた。

あの夜、誰かと出会わなければならなかったのだとすれば、それがチャーリーでよかった。向こうはどう思っているのかわからないけど。いまはまだ。

「何してんの？」

「考え事かな」

「何を？」

「ダリルが死んだとき、チャーリーが警察に通報するのを止めたりしなければ、こんなことは何ひとつ起こってなかったのかもしれないって」

チャーリーは肩をすくめる。「どうかなぁ。とにかく、今回のことをはじめたのはジーンなんだよ」

「え？」

チャーリーは両足のかかとを車体にぶつけてから、自分の足に目を落とす。「ジーンが考えたんだ。ダリルと一緒に。金庫を盗む計画をね」

「どうしてそう思うの？」

「さあね。たぶんあたしのためだったんじゃないかな。バカみたいだ」

「きっと無事だよ」

「そんなのわかんないだろ」チャーリーが目をぬぐう。「これから電話をかける相手には、細かいことまで説明する気?」

「まさか」

「でもそいつ、知ってんじゃないの? あたしたち、州レベルで指名手配されてるんだよ。武装した危険人物として」

「でも違うでしょ。誰も撃ったりしてない。どうしてそんなことばっかり言うの?」

チャーリーは口を開いてから閉じると、顔をしかめてから、唇を舐める。

「何?」

チャーリーはボンネットを下りて、車内からバッグを取って戻ってくると、ボンネットに置いて開け、中に手を入れる。さらに奥のほうに手を突っ込みながら、一瞬、わたしと目を合わせる。「怒んないって約束してくれる?」

「え? そんな約束は――」

それからチャーリーが拳銃を引き出す。艶《つや》消しの黒い銃身が、月明かりを浴びながら、すべての光を呑み込んでいる。

「こんなものをいったいどこで?」

「やっぱ怒ってる」

嘘でしょ。死んだ警官が、あのときハイウェイに落とした拳銃だ。

「拾ったの？　ずっとそこに入ってたってこと？」

「武装したクソ危険人物」チャーリーが、手で拳銃の重みを計りながら言う。わたしにはその仕草が気に入らない。手に取ってみたいと思っている自分自身も気に食わない。さっさとバッグに戻してほしい。

17 ジーナ

ラン・トゥー・パラダイス

ジーナはまた荷台に戻っている。そこに敷かれたカーペットの匂いは、日に日に変わり、同じになることがない。ジーナは今度も上着を枕に、足を折り曲げ、脇腹を下にして横たわっている。背中には長いシャベルの柄を感じる。半分空になった水のペットボトルを握り締めているけれど、その手を目の前に持ち上げても見えないくらいにあたりは暗い。

ジーナに見えているのはチャーリーの姿だ。飛び出た鎖骨と細い肩には大きすぎるヘッドホンをつけたまま、ベッドの上で跳ねている。十二歳のチャーリーが聴いているのは母さんのプレイリストだ。サスキアはまだチャーリーの親友だし、母さんは隣の部屋で生きている。

そんなことを想像していると、心が落ち着いてくる。車の振動に鼓動を合わせ、チャーリーが飛び跳ねるたびに数を数える。ジーナの目には、チャーリーがぎこちなく細い腕を振り、脚や頭や髪が、あちこちにはねているのが見える。笑ってもらいたいのか、クールに見られたいのか。どちらにしろチャーリーには、そういう人間になる機会さえ与えられはしなかった。

ジーナは、失望がチャーリーに与えた影響について思いをはせる。人生は、ことあるごとにチャーリーの心を傷つけては、さらに悪意を強めてゆくかのようだ。いまチャーリーが聴いているのはクワイヤーボーイズの〈天国への逃亡《ラン・トゥー・パラダイス》〉で、ジーナは自分たちもそこへ逃げられたらいいのにと思う。

状態の悪化がこわくて、頰にはさわる気にもなれない。顔はほとんど感覚を失っている。歯はまた別の一本がぐらつき、片目は相変わらず開かない。病院に行く必要があるはずだ。それでも例の動画をとる前には、鎮痛剤を二錠と、氷を入れた袋をもらうことができた。

ジーナは冷血漢にうまく説明することができなかった。金庫を盗みに入ったのは自分のアイデアであり、チャーリーにはなんの関係もないのだと。ジーナの計画なのだから、痛い目にあわせたいのならジーナを相手にすればいい。だが男は聞く耳を持たず、気にかける様子もなかった。

男によると警察は、チャーリーと、モーテルの外にいたナオミという子と、ふたりが盗んだ白いランドクルーザーを探しているらしい。ナオミは自分の継娘で法律を学んでいる、と男は言った。まるで彼女が巻き込まれたのはジーナのせいだとでも言わんばかりに。ナオミとチャーリーは、一連の犯罪にからんで州内に指名手配されているから、チャーリーに生きて会いたければ自分の言うとおりにしろという。

ジーナがモーテルから車に連れていかれたとき、モーテルの裏手に、リーの車は見当たらなかった。どういうことだろう？　男に移動させられたのか、何か悪いことが起きたのか。

どちらにしろ苦しい状況に変わりはないけれど、そこへ男が、面白がっているような口調で、ジーンにあるニュースを教える。クレアモント湖からダリルの死体が引き上げられ、警察では殺人を疑っているという。

つまりダリルは死んでいて、もう戻ってはこないということだ。正直、それほどの驚きはない。彼はうさんくさい連中と付き合っていたし、ここまでの展開が展開なのだから。ジーナには、どうがんばっても、それ以上の感情を持つことができそうにない。チャーリーがあのビデオメッセージを目にしたことと、自分が冷血漢の言いなりになるしかないという現実のほうがよほどつらい。全部自分のせいなのに、止めるすべがひとつもないなんて。

鎮痛剤と睡眠不足、それから車の揺れによって、いつの間にか眠っていたようだ。冷や汗をかきながら、振動に変化を感じて目を覚ますと、揺れが大きく不規則になっている。走っているのは土の道路だ。まっすぐで、速度が落ちることも曲がることもない。どれくらい走り続けているんだろう。十分か三時間か。空気はよどんでいて、顔が痛い。だからジーナは、あまり深い呼吸をしないように心がける。

振動が深くなり、速度が落ちるのを感じて、ジーナの肌がこわばる。まだ着かないでほしい。覚悟ができていない。すると車は一度、二度とカーブを切ってから速度を上げ、再びガタガタ揺れはじめる。

チャーリーはフェイスブックのメッセージで、例の金(きん)を持っているから取引したいと伝えてきた。いっそ警察が本気で捜索をして、チャーリーたちを先に捕まえてくれたらいい。冷血漢の警官仲間もこのあたりにはいないはず。彼にとっては、失うものが大きい状況だ。

ジーナは、冷血漢が取引におとなしく応じるとはまるで思っていない。継娘はさておき、自分とチャーリーは？　すべてが終わったときには、ふたりとも頭を撃ち抜かれ、どこかのさびれた場所に埋められていることだろう。なんだったら、その墓穴まで掘らされるかもしれない。そのときにはシャベルで頭を殴ってやれるだろうか。

ジーナを荷台に押し込んだとき、男の顔には血の気がなくて、汗をかきながら、また浅い呼吸を繰り返していた。あれはフェイクではなかったはずだと思いつつも、ジーナはモーテルの部屋で目にした男の豹変ぶりを思い出す。ものすごい顔色と、腕の強靭《きょうじん》さを。アドレナリンのせいだ。すべては自分が招いたこと。ジーナはもちろん忘れていないし、繰り返せば同じような目にあうこともわかっている。

ジーナの見立てが正しければ、チャーリーを連れて逃げ出すには冷血漢を殺すしかない。そしておそらく、チャンスは一度しかないだろう。

金曜日

18　チャーリー

死か牢か

　あたりが明るくなりはじめたのに合わせて、あたしたちは真珠養殖場の事務所へと移動する。空にはピンクの雲の層が見えるけれど、夜の冷気がまだ残り、タンクトップの上にフランネルのシャツを着てもまだ肌寒い。バッグは持ち手が片方壊れているので、肩から掛けている。

　バッグをナオにあずけてから、トイレの窓の網戸を押す。ガタガタ音がしたけれど、中にはどうせ誰もいない。ナオにも押し上げてもらって洗面台に下り、事務所を抜け、引き戸になったガラスの入り口へと向かう。警報器はなさそうだ。学校にある予備の教室みたいなしょぼいオフィス。デスクのひとつには、端っこにサボテンの鉢が並んでいる。

　入り口の鍵を開けて、ガラスのドアを滑らせる。ナオはあたしの背後を見つめたまま動かない。「強盗に入るわけじゃないんだから」あたしは言う。「生きるか死ぬかの瀬戸際なんだ。電話はデスクの上。あたしは外で待ってる」

　ナオが地面にバッグを下ろす。あたしはドアを閉めて、電話をかけるナオを見守る。空は刻刻と明るくなっていて、屋根の上にはピンクとグレーのモモイロインコがたくさんいる。ナオはピリピリした様子で目を見開き、コール音を聞きながら頰の内側を嚙んでいる。電気ショックでも受けたみたいにぴくりとしたことで、あたしにも相手が電話に出たのがわかる。ナオはそのサムってやつに気があるんだ。そうじゃないってふりはしてるけど。

ブルドッグアリの列がバッグに向かってきたので、バッグを持ち上げて別の場所に移しておく。昨日の夜、ナオが車で眠ってるあいだにバッグの底から銃を取り出し、起きる前には戻しておいた。見た目のわりには重い。プラスチックのような質感だし、銃と聞いて頭に浮かべるようなやつじゃない。テレビの銃撃シーンでよく見る銃とも違う。引き金はどれくらい強く引けばいいんだろう。銃身を固定するのは難しいんだろうか。撃ち方がわかればいいのに。一発目から正確に撃てるように。

サスのことが頭に浮かぶ。母さんが死んだあと、サスは変わった。よそよそしくなって、もう、あたしの喧嘩を止めることも、あたしを落ち着かせることもできなくなった。サスはきっと、あたしがこわくなったんだろう。その気持ちもよくわかる。

ナオはまだ話している。あたしはガラスのドアを叩いて、早くしろとせかす。ナオはうなずいてみせる。

車へと戻る途中で太陽が顔を見せたかと思うと、また厚い雲の向こうに消える。あたしは運転席について、開いた窓に片腕をのせる。雲に隠れた太陽の熱で温かい。窓を開けているのに、風はまったくない。小さなハエやサンチョウバエがやたらうるさいので、シャツを脱ぎ、口と鼻を覆い隠す。

サムはなかなかやって来ない。どんどん暑くなり、窓からはペーパーバークの木の香りが漂ってくる。サンチョウバエは嚙むのをやめた。あたしはジーンのことでピリピリしているし、喉が渇いていたから、水が残っていないことにも腹が立ってしかたない。「ほんとに来んの?」

ナオはうなずく。「来るって言った」

「なんか話した?」

「話さないって言ったでしょ」

ナオも明らかにピリつきながら、足元のバッグにちらちら目をやり続けている。

「出しといたほうがいいかな?」あたしは言う。

ナオがバッグから目を離す。「え?」

「銃だよ。練習しとく?」

「まさか。絶対にだめ」ナオは腕を組んで、フロントガラスの向こうをまっすぐ見つめる。

「だけども――」

「だめ。出さないで。そもそも拾うべきじゃなかったのよ」

ナオは罪悪感を抱えてる。ジーンのことや、継父のことに。だけど、ナオのせいじゃないはずだ。悪い時に悪い場所に居合わせただけなんだから。しかも、刺した相手はろくでもない継父だ。あたしだって悪かった。ナオよりも悪かった。あたしがダリルを殺したりしなければ、ふたりでユートを盗むことも、金《きん》の入ったバッグを見つけることもなくて、こんな目にはあわずに済んだんだ。もしも誰かのせいだっていうんなら、やっぱりあたしのせいだと思う。

それにナオは一緒にいる。あたしを置いて逃げたりはしてない。チャンスならいくらでもあったのに、ナオは逃げなかった。だけど、それでもまだ充分じゃないとしたら？

ジーンを死なせたくない。ジーンが死ぬ前に見るのが、その悪党になるとしたらなおさらだ。そいつの頭を撃ち抜いて、一気に問題を片づけるってのはどうだろう？　あとひとり死人が出たところでたいした違いはない気もする。少なくともあたしにとっては。どうせ、死ぬかムショかに決まってるんだから。父さんと同じように。

あたしも、すべてをナオに話してはいない。あたしはきっと、父さんが嫌いなわけじゃない。父さんは面白いし、いつもあたしの味方だった。でたらめな世の中に、ふたりで立ち向かうんだって言ってくれた。

あたしたちは仲間だった。父さんがキレて母さんを殺すまでは。そんなことを考えたせいで、あたしはますます気が滅入る。


一時間もするとサムが来たけれど、なんだかもっと待たされた気分だ。おんぼろの赤いユートから、ラップミュージックがガンガン頭に響いてくる。サムは音楽を消し、荷台につながれた二頭の犬をそのままにして車を降りる。トリプルJ（豪ラジオ局）のかすれたTシャツにジーパンという恰好で、ブーツは土ぼこりをかぶっている。サムがこちらにうなずいて、よお、と声をかけてきたので、あたしも挨拶を返す。なんだか怯えたような顔であたしを見ている——おでこには、土の道路についた畝《うね》のようなシワ――ナオはいったい、あたしのことをどんなふうに話したんだろう？

　サムがジェリー缶からあたしたちの車にガソリンを移していく。ナオは座席の下にバッグを置いたまま、サムとなにやら話し込んでいる。あいつ、車が変わったことには気づいてんのかな？　もし気づいていたとしても、その気振《けぶ》りはない。ナオがサムからもらったペットボトルの水を少し飲んで、あたしに渡す。冷たくておいしい。「ありがとう」あたしは飲み口をシャツでぬぐってからペットボトルを返す。ふたりがよそを向いているあいだに、バッグから銃を取り出し、ショートパンツのウエストの背中側に差し込んで、シャツの裾を結んでおく。これならナオには見えないはずだ。ナオをこわがらせても意味はない。それでも銃を持ってるだけで、なんだか少しは安心できる。

　サムがエンジンをかけ車をUターンさせると、ナオもあたしの隣に戻ってくる。ほかの車は一台も見ていない。いまは午前七時過ぎ。このまま、誰とも行き合わなければいいんだけど。

「大きな道路まで案内してくれるって」ナオが言う。「わたしたちが大丈夫なように」

「それなら大丈夫だから。道路への戻り方くらいわかってる。あいつには、道路に出る前にいなくなってもらわないと」

「いなくなるわよ」

　けれどサムはいなくならない。曲がり角のだいぶ手前で車をとめて、降りてくる。あたしはそのうしろに車をつけ、ハンドブレーキをぐいっと引いて、手をかけたままサムを見つめる。

サムは自分の車の立ち上げた土ぼこりの中を近づいてくると、ナオの側の窓のそばで足を止める。ナオに惚れているか、あたしを危ないやつだと思っているか、あるいはその両方だ。

「町までついてってやろうか？」サムが言う。

ナオが「ええっと——」とかなんとか口ごもっているので、あたしは腕を叩いてやる。

サムがあたしを見てから、ナオに目を移す。「あの金鉱に行くんだろ？　例の金《きん》が盗まれたところに。ほら、場所を聞いてたから」

ちくしょう。

「あそこで人に会う用事があるの」ナオが言う。

「しかも遅れてるんだ」あたしも言う。

サムは片目をすがめてから、ブーツを見下ろし、あとずさる。「なんかいやなんだよ。この前の夜、ハイウェイにきみらを残してきたのも気がかりだったし、いまも気が進まないんだ。町で事件が起きてるみたいで、ニュースにもなってる」

「わたしたちなら大丈夫だから、サム」ナオが言う。「なんならあとで説明するけど、いまはとにかく——」

「あそこには何もない。湖があるけど。金鉱は閉め切られてるんだ」サムのおでこのシワは残業中だ。「また別のときに行こうぜ。俺がきみらを案内する。ちょっとした遠足だな。けど、いまはやめたほうがいい。さっきも言ったとおり厄介なことになってて——例の盗まれた金塊《きんかい》の件なんだ。ロードトレインの運転手もひとり撃ち殺されてる。いま町を出るのは危険だし、あそこに行くのは最悪だ」サムはちらりと愛犬のいる荷台を振り返る。犬たちはつながれたロープを引っ張るようにして、サムを見ながらあえいでいる。

ナオが、少し追い込まれたような顔で口を開く。あたしは車をとめたまま、ドアを開けて外に出る。「チャーリー」とナオが言う。

あたしは車を回り込んでサムに近づく。銃が腰に当たっている。シャツの下で、銃に手をかける。怒りが胸にわき上がってくる。それでなくてもジーンのことで苛立ってるのに、こいつが邪魔をするからだ。でもナオが言ってた。冷静でいなくちゃだめだって。あたしにはきっとできるってほんとに思ってるみたいだった。両手を握り締め、ゆっくり呼吸する。自分の家のバスルームで、紙袋を口につけながらやったときのように。そのまま必死にこらえる。まるで、自分の知らないあたしがもうひとりいるみたいだ。「いいから消えろって」すごく静かな声で言う。「な？ あたしらには助けなんか必要ない。つまんないこと言うのはやめて、車に戻ってさっさと帰れ」

サムはドアの上に手を置いて、助手席のナオを見ている。

そこでサムが、あたしたちの正体に気づいてしまったのがわかる。おでこのシワが伸び、口が開く。「そんな」

いくつかの出来事が続く。

まずはブルーのコモドアが、土ぼこりのトンネルを抜けて走り去る。この車を目にするのは三度目だ。道路から少し離れているあたしたちは見えなかったのか、それともスピードを出しすぎていて気づかなかったのか。「いまの見た?」あたしはナオに声をかける。それからあたしは銃を抜き、両手で構えてサムに向ける。手は震えているけれど、頭は冷静だ。大丈夫。ただ見せるだけ。ところがサムの反応は、あのランドクルーザーの女とは違っていた。

失神したのだ。

サムはそのまま倒れ、その足があたしのすねにぶち当たる。「うわ!」あたしが飛びすさった瞬間に銃が音を立てる。バンッ。衝撃で両腕が持ち上がり、銃を落としてしまう。サムが、弾かれたように脚を痙攣《けいれん》させながらうめいている。

「チャーリー!」

ナオが車から飛び出してきて、サムに覆いかぶさる。「なんてことするの。信じられない」サムのブーツの爪先のところに、赤いものがたまっている。血が土にしみ込んで、サムの脚はこわいくらいに痙攣している。

「撃つつもりじゃなかったんだ! ほんとだよ」

ナオはサムの顔のそばで膝をついているけれど、手は触れていない。「でも、引き金に指をかけてた」

「ほかにどうやって持つんだよ。そうするしかなかったんだ。安全装置がついてると思ってたのに」

サムは、犬みたいにうめいている。血の臭い。犬たちはキレたように吠えながら、左右に口ープを引っ張りまくっている。

「それに、撃つ前にもう気絶してた」あたしは言う。

「だからどうだっていうのよ」

サムは両腕で土をかきむしっている。体を起こそうとしながらうめいては、また倒れる。あたしは銃を拾い上げ、ナオの腕を引っぱる。「行こう」

ナオはよろよろと立ち上がりながら、サムの片手を踏んでしまう。サムが叫び声を上げ、ナオがあやまっている。「サムをこのまま置いてはいけない」

「大丈夫だよ。こいつには水がある。車も犬も電話もある」

「できない」

「できる。ふざけんな。ジーンが待ってんだ。あんたの継父もだ。こいつの傷なんか脚だけじゃないか」

あたしたちはサムを置いていく。彼を車の運転席に運び込んで、吠え続けている犬と一緒に残していく。早くここを離れないと。

撃ったのは左足だ。水だってある。大丈夫に決まってる。

グリーンのユートに戻り、あたしの運転で、ブルーのコモドアの向かったほうに走りはじめる。窓からは熱い風が吹き込んで、車のうしろにはしっぽのような土ぼこりが立ちのぼる。銃は、シートとドアのあいだに置いてある。ナオからは見えない位置に。

「あとどれくらい？」エンジンにかき消されないように声を張り上げる。

「一時間半くらいだと思う」ナオが言う。「看板があるはずよ」

ナオは怒ってる。銃のことで頭に血がのぼっている。けど、あたしだってむかついてる。サムは金鉱のことを知っていた。ナオが話したんだ。あいつは遅かれ早かれ、警察に通報するだろう。

一時間ちょっと走ったところで、右への曲がり道が現れる。青い看板には〝鉱区〟と書かれ、その道に渡された高いアーチ形の門のほうを矢印が指している。オレンジに錆《さ》びた金属のプレートには、ソルトウォーター・ゴールド・コーポレーションの文字。スピードを落とし、ナオにちらりと目をやってから、その道に車を進める。門を抜け、緑の茂みの中にある土の道を走り続ける。

でこぼこした道にタイヤをガリガリいわせながら、スピードをゆるめる。道はくぼんでいて、左側が高く、谷底にでも向かっているような感じだ。窓から吹き込む風もなくなっている。

道の先にあったのは、がらんとした空き地だ。背の高い鉄条網のフェンスがあって、また錆びた看板がある。いわゆる〝入るんじゃねえぞ〟的な看板だ。南京錠《なんきんじょう》のかかった大きな両開きの門の向こうには、金属製の小屋や機械類がいくつも見える。道はフェンスに沿うようにして左右に続いている。

あたしは門のそばで車を止め、ブレーキを踏んだまま様子をうかがう。ほかの車はどこにも見えない。ナオは両手でシートベルトをつかんで固まり、フェンスを見つめている。土とほこりで、腕も顔も筋だらけだ。手に貼った傷パッドは、茶色くこわばっている。

「大丈夫?」

ナオはうなずくけれど、やっぱり動かない。両腕に鳥肌が立っている。

きっと、継父に会うのがこわいんだ。

「あたしがやるよ。ひとりで大丈夫。ナオがそいつと話す必要なんかない。車で待ってて」

「ここに来てるかどうかもわからないのよ」

「来てるよ。ブルーのコモドアを見ただろ?」

ナオが目をまたたく。「誰なの?」

「さあね。けど何度か見てるんだ。私服のおまわりかもしれない。気をつけないと」

フェンスの左手に沿ったやわらかな土の道に、タイヤの跡が残っている。あたしはその跡を追う。タイヤが何かを踏んだりきしんだりする音に意識を集中させて、フェンスを右に見ながら進んでいく。銃はあたしとドアのあいだにある。空き地を抜けると、木々や藪《やぶ》が迫ってくる。尾根が左手の木々の上にまだ見えている。数百メートル進むと、道はぐるりと円を描きながら折り返していて、フェンスは見えないところまで続いている。

「行き止まりだ」あたしは車を止める。

真正面には大きな岩山と木立《こだち》があって、そこから平らな水面《みなも》が広がっている。両側には切り立った崖が続き、その谷間の奥から水が吐き出されているようだ。暑さと湿度は最高潮に達し、曇《くも》った光がすべてを明るく際立たせている。

「あの湖だ」と、ナオが言う。

ナオの手が腕に置かれ、あたしの目にも、黒いランドクルーザーが飛び込んでくる。湖の手前側、岩場の端だ。木陰になった場所に、こちらを向いてとまっている。ほんの半秒くらいほっとしてから、あたしは動画に映っていたジーンの顔を思い出す。

窓は濃いスモークガラスだから中は見えない。いまにも心臓が爆発しそうだけれど、男やジーンがいる気配はまったくない。ジーンはあの車に乗っているはずだ。

座席のわきに手を滑らせ、銃のグリップを指でこする。コモドアは見えない。どこに行ったんだろう？　サムはきっと警察に通報するはずだ。「行こう」あたしは言う。「時間はあんまりなさそうだ」

「バカな真似はなしね」ナオが言う。

まるで自分自身に言い聞かせてるみたいに。

19　ナオ

ウォーレン

チャーリーがエンジンを切ると、一気に音が――セミ、カエル、コロオギの声――そして滝の響きが襲いかかってくる。黒い四駆《よんく》のうしろに広がるのは、写真で見たとおりの景色だ。黒っぽい水から、赤い岩がところどころ足場や島のように顔を出し、尾根までの崖をつくっている。手前の岩場は水面に向けてなだらかに下り、そのきわでは、ユーカリ、シダ、草の葉が音をかき鳴らしている。

「どうしてこんなところにいたんだろう」わたしは言う。「父さんは、あの、殺された日に」

何か感じるはずだ。父さんはここにいて、ここで死んだのだから。それでもわたしの中にあるのは、父さんはどこにもいないというあの感覚だけ。昨日のニュースを見てからというもの、わたしの心は麻痺《まひ》したままで、自分たちを待っているはずの罠に怯えている。ウォーレンが仕組んだ罠。もうすでにはまっているのかもしれない。いったいどうすれば、ここから生きて逃げられるんだろう。

おばさんはきっと知っていた。ウォーレンと父さんについての真実を、疑いながらも黙っていた。わたしを危険な目にあわせたくなかったからだ。それでも結局、わたしはここにいる。チャーリーがわたしに目を向け、すぐにそらす。「やるんだろ？　バッグをちょうだい」

「わたしが持ってる」

バッグを持ち上げ、チャーリーと一緒に車を降りる。打ち合わせでもしたかのように、ドアは両側とも開けっぱなしだ。現実離れした映画の世界に倣《なら》って、脱出の役に立つとでも思っているみたいに。いま何時なんだろう。サングラスも、おばさんにもらった帽子もなくしてしまった。日差しに気を取られ、片手をかざす。太陽が、雲を燃やしながら出てこようとしている。チャーリーがショートパンツのうしろを引き上げる。シャツの裾《すそ》で、腰のあたりに大きな結び目を作っている。チャーリーは痩せた。わたしも痩せたけれど、チャーリーはもとから痩せっぽちだったのに。

傾斜にとまったウォーレンの車は前方を持ち上げ、後方を湖に向けている。湖には細長い岩場が天然の桟橋《さんばし》を作っていて、その先には平らな岩板が三つ。間隔が一、二メートルずつ空いており、巨人が渓谷に入るための足場のようだ。その向こうに大きく開けている湖は、写真の印象よりも広い。

黒いランドクルーザーに目を滑らせる。動きはない。車の上にはユーカリの木が枝を伸ばしているけれど、その葉影さえ落ちていない。ウォーレンはあの中に？　どうしてわざわざあの場所を選んで車をとめたんだろう？　車体の塗装や窓が、チャーリーにはじめて見せられたときの銃を思い出させる。光を呑み込むような深い黒。

わたしたちは車に近づいていく。傷めた足首から痛みが消えているので、視線を落とし、足が問題なく動いているのを確認する。湖からの湿った岩の香り。木立や藪からの鋭い緑の香り。口の中には鉱物の味がして、バッグがこれまで以上に重たく感じられる。

渓谷の岩壁が、近づくにつれちらちら光って見える。崖の上が熱気で蜃気楼《しんきろう》のようにゆがむ。違う、ブラック・コカトゥーの群れが、形を変えながらうごめいているんだ。その鳴き声が、ほかの音にかぶさっていく。藪の中で小さな足が引っかくような音、虫たちのざわめき。

車まで半分ほど近づいたときに、うしろから声がする。「ナオミ、そこで止まれ」その言葉に背中を押されたように、わたしはつまずく。ブラック・コカトゥーの群れが一斉に木々から飛び立ち、チャーリーがたじろいでいる。

振り返ってチャーリーの前に出たとき、わたしたちを待っていたのか、ユートのそばの木立からウォーレンが現れる。手の傷が思い出したようにうずきはじめ、うなじには鳥肌が立つ。ウォーレンの鼻は折れているのか腫《は》れていて、目の下には黒いくまができている。黒いキャップをかぶり、調光サングラスをかけているので目は見えない。シミになった包帯が、汚れたシャツの襟元《えりもと》からのぞいている。

だからといってまったく安心はできない。重たげな足取りで近づいてくるウォーレンの手には拳銃が握られている。チャーリーが死んだ警官から奪ったものにそっくりだ。その左手は低く下げられたままだけれど、垂らしている右腕の様子がなんだかおかしい。グローブをはめた指を曲げ伸ばししているほかは動きがない。まるで痛みと闘っているか、でなければ体を機能させるのに苦労しているかのようだ。

ウォーレンが数歩離れた場所で足を止めたときに、浅く小刻みな息づかいと、灰色にくすんだ肌に気づく。サングラスの奥からの視線を感じたとたん、全身の細胞に、またアドレナリンが注ぎ込まれる。わたしがやったんだ。ウォーレンをこんな目にあわせたのはわたしなんだ。

銃に目を据えたまま、ウォーレンとチャーリーのあいだに体を置き続ける。ウォーレンがチャーリーを相手に、いつまでもおとなしく付き合うとは思えない。

チャーリーは上唇を半ば持ち上げて、野性的なまでの憎しみをあらわにしている。わたしはこれまで、彼女の最も凶暴な一面を見ていなかったんだと悟りながら、頼むから抑えてくれ、その怒りを呑み込んでくれと祈る。チャーリーが片手をシャツのうしろに持っていくのを見た瞬間、焦りが胸にせり上がる。銃をあそこに隠してる。撃つつもりだ。「チャーリー」彼女を呼ぶ声がひび割れる。

「ジーンはどこだ?」チャーリーがわたしの前に出て、ウォーレンと向き合う。汚れた片足と、持ち上げた顎《あご》をウォーレンのほうに突き出しながら。片手を握り締め、もう片手は、かゆいところでもひっかくようにシャツの下で動いている。

ウォーレンはチャーリーを見ようともしない。「インゴットをよこせ」ウォーレンが言う。

「ナオミ、バッグを開けろ」

チャーリーがこたえる。「ジーンの無事が確認できるまでは渡さない」

「チャーリー」わたしはごくりと唾を呑み込む。「大丈夫だから」わたしはふたりを結んだ直線上に体を入れながら、片手でバッグを支え、片手でファスナーを開けようとするけれどうまくいかない。土に膝をつき、ウォーレンから目を離さないようにしながら、目に落ちてくる汗をぬぐう。ファスナーを開き切ると、バッグを大きく開けたままにする。「全部ある」わたしは言う。「手をつけたりはしてない」

「だがトラッカーは外したようだな」ウォーレンが言う。口の片端がゆがんでいるので、笑っているように見えなくもない。あの笑みが本物で、魅力的だと思っていたこともあった。もう遠いむかしの話だ。「バッグをこっちに持ってこい」

わたしが立ち上がると、チャーリーが「だめだ」と言いながら、バッグの持ち手をつかんでわたしを引き戻す。

「ナオミ」ウォーレンが言う。「来い」わたしはふらりと一歩前に出る。ウォーレンの言葉に逆らうなんて不可能だ。

チャーリーが身を寄せてきて、バッグに体重をかける。「渡すしかない」わたしは小声でささやく。

「だめだ。あいつに負けんな」

ウォーレンが声を上げる。「ナオミ!」けれどわたしはバッグから手を放し、チャーリーに持たせる。

チャーリーは膝をついて、一気にファスナーを開けると、布袋に入ったままのずっしりしたインゴットを、ひとつかみ手に取って持ち上げてみせる。それからもうひとつかみ。「百個ある」チャーリーが言う。「ひとつも減っちゃいない」チャーリーはひとつを袋から取り出し、ウォーレンに見せる。黄金が、妖しい光の中で鈍く輝いている。それを袋に戻してから、また別の三つを取り出して見せる。しっかりとした素早い手つきだ。「ジーンを返してくれるまでは渡さない」チャーリーはファスナーを閉めると、バッグをまたぎながら両足を踏みしめ、漫画のヒーローのように胸の前で腕を組んでみせる。

ウォーレンのこわばった顎を見ても、チャーリーは知ったことかという顔だ。わたしは身構える。向こうはバッグめがけて襲いかかるか、チャーリーの顔か脚を狙って撃つか、あるいはわたしたちの両方を撃つかもしれない。ウォーレンが銃を持ち上げ、前に踏み出す。その姿は先ほどまでよりも強靭《きょうじん》さを増したかのようだ。内臓がよじれ、わたしはチャーリーの体をつかもうとする。間に合うだろうか。

だがウォーレンは、おまえの頭の中などお見通しだとでも言いたげな笑みをわたしに向け、銃で自分の車を指してみせる。「一緒に確かめようじゃないか」

ウォーレンは、わたしたちに前を歩かせる。バッグはチャーリーが肩にかけている。わたしはふたりの中間に位置取る。チャーリーが背中に隠している銃をウォーレンに気づかれたら、うしろから撃たれるのではと恐ろしくてたまらない。

ところがウォーレンは、チャーリーをほとんど見ていない。あんな娘には時間をかける価値などないと決め込んでいるのだろうか。

いっぽうわたしは、恐ろしい悪夢がまとめて襲いかかってきたかのように、背中の真ん中に注がれた視線を感じている。父さんを思う。死ぬ間際には恐怖を感じていたのか、それとも何もわからないまま逝ったのか。鼓動の音が大きすぎて、頭がまともに働かない。

チャーリーはランドクルーザーから目を離さない。車に近づいたところでつまずいて、サンダルの片方が土に取られ横向きになっている。ウォーレンを信じないでと呼びかけたくなるけれど、言われるまでもないはずだ。ウォーレンが言う。「ふたりとも、そこで止まれ」チャーリーは両手を固く握り締めながらも、おとなしく指示に従う。

車の鼻先まであと数メートルだ。足元は、桟橋状の岩場と水面のほうに傾斜している。車がとまっているのは土の斜面だが、水に面してきれいに開けているのはそこしかない。ほかのところは発育不良の小さなユーカリの木や、岩が邪魔をしているのだ。車からは動きも音も、生きた何かの気配も感じられなくて、そのせいか、車のうしろに広がる水のせいか、なんだかいやな予感がする。チャーリーがウォーレンのほうを振り返った瞬間、ひきつった顔と、上下するこわばった肩が見えたから、彼女も同じように感じているのだろう。

チャーリーは下唇を舐める。「ジーンに何をした？ ジーン！」チャーリーが車のほうを振り返る。「ジーン、いる？ 大丈夫？ ジーンはどこだ」

ウォーレンがわたしの前に出る。「ナオミ、そいつに、おかしな真似をするとどうなるか教えてやれ」ウォーレンがさりげなくチャーリーの下半身に銃口を向けるのを見て、わたしは血まみれになっていたサムの爪先を思い出す。

「チャーリー――」わたしはまばたきをして目から汗を払い、射線を遮る位置に少しずつ体を動かすけれど、ウォーレンがまた、チャーリーを視認できる位置に動いてしまう。「言われたとおりにしたじゃない」わたしはウォーレンに言う。「警察にも通報しなかったし、誰にも話したりしてない」

「だが、誰かが通報した」ウォーレンが言う。「なんにせよ、おまえたちは不注意だった」ウォーレンがチャーリーに冷笑を向けると、チャーリーも右手のこぶしをさらに固めながら冷笑を返す。だがウォーレンは銃を下ろし、小首を傾《かし》げて耳をそばだて、うなずいている。さまざまな音に、遠くからの車の音は混じっていない。誰も助けには来てくれない。

あたりの物音は、繰り返される呼吸のように大きくなっては小さくなる。太陽が、雲を破って現れようとしている。「お願いだから」わたしは言う。「誰かに気づかれないうちに、ここを離れたほうがいい」

「そうだよ」チャーリーも言う。「ジーンさえ返してくれたら、これはすぐに渡す。あんたみたいなろくでなしには、どう考えたってもったいないないけど」

銃を構えたウォーレンの腕が痙攣する。この人にあんな口をきくなんて無謀すぎる。

「女は荷台だ」と、ウォーレン。

チャーリーが車の後方に向かう。わたしもあとを追おうするけれど、ひと呼吸だけ遅かった。

「おまえはだめだ、ナオミ。バッグを受け取って待て」ウォーレンが銃を向けて、チャーリーを促す。「渡すんだ」チャーリーはウォーレンをにらみながらも指示に従う。バッグを押しつけられた瞬間、チャーリーと目が合う。強がってはいるけれど、ものすごく怯えていて、それでも必死にはったりをかまそうとしている。チャーリーが顔をそむける。

そのまま振り返ることなく車に近づくと、傾斜を下って車の後方へ。「そこだ」ウォーレンが言う。「うしろに回れ。すぐそこだ」かたわらの岩と車のあいだにはほとんどスペースがない。チャーリーのショートパンツについたスタッズが車体の側面にふれ、鍵で塗料をこすったときのような音がするけれど、ウォーレンはまばたきひとつしない。

「やりすぎたようだな、ナオミ」わたしはウォーレンを見つめて眉をひそめるけれど、ウォーレンはチャーリーの背中から目を離さない。先ほどまでより前に出ていて、チャーリーと水に近づいている。動いたところなんか見えなかったのに。いつのまにかチャーリーとのあいだに入られていたことに気づいて、わたしは恐怖にぞくりとする。

「ふたりは解放して。わたしが残るから。あのふたりは必要ないはずよ」

だがウォーレンは、わたしの言葉など聞こえていないように続ける。「年長の女が計画を立てた。姉貴のほうが。俺の金庫を盗んだのはあの女だ。悪党とつるんでいたが、そいつもいまはあの世にいる」ウォーレンの目がちらりとわたしに向けられる。「おまえには、こんな連中とかかわる必要などなかったはずだ」

こんな連中？　わたしは強くバッグを抱き締める。ウォーレンは、わたしに殺されかけたことについてひと言も口にしていない。今回の件には大きく関係があるはずなのに。

る。片手を車の屋根にあてて体勢を安定させながら、片足を持ち上げ、また別の足を持ち上げている。ああ、いつの間にか――チャーリーとお姉さん、ウォーレンとわたしが別々の側に分かれている。なんだか、望遠鏡を逆さまにのぞき込んでいるみたいだ。

「チャーリー」声がひきつれる。「戻ってきて。そこの水は深いかもしれない。お願いだから、ウォーレン」わたしは言う。「金《きん》を受け取って。わたしに、ふたりと金《きん》を交換させて」

だがウォーレンは、いつものようにわたしを言い負かそうとする。「どれだけ面倒をかけたかわかっているのか？　いくつもの後始末が必要だった。目撃者を排除し、家を片づけた。おまえたちはありありと目につく痕跡を残したうえに死体をまき散らしていったんだ」

違う。それは自分のためよ。チャーリーの姿を確認しようと横へ一歩大きく動くと、ウォーレンも視界を遮るように動きを合わせてくる。ウォーレンは相変わらずチャーリーとわたしのあいだにいて、左手の銃も垂らしたままだ。バッグの重みで両腕が引っ張られる。「チャーリーの家を焼き払ったのね」

「おまえの携帯を追いかけて、あの湖に行き着いた。あそこで例の悪党の死体を見つけたんだ。おまえを関与させるわけにはいかなかった」その言葉はわたしのほうに戻ってくるが、ウォーレンの視線はチャーリーに据えられたままだ。

チャーリーの姿は車体に隠れて見えないけれど、ドアハンドルをいじる音が聞こえてくる。

「開かないよ。ロックされてる」

「ロックはかかっていない」ウォーレンが言う。「もう一度試してみろ。しっかり力を入れるんだな。姉さんに会いたくないのか?」

身動きのできない夢でも見ているみたいだ。静かな水面。尾根の上空では、鳥たちが旋回しながらちらちら光っている。わたしはサムを思い出す。サムは出会ったばかりなのに、わたしとこの地のつながりを見抜いていた。それにウォーレンは、いつだってわたしの邪魔をする。また父さんを思う。この場所で死んだことを。父さんのことはいつだってぼんやりとしか思い出せない。そんなのは不公平だ。

チャーリーだったら何かをするだろう。こんなふうにバッグを抱えたまま、ぼんやり突っ立っていたりはしないはずだ。「チャーリー」わたしは声をかける。「開けちゃだめ」だが、車の後部ドアがゆっくり持ち上がるにつれ、チャーリーの顔には困惑が走る。

「黙ってろ、ナオミ! おまえの出る幕じゃない」黙るべきなのはウォーレンのほうだ。

ウォーレンが銃を構えるのを見ながら、わたしは気づくのが遅かったと悟る。彼はふたりとも殺して、水に突き落とすつもりだ。

「ナオ?」ウォーレンが照準を合わせるのと同時に、チャーリーの声が宙でゆがむ。いやだ。父さんとそっくりな形でチャーリーまで失うわけにはいかない。

「チャーリー、伏せて!」叫びながら、ウォーレンに突進する。

チャーリーは体を大きく揺らし、両肘を翼のように動かしながら、背中の銃に手を伸ばそうとしている。わたしは持っていたバッグをウォーレンの背中に叩きつける。怪我をしている側の、高いところを狙って。ウォーレンは前によろめく。

銃声が轟《とどろ》き、チャーリーが倒れ、わたしは岩場に駆け寄る。荷台は空《から》っぽだ。

20　ジーナ

チャーリー・ベアー

早朝の日差しの中、ジーナは排尿のために車の荷台から解放される。断ち切られた眠りと与えられた薬のせいで頭が鳴る。まわりにはちらりと目をやっただけでやめてしまう。着いたのは明け方だ。黄金を持ったチャーリーとナオミが、冷血漢と落ち合うはずの場所。車は湖に面した傾斜にとまっていて、ジーナが遠くに離れることは許されない。水の匂いがして、背後では百万匹もいそうなカエルがにぎやかに鳴いている。大嫌いなオオヒキガエルもいるのだろう。ジーナの脚には、走ったり泳いだりする力など残っていないし、湖に入る気もない。蹴って抵抗するにも体力や好機がないどころか、言われたことをそのままこなすのでさえ精一杯だ。

手で水をすくって顔にかけると、それでもやはり、冷たさが心地いい。腫れもいくらかは引くように感じられて目を開いてみると、視界が水でぼやけてしまう。荷台に戻される前にもう少し飲み物が欲しいと頼んでみたが、男はこたえようともしない。それどころか死人のような目になって、ジーナを荷台にバタンと閉じ込めてしまう。ジーナを生きて帰すつもりなどないのだろう。

モーテルで男から返してもらった水が、二百ミリリットルくらい残っている。荷台の中は暑いけれど、窒息することはなさそうだ。結果が出るまでは終わりじゃない。そう思ったとたんに、ジーナは母親のことを思い出してしまう。

男のザクザクという足音が遠ざかり、あとにはカエルの単調な鳴き声だけが残る。昨日の夜にはあいつを殺すと決めたはず、とジーナは思う。その信念を貫きなさい。あんな男が何だというのか。結構な年だし、心身の状態も万全ではない。武器だって拳銃が一丁あるだけで、弾もあまり残ってはいないはず。こちらは、継娘のナオミを入れれば三人。味方になるものは？　湖だ。突き落としてやる。先にやられないようにしなければ。必要なのは頭だ。あとはパニックにならないこと。

ところがパニックは、何をどうしても迫ってくる。息を吸って吐くたびに、ゆっくり、じりじりと。まるで、ジーナを見つけるのに時間でもかかっているみたいに。なにしろジーナは男が覚醒したときのことを、彼女が叩きつけたドアで鼻の骨を折られたときの様子をよく覚えている。どちらに転ぼうと、終わるまでは終わりじゃない。それにしても、あいつはどこに行った？　チャーリーたちはどこ？　やっぱりここに来るつもりなんだろうか。

ジーナはまた母親を思う。そして父親を。母さんがあんな死に方をするまで、チャーリーには父さんの悪いところが見えていなかった。あのふたりは互いの味方であり、それぞれの戦いを戦っていた。父さんとチャーリーは、同じ鋳型《いがた》でできている。

でもそのあとは？　チャーリーは父さんのことを口にしないし、面会にも行こうとしない。父親の存在を認めることすら拒否したままだ。それはチャーリーにとって、自分の半分を殺すこと。ジーナにはそれがわかっている。

もしもこれを切り抜けられたら、ふたりそろって生きのびることができたら、チャーリーをなんとしてもあそこに連れていき、父さんとの関係を修復させよう、とジーナは思う。今回の件は何もかも自分のせいだけれど、自分にもそれくらいはできるはずだと。

父親の顔を思い出そうとしていたところで車の音が聞こえ、聞こえたと思ったとたんに止まってしまう。空耳？　それともチャーリー？　あの子たちは、冷血漢が待っていることを知っているんだろうか。

先ほどよりもゆっくりした足音が聞こえてくる。ひとりだけ——あの子たちではない。冷血漢が戻ってきたんだろうけれど、なんだか足音がいつもと違う。足を引きずっているような、ためらっているような、何か重たいものでも運んでいるような。そこでジーナは、誰かが表の湖から栓を引き抜いたかのような、ものすごい恐怖に呑み込まれる。もうおしまいだ。冷血漢は黄金を取り戻してチャーリーを殺し、死体を捨てて戻ってきたんだ。ジーナとシャベルのもとへ。男の体のわきにだらりと垂れる、ゆがんだ腕が目に浮かぶ。取り戻した黄金のバッグを横歩きで運んでいる姿が。

前方のドアが開き、男が乗り込んだのに合わせて車体が動く。男がじっとしたままなので、ジーナも呼吸を止めて待つ。それから頭のそば、後部座席の向こうから、何かがこすれて空気が抜けるような音が聞こえる。シートが動きはじめたのに気づいて、恐怖がジーナの全身を突き抜ける。シートを倒そうとしている。チャーリーを捕まえて殺し、わたしの隣に死体を積んで、ここから立ち去るつもりなんだ。

それからリーの声が聞こえる。「ジーナ？　ベイビー？　そっちからシートを押してくれないか？」

ふたりのあいだでシートがひとつ倒れ、ジーナは、差し込んできた明るい光に目を細める。リーの焦った顔が隙間からのぞいている。オシャレなはずの無精髭《ひげ》もみすぼらしく伸び、アビエイターサングラスはゆがんでいる。

ジーナは、ありったけの力をこめてリーの手をつかむ。モーテルでの脱出に失敗したときには、もう二度と会えないだろうと思っていた。「あいつかと思った。チャーリーを殺してから、わたしを殺しに戻ってきたんだって」心臓が胸の中で、独楽《こま》のようにくるくる回りながら揺れている。「あの男を見た？　あなたは見られた？」

「いや、見ても見られてもない。車はずっと手前の道にとめてきた」

「チャーリーは？　女の子がふたりいるはずなの」

リーはかぶりを振る。大きく見開かれた目が、ジーナの顔の痣からシャベルへと動き、またジーナの顔を見つめている。

「逃げなくちゃ、リー。あいつが戻ってくる。先にチャーリーを見つけないと」

リーがドアを開けると、ジーナはシャベルの上を這《は》い、身をよじりながら外へ出る。日差しと、カエルの鳴き声と、湿った暑い大気の中へ。腕と脚に一気に血が通いはじめる。リーはジーナの肩に触れてから、壊すのを恐れるように手を引っ込める。「ベイビー、顔が」見られたものではないだろう。頬のあたりは痛めつけられ、ワンピースは汚れ、コーラルサンライズ色の爪は割れてがたがたになっている。

笑おうとすると、顔が痛む。「見た目ほどひどくはないの。あの男を見張ってて」あらためて湖を見ながら、全身に鳥肌が立つ。近すぎる。こんな水際にとめるなんて。

「歩けそうか？」リーが小声で言う。

「大丈夫よ、リー。荷台にシャベルがあるの。持っていける？」

あれは武器になるだろう。何もないよりはましだ。ジーナはリーを先に歩かせ、日陰——頭の高さくらいの大きな岩があり、ペーパーバークの枝がもつれている場所——に追い立てる。岩のあいだから振り返って車を見ると、男が戻ってきたとき、車内まで充分に確認できる距離だ。

「尾行してたのね」ジーナは言う。「ずっとついてきてたんでしょ？」

「とんでもない距離だったぜ、ジーナ。ガソリンもすっげぇ使った。四回も満タンにしたんだ」なんて真剣な表情。木漏れ日の中で、リーの額《ひたい》には不安が波打ち、両目の隅にも刻まれている。ここまで追ってきてくれたことが信じられない。自分はこの人を過小評価していた。

「どうしたらいいと思う？」ジーナは言う。「あの男はどっちに行ったんだろう？　どうやってチャーリーたちを見つければいいの？」

「ダリルが死んだんだ、ジーナ」

「知ってる」

「え？」

「あの男から聞いたのよ。ニュースに出てたって」

「ああ、そうか、なるほど」リーが顔をしかめる。「俺はあいつを見たんだよ。おまえの家で」

「ダリルを？」

「いいや、あいつ。おまえを連れ去った男だ。携帯でも撮ってある」リーは荒っぽい小声でそう言うと、ジーパンのポケットから携帯を取り出す。「動画だ」

「見たって、いつ？」

「月曜の夜だ。あいつはおまえの家に入って、裏手から出てきた。火をつけやがったんだ」

「ほんとに？」

「おっと、そっちは知らなかったのか」

「知らなかった」けれど、どこかで感づいていたような気はする。月曜の夜、車に戻ってきた冷血漢の体からはガソリンの臭いがしていた。ジーナは胸の真ん中に片手を当てる。これで、わたしたちはすべてを失った。チャーリーのところに行かなくては。

「どうして家を焼いたりしたんだろう？」ジーナは言う。「単なる腹いせ？」

「さあな。だが、さっきも言ったように動画はばっちり撮ってある。証拠だよ。サツに見せればいい」

ジーナはリーを見つめる。その、幸せなウサちゃん《ハッピーバニー》みたいな顔を。「警察に見せることはできないよ、リー。当然でしょ。わたしたちは、あいつから金庫を盗んでるのよ！」

「あ、そうか」

「それに、あの男も警官なの。そのことは知ってた？」

リーの口がぽっかり開いて、ハッピーバニーめいた表情も消え失せる。「つまり、俺たちが盗んだ金庫は――」

「しーっ」ジーナは言う。「わたしも知らなかったの。エンジンの音よ。チャーリーだわ」

ジーナとリーは、ダリルのユートからふたりが降りてくるのを見守る。緑のユートは冷血漢の車から距離をとり、空き地を挟んだ鉄条網のフェンスの近くにとまっている。ふたりはユートのドアを両側とも開けっ放しにして、横に並びながら、湖のほうへ、ジーナが隠れているほうへと近づいてくる。黄金の入ったバッグを持っているのは、背の高いほうの女の子、ナオミだ。

妹を目にした瞬間、ジーナは喉が詰まる。無事なのが信じられない。チャーリーに向かって叫びたい気持ちを、リーの腕を強くつかみ、爪を食い込ませながらなんとかこらえる。冷血漢がどこにいるかわからない。「計画を立てなくちゃ、リー」

一緒にいるのはモーテルの外にいた子だ。チャーリーよりも頭ひとつ分背が高い。背筋のすっと伸びた、とても魅力的な子。瞳の色は暗く、片目のまわりには痣の名残《なごり》があり、髪は黄色っぽいブロンドに変わって短く刈り込まれている。裸足《はだし》だけれど、それは自分のせいだから靴なんかいらないとでもいうふうに見える。

ふたりとも、何かを背負っているのだろう。ここまで一緒に来たのだから。薄い雲の向こうで燃える太陽が、進むふたりを照らし長い影を落としている。あんなにも日焼けしたチャーリーは見たことがない。あんなふうにストライドの大きい歩き方も。

ふたりがランドクルーザーに半分ほど近づいたところで、男がふたりの背後の木立から現れる。男が何かを言うと、ふたりはぴたりと足を止め、ナオミが男とチャーリーのあいだに移動する。男の手に銃が握られているのを見て、ジーナは気が遠くなりかける。目の前の岩には、シャベルが立てかけられている。なんのためにあれが？　せっかくリーに車から出してもらったのだ。何もしなくてどうする？　このままでは、みんな撃ち殺されてしまう。

けれど、ナオミはあいつの継娘だ。そこには何か意味があるはず。男がふたりに話しかけている。チャーリーがバッグを開け、中を男に見せる。

恐ろしい目にあってきたというのに、それでもジーナは、わたしたちの金《きん》だ、と思う。あいつはわたしたちのボロ家に火をつけた。あれを取り戻す権利はないはずだと。

そこからは何もかもがあっという間だった。チャーリーがナオミと一緒に近づいてきながら、ジーナの名前を叫んでいる。リーが両腕で抱きとめなければ、ジーナは駆けだしていただろう。チャーリーが両手をこぶしに固めながら男にやり返しているのを聞いて、「ちょっとは我慢できないの？」と、ジーナは焦った小声でぼやく。

銃を手にした男がチャーリーとナオミのあいだに入り、ナオミがバッグを受け取っている。

「何これ？　なんだかいやな感じがするよ、リー。何とかしなくちゃ」

男がナオミに向かって言う。「年長の女が計画を立てた。姉貴のほうが。俺の金庫を盗んだのはあの女だ」そして例の嫌悪に満ちた目を、チャーリーに向ける。チャーリーは車のうしろに回り、荷台のドアを開けようとしている。ジーナには、荷台が空っぽなことに気づいたときのチャーリーの表情も見えている。

男が銃を構えたかと思うと、ナオミがチャーリーに向かって叫びながら、男に突進していく。チャーリーがくるりと振り返った瞬間、銃声が響き渡る。

ジーナはリーの腕を振りほどいて走る。あたりに広がる血の臭いが口の中に充満し、血しぶきが見え、チャーリーが体をねじりながら水に落ちていく。まるで、完璧に演技を決めた体操選手のように。汚れた茶色のタンクトップが風船のように膨らんで、チャーリーが水中に消えていく。

リーが「俺にまかせろ」と叫び、ジーナに一秒ほど遅れながらも、並び立って水に飛び込む。

ロザリー小学校五十メートル自由形競争で四年連続チャンピオンに輝いた過去はだてではなく、リーが先にチャーリーを捕まえる。ジーナが水面に顔を出したときには、リーが水難救助のやり方でチャーリーの頭を抱え込んでいる。冬を思わせる冷たい水が、チャーリーの肺から空気を奪い取っている。「チャーリー？　ねえ、その子、息してる？」

「わからねぇ。ちょっと様子を見てみないと」

水には血が広がっている。チャーリーのまぶたはピクピク動いているけれど、腕と脚は流木のように漂ったままだ。

「そこの岩にチャーリーを引き上げて」冷血漢からは五十メートルどころか、十五メートルくらいしかないだろう。それでも最低限の距離を取ることはできそうだ。ジーナは岩板に体を持ち上げると、その端まで進む。あの男の姿は見えないけれど、銃を持って、背後の岸にいることはわかっている。

四つん這いになる。心臓が内側から胸を叩きつけている。ジーナはチャーリーの首に手を添えながらタンクトップを引っぱり、リーが水中から押し上げる。岩板に寝かせてみると、チャーリーはぴくりともせず、肌には血の気がなく、肩から胸は血で赤く濡れている。この子を死なせるためにここまで来たんじゃない、とジーナは思う。死なせてたまるか。

「この暴れん坊《チャーリー・ベアー》。聞こえないの？　ヘッドホンを外してあげて、リー」チャーリーの首には、

ヘッドホンがかかったままだった。

「俺のシャツを使え」かたわらにいたリーが立ち上がってシャツを引き裂き、ジーナはそれを丸めてチャーリーの肩に押し当てる。体のこのあたりには、致命傷につながるものがあるはずだ。血管や神経など、大切なものがいろいろと。

「息をしてないよ、リー！　これを押し当てて」そう頼んでから、チャーリーの気道を確認する。高校で学んだ、救命措置の手順を思い出しながら。間違ってはいないと思うけれど、正し

くできているという確信もない。チャーリーの唇が青白くなっている。

心肺蘇生法をやってみようと体を傾けたとき、ランドクルーザーのかたわらで乾いた大地に立つ男の姿がちらりと目に入る。銃を握った右手を垂らし、右腕をつかみながら呼吸を荒らげていて、ナオミはバッグを抱え込んだままあとずさっている。どうやらあのバッグで、冷血漢をしたたかに殴りつけてやったらしい。ジーナは一瞬、男の視線が自分とリーに注がれるのを感じ、そこに疑問を読み取る。あいつらはいったいどこから現れた？

ナオミが振り返って、桟橋状の岩場をこちらに向かって走りはじめる。ジーナはチャーリーの胸に手を当て、ぐっと押し込みながらもその足音を聞いている。湿った響きが、岩場を覆った水を蹴りながら近づいてくる。

チャーリーの唇が開いて、そのまますうっと息を吸い込む。

21 チャーリー

銃

胸が熱くて痛い。息をするのもつらい。頭がわんわんして湿った匂いがする。

ジーンの声。「生きてる。息をしてる。リー、手を貸して」

誰かがあたしの体を横にする。体の下にある湿った岩が、じめじめして気持ち悪い。それからどっさり水を吐く。

「ジーン？」

「しゃべらないで、チャーリー。圧をかけ続けて、リー。弾《たま》は貫通してる。正面の出血のほうがひどい」

撃たれたのか？　ちくしょう。

「チャーリーをパニックにさせちゃだめ」

目を開いてみたけれど、太陽がまぶしすぎてまた閉じる。ナオと、痛めつけられたジーンの顔がちらりと見えた。ふたりともそばにいる。銃は腰のうしろに差さったままだ。腕が動かないから、つかむことはできないけれど。

あいつはどこだ? あたしは目をこじ開ける。「ジーン?」ものすごく小さな声しか出てこない。「ナオ、使って」

ナオはぽかんとした顔だ。わかってない。

「ナオ」声を大きくして言う。「使うんだ!」

それから悪党の声がする。「下がってろ、ナオミ」

「ナオ、ねぇ、銃だよ!」あたしは言う。

ナオが両目を見開く。わかったんだ。ナオが銃を抜き取るのがわかり、岩の上を遠ざかる足音が聞こえてくる。ナオが円を描くように腕を動かすと、日差しの中に、切り絵のような銃の形が浮かび上がる。

「いいえ、ウォーレン」ナオが言う。「下がるのはそっちよ」


悪党とナオが、映画の中のカウボーイみたいににらみ合っている。リーと呼ばれていた男は、膝をつき、水をしたたらせながら両手を前についている。

ジーンがあたしの頭を膝にのせ、片手をおでこに当てながら、もう片手で胸を強く押している。うまく息ができない。「チャーリー」ジーンが名前を呼び続けている。「チャーリー。殺されてたかもしれないのよ」

まだ、殺されるかもしれないけどね。

「ナオミ。銃を下ろせ。そこをどくんだ」悪党は水の上に立っている。

だけどもう一度見ると、水の上じゃない。大きくて平らな岩の上だ。黒いランドクルーザーは、その背後の乾いた大地にとまっている。あたしたちと男のあいだには、大きな岩場がひとつ。前後の岩場から渡るには大きく足を踏み出す必要がある。あたしたちがいるのは、湖の真ん中に位置する最後の岩場だ。うしろは渓谷へとつながっていて、まわりの水はものすごく深そうだ。なんたってリーに引き上げられるまで、あたしの体は底をかすりもしなかった。

「いやよ、ウォーレン」ナオが言う。バッグを脇腹に押しつけて、悪党とあたしたちのあいだに立ちふさがっている。渡さない気だ。肩に掛けた持ち手が伸びきって、いまにも切れてしまいそうだ。ナオは両手でしっかり銃を構えている。

「そんなもので何をする気だ。冷静になれ」悪党は灰色にくすんだ顔に汗をかきながら、歯を嚙み締め、苦しそうに息を吐いている。キャップとサングラスはどこかに消え、右腕はいかにもやばそうな感じにだらりと垂れているし、首の包帯にも血がにじんでいる。だとしても、あまりに近い。四メートルか、長く見積もっても五メートル。充分にあたしたちを撃ち殺せる距離だ。四つ死体ができたところで、湖に捨てれば墓を掘る必要もない。

「いいえ、冷静になんかならない」ナオの顔は見えない。ほんとに撃つ気か？

やばい、撃つ気だ。「だめだ、ナオ」あたしは声を上げる。「そいつにそんな価値ない。自分で言ってたじゃないか。あたしらは冷静でいなくちゃだろ。そのとおりだ。渡せ。その金《きん》を渡すんだ」

「黙っててチャーリー。あなたを撃ったことで向こうがルールを変えたのよ」ナオが首をひねり、あたしにもその顔が見える。銃を持った両腕はまっすぐ前に伸ばしたままだ。汗に濡れた横顔。血走った目。「わたしの父親は、これのために殺された」ナオの声はざらついている。「あなたまで死なせやしない」

リーがちらりとジーンを見て片手をうしろにつき、ジーンがその手を握り締めている。

「やむをえない犠牲《コラテラル・ダメージ》だったんだ、ナオミ」ウォーレンが言う。「おまえの父親はすべきでない邪魔をした。俺は、あいつが誰なのかも知らなかった」

「でしょうね。でも、わたしたち、わたしと母さんが誰なのかは知っていた。父さんを殺して逃げる途中のハイウェイで、わたしたちの車を事故らせたときに。無謀なスピードを出して、注意も散漫になっていたはず。どこで知ったの？　名前？　車の登録番号？　それとも母さんの携帯に入ってた写真？」

「知っていたわけがない」

「でも、すぐにわかったんでしょ？　あなたには、母さんをそばに置いておく必要があった。事故を隠蔽《いんぺい》しなければならなかった。母さんは言ってた。最初に現場に来たのがあなたで、わたしたちを助けてくれたんだって。だけどほんとは、わたしたちにぶつかってきたのがあなただった。どうやって母さんに嘘をつかせたの？」

「母さんにも俺が必要だったんだ、ナオミ。夫が死んだ以上、母さんにもおまえにも、俺が必要だった。それはおまえにもよくわかっているはずだ」

つしない。

「ふざけるな！」その叩き割るような声にあたしはぎくりとする。継父のほうはまばたきひとつしない。

「経済的な理由もあった」悪党が続ける。「おまえに与えねばならなかったさまざまなもの、音楽のレッスン、金《かね》のかかる教育。だが、そんなものに意味などなかったようだな。その金がどこから来ているのか、おまえは疑問にも思わずに生きてきた」

ナオは黙った。腕の内側で目の汗をぬぐっている。

男は相変わらずあえぎながら、細めた目を、ナオのうしろにいるあたしたちに向ける。「銃を下ろすんだ。話し合おう」声がやさしくなっている。いかさまだ。あたしなら信じない。

ジーンも同意見らしく、あたしの体をうしろに引っ張っている。「痛いよ、ジーン！」

「そうやって、わたしたちを撃つつもり？」ナオが言う。「わたしと友だちを殺すの？　あなたはわたしの人生から父さんを消した。わたしまで消させはしない」

「銃を下ろせ」また声が厳しくなっている。「そんな連中は、おまえの友だちじゃない」

「そっちが先に下ろして」ナオが言う。「そしたらわたしも下ろす」

ジーンが岩板の端にあたしの体を押しやる。「ジーン！　痛いってば」ジーンに小声であやまられ、その熱い息が肌にかかる。リーがあたしたちの前に移動して両腕を広げる。あの男を倒せるとでも思ってるみたいに。もちろん倒せるわけがない。

「俺は自分のものを取り戻そうとしているだけだ、ナオミ」男の顔では、血管が、ハイウェイで見たヘビのようにのたうっている。「渡さないのなら、奪い取る」

「試してみたら。引き金を引くわよ。どうせ今日はもうひとり撃ってるし」ナオが横目でちらりとあたしを見る。「大丈夫、チャーリー?」

「ちょっとよくなった。まだ生きてる」

ナオは声を落とし、男に向かって話し続ける。「あれは事故じゃなかったのよ。日曜の夜のこと。わかってるの?」

「やめろ、ナオ」あたしが言う。「そいつを煽《あお》っちゃだめだ」けれどナオには、あたしの声なんか聞こえてないみたいだ。

「何を言ってる?」

「聞こえたはずよ、ウォーレン。あれは事故じゃなかった。わたしはあなたを殺そうとしたの。自分でも事故だと思ってたけど、いまは違う。あのときに終わらせておくべきだった」

男は妙に静かだ。ジーンの荒い息が耳元でうるさい。

「何もかもおまえのためにやったんだ、ナオミ。おまえが無事に帰れるよう、俺は自分の身を犠牲にしていくつもの後始末をしてきた。それをおまえはあだで返すのか?」

ずるりと腕を滑ったバッグの持ち手をナオはまた肩に掛け、両手で銃を構え直す。「わたしのため? そんなのは嘘っぱちよ。それはあなたが長年続けてきたことのようだけど、ここでおしまいにしたら。ニュースで見たの。汚職犯罪対策委員会が動きはじめてるって。それでわかった。あなたが必死になってるのは自分の後始末で、わたしのじゃない。あなたは自分のためにやってるだけ」

そこで悪党が腕を振り、リーの頭を狙って発砲する。

リーは撃たれ、粉々になった後頭部が岩板にまき散らされる。黒っぽいものが水面を染め、血の臭いが漂う。リーは崖を向きながら横ざまに倒れ、水面下にある白い腕が魚のようだ。またひとり死んだ。今週四人目。考えちゃいけない。ジーンが口を開き、胸を上下させながらリーを見つめている。あたりには銃声のこだまが残っている。

ジーンが指先を血にひたし、そっとかざす。両膝をついて体を起こすと、激痛が走るのと同時に、呼吸が少し楽になる。あたしはジーンの腕をつかんで、そこから引き離しにかかる。「だめだよ、ジーン」それでもジーンはリーから目を離そうとしない。すでにハエが黒い塊を作っている。こんなに早くかぎつけるなんて。羽音のせいで吐きそうだ。「ジーン」

ちらりとナオに目を向ける。彼女の目は、こちらの惨状を見て取りながらも冷静なままだ。悪党が岩場をひとつ渡っている。あたしたちの岩場まではあと一歩。動くところなんか見えなかったのに。水が岩を洗い、さざ波がリーのところから広がっていく。悪党が身をかがめ、ズボンの裾を引っ張っている。

ナオは銃を構えたままだ。「あなたが銃を下ろしたら、わたしも下ろす。ただし、そこからは動かないのが条件」

男が目をすがめながら小首を傾げる。「いいだろう」

「信じちゃだめだ、ナオ」あたしは、血でぬらぬら光りながら震えている。ジーンが肩に当ててくれていたシャツは、落としてどこかに消えてしまった。

ナオが身をかがめ、足元の岩場に銃を置くと、悪党もそれにならう。

悪党が微笑む。「わかってくれたようだな」だが目を落とした瞬間、その笑みが消える。彼と黄金のあいだには、油のようにぬらっとした水の深味があり、滑りやすい足場を大きく一歩渡らなければならない。ナオもそれに気づいている。

ナオはバッグを肩からするりと下ろすと、両腕をできるだけ伸ばして水の上に掲げる。「もう一歩近づいたら、このまま落とすわよ、ウォーレン」

男は顔をひきつらせながら、怪我していない左腕を大きくバッグのほうに振り、痛みに歯を食いしばる。「ナオミ。現実的になれ」

「携帯を持っているんでしょ?」ナオが言う。「チャーリーのために救急車を呼んで」

「ここは電波が通じない」

ジーンがあたしに身を寄せてくる。ジーンの心臓が、ワンピースの前身頃《みごろ》を突き破ってしまいそうだ。「救急車なんか呼ぶわけない」ジーンが言う。「シャベルを準備していたの。わたしたちを皆殺しにするつもりなのよ」

ナオが体の重心を移動させ、顔をしかめる。「シャベル?」

「車の荷台に積んであった」ジーンの視線は、リーの体を這いまわっているハエに据えられたままだ。水面には血のこびりついた髪の毛が浮いている。

「見ちゃだめだ、ジーン」あたしはジーンの顔を背《そむ》けさせる。

あたりのすべてが暑さで揺らいでいるのに、あたしの内側だけが冷え切っている。何もかもがやかましい。セミ、カエル、ハエ——そしてナオと悪党のあいだには、幅一メートルの水しかない。その水面にバッグの影がちらついている。

「近づかないで」ナオが言う。「一緒に落ちたくないのなら」

「渡せ」あたしは言う。「そいつに——くれてやれって」息が切れる。

ナオがかぶりを振る。「いいえ、この人には助けを呼んでもらう」ナオが岸に目をやりながら言う。「行って、ウォーレン。車で電波のあるところまで走るの。電話でチャーリーのためにドクターヘリを呼んできて。そのあとは好きにすればいい。まだこのバッグが欲しければ、戻ってくるのね」

男はバッグに目を据えたまま、浅く荒い呼吸を繰り返している。「ふざけるな」そう言って、濡れた岩場を革靴でじりっと前に出る。だがそこで足元が滑り、バランスを立て直そうと足を蹴り出す。銃が音を立てて岩を滑り、水の中へ。

水場の向こう側で白い水しぶきが上がったことに、ナオも気づいている。「さあ行って。これが最後のチャンスよ」

ナオの足元には銃がある。男がそれを見つめている。

ナオはいま、何を考え、どうするつもりなのか。

そこへ車の音が聞こえてくる。遠くかすかな音。あたりの物音にまぎれて最初は確信が持てなかったけれど、ナオにも悪党にも聞こえている。悪党の胸の動きが早まり、傾けた首もこわばっているのがわかる。

「残りの九十キロを取り戻すには、地元の警察が来たみたいよ、ウォーレン」ナオが言う。「そのために持ってきたんでしょ？」

ちょっと時間が足りないようね。シャベルはきっと、その何かを失いかけている。

なんの話だかわからない。だけどあいつにはわかっていて、足元をかくような仕草をする。けれど背筋を伸ばしたとき、その手には銃が握られている。「バッグをよこせ。五つ数える」

悪党がまたズボンの裾のほうに身をかがめて、

あの野郎、脚に銃をくくりつけてたのか。

車の音が大きくなり、木立の上では土煙が動いている。

「ナオミ、これで最後だ。渡さなければ撃つ」男はバッグに腕を伸ばすけれど、遠すぎて届かない。息づかいがますます荒くなり、シャツの首元にも血のシミが広がっている。ナオは動かない。渡さないつもりなんだ。

「まずはそのガキからだ」男が腕を動かし、銃口をあたしの胸に向ける。腕が震えているけれど、外すことはないだろう。

「ナオ」唇がうまく動かない。「渡そう」

負けを悟ったように、ナオの表情が変化する。ナオは膝をついて、岩場にバッグを置く。すべてが静まり返るなかで、ナオが男のほうに顔を上げる。

あいつは黄金と一緒に逃げおおせるかもしれない。それとも警察が間に合うだろうか。

「チャーリーとお姉さんには手を出さないで」ナオが言う。「わたしはあなたと一緒に行くから。まだ救急車を呼ぶことはできる」

男の腕は、もはや震えていない。「手遅れだ、ナオミ」

銃声があたりを切り裂く。ジーンが叫びながら、わたしの胸に手を押し当てる。


何も感じない。悪党が驚いたように目を大きく見開いて、ナオをじっと見つめている。

男のシャツに赤いシミが広がりはじめ、ナオは銃を構えている。

嘘だろ。銃を拾ったところなんか見えなかった。あれは、足元に置いた銃のはずだ。

震えはじめたナオの手から銃が落ち、岩の上で跳ね、水の中へ。ぽしゃん。悪党がゆっくりくずおれていく。体の重心が下がり、膝が折れ、右足が滑ったかと思うと、そのまま倒れる。

頭が岩にぶつかって、鈍い音がする。頭のまわりに血だまりができはじめ、両腕がぴくりとしてから動かなくなる。

ナオが「チャーリー」と呼んでいる。もう、あたしたち三人の呼吸しか聞こえない。ジーンが、あたしに身を寄せながら震えている。それからハエが戻ってくる。車の音も。

「チャーリー、わたし、自分がこんなことするなんて」

「いいんだ。大丈夫だから」そう言うあいだにも、あたしの体はどんどん冷たくなっている。

急がなければ。あたしはジーンの腕を体からほどき、バッグに這い寄る。空き地の空を覆っている雲のような土ぼこりを見つめながら。

「もうすぐ来ちゃう」ナオは激しく震えながら、息を吸っては吐いている。

「銃は全部水に落ちた？　もう一丁あったやつも」

ナオがうなずく。

あたしはバッグを持ち上げる。ものすごく重たい。片腕はまだちゃんと動く。それから悪党が倒れている場所に近づいて言う。「どうするべきかはわかってんだろ？」

ナオがかぶりを振る。

あたしはバッグからインゴットを出しはじめ、三本を男のズボンのポケットに突っ込む。

「ジーン、こっちに来て手伝って」

それからジーンと一緒にバッグを空《から》にする。「全部だよ。あたしらは金《きん》なんか見たこともなかったんだ」すべてを悪党のポケットにしまっていく。シャツの下にも入れて、血になじませる。あたしはまばたきもせず、自分のポケットに入れていたインゴットも引っ張り出す。残ったバッグも、悪党のシャツの下に突っ込んでおく。

ジーンとあたしで転がすと、死体は水へ、音もなく落ちる。

あとかたもなく沈んでいき、先ほどよりも大きなさざ波だけが岩板に押し寄せて、血を洗い流していく。「警察には、あいつが金《きん》を持って逃げたって言おう」あたしは言う。「あいつはリーを撃ち殺して逃げたんだ」

ナオは体を硬くしたまま、ときおり左右に揺れる。「チャーリー、すごい出血だよ」

「うん」頭がくらくらして気絶しそうだ。腕も重たい。

パトカーが空き地に走り込んできて、ジーンがまた、あたしの体に両腕を回す。タンクトップの前が血でぬるぬるする。あたしはジーンの両腕に沈み込みながら、水中でうごめいている何かに気づく。黒っぽくて縞《しま》模様のある、ユートみたいに長い何か。青白い腹がちらりと閃く。

「水際に近づかないで」ナオが言う。「イリエワニよ」

ジーンとナオに両側から支えてもらって立ち上がり、岩場をひとつずつ渡っていく。なかなか進まない。両脚がいうことをきかないからだ。ワニにも注意しなければ。ただし姿は見えないままだ。

パトカーのそばで待っていたふたりの警官は、なんだか驚いた顔だ。手錠が日差しに輝いている。

「ナオ」あたしは口を開く。

「しーっ。しゃべらないで、チャーリー」

「やったのはあたしだから。いいね。全部あたしの仕業《しわざ》。ナオはなんもしてない」

「だめだよ、チャーリー」

「ナオは警察に行こうって言ったんだ。あいつらにはそう伝える」

「だめ。そんなの間違ってる」

警官に向き合ったとたん、すべてが一気にはじまる。ナオとジーンが同時に口を切り、あたしにはふたりがうまくやれているのかわからない。警官のひとりが逮捕状のことを持ち出すと、ナオが、それよりもドクターヘリを呼べとやり返している。ついでに岩場には死体がひとつあって、水の中にはでっかいワニがいるんだと。

あたしは地面に寝かされる。気分が悪いけど、ジーンがおでこを撫《な》でてくれる。ハエがぶんぶんいいながら肌をくすぐり、あたりの光はやたらまぶしい。目を凝らすとリーの死体が見えて、ワニのおなかみたいに白茶けている。水は平らで、黒くて、深くて、底にはあいつが眠っている。永遠にそこにいればいい。

警官のひとりが手錠を差し出している。どうやらあたしにはめたいみたいだ。ナオがまた何かを言い返し、警官を怒鳴りつけながら地団太を踏んでいる。いったい何を考えてるの、この子が重傷なのがわからないのかって。だから警官は、あたしたちに片方ずつはめる。ナオの左手と、あたしの右手。ったく、あたしがどこかに逃げられるとでも思ってるみたいに。

ナオはピリピリしながら、この一週間をまとめたよりもよくしゃべっている。法律のことをなんだかんだまくしたてているので、ナオ自身がその網に引っかからないか心配だ。ナオは警官に例のシャベルや父親のことを伝え、残りの黄金のありかも知っていると言う。残りの九十キロ。あたしもその話になんとかついていこうとするけれど、頭が痛くなってしまう。

誰かが体にブランケットをかけてくれた。てかてか光るばっかりで、あんまり役には立たなそうなやつだ。ドクターヘリが来るとナオが言い、大丈夫だからとジーンが言う。だけどあたしはものすごく震えていて、うまく呼吸もできなくて、とにかく寒い。

それからなんだか日が沈んでいくような感覚があって、ハエの音も、ブランケットのこすれる音も消える。頭を撫でるジーンの手も感じなくなり、何もかもが静まり返る。

土曜日——九か月後

22　ナオ

カントリー

ジーナの運転する車が、ユーカリの木立《こだち》に挟まれた長い通りに入っていく。ユーカリの種類まではわからないけれど、車は冬の太陽の下から木陰に移る。ここのほうがいまの自分にはしっくりくると思ったとたん、緊張に呑み込まれる。車の中ではずっと黙ったままだった。でも、何を話すことがある？　話なら、あのときにもう終わっている。

そこはまさに想像していたとおりの場所で、駐車場は四分の一くらいしか埋まっていない。ジーナがエンジンを切りながら、まだちょっと早いと言う。それからシートに座ったまま、携帯の画面をスクロールしはじめる。話をしたくないのか、でなければ、わたしが話をしなくて済むようにしてくれているのか。どうだろう。ジーナは明らかに、あの出来事のすべての影を背負っている。そして、彼女だって緊張してはいるはずだ。

車に注がれる日差しが、ガラス越しに顔を温めてくる。建物と駐車場があるだけで、とくに見るようなものはない。建物の裏手にはバンクシアの低木林地が広がり、それがこの土地の名前の由来にもなっている。冬の雲が空高くをするすると移動し、その影が軍隊のように田舎の大地をよぎる。雲は誰かが時間を早めでもしたかのように、灰色の屋根の上を流れていく。ジーナならユーカリの種類もわかるのだろう。確か植物には詳しいはずだ。

わたしはちらりと、ジーナの顎《あご》の線に目をやる。前歯の隙間に舌を当てているところも、携帯を扱うなめらかな指の動きもチャーリーにそっくりだ。わたしはいつだって、考えずにはいられないことをなんとか考えまいとしながら結局は考えてしまうのだけれど、とくに今日だけは、考えないことをあっさりとあきらめる。

ジーナが、はじめてウォーレンのことを話してくれたときの表情がいまも忘れられない。両目を大きく見開いた顔からは、シャッターを閉ざそうとするような恐怖が伝わってきた。〝冷血漢〟と彼女は呼んだ。罪悪感に駆られてあやまろうとしたわたしを、ジーナは止めた。わたしたちはあの日、ここと は別の駐車場の、これとは別の車の中にいた。ウォーレンが彼女の友だちを殺したあと、はじめてふたりで話したのがあのときだった。

「わたしたちのせいじゃなく、何もかもあの男が悪い」と、ジーナは言った。「少なくとも、警察はそう判断した。汚職摘発。わたしがあの巡査の名前を警察に教えたのよ。ブルンノ。ブルンズウィックだったかな?」

ジーナは、わたしがその名前を知っていると思っていたようだ。ウォーレンが、プリペイド式の携帯で連絡を取っていた相手のことを。気分が悪くなった。そんな名前は知らなかったけれど、ジーナがそう思うのは無理もない。母さんとは、まだ話してもいなかった。

ジーナによると、ブルンノの名前と、彼女が警察にした話は捜査に大きく影響したようだ。ジーナはまずはブルームの地元警察に、それからパースへ戻ってからは、彼女が汚職対策チームと呼ぶ組織にも話をした。プリペイド式携帯のこと、車がどこで止まり、誰がウォーレンを助けていたのか。加えて、彼女がダリルやリーと一緒に金庫を盗んだ際の犯行計画と、チャーリーの家に火をつけるウォーレンをとらえたリーの動画もあった。

あれから九か月が過ぎたけれど、ウォーレンは一連の犯罪の容疑者として注目を集めたままで、死体はまだ見つかっていない。一日が過ぎ去るたびに、それがますます奇跡に思えてくる。ダリルの死体が、一週間と湖にとどまっていなかったことを考えればなおさらだ。ダリルの死については州の検死官代理によって、殺人と思われるものの、犯人を特定するには証拠不十分との発表がなされた。犯行現場はウォーレンの手で焼け落ちていたし、死体は初夏の気候で温められた湖にしばらくつかっていたため、死因を決定づけられるような状態にはなかったのだ。

ジーナは真相を察して、チャーリーを問い詰めたのだろうか。それをわたしが知ることは、おそらくないだろう。

「あとどれくらい？」わたしの問いかけに、ジーナがぎくりとする。

ジーナが目を回しながら、片手を胸の真ん中に当てる。「ああもう、神経が高ぶってるみたい。十五分よ。時間通りならね。煙草でも吸おうか」

車を降りると、ジーナが煙草を差し出してきて、わたしたちは一緒に火をつける。車体の側面に寄りかかり、建物の入り口からは目をそむけながら。わたしはスカートのポケットの輪郭《りんかく》をなぞり、チャーリーの反応を想像する。するとほかのすべてを忘れて、思わず微笑んでしまう。

ジーナの証言は、注目をウォーレンに集めるのに大いに役立ったが、わたしの証言も同様だ。ウォーレンがパースから運んできたシャベルは、チャーリーとジーナの墓を掘るためではなく、彼の宝物を掘り返すためのものだった。十八キロずつの棒状にまとめられた精錬前の金塊《きんかい》が、九十キロ分、あの土地に埋められていたのだ。強盗の段階で運ぶには、目立つうえに重すぎたのだろう。量が多いうえに、埋められていた位置も浅かったので、探索チームが金属探知機で探し出すのは難しくなかった。埋まっていた場所は、水際の、ウォーレンが車をとめたすぐそばの藪《やぶ》の下。ウォーレンの退職基金になるはずだった金塊は、あの土地と鉱山の、伝統的所有者に返された。

小さな延べ棒《インゴット》たちはウォーレンと一緒に眠っている。一本百グラムのインゴット百本は、開抗二十五周年を記念し、投資家に配る目的で作られたものだった。ほかにはない、あの地に根差したインゴットだから、ほかの黄金と一緒に埋めておくべきだったのだろう。あるいは、そもそも盗むべきではなかった。

母さんによると、わたしがおなかにいるときから、父さんとあの湖をときどき訪れていたのだそうだ。わたしは何も覚えていないけれど、あの日の母さんはわたしを連れ、湖で父さんと落ち合うはずだった。ところが前日に車のトラブルが見つかり、わたしたちは何時間も遅れていた。父さんはいつまでたっても現れないわたしたちを待つあいだに金鉱からの銃声を耳にして、調べにいったのだ。

おばさんは、あの地《カントリー》が例の写真を使ってわたしを呼び戻したのだという。わたしがインゴットから感じた磁力も、そうだったのかもしれない。結局、ある土地の一部であるという事実は永遠に変わらないのだ。わたしの家族とあの地については、まだまだ知らないことがあるはずだけれど、時がくれば、きっとおばさんが話してくれるだろう。いまは liyan について教えてもらっている。それは、キンバリーの人間であれば誰もが持っている本能のようなもので、健全な精神をもたらし、わたしたちの親密なつながりを導くのだという。そう思うと、これまでは知らなかった安心感に包まれる。わたしにもあるのかなとおばさんにたずねると、あると言ってくれた。わたしもずっとその声を聞いていたのだと。

父さんについての記憶も戻ってきている。そしてウォーレンはいなくなった。

母さんは長年にわたって現実から目を背けていたと認めたけれど、わたしにはまだ、許せる準備ができていない。母さんは自分でも、自分を許せていないのかもしれない。どちらにしろ、許しを考えられるようになるのは、もう少し先になりそうだ。

世間は、ウォーレンが十キロの黄金を持って逃げたという話を信じたのだろうか？　車は残されていたけれど、仲間がいたとも考えられるし、わたしたちの作った話は漠然としつつもまとまっていた。それにわたしたちのトラウマは本物だった。人がひとり死に、その亡骸《なきがら》が横たわる岩場で日差しにあぶられたのだ。あとはジーナの言うとおりで、みんなはわたしたちの話を信じたかったのだろう。黄金の裏にいるのはウォーレンなのだという話を。

あの黄金がウォーレンを黒い水の底に沈めているというのは、正しい結末に思われた。いまごろは、死体もそう残ってはいないかもしれないけれど。

どんなに思い出そうとしても、銃を拾い上げた瞬間のことは思い出せない。発砲したときの銃声も、手に残ったはずの感触もまったく蘇《よみがえ》ってこない。覚えているのはその前――ウォーレンがチャーリーに向けた銃口、槍で突かれたような恐怖――と、そのあと――膝からくずおれたウォーレンのシャツに血が広がって、手から落ちた銃が岩にぶつかり音を立てたこと。

わたしはウォーレンを殺すつもりだったのか。きっと一生、そのこたえが出ることはないだろう。

「さてと」ジーナの声に、今度はわたしがぎくりとして振り返る。「準備をしようか」

ジーナはブーツの爪先で煙草をもみ消すと、髪と顔をサイドミラーで確認してから、わたしが同じようにするのを笑顔で見守っている。

「バカみたいだよね」ジーナは言う。「でも今日は大切な日だから。風船でも持ってくればよかった」

「あの子は風船が好きなの？」

ジーナが肩の上で髪を払う。「うーん、そうでもないかな」

わたしはうしろに下がって、先に行ってくれとジーナに頼む。緊張が、あぶくみたいに胸をわき上がってくる。ジーナが入り口に近づき、白い日差しがガラスに反射しギラついている。

現役警官の発砲により怪我をしたことを含め、チャーリーにはさまざまな情状酌量が認められたあと、自動車盗の罪で少年院における六か月の収容が決まった。ところが（ジーナによれば）驚くべきことに、品行方正が認められ、さらには今日が十八歳の誕生日ということもあって、収容期間は四か月に短縮された。州全体で、大人向けの刑務所には年少の犯罪者をできるだけ入れないという取り組みが行なわれているのだ。

チャーリーは自ら望んでわたしの代わりに逮捕されたけれど、わたしはいまだに、そのことをどう考えたらいいのかわからずにいる。

23　チャーリー

ゴールド・コースト

ジーンが冬用の服を何着か送ってくれていたので、あたしはそれを身に着け部屋で待つ。新しいシャツとジーパンとスニーカー。着心地も見た目もいい感じだ。ひょっとしたら予定が変わって、今日はまだ出られないのかも、という気がずっとしている。悪い冗談か間違いなんじゃないかって。あたしは看守かユースワーカーがやってきて、声をかけてくれるのを待っている。

でも、誰も来ない。いまはまだ。

ジーンが新しいヘッドホンも送ってくれて、それをつける許可も出ている。今日はあたしの誕生日だし、ここを出る日だから。また母さんのプレイリストを流している。刑務所にいる父さんが作ってくれたやつで、母さんの好きな曲が全部入ってる。ついでに、あたしが気に入りそうな曲もいくつか選んでくれたらしい。あたしも自分で何曲か追加した。ナオが、ポート・ヘッドランドに向かう道で歌ってたカントリーソングとか。

ここを出たら、父さんに会いにいってみようかな。まだわからないけど。とにかくジーンは、そうさせたがっている。

母さんが死んだ理由がはっきりわかることはないだろうとジーンは言う。父さんは話さないだろうし、もしかしたら母さんと父さんのことは、起こるべくして起きた不幸だったのかもしれないと。そう言われたときにダリルのことを打ち明けようとしたけれど、ジーンがそれを許してはくれなかった。

あたしは、ダリルを殺したことではまったく罰を受けてない。そのことが信じられない。何がどうなるかは、開けてみるまでわからないってことだろう。ナオが裏通りを走ってくれたおかげで、クレアモント湖から立ち去るところを防犯カメラに撮られることもなかった。車に痕跡が残っていなかったのは、あの嵐の中を走り抜けたせいだろう。

あたしたちには、思っていたよりツキがあった。

あのサムでさえ、両親には、ウサギ狩りの最中にうっかり自分の足を撃ったと説明してくれたらしい。ブルームの病院に入っていたときに、看護師さんがそう言ってた。それもこれも、ナオに気があるからだろう。きっとあいつ、ナオをデートに誘ったはずだ。ナオは誘いを受けたんだろうか。

少年院の人がやってきて、あたしを部屋から連れ出す。映画みたいに鍵がじゃらじゃらついていることもなければ、ものものしい門がギーッと開いてから閉まったりもしない。なんだか学校のような雰囲気だったし、きっとそれでいいんだと思う。おかげで勉強も少し進んだから、ジーンは大喜びしている。

今日は寒いせいか、肩がやけに痛む。だけど痛みはそのうちにおさまるってお医者さんが言ってた。あたしはまだ若いから、一年もすれば、骨が粉々になったことも、肺に穴が開いて失血死しかけたことも、何もかも忘れてしまうだろうって。冬のわりには明るくて、入り口の扉を出たときにもジーンの顔がよく見えない。古い私物は全部ビニール袋に詰めてあるけど、ゴミ箱を見つけたら速攻で捨ててやる。

ジーンは感情的になっている。まあ当然か。あたしは気乗り薄ながら、とりあえずハグを返しておく。「あたしなら大丈夫だから、ジーン。ほんとに」ジーンは元気そうだけれど、煙草の臭いがする。それを叱ると、ジーンはおどけたように目を丸くしてみせる。

ほかの車のあいだを抜けてゆくと、それが目に入る。ダリルのグリーンのユートだ。

「これってなんかの冗談?」あたしは言う。

「ダリルがわたしに遺《のこ》したの」ジーンが言う。「遺言があったのよ。信じられる?」

信じられない。すっかりは。どちらにしろあたしが見ているのはグリーンのユートじゃない。ナオだ。車体にもたれて、あの笑みを浮かべ、真新しいカウボーイハットをかぶっている。おばさんにもらったやつよりいい。駆け寄りたくなるけれど、その衝動を抑えつける。

ナオは女王様みたいな雰囲気を取り戻している。背が高くて、黒っぽい色に戻った髪は伸び、最初に出会ったときのナオを思い出させるけれど、足にはきちんと靴を履いているし、あのときみたいにビクついてもいない。片目の痣《あざ》もないし、手に切り傷もない。つやつやした髪は、編まないで肩に下ろしている。

ナオは、どうしたらいいのかわからないというような顔で唇を引き結んでいるけれど、それでもやっぱり微笑んでいる。

ナオに面会を許可したことはなかったはずだ。面会リストに名前を加えたこともなかったから、ナオはそれを怒ってるんだろうか。面会に来る必要なんか感じてほしくなかった。あたしがひとりで罪をかぶったことに、すっきりしないものを感じてるのはわかってた。そのことで言葉を交わせたのは、あのときの一度きりでもあった。

でもこれでよかったんだ、とあたしは思ってる。あたしにも、ひとつだけ正しいことができたんだって。ナオは、あの悪党からあたしを救ってくれた。決してあたしを見捨てはしなかった。ここに入ってた四か月間は、ずっとそのことを思い出してた。癇癪《かんしゃく》を起こしそうになるたびに、ナオのことを考えて我慢した。

ジーンは立ち止まったまま、あたしがナオに近づくのを待っている。ナオは怒ってんのかな？　するとナオが車から体を離し、頬の内側を噛みはじめる。あたしはポケットに突っ込んでいた両手を出して、ハグしたくなる。だからそうすると、ナオもハグを返してくれる。

「お誕生日おめでとう、チャーリー」

「来てるとは思わなかった」

ナオが体を離し、あたしを見つめる。「ずっと来るつもりだったよ。元気そうだね。その髪、素敵じゃない」ナオは、あたしが出てきた扉に向かって眉をひそめる。「ねぇ、ここがひどいところじゃないと――」

「いいんだよ、ナオ。ここはちょっと学校に似てたけど、学校ほどは悪くなかった」

それでもナオの笑顔が中途半端だから、あたしは何もかも順調だし、高校もきちんと卒業するつもりだと言ってやる。「いくつかテストは受けなきゃなんないけど」ちらりと、うしろにいるジーンに目を向ける。爪を熱心に見つめているのは、聞き耳を立ててないようにがんばっているのだろう。「そっちはどう？」あたしは言う。「大学に戻んの？」

ナオは、うん、そのつもりだという。「でも、その前にいくつかやることがある。チャーリーにも、持ってきたものがあるんだよ」そう言って、ナオはポケットからつやつやしたものを取り出す。

チェリーライプだ。ひとつの袋にチョコバーが二本。一緒に食べるかと聞かれて、あたしは笑いながらありがとうと返す。ナオが、駐車場の左右を確認している。バックミラーでいつもやっていたように。そしてポケットから、また何かを出して、あたしに差し出す。

まさか。インゴットだ。あたしがダリルから盗んだのにそっくりなやつ。「これ、本物？」

ナオがうなずいたのを見て受け取ると、インゴットがほかの人からは見えないようにナオと顔を寄せる。小さくて重たい。何も変わってない。「本物だよ」と、ナオが言う。

「どこで手に入れたの？　どうやって？」

「たぶん拾ったんだと思う」ナオはあたしをまっすぐ見ないで、太陽のほうに目を細めている。頬には、前には気づかなかったえくぼが見える。

鼓動が乱れて、喜びにどきどきしている。インゴットに親指を滑らせると、記憶どおりのぬくもりがあって、あの一週間が丸ごと詰まってるみたいだ。「これ、売ることはできないんだろ?」

「場合によるかな」ナオが言う。「チャーリーがどこに行きたいのかによる」ナオが、あたしのうしろにいるジーンに目をやる。「どう、ジーナ?」

「それならやっぱりゴールド・コーストじゃない? どう思う、ナオ? ガソリンは満タンになってるけど」

「いいんじゃない」

ふたりしてあたしをからかってんのか? だけど見ると、ユートの荷台にはやたら荷物が積んである。ナオがあたしの視線に気づいて、にんまりする。あんなに大きな笑顔は見たことがない。今日は人生で一番の誕生日だ。

ナオが車を回り込んで運転席に向かうと、ジーナが後部座席にひょいと飛び乗り、「チャーリー、あんたは助手席《ショットガン》だよ」と声を上げる。

あたしが助手席に乗ってシートベルトを締めると、ナオがエンジンをかけ、ギアを入れ、走りだす前にあたしと目を合わせる。そして片眉と口元に、一生消えないような笑みを浮かべてこう口にする。「ショットガンは、言葉のあやだからね」

Mum's Playlist
母さんのプレイリスト

Reckless (Don't Be So...) /**Australian Crawl**

Say Goodbye /**Hunters & Collectors**

Dumb Things /**Paul Kelly**

Teenage Crime /**Adrian Lux**

Away, Away /**Weddings Parties Anything**

Confide in Me /**Kylie Minogue**

Pleasure and Pain /**Divinyls**

Mace Spray /**The Jezabels**

Rattlesnakes /**Lloyd Cole and the Commotions**

Alone with You /**Sunnyboys**

Weir /**Killing Heidi**

Two of Us on the Run /**Lucius**

The Captain /**Kasey Chambers**

Under the Milky Way/ **The Church**

Diamonds /**Rihanna**

Runaway Train /**Kasey Chambers**

When It Don't Come Easy/**Patty Griffin**

Wide Open Road /**The Triffids**

Lucky Star /**Alex Lloyd**

Bring Yourself Home to Me /**Jimmy Little**

Run to Paradise /**Choirboys**

Like Cockatoos /**The Cure**

Charlie /**Mallrat**

Yandool /**Stiff Gins**

Thank You (for Loving Me at My Worst) /**The Whitlams**

For Real /**Mallrat**

著者あとがき

『銃と助手席の歌』においてチャーリーとナオが車で走る行程は、わたし自身も何度かドライブしたことがある。実在の場所を舞台とした作品だ。ところが二〇二〇年に移動が制限されたことにより現地に戻ることが叶わないまま、記憶、写真、グーグルのストリートビュー上での旅を頼りに執筆を行なうことになった。身内から聞いた、フライイン・フライアウトで働いた経験や、やはりそのルートを走ったときの印象にも助けられた。

ようやく三年ぶりに西オーストラリア州を訪れ、二〇二二年一月の宵、三十度の暑さの中で作業したときには、本書に描き込んだものが、自分の目、耳、鼻に訴えてくるのがなんとも不思議かつ素晴らしく、ずっと自分を待っていてくれたように感じられた。

地理や地質に関してはかなり自由に描かせてもらっている。これは小説上の都合に加えて、自分にとって特別な思い出を大切にしたかったためだ。よって地元の方々であれば、現実とは違う部分に気づかれる点もあるだろう。ダンピア半島にあるバルディ・ジャウィ族の土地には長年にわたり惹きつけられており、訪れる予定でもいたのだが、計画を立てていたところでパンデミックに見舞われた。ソルトウォーターの金鉱を含め、その周辺の舞台については完全にフィクションである。

ナオとチャーリーには、どちらにも家族にまつわる重要な背景があるが、結末において、すべてを解決させたいとは思わなかった。ナオの場合、彼女のアボリジニの血筋は〝盗まれた世代（豪の政府や教会によって、幼少期に家族から引き離されたアボリジニや混血の人々）〟の影響を受けている。この政策はナオが生まれる前に行なわれたものであるが、だとしても彼女にとって、父親やその親類の土地へ戻ることは簡単ではない。ある意味では、ナオの父親自身も、そこへ戻る道を探している途中だったといえるだろう。

家族から強制的に引き離されたオーストラリア先住民の子どもたち、〝盗まれた世代〟に関しては、ネットの情報のほか、書籍や映画にも資料が多い。なかでもアニタ・ヘイス編 *Growing Up Aboriginal in Australia* はおすすめだ。この政策により直接的な影響を受けた人々の、幼年時代、家族、土地に対する、五十一の声や物語を集めたアンソロジーで、ナオの物語を書くうえでも非常に参考になった。

この本を読まれたあなたが、まだ出版にはいたっていない物書きだとしたら――この小説が、じつは途中ですっかりこんがらがってしまって、エージェントの目に触れる予定ではなかったことをお伝えしておきます。あなたの想像力の煌《きら》めきを世に問うために必要だと思うことは、なんであれ続けてください。どうか、進むのをやめないで。

謝辞

この小説は実験的な試みとして執筆をはじめたものであり、まさか出版されることになるとは思っていませんでした。あらゆる段階において、多くの人々の支えがなければ、こうして謝辞を書いていることもなかったでしょう。

〝大きなこと〟が起こる前に連絡をくれた、エージェントのユーアン・ソーニークロフトには、その熱意と大変な労力をこの本に注ぎ、支え続けてくれたことに感謝を。またジェシカ・リーをはじめとする〈A.M.ヒース〉のチームのおかげで、以前には知ることすらなかった、裏方の人々の素晴らしい仕事ぶりを目の当たりにすることができました。

〈スフィア〉の担当編集者であるキャル・ケニーには、わたしと少女たちにチャンスを与え、わたしたちの人生を変えてくれたことに感謝を。登場人物たちへの触れ方が素晴らしかったです。この一年半にわたり、わたしと本作のためにしてくれたすべてのことに、そして、何があっても前向きでいてくれたことに感謝しています。

エド・ウッド、〈スフィア〉の編集者の方々、イースト・アングリア大学リトル・ブラウン賞の審査員の方々には、二〇二〇年に受賞作に選んでいただき、またそれ以来、お力添えをいただいていることに感謝を。校正のヴァネッサ・ノイリングには、その優しい指摘と鋭い目に助けられました。終わりのない作業に思えていたものが一冊の本にまとまったのは、サーリア・プロクター、トム・ウェブスター、そして〈スフィア〉のすべてのスタッフのおかげです。ベッキ・ガイアットと〈スタジオ・オブ・アイデアズ〉のチームには、ハードカバーとペーパーバックの両方で、わたしの期待をはるかに超えた素敵な本に仕上げてくれたことに感謝を。マーケティングと広報を担当してくれたエイミー・キットソンとフランキー・バンクス、国際営業部門のルーシー・ハイン、それからリトル・ブラウン賞でこの本を選んでくれたすべての方にもお礼を申し上げます。

〈ザ・エージェンシー〉のジョナサン・キナーズリーには、この小説のための尽力に感謝を。イースト・アングリア大学、クライムノベル・コースの師である、ヘンリー・サットン、トム・ベン、ジュリア・クラウチ、ネイサン・アッシュマンからは、洞察力に満ちたフィードバックと、書きたいことを吐き出すようにとの励ましをいただきました。その点に関しては、ナオとチャーリーの両人も感謝していることでしょう。イースト・アングリア大学におけるクライムライターの方々の素晴らしい功績に感謝するとともに、二〇二〇年の同期であり初期の読者である仲間たち――デニース・ベネット、ブリジット・バーゴイン、ジェニファー・デブリー、ルーシー・ディクソン、マーク・ハンキン、ヘレン・ジョーンズ、リン・ル・ヴルシア、リッサ・ペルザー、アマンダ・リガリ、マンディ・スレイター、ポール・ストーン、マーティン・アングレス、ルーシー・ウッド――には、元気をくれて、泣きたくなるたびに笑わせてくれて、味方でいてくれてありがとうと伝えたい。あなたたちがいなければ、この本は存在していません。

昨年中にご助力をいただいた以下の著者の方々にも感謝を申し上げます。ソフィー・ハナ、リジー・プック、トレイシー・ダーントン、タムシン・クック、クリスティーナ・ヴィナル、アニータ・ローリー、キャス・ハウ、そして、物書きの友人全員に。ひとつひとつの交流によっていまの自分があるとともに、あきらめかけたときに助けられたことも数多くありました。その点に関していえば、ジョー・フランクリン、アリ・ジェロニムス、ターシャ・キャヴァナー、ジェン・マイルズがいなければ、千回もあきらめていたと思います。わたし自身が信じられなかったときに、わたしと少女たちを信じてくれてありがとう。

二〇二二年にはじめたツイッターのグループにも感謝を。みんなの結束とやさしさに。いつ寝ているんだろうと思うくらい、出版に関するあらゆる質問にこたえていただきました。仲間のひとりでいられることを光栄に思いつつ、みなさんのこれからの活躍を期待しています。

西オーストラリア州の最初期の読者であるジョー・ハインとエル・スタイルズには、肝心な部分への肝心な指摘に感謝を。ジェーン・スティーヴンスには、ロックダウン下でのたくさんのビールに加え、怪我や医療についての知識に感謝を。マーク・スタイルズ、アレックス・キャッスル、クレア・ケイロック、マイク・バット各人には、地質学、ロースクール、ロードトリップについてアドバイスをいただきました。

カトリーナ・ウィリアムズとジョン・アルバートには、ナオとサムという登場人物に関して相談に乗ってもらいつつ、土地や文化にまつわる実地の体験を伺うことができました。わたしに新たなものの見方と、このまま進めてもいいのだという自信をくれたことに感謝しています。エディ・ライトに。深く繊細に読み込んでくれてありがとう。あなたの励ましがなかったら、作品に盛り込めなかった要素がいくつかあったはずです。

土地、旅、登場人物、プロットに関して相談に乗ってくださった多くの方々、本書に関する質問にこたえてくださったすべての方々に、感謝を。間違いおよび現実と異なる点については、すべて著者に非があるか、作中の少女たちがそう望んだものです。

イギリスの友人たちへ。ロックダウン下での散歩やズームでのチャットに感謝。クリスには、ワインとパンとピザに感謝。それから必要なときに場所を与えてくれて、戻ってきたときにはいつもそばにいてくれるみんなにも。冒険にあふれたロードトリップを体験している西オーストラリア州の家族からは、写真やビデオを送ってもらったほか、現地の色や匂いを教えてもらったり、わたしが苦しんでいるときには電話越しにかなりの長い時間付き合ってもらいました。母さん、父さん、アニー、ミリ、マーク、ピップ、マイク、アレックス、エル、メル、ティム、フィービー、みんなありがとう。

最後に一番の感謝を、本書を読んでくださったみなさんに捧げます。執筆していたわたしと同じくらいの面白さを感じていただけますように、そして、さらに多くの冒険が訪れることを願って。

解説

杉江松恋

心と心のぶつかり合いを描いた小説である。本音の叫びが作中には響いている。生きていく上でどうしても譲れないこと、受け止める読者の立場はそれぞれでも、どこかに必ず共鳴する部分が見つかるはずだ。エマ・スタイルズ『銃と助手席の歌』は、そうした強い声を持った小説なのである。犯罪小説であり青春小説であり、心を撃ち抜く小説である。

これが初めての邦訳になるので、作者エマ・スタイルズについて紹介しておきたい。生まれはロンドンで現在もそこに住んでいるが、九歳の時に家族で西オーストラリア州に移住し、州都パースに位置するワジュク・ヌーンガー・カントリーで青春期を過ごした。ワジュク族はスワン川流域を領土としてきたオーストラリア先住民である。先住民文化に関する興味・知識はこのころからのものだろう。イースト・アングリア大学で犯罪小説を専攻して修士号を取得したのが最終学歴になっているが、イギリスやオーストラリアの僻地《へきち》で獣医として長く勤務した実績があり、そちらの職歴が修士号取得に先行しているものと思われる。さまざまなスポーツや車によるロード・トリップの豊富な経験があり、獣医として仕事を始める前にはパースからオーストラリア南東部のシドニーまで、ほぼ砂漠地帯のナラボー平原を突っ切って、五十二時間も車を運転したことがあるという。

本作でスタイルズは、二〇二〇年九月にリトル・ブラウン UEA クライム・フィクション・アワード 2020 を贈られている。UEA は University of East Anglia の略称で、同大の犯罪小説創作講座の修士課程修了者を対象とした新人賞のようなものらしい。主催者であるスフィア社から二〇二二年にオーストラリアで、翌年には英国で本は刊行された。毎年七月にノースヨークシャー州ハロゲートで開催されるハロゲート国際フェスティバル中、ビール醸造所のシークストンズ・オールドペキュリアーがスポンサーとなって年間最高犯罪小説賞を授与するのだが、二〇二二年には大作家の名を冠してヴァル・マクダーミド・ニュー・ブラッドと称し、複数の新人作家が取り上げられた。その中にスタイルズも加えられている。

それ以外にも複数賞の候補作になっているが、受賞したものでは二〇二三年のウィルバー・スミス冒険小説賞がある。ザンビア出身の偉大な冒険作家の名を冠した財団が二〇一六年から主催しているもので、二〇一八年の受賞作であるアビール・ムカジー『マハラジャの葬列』（ハヤカワ・ミステリ）が邦訳されている。歴代受賞作には歴史小説や主流文学に分類できそうな作品も含まれており、ミステリ専門の賞というわけでもないようだ。

『銃と助手席の歌』は、複数の女性が視点人物を務める小説である。最初は二人、後からもう一人。最初は〈あたし〉。チャーリー、高校を退学になったばかりの白人少女だ。彼女が追手を気にしながら姉のジーンと住む家に戻ってくる場面から物語は始まる。ジーンはダリルという男と付き合っていて、家に戻ってこなくなった。気に食わないチャーリーは、ある日ダリルが見せびらかした小さなインゴットをくすねることにした。帰ってきたチャーリーは、だからダリルの追跡を気にしているのだ。家に戻ってみるとそこには、見知らぬ先住民の女がいた。ナオだ。二人目。一人称は〈わたし〉。

　ナオは揉め事の臭いをぷんぷんさせている。明らかに誰かに殴られたらしく片頬が腫れ、「三つ編みにした黒髪はぼさぼさ」で「ブラシノキの小枝が何本も刺さっている」。絵に描いたように怪しい風体のナオは、車で事故に遭《あ》ったのでしばらく休ませてもらいたい、と言う。チャーリーは彼女が差し出した四十ドルの魅力に負けて、ソファで寝ることを許す。この二人に、その後災厄が降りかかってくるのである。

　災厄の結果、絶対に警察に駆け込めない理由ができたチャーリーと成り行きから共犯者になったナオは車に乗って家を離れる。目的地などない。行く当てを探して車を走らせているようなものだ。ナオ視点の章で、彼女がたまたまではなく目的を持ってチャーリーたちの家に来たこと、どうやらウォーレンという謎の人物に脅かされていることが読者にはわかっている。その情報をチャーリーは知らないが、ナオに隠しごとがあるとは気づいていて警戒している。ナオの側に行動を共にする理由はあるが、チャーリーにはないのだ。この不対称さが不機嫌な空気を作り出す。刺々《とげとげ》しい言葉をぶつけ合いながら二人の旅は続く。

　今いるその場からいなくなるために二人は車を走らせる。物語が進んでいくと、彼女たちのこれまでの生が、旅立ちと同じく、何か自分ではない存在に追い立てられるようなものであったことがわかってくる。人生の縮図として旅を描く、ロード・ノヴェルの形式だ。

本作でチャーリーとナオが走ることになるのは主としてグレート・ノーザン・ハイウェイ、西オーストラリア州の南部にあるパースと州北端のウィンダムを結ぶ全長三千二百キロメートルに及ぶ道路である。本作の執筆を思い立ったスタイルズは二〇一九年に父と共に故郷である西オーストラリア州に赴《おもむ》いて道路を実際に走ってみた。新型コロナウイルスの流行後は入国自体がしばらくできなくなったため、現地にいる人から動画などを送ってもらって取材を続けたという。

前述したようにナオには秘密がある。チャーリーはチャーリーで、人には言えずにいる思いがある。父親の悪い血を引いている自分は、いつかは犯罪者になるのだという諦念である。彼女にとってナオとの旅は、その思いが作り出した暗い穴に落ちるという、自殺行為の助走に近いのだ。ナオもまた自分を支配する者の恐怖が頸木《くびき》となり、抜け出せずにいる。二人はまだ若いが、暴力によって人生が崩壊しかけているのである。

二人の女性がそれまでの自分を捨てて明日の見えない旅に出るという物語は、一九九一年の映画『テルマ&ルイーズ』（リドリー・スコット監督）によって切り拓かれた。本作中にも映画への言及があるし、書評を見ると二〇二〇年代の『テルマ&ルイーズ』という声も多かったようだ。反響は大きく、『テルマ&ルイーズ』型ロード・ムーヴィー／ノヴェルとでも言うべき後続を多く派生させている。影響は英語圏に留まらず、たとえばフランスのヴィルジニ・デパントは女性二人の逃走劇を描く『バカなヤツらは皆殺し』（原書房）を一九九三年に発表している。元からプロットは破滅的なものだったが、作者自身によって映画化された際はポルノ俳優を出演者に起用し、凄惨な暴力場面を追加するなど、内容はより尖鋭化していた。日本では王谷晶が二〇二〇年に発表した『ババヤガの夜』（河出文庫）を挙げておきたい。現在の人生から逃れるためには世界のすべてを敵に回しても闘わなければならないという明確な主張のある作品で、『テルマ＆ルイーズ』物語類型を変形させたミステリとしての仕掛けが話題を呼んだ。英訳され、二〇二四年には〈ロサンゼルス・タイムズ〉が「この夏読むべきミステリ五冊」に選ぶなど、高く注目されている。社会的立場の弱い女性は闘う際にもまず逃走して眼前の脅威から遠ざからなければならない。そのことを理解する書き手の多くがこの物語類型に着目するように思う。二〇一二年に発表されて話題を呼んだギリアン・フリン『ゴーン・ガール』（小学館文庫）は、外形こそ異なるが女性の逃走という要素は共通している。その影響も大きいはずだ。

『銃と助手席の歌』のもう一つの特徴は、相棒小説《バディ》であるということである。物語を牽引するのは二人の行動だ。チャーリーとナオの関係は、相互不信の状態から始まる。チャーリーはナオが嘘を吐いていることに怒っているし、ナオはチャーリーが衝動的な行動をするのが我慢できない。相手の欠陥ばかりが見えているのだが、実はそれが二人の共通項、何者かに支配されていることから生じたものであることがだんだんわかってくる。立ち向かわなければならない相手はチャーリーとナオでそれぞれ違っているのだが、突き詰めていけば暴力を行使する者が共通の敵として浮かび上がってくる。二人がそれに気づき、共闘することはできるのか、ということが読者の主たる関心になるはずだ。

　作者は二人に容赦がなく、簡単には手を組ませないように突発事や感情のすれ違いでチャーリーとナオの間に諍《いさか》いを生じさせる。チャーリーの姉であるジーンの存在がジョーカー的に使われるのも巧みな点で、中途からは彼女が第三の視点人物として浮上してくる。チャーリーが白人、ナオがオーストラリア先住民と、そもそもの文化基盤が違うのも相互理解が遅くなる原因だ。先住民であるナオの方が歳上でかつ大学生と、高校を退学になったチャーリーより成熟した考えを持った人物に設定されている。二〇二三年に邦訳されて話題になったS・A・コスビー『頰に哀しみを刻め』（二〇二一年。ハーパーBOOKS）が黒人の成功した実業家とトレーラーハウスに住む貧乏白人のコンビを主役としたように、こうした相棒小説の定番設定である。スタイルズは先住民文化の深い理解者であり、本作の草稿を書き終えた後で彼女は、オーストラリアが自分たち白人が先住民族から奪った国であるという不快感が執筆動機の根底にあったことに気づいたと語っている。北へ向かって走る二人の旅は、それがもともと誰の土地だったかということに気づくためのものでもあるのである。誰かに人生を奪われたというナオの人格は、民族的背景とも合致している。

　執筆の準備中、自然とチャーリーとナオの声が聞こえてきたとスタイルズは語っている。彼女たちに導かれて書いた作品なのだ。元よりロード・ノヴェルとは、人生の縮図である旅を通じて人の心がどうなっていくかを書くジャンルだし、相棒小説とは二人の間にある距離が行動を通じて縮まっていくさまを描くものである。そうした類型のお手本のような作品と言うべきだろうが、特筆すべきは化学変化を引き起こす触媒として、オーストラリアの雄大な自然が描かれていることである。この地《country》では、人間は自分を圧倒する自然の存在を無視して生きていくことができない。その脅威に晒《さら》され続けることが、チャーリーとナオに過去の自分から脱却するための契機を与えるのだ。

さらに作品の特徴を挙げるならば、チャーリーのキャラクターだろう。彼女を一口で表す言葉は不機嫌だ。世界は突然彼女から母親を奪い、家族を崩壊させた。チャーリーが望むのは姉と二人、新たな地で人生を送ることで、それ以外の何かをさせようとする者に強い怒りを抱いている。強い信念を持ち、他者を拒む少女なのだ。こうした少女の怒りを描いた作品、残酷な世界を許さず時に過剰な暴力で立ち向かっていく犯罪小説が二〇一〇年代以降に多数書かれている。社会と個人の根源的な対立を描く犯罪小説はもともと、力を持たない者が主人公に選ばれることが多いジャンルであった。現在の潮流は、犯罪小説の詩人ボストン・テランが二〇〇六年に発表した『音もなく少女は』（文春文庫）あたりに水源がある。

近年も父との関係から娘が闘う姿勢を学んでいくジョーダン・ハーパー『拳銃使いの娘』（二〇一七年。ハヤカワ・ミステリ）、逆に父親によって精神の自由を奪われた少女が人生を取り戻していくLS・ホーカー『プリズン・ガール』（二〇一五年。ハーパーBOOKS）など作風は多岐に渡っている。出自のためにいわれなき差別を受けた少女の物語、ディーリア・オーエンズ『ザリガニの鳴くところ』（二〇一八年。ハヤカワ文庫NV）も作風は違うが、呼応する内容と言っていいと思う。チャーリーはこれらの物語に登場した少女たちと同じ怒りの炎を燃やしている主人公なのだ。だから物語は、彼女の行動によってしばしば進路変更を余儀なくされる。世界に怒りをぶつけることの正しさをチャーリーが体現しているからだ。

怒れ。ただし正しく。

怒れ。しかし愛することも忘れずに。

そうした声が聞こえてくる小説であった。声に耳を傾けながら、波瀾万丈《はらんばんじょう》の物語を楽しんでいただきたい。目の前にはどこまでも続く空。そして踏みしめられるのを待っている大地。

訳者紹介　上智大学国文学科卒。英米文学翻訳家。訳書にオルツィ「紅はこべ」、マクニール「チャーチル閣下の秘書」「エリザベス王女の家庭教師」、チュウ「夜の獣、夢の少年」、ワスマー「シェフ探偵パールの事件簿」、グッドマン「夜明けを探す少女は」などがある。

銃と助手席の歌

2025年2月21日　初版

著　者　エマ・スタイルズ

訳　者　圷《あくつ》　香《か》　織《おり》

発行所　（株）東京創元社
代表者　渋谷健太郎

162-0814 東京都新宿区新小川町1-5
電　話　03・3268・8231-営業部
03・3268・8201-代　表
URL　https://www.tsogen.co.jp
組　版　フ　ォ　レ　ス　ト
暁　印　刷・本　間　製　本

乱丁・落丁本は、ご面倒ですが小社までご送付ください。送料小社負担にてお取替えいたします。

ISBN978-4-488-20310-8　C0197

アメリカ探偵作家クラブ賞YA小説賞受賞作

CODE NAME VERITY◆Elizabeth Wein

コードネーム・ヴェリティ

エリザベス・ウェイン
吉澤康子 訳　創元推理文庫

◆

第二次世界大戦中、ナチ占領下のフランスで
イギリス特殊作戦執行部員の若い女性が
スパイとして捕虜になった。
彼女は親衛隊大尉に、尋問を止める見返りに、
手記でイギリスの情報を告白するよう強制され、
紙とインク、そして二週間を与えられる。
だがその手記には、親友である補助航空部隊の
女性飛行士マディの戦場の日々が、
まるで小説のように綴られていた。
彼女はなぜ物語風の手記を書いたのか？
さまざまな謎がちりばめられた第一部の手記。
驚愕の真実が判明する第二部の手記。
そして慟哭の結末。読者を翻弄する圧倒的な物語！

創元推理文庫

余命わずかな殺人者に、僕は雪を見せたかった。

THE LIFE WE BURY◆Allen Eskens

償《つぐな》いの雪が降る

アレン・エスケンス 務台夏子 訳

◆

授業で身近な年長者の伝記を書くことになった大学生のジョーは、訪れた介護施設で、末期がん患者のカールを紹介される。カールは三十数年前に少女暴行殺人で有罪となった男で、仮釈放され施設で最後の時を過ごしていた。カールは臨終の供述をしたいとインタビューに応じる。話を聴いてジョーは事件に疑問を抱き、真相を探り始めるが……。バリー賞など三冠の鮮烈なデビュー作！

創元推理文庫

姉妹の絆が胸を打つミステリ

THE BLACK GIRLS LEFT STANDING◆Juliana Goodman

夜明けを探す少女は

ジュリアナ・グッドマン　圷 香織 訳

◆

シカゴの高校に通う黒人の少女ボーは、卒業を機に街を出ると決めていた。絵の才能を活かし、盗みも撃ち合いもないどこか遠くへ行くのだ。そんな十六歳の冬、姉のカティアが不法侵入の疑いで警官に射殺された。外の安全な世界をボーに教えた姉が、犯罪に手を染めるはずがない。無実を証明するため、ボーは消えた目撃者を探しはじめる。姉妹の絆が胸を打つMWA賞最終候補作！